STS

山
S 社

增訂版

絕對合格
日檢單字

N2

新制對應！

吉松由美
西村惠子 合著

山田社

前言

高分通過日檢，同時聽得懂、說得好，能運用自如的人，必須有三個要素：

1.清楚學日語的目的。
2.找對學習方法跟方向。
3.要有足夠的學習量。

其中，就學習量來看，很多人認為「我明明學了一年的日語了，但就是學不會」。一問到學習時間，通常回答是「一週 120 分鐘」。精算一下，扣掉休息時間及假日，一週恐怕只有 60 分鐘，而一年（52 週）這樣一年學了幾小時呢？答案是：52 小時。

只有 52 小時？不會吧！？學習量太少了吧！您可知道想在 1 到 3 年的短時間內把日語學好，一年至少要有幾個小時的學習量呢？答案是：750 小時。

如何補足 750 小時呢？那就是「善用所有您想得到瑣碎時間」。可別小看這些「瑣碎時間」，它不僅是「記憶力」及「專注力」的最佳時刻。充分利用瑣碎時間，更可以活化大腦，提升腦的持續力，也就是忍受處理「瑣事」的能力，可說是上天賜予的最佳腦力鍛鍊了。

《攜帶本 增訂版 新制對應 絕對合格日檢單字 N2》本著利用「喝咖啡時間」，也能「倍增單字量」「高分通過新日檢」的意旨，出版方便隨身攜帶的小開本，不論是站在公車站牌前發呆，或是一個人喝咖啡等人，都能走到哪，學到哪，隨時隨地增進日語單字力，輕鬆通過新制日檢！ 特色有：

▲小兵立大功，輕巧好攜帶的小開本設計，放在包包裡不佔空間。

▲小兵立大功，麻雀雖小五臟俱在！必考詞彙精準收錄。

▲小兵立大功，附贈超值 MP3，走路、騎車、坐車、開車隨聽隨背。

史上最強的新日檢 N2 單字集《攜帶本 增訂版 新制對應 絕對合格！日檢單字 N2》，是根據日本國際交流基金（JAPAN FOUNDATION）舊制考試基準及新發表的「新日本語能力試驗相關概要」，加以編寫彙整而成的。除此之外，並精心分析從 2010 年開始的最新日檢考試內容，增加了過去未收錄的 N2 程度常用單字，接近 300 字，也據此調整了單字的程度，可說是內容最紮實 N2 單字書。無論是累積應考實力，或是考前迅速總複習，都是您最完整的學習方案。

新制日檢注重考生「活用」日語的能力，換句話說，新制日檢預期考上「N2」的人，將擁有的能力是：

（聽）聽懂日劇、綜藝節目等，演員對話內容。電台及公共場所的廣播。

（說）在工作、考試等面試的場合，能在面試官前，完整表達出自己的學經歷、想法與抱負。能討論時事，並分析利弊。在不同的社交場合，能進行不同的對話。

（**讀**）能夠閱讀貼近現實生活中，具知識性或一般性的文章，如報紙及最新流行雜誌報導等，能理解文章實際和抽象的含意，懂得從中擷取有用的訊息。

（**寫**）能夠寫簡單的書信及 E-mail，發出訊息、陳述意見、報告事件、描述情境。

除此之外，本書根據最新日檢考試內容，更添增過去未收錄的生活常用必考單字項目，內容最紮實。無論是累積應考實力，或是考前迅速總複習，都是您最完整的學習方案。

書中還搭配東京腔的精緻朗讀光碟，並附上三回跟新制考試形式完全一樣的單字全真模擬考題。讓您短時間內就能掌握考試方向及重點 節省下數十倍自行摸索的時間。可說是您應考的秘密武器！

內容包括：

1. 單字王─字義完全不漏接：根據新制規格，精選出 N2 命中率最高的單字。每個單字所包含的詞性、意義、解釋、類·對義詞、中譯、用法等等，讓您精確瞭解單字各層面的字義，活用的領域更加廣泛。

2. 速攻王─掌握單字最準確：配合新制公布的考試範圍，精選出 N2 的必考單字，依照「詞義」分門別類化成各篇章，幫助您同類單字一次記下來，頭腦清晰再也不混淆。中譯解釋的部分，去除冷門字義，並依照常用的解釋依序編寫而成。讓您在最短時間內，迅速掌握出題的方向。

3. 得分王─新制對應最完整：新制單字考題中的「替換類義詞」題型，是測驗考生在發現自己「詞不達意」時，是否具備「換句話說」的能力，以及對字義的瞭解度。此題型除了須明白考題的字義外，更需要知道其他替換的語彙及說法。為此，書中精闢點出該單字的類義詞，對應新制內容最紮實。

4. 例句王─活用單字很貼切：背過單字的人一定都知道，單字學會了，要知道怎麼用，才是真正符合「活用」的精神。至於要怎麼活用呢？書中每個單字下面帶出一個例句，例句精選該單字常接續的詞彙、常使用的場合、常見的表現、常配合的文法（盡可能選 N2 文法）等等。從例句來記單字，加深了對單字的理解，對根據上下文選擇適切語彙的題型，更是大有幫助，同時也紮實了文法及聽說讀寫的超強實力。

5. 測驗王─全真新制模試密集訓練：三回跟新制考試形式完全一樣的全真模擬考題，將按照不同的題型，告訴您不同的解題訣竅，讓您在演練之後，不能即時得知學習效果，並充份掌握考試方向與精神，以提升考試臨場反應。就像上過合格保證班一樣，成為新制日檢測驗王！

6. 聽力王─應考力全面提升：強調「活用」概念的新制日檢考試，把聽力的分數提高了。為此，書中還附贈光碟，幫助您熟悉日語語調及正常速度。建議大家充分利用生活中一切零碎的時間，反覆多聽，在密集的刺激下，把單字、文法、生活例句聽熟，同時為聽力打下了堅實的基礎。

目錄

一、什麼是新日本語能力試驗呢

1. 新制「日語能力測驗」

2. 認證基準

3. 測驗科目

4. 測驗成績

二、新日本語能力試驗的考試內容

N2 題型分析

*以上內容摘譯自「國際交流基金日本國際教育支援協會」的
「新しい『日本語能力試驗』ガイドブック」。

一、什麼是新日本語能力試驗呢

1. 新制「日語能力測驗」

從2010年起，將實施新制「日語能力測驗」（以下簡稱為新制測驗）。

1-1 實施對象與目的

新制測驗與現行的日語能力測驗（以下簡稱為舊制測驗）相同，原則上，實施對象為非以日語作為母語者。其目的在於，為廣泛階層的學習與使用日語者舉行測驗，以及認證其日語能力。

1-2 改制的重點

此次改制的重點有以下四項：

1　測驗解決各種問題所需的語言溝通能力

新制測驗重視的是結合日語的相關知識，以及實際活用的日語能力。因此，擬針對以下兩項舉行測驗：一是文字、語彙、文法這三項語言知識；二是活用這些語言知識解決各種溝通問題的能力。

2　由四個級數增為五個級數

新制測驗由舊制測驗的四個級數（1級、2級、3級、4級），增加為五個級數（N1、N2、N3、N4、N5）。新制測驗與舊制測驗的級數對照，如下所示。最大的不同是在舊制測驗的2級與3級之間，新增了N3級數。

N1	難易度比舊制測驗的1級稍難。合格基準與舊制測驗幾乎相同。
N2	難易度與舊制測驗的2級幾乎相同。
N3	難易度介於舊制測驗的2級與3級之間。（新增）
N4	難易度與舊制測驗的3級幾乎相同。
N5	難易度與舊制測驗的4級幾乎相同。

「N」代表「Nihongo（日語）」以及「New（新的）」。

3　施行「得分等化」

由於在不同時期實施的測驗，其試題均不相同，無論如何慎重出題，

每次測驗的難易度總會有或多或少的差異。因此在新制測驗中，導入「等化」的計分方式後，便能將不同時期的測驗分數，於共同量尺上相互比較。因此，無論是在什麼時候接受測驗，只要是相同級數的測驗，其得分均可予以比較。目前全球幾種主要的語言測驗，均廣泛採用這種「得分等化」的計分方式。

4 提供「日語能力測驗Can-do List」（暫稱）作參考
　　為了瞭解通過各級數測驗者的實際日語能力，新制測驗經過調查後，提供「日語能力測驗Can-do List」（暫稱）。本表列載通過測驗認證者的實際日語能力範例。希望通過測驗認證者本人以及其他人，皆可藉由本表更加具體明瞭測驗成績代表的意義。

1-3 所謂「解決各種問題所需的語言溝通能力」
　　我們在生活中會面對各式各樣的「問題」。例如，「看著地圖前往目的地」或是「讀著說明書使用電器用品」等等。種種問題有時需要語言的協助，有時候不需要。

　　為了順利完成需要語言協助的問題，我們必須具備「語言知識」，例如文字、發音、語彙的相關知識、組合語詞成為文章段落的文法知識、判斷串連文句的順序以便清楚說明的知識等等。此外，亦必須能配合當前的問題，擁有實際運用自己所具備的語言知識的能力。

　　舉個例子，我們來想一想關於「聽了氣象預報以後，得知東京明天的天氣」這個課題。想要「知道東京明天的天氣」，必須具備以下的知識：「晴れ（晴天）、くもり（陰天）、雨（雨天）」等代表天氣的語彙；「東京は明日は晴れでしょう（東京明日應是晴天）」的文句結構；還有，也要知道氣象預報的播報順序等。除此以外，尚須能從播報的各地氣象中，分辨出哪一則是東京的天氣。

　　如上所述的「運用包含文字、語彙、文法的語言知識做語言溝通，進而具備解決各種問題所需的語言溝通能力」，在新制測驗中稱為「解決各種問題

所需的語言溝通能力」。

　　新制測驗將「解決各種問題所需的語言溝通能力」分成以下「語言知識」、「讀解」、「聽解」等三個項目做測驗。

語言知識	各種問題所需之日語的文字、語彙、文法的相關知識。
讀　解	運用語言知識以理解文字內容，具備解決各種問題所需的能力。
聽　解	運用語言知識以理解口語內容，具備解決各種問題所需的能力。

　　作答方式與舊制測驗相同，將多重選項的答案劃記於答案卡上。此外，並沒有直接測驗口語或書寫能力的科目。

2. 認證基準

　　新制測驗共分為Ｎ1、Ｎ2、Ｎ3、Ｎ4、Ｎ5五個級數。最容易的級數為Ｎ5，最困難的級數為Ｎ1。

　　與舊制測驗最大的不同，在於由四個級數增加為五個級數。以往有許多通過3級認證者常抱怨「遲遲無法取得2級認證」。為因應這種情況，於舊制測驗的2級與3級之間，新增了Ｎ3級數。

　　新制測驗級數的認證基準，如表1的「讀」與「聽」的語言動作所示。該表雖未明載，但應試者也必須具備為表現各語言動作所需的語言知識。

　　Ｎ4與Ｎ5主要是測驗應試者在教室習得的基礎日語的理解程度；Ｎ1與Ｎ2是測驗應試者於現實生活的廣泛情境下，對日語理解程度；至於新增的Ｎ3，則是介於Ｎ1與Ｎ2，以及Ｎ4與Ｎ5之間的「過渡」級數。關於各級數的「讀」與「聽」的具體題材（內容），請參照表1。

■ 表1 新「日語能力測驗」認證基準

	級數	認證基準
		各級數的認證基準，如以下【讀】與【聽】的語言動作所示。各級數亦必須具備為表現各語言動作所需的語言知識。
困難 * ↑	N1	能理解在廣泛情境下所使用的日語 【讀】・可閱讀話題廣泛的報紙社論與評論等論述性較複雜及較抽象的文章，且能理解其文章結構與內容。 ・可閱讀各種話題較具深度的讀物，且能理解其脈絡及詳細的表達意涵。 【聽】・在廣泛情境下，可聽懂常速且連貫的對話、新聞報導及講課，且能充分理解話題走向、內容、人物關係、以及說話內容的論述結構等，並確實掌握其大意。
	N2	除日常生活所使用的日語之外，也能大致理解較廣泛情境下的日語 【讀】・可看懂報紙與雜誌所刊載的各類報導、解說、簡易評論等主旨明確的文章。 ・可閱讀一般話題的讀物，並能理解其脈絡及表達意涵。 【聽】・除日常生活所使用外，在大部分的情境下，可聽懂接近常速且連貫的對話與新聞報導，亦能理解其話題走向、內容、以及人物關係，並可掌握其大意。
	N3	能大致理解日常生活所使用的日語 【讀】・可看懂與日常生活相關的具體內容的文章。 ・可由報紙標題等，掌握概要的資訊。 ・於日常生活情境下接觸難度稍高的文章，經換個方式敘述，即可理解其大意。 【聽】・在日常生活情境下，面對稍微接近常速且連貫的對話，經彙整談話的具體內容與人物關係等資訊後，即可大致理解。

		能理解基礎日語
* 容 易 ↓	N 4	【讀】‧可看懂以基本語彙及漢字描述的貼近日常生活相關話題的 　　　文章。 【聽】‧可大致聽懂速度較慢的日常會話。
	N 5	能大致理解基礎日語 【讀】‧可看懂以平假名、片假名或一般日常生活使用的基本漢字 　　　所書寫的固定詞句、短文、以及文章。 【聽】‧在課堂上或周遭等日常生活中常接觸的情境下，如為速度 　　　較慢的簡短對話，可從中聽取必要資訊。

＊N1最難，N5最簡單。

3. 測驗科目

新制測驗的測驗科目與測驗時間如表2所示。

■ 表2　測驗科目與測驗時間 *①

級數	測驗科目 （測驗時間）			
N1	語言知識（文字、語彙、文法）、讀解 （110分）		聽解 （60分）	→　測驗科目為「語言知識（文字、語彙、文法）、讀解」；以及「聽解」共2科目。
N2	語言知識（文字、語彙、文法）、讀解 （105分）		聽解 （50分）	→
N3	語言知識（文字、語彙） （30分）	語言知識（文法）、讀解 （70分）	聽解 （40分）	→　測驗科目為「語言知識（文字、語彙）」；「語言知識（文法）、讀解」；以及「聽解」共3科目。
N4	語言知識（文字、語彙） （30分）	語言知識（文法）、讀解 （60分）	聽解 （35分）	→
N5	語言知識（文字、語彙） （25分）	語言知識（文法）、讀解 （50分）	聽解 （30分）	→

　　N1與N2的測驗科目為「語言知識（文字、語彙、文法）、讀解」以及「聽解」共2科目；N3、N4、N5的測驗科目為「語言知識（文字、語彙）」、「語言知識（文法）、讀解」、「聽解」共3科目。

　　由於N3、N4、N5的試題中，包含較少的漢字、語彙、以及文法項目，因此當與N1、N2測驗相同的「語言知識（文字、語彙、文法）、讀解」科目時，有時會使某幾道試題成為其他題目的提示。為避免這個情況，因此將「語言知識（文字、語彙、文法）、讀解」，分成「語言知識（文字、語彙）」和「語言知識（文法）、讀解」施測。

*①：聽解因測驗試題的錄音長度不同，致使測驗時間會有些許差異。

4. 測驗成績

4-1 量尺得分

舊制測驗的得分，答對的題數以「原始得分」呈現；相對的，新制測驗的得分以「量尺得分」呈現。

「量尺得分」是經過「等化」轉換後所得的分數。以下，本手冊將新制測驗的「量尺得分」，簡稱為「得分」。

4-2 測驗成績的呈現

新制測驗的測驗成績，如表3的計分科目所示。N1、N2、N3的計分科目分為「語言知識（文字、語彙、文法）」、「讀解」、以及「聽解」3項；N4、N5的計分科目分為「語言知識（文字、語彙、文法）、讀解」以及「聽解」2項。

會將N4、N5的「語言知識（文字、語彙、文法）」和「讀解」合併成一項，是因為在學習日語的基礎階段，「語言知識」與「讀解」方面的重疊性高，所以將「語言知識」與「讀解」合併計分，比較符合學習者於該階段的日語能力特徵。

■ 表3 各級數的計分科目及得分範圍

級數	計分科目	得分範圍
N1	語言知識（文字、語彙、文法）	0～60
	讀解	0～60
	聽解	0～60
	總分	0～180
N2	語言知識（文字、語彙、文法）	0～60
	讀解	0～60
	聽解	0～60
	總分	0～180
N3	語言知識（文字、語彙、文法）	0～60
	讀解	0～60
	聽解	0～60
	總分	0～180

N4	語言知識（文字、語彙、文法）、讀解	0～120
	聽解	0～60
	總分	0～180
N5	語言知識（文字、語彙、文法）、讀解	0～120
	聽解	0～60
	總分	0～180

　　各級數的得分範圍，如表3所示。N1、N2、N3的「語言知識（文字、語彙、文法）」、「讀解」、「聽解」的得分範圍各為0～60分，三項合計的總分範圍是0～180分。「語言知識（文字、語彙、文法）」、「讀解」、「聽解」各占總分的比例是1：1：1。

　　N4、N5的「語言知識（文字、語彙、文法）、讀解」的得分範圍為0～120分，「聽解」的得分範圍為0～60分，二項合計的總分範圍是0～180分。「語言知識（文字、語彙、文法）、讀解」與「聽解」各占總分的比例是2：1。還有，「語言知識（文字、語彙、文法）、讀解」的得分，不能拆解成「語言知識（文字、語彙、文法）」與「讀解」二項。

　　除此之外，在所有的級數中，「聽解」均占總分的三分之一，較舊制測驗的四分之一為高。

4－3　合格基準

　　舊制測驗是以總分作為合格基準；相對的，新制測驗是以總分與分項成績的門檻二者作為合格基準。所謂的門檻，是指各分項成績至少必須高於該分數。假如有一科分項成績未達門檻，無論總分有多高，都不合格。新制測驗設定各分項成績門檻的目的，在於綜合評定學習者的日語能力。

　　總分與各分項成績的門檻的合格基準相關細節，將於2010年公布。

二、新日本語能力試驗的考試內容

N2 題型分析

測驗科目 (測驗時間)			試題內容		
			題型	小題 題數 *	分析
語言知識、讀解 (105分)	文字、語彙	1	漢字讀音 ◇	5	測驗漢字語彙的讀音。
		2	假名漢字寫法 ◇	5	測驗平假名語彙的漢字寫法。
		3	複合語彙 ◇	5	測驗關於衍生語彙及複合語彙的知識。
		4	選擇文脈語彙 ○	7	測驗根據文脈選擇適切語彙。
		5	替換類義詞 ○	5	測驗根據試題的語彙或說法，選擇類義詞或類義說法。
		6	語彙用法 ○	5	測驗試題的語彙在文句裡的用法。
	文法	7	文句的文法1 （文法形式斷判） ○	12	測驗辨別哪種文法形式符合文句內容。
		8	文句的文法2 （文句組構） ◆	5	測驗是否能夠組織文法正確且文義通順的句子。
		9	文章段落的文法 ◆	5	測驗辨別該文句有無符合文脈。
	讀解*	10	理解內容 （短文） ○	5	於讀完包含生活與工作之各種題材的說明文或指示文等，約200字左右的文章段落之後，測驗是否能夠理解其內容。
		11	理解內容 （中文） ○	9	於讀完包含內容較為平易的評論、解說、散文等，約500字左右的文章段落之後，測驗是否能夠理解其因果關係或理由、概要或作者的想法等等。

14

		12	綜合理解	◆	2	於讀完幾段文章（合計600字左右）之後，測驗是否能夠將之綜合比較並且理解其內容。
語言知識、讀解 （105分）	讀解 ＊	13	理解想法 （長文）	◇	3	於讀完論理展開較為明快的評論等，約900字左右的文章段落之後，測驗是否能夠掌握全文欲表達的想法或意見。
		14	彙整資訊	◆	2	測驗是否能夠從廣告、傳單、提供訊息的各類雜誌、商業文書等資訊題材（700字左右）中，找出所需的訊息。
聽解 （50分）		1	理解問題	◇	5	於聽取完整的會話段落之後，測驗是否能夠理解其內容（於聽完解決問題所需的具體訊息之後，測驗是否能夠理解應當採取的下一個適切步驟）。
		2	理解重點	◇	6	於聽取完整的會話段落之後，測驗是否能夠理解其內容（依據剛才已聽過的提示，測驗是否能夠抓住應當聽取的重點）。
		3	理解概要	◇	5	於聽取完整的會話段落之後，測驗是否能夠理解其內容（測驗是否能夠從整段會話中理解說話者的用意與想法）。
		4	即時應答	◆	12	於聽完簡短的詢問之後，測驗是否能夠選擇適切的應答。
		5	綜合理解	◇	4	於聽取完較長的會話段落之後，測驗是否能夠將之綜合比較並且理解其內容。

＊「小題題數」為每次測驗的約略題數，與實際測驗時的題數可能未盡相同。此外，亦有可能會變更小題題數。

＊有時在「讀解」科目中，同一段文章可能會有數道小題。

MEMO

日檢單字

N2
新制對應！

あ

0001 T1	あ（っ）	感 （吃驚、感嘆、非常危急時的發聲）啊！呀！咳呀
0002 □	あいじょう【愛情】	名 愛，愛情 類 情愛
0003 □	あいする【愛する】	他サ 愛，愛慕；喜愛，有愛情，疼愛，愛護；喜好 反 憎む 類 可愛がる
0004 □	あいにく【生憎】	副・形動 不巧，偏偏 反 都合良く 類 折悪しく（おりあしく）
0005 □	あう【遭う】	自五 遭遇，碰上
0006 □	あいまい【曖昧】	形動 含糊，不明確，曖昧，模稜兩可；可疑，不正經 反 明確 類 はっきりしない
0007 □	アウト【out】	名 外，外邊；出界；出局 反 セーフ
0008 □	あおぐ【扇ぐ】	自・他五 （用扇子）扇（風）；煽動
0009 □	あおじろい【青白い】	形 （臉色）蒼白的；青白色的 類 青い
0010 □	あかり【明かり】	名 燈，燈火；光，光亮；消除嫌疑的證據，證明清白的證據 類 灯
0011 □	あがる【上がる】	自五・他五・接尾 上，登，進入；上漲；提高；加薪；吃，喝，吸（煙）；表示完了 反 下がる 類 上昇（じょうしょう）
0012 □	あかるい【明るい】	形 明亮的，光明的；開朗的，快活的；精通，熟悉 反 暗い 類 明々
0013 □	あき【空き】	名 空隙，空白；閒暇；空額 類 スペース

0001
あっ、びっくりした。
▶ 唉呀！嚇我一跳。

0002
愛情も、場合によっては迷惑になりかねない。
▶ 即使是愛情，也會有讓人感到困擾的時候。

0003
愛する人に手紙を書いた。
▶ 我寫了封信給我所愛的人。

0004
あいにく、今日は都合が悪いです。
▶ 真不湊巧，今天不大方便。

0005
事故に遭う。
▶ 碰上事故。

0006
物事を曖昧にするべきではない。
▶ 事情不該交代得含糊不清。

0007
アウトになんか、なるものか。
▶ 我怎麼會被三振出局呢？

0008
暑いので、うちわであおいでいる。
▶ 因為很熱，所以拿圓扇搧風。

0009
彼はうちの中にばかりいるから、顔色が青白いわけだ。
▶ 他老是窩在家裡，臉色當然蒼白啦！

0010
明かりがついていると思ったら、息子が先に帰っていた。
▶ 我還在想燈怎麼是開著的，原來是兒子先回到家了。

0011
矢印にそって、2階に上がってください。
▶ 請順著箭頭上二樓。

0012
年齢を問わず、明るい人が好きです。
▶ 年紀大小都沒關係，只要個性開朗我都喜歡。

0013
時間に空きがあるときに限って、誰も誘ってくれない。
▶ 偏偏有空時，就是沒人來約我。

0014	あきらか【明らか】	(形動) 顯然，清楚，明確；明亮 (類) 鮮やか（あざやか）
0015	あきらめる【諦める】	(他下一) 死心，放棄；想開 (類) 思い切る
0016	あきれる【呆れる】	(自下一) 吃驚，愕然，嚇呆，發愣 (類) 呆然（ぼうぜん）
0017	あく【開く】	(自五) 開，打開；(店舖)開始營業 (反) 閉まる (類) 開く（ひらく）
0018	アクセント【accent】	(名) 重音；重點，強調之點；語調；(服裝或圖案設計上)突出點，著眼點 (類) 発音
0019	あくび【欠伸】	(名・自サ) 哈欠
0020	あくま【悪魔】	(名) 惡魔，魔鬼 (反) 神 (類) 魔物（まもの）
0021	あくまで（も）【飽くまで（も）】	(副) 徹底，到底 (類) どこまでも
0022	あくる【明くる】	(連體) 次，翌，明，第二 (類) 次
0023	あけがた【明け方】	(名) 黎明，拂曉 (反) 夕 (類) 朝
0024	あげる【上げる】	(他下一・自下一) 舉起，抬起，揚起，懸掛；(從船上)卸貨，增加；升遷；送入；表示做完；表示自謙 (反) 下げる (類) 高める
0025	あこがれる【憧れる】	(自下一) 嚮往，憧憬，愛慕；眷戀 (類) 慕う（したう）
0026	あしあと【足跡】	(名) 腳印；(逃走的)蹤跡；事蹟，業績 (類) 跡

T2

0014
統計に基づいて、問題点を明らかにする。
▶ 根據統計的結果，來瞭解問題所在。

0015
彼は、諦めたかのように下を向いた。
▶ 他有如死心般地，低下了頭。

0016
あきれて物が言えない。
▶ 我嚇到話都說不出來了。

0017
店が10時に開くとしても、まだ2時間もある。
▶ 就算商店十點開始營業，也還有兩個小時呢。

0018
アクセントからして、彼女は大阪人のようだ。
▶ 聽口音，她應該是大阪人。

0019
仕事の最中なのに、あくびばかり出て困る。
▶ 工作中卻一直打哈欠，真是傷腦筋。

あ

0020
あの人は、悪魔のような許しがたい男です。
▶ 那個男人，像魔鬼一樣不可原諒。

0021
私はあくまで彼に賛成します。
▶ 我挺他到底。

0022
一晩考えた計画をもとに、私たちは明くる日、出発しました。
▶ 按照整晚想出來的計畫，我們明早就出發。

0023
明け方で、まだよく寝ていたところを、電話で起こされた。
▶ 黎明時分，還在睡夢中，就被電話聲吵醒。

0024
分からない人は、手を上げてください。
▶ 有不懂的人，麻煩請舉手。

0025
田舎でののんびりした生活に憧れています。
▶ 很嚮往鄉下悠閒自在的生活。

0026
家の中は、泥棒の足跡だらけだった。
▶ 家裡都是小偷的腳印。

0027	あしもと 【足元】	名 腳下；腳步；身旁，附近
0028	あじわう 【味わう】	他五 品嚐；體驗，玩味，鑑賞 麺 楽しむ
0029	あしをはこぶ 【足を運ぶ】	慣 去，前往拜訪 麺 徒労（とろう）
0030	あせ 【汗】	名 汗
0031	あそこ	代 那裡；那種程度；那種地步 麺 あちら
0032	あたたかい 【暖かい】	形 溫暖，暖和，熱情，熱心；和睦；充裕，手頭寬裕 反 寒い　麺 温暖
0033	あたり 【当（た）り】	名 命中，打中；感覺，觸感；味道；猜中；中獎；待人態度；如願，成功；(接尾)每，平均 反 はずれ　麺 的中（てきちゅう）
0034	あちこち	代 這兒那兒，到處 麺 ところどころ
0035	あちらこちら	代 到處，四處；相反，顛倒 麺 あちこち
0036	あつい 【熱い】	形 熱的，燙的；熱情的，熱烈的 反 冷たい　麺 ホット
0037	あつかう 【扱う】	他五 操作，使用；對待，待遇；調停，仲裁 麺 取り扱う（とりあつかう）
0038	あつかましい 【厚かましい】	形 厚臉皮的，無恥 麺 図々しい（ずうずうしい）
0039	あっしゅく 【圧縮】	名・他サ 壓縮；(把文章等)縮短 麺 縮める

0027
足元に注意するとともに、頭上にも気をつけてください。
▶ 請注意腳下的路，同時也要注意頭上。

0028
私が味わったかぎりでは、あの店の料理はどれもおいしいです。
▶ 就我嚐過的來看，那家店所有菜都很好吃。

0029
何度も足を運ぶ。
▶ 多次前往拜訪。

0030
テニスにしろ、サッカーにしろ、汗をかくスポーツは爽快だ。
▶ 不論是網球或足球都好，只要是會流汗的運動，都令人神清氣爽。

0031
あそこの喫茶店で待っていてください。
▶ 請到那裡的咖啡廳等一下。

0032
暖かくて、まるで春が来たかのようだ。
▶ 天氣暖和，好像春天來到似的。

0033
福引で当たりを出す。
▶ 抽獎抽中了。

0034
どこにあるかわからないので、あちこち探すよりほかない。
▶ 因為不知道在哪裡，所以只得到處找。

0035
君に会いたくて、あちらこちらどれだけ探したことか。
▶ 為了想見你一面，我可是四處找得很辛苦呢！

0036
選手たちの心には、熱いものがある。
▶ 選手的內心深處，總有顆熾熱的心。

0037
この商品を扱うに際しては、十分気をつけてください。
▶ 使用這個商品時，請特別小心。

0038
あまり厚かましいことを言うべきではない。
▶ 不該說些丟人現眼的話。

0039
こんなに大きなものを小さく圧縮するのは、無理というものだ。
▶ 要把那麼龐大的東西壓縮成那麼小，那根本就很不可能。

0040	あてはまる 【当てはまる】	(自五) 適用，適合，合適，恰當 働 適する（てきする）
0041	あてはめる 【当てはめる】	(他下一) 適用；應用 働 適用
0042 T3	あと 【後】	(名)(地點、位置)後面，後方；(時間上)以後；(距現在)以前；(次序)之後，其後；以後的事；結果，後果；其餘，此外；子孫，後人 (反)前 働 後ろ
0043	あと 【跡】	(名) 印，痕跡；遺跡；跡象；行蹤下落；家業；後任，後繼者 働 遺跡
0044	あばれる 【暴れる】	(自下一) 胡鬧；放蕩，橫衝直撞 働 乱暴
0045	あびる 【浴びる】	(他上一) 洗，浴；曬，照；遭受，蒙受 働 受ける
0046	あぶる 【炙る・焙る】	(他五) 烤；烘乾；取暖 働 焙じる（ほうじる）
0047	あふれる 【溢れる】	(自下一) 溢出，漾出，充滿 働 零れる（こぼれる）
0048	あまい 【甘い】	(形) 甜的；淡的；寬鬆，好說話；鈍，鬆動；藐視；天真的；樂觀的；淺薄的；愚蠢的 (反) 辛い 働 甘ったるい
0049	あまど 【雨戸】	(名)(為防風防雨而罩在窗外的)木板套窗，滑窗 働 戸
0050	あまやかす 【甘やかす】	(他五) 嬌生慣養，縱容放任；嬌養，嬌寵
0051	あまる 【余る】	(自五) 剩餘；超過，過分，承擔不了 (反) 足りない 働 有り余る（ありあまる）
0052	あみもの 【編み物】	(名) 編織；編織品 働 手芸（しゅげい）

0040
条件に当てはまる。
▶ 合乎條件。

0041
その方法はすべての場合に当てはめることはできない。
▶ 那個方法並不適用於所有情況。

0042
後から行く。
▶ 我隨後就去。

0043
山の中で、熊の足跡を見つけた。
▶ 在山裡發現了熊的腳印。

0044
彼は酒を飲むと、周りのこともかまわずに暴れる。
▶ 他只要一喝酒，就會不顧周遭一切地胡鬧一番。

0045
シャワーを浴びるついでに、頭も洗った。
▶ 在沖澡的同時，也順便洗了頭。

0046
魚をあぶる。
▶ 烤魚。

0047
道に人が溢れているので、通り抜けようがない。
▶ 道路擠滿了人，沒辦法通過。

0048
そんな甘い考えは、採用しかねます。
▶ 你那天真的提案，我很難採用的。

0049
力をこめて、雨戸を閉めた。
▶ 用力將滑窗關起來。

0050
子どもを甘やかすなといっても、どうしたらいいかわからない。
▶ 雖說不要寵小孩，但也不知道該如何是好。

0051
時間が余りぎみだったので、喫茶店に行った。
▶ 看來還有時間，所以去了咖啡廳。

0052
おばあちゃんが編み物をしているところへ、孫がやってきた。
▶ 老奶奶在打毛線的時候，小孫子來了。

0053	あむ 【編む】	(他五) 編，織；編輯，編纂 (類) 織る
0054	あめ 【飴】	(名) 糖，麥芽糖 (類) キャンデー
0055	あやうい 【危うい】	(形) 危險的；令人擔憂，靠不住 (類) 危ない
0056	あやしい 【怪しい】	(形) 奇怪的，可疑的；靠不住的，難以置信；奇異，特別；笨拙；關係曖昧的 (類) 疑わしい（うたがわしい）
0057	あやまり 【誤り】	(名) 錯誤 (類) 違い
0058	あやまる 【誤る】	(自五・他五) 錯誤，弄錯；耽誤
0059	あら	(感) (女)(出乎意料或驚訝時發出的聲音)唉呀！唉唷
0060	あらい 【荒い】	(形) 凶猛的；粗野的，粗暴的；濫用 (類) 荒っぽい（あらっぽい）
0061	あらい 【粗い】	(形) 大；粗糙
0062	あらし 【嵐】	(名) 風暴，暴風雨
0063	あらすじ 【粗筋】	(名) 概略，梗概，概要 (類) 概容（がいよう）
0064	あらた 【新た】	(形動) 重新；新的，新鮮的 (反) 古い (類) 新しい
0065	あらためて 【改めて】	(副) 重新；再 (類) 再び

0053 お父さんのためにセーターを編んでいる。
▶ 為了爸爸在織毛衣。

0054 子どもたちに一つずつ飴をあげました。
▶ 給了小朋友一人一顆糖果。

0055 彼の計画には、危ういものがある。
▶ 他的計畫有令人擔憂之處。

0056 外を怪しい人が歩いているよ。
▶ 有可疑的人物在外面徘徊呢。

0057 誤りを認めてこそ、立派な指導者と言える。
▶ 唯有承認自己過失，才稱得上是偉大的領導者。

0058 誤って違う薬を飲んでしまった。
▶ 不小心搞錯吃錯藥了。

あ

0059 あら、あの人が来たわよ。
▶ 唉呀！那人來了。

0060 彼は言葉が荒い反面、心は優しい。
▶ 他雖然講話粗暴，但另一面，內心卻很善良。

0061 目の粗い籠。
▶ 縫大的簍子。

0062 嵐が来ないうちに、家に帰りましょう。
▶ 趁暴風雨還沒來之前，快回家吧！

0063 彼の書いた粗筋に基づいて、脚本を書いた。
▶ 我根據他寫的故事大綱，來寫脚本。

0064 今回のセミナーは、新たな試みの一つにほかなりません。
▶ 這次的課堂討論，可說是一個全新的嘗試。

0065 改めてお知らせします。
▶ 另行通知。

0066 ☐	あらためる【改める】	(他下一) 改正，修正，革新；檢查 動 改正
0067 ☐	あらゆる【有らゆる】	(連體) 一切，所有 類 ある限り
0068 ☐	あらわれ【現れ・表れ】	名 (為「あらわれる」的名詞形) 表現；現象；結果
0069 ☐	ありがたい【有り難い】	形 難得，少有；值得感謝，感激，值得慶幸 動 謝する（しゃする）
0070 ☐ T4	(どうも) ありがとう	感 謝謝 動 お世話様
0071 ☐	ある【或る】	(連體) (動詞「あり」的連體形轉變，表示不明確、不肯定) 某，有
0072 ☐	ある【有る・在る】	(自五) 有；持有，具有；舉行，發生；有過；在 反 無い 動 存する
0073 ☐	あるいは【或いは】	(接・副) 或者，或是，也許；有的，有時 類 又は（または）
0074 ☐	あれこれ	名 這個那個，種種 類 いろいろ
0075 ☐	あれ(っ)	感 (驚訝、恐怖、出乎意料等場合發出的聲音) 呀！唉呀？
0076 ☐	あれる【荒れる】	(自下一) 天氣變壞；(皮膚) 變粗糙；荒廢，荒無；暴戾，胡鬧；秩序混亂 類 波立つ（なみだつ）
0077 ☐	あわ【泡】	名 泡，沫，水花 回 泡（あぶく）
0078 ☐	あわただしい【慌ただしい】	形 匆匆忙忙的，慌慌張張的 類 落ち着かない

0066 酒で失敗して以来、私は行動を改めることにした。
▶ 自從飲酒誤事以後，我就決定檢討改進自己的行為。

0067 資料を分析するのみならず、あらゆる角度から検討すべきだ。
▶ 不單只是分析資料，也必須從各個角度去探討才行。

0068 上司の言葉が厳しかったにしろ、それはあなたへの期待の表れなのです。
▶ 就算上司講話嚴厲了些，那也是一種對你有所期待的表現。

0069 手伝ってくれるとは、なんとありがたいことか。
▶ 你願意幫忙，是多麼令我感激啊！

0070 私たちにかわって、彼に「ありがとう」と伝えてください。
▶ 請替我們向他說聲謝謝。

0071 ある意味ではそれは正しい。
▶ 就某意義而言，那是對的。

あ

0072 あなたのうちに、コンピューターはありますか。
▶ 你家裡有電腦嗎？

0073 ペンか、あるいは鉛筆を持ってきてください。
▶ 請帶筆或鉛筆過來。

0074 あれこれ考えたあげく、行くのをやめました。
▶ 經過種種的考慮，最後決定不去了。

0075 あれっ、今日どうしたの。
▶ 唉呀！今天怎麼了？

0076 天気が荒れるかどうかにかかわらず、出かけます。
▶ 不管天氣會不會變壞，我都要出門。

0077 泡が立つ。
▶ 起泡泡。

0078 田中さんは慌ただしく部屋を出て行った。
▶ 田中先生慌慌忙忙地走出了房間。

0079 □	あわれ 【哀れ】	(名・形動) 可憐，憐憫；悲哀，哀愁；情趣，風韻 (類) かわいそう
0080 □	あん 【案】	(名) 計畫，提案，意見；預想，預料 (類) 考え
0081 □	あんい 【安易】	(名・形動) 容易，輕而易舉；安逸，舒適，遊手好閒 (反) 至難（しなん） (類) 容易
0082 □	あんき 【暗記】	(名・他サ) 記住，背誦，熟記 (類) 暗唱
0083 □	あんてい 【安定】	(名・自サ) 安定，穩定；(物體)安穩 (反) 不安定 (類) 落ち着く
0084 □	アンテナ 【antenna】	(名) 天線 (類) 空中線（くうちゅうせん）
0085 □	あんなに	(副) 那麼地，那樣地
0086 □	あんまり	(形動・副) 太，過於，過火 (類) それほど
い 0087 □	い 【位】	(漢造) 位；身分，地位；(對人的敬稱)位
0088 □	い 【胃】	(名) 胃 (類) 胃腸
0089 □	いいだす 【言い出す】	(他五) 開始說，說出口 (類) 発言
0090 □	いいつける 【言い付ける】	(他一) 命令；告狀；說慣，常說 (類) 命令
0091 □	いいん 【委員】	(名) 委員 (類) 役員

0079
そんな哀れっぽい声を出さないでください。
▶ 請不要發出那麼可憐的聲音。

0080
その案には、賛成しかねます。
▶ 我難以贊同那份提案。

0081
安易な方法に頼るべきではない。
▶ 不應該光是靠著省事的作法。

0082
こんな長い文章は、すぐには暗記できっこないです。
▶ 那麼冗長的文章，我不可能馬上記住的。

0083
結婚したせいか、精神的に安定した。
▶ 不知道是不是結了婚的關係，精神上感到很穩定。

0084
屋根の上にアンテナが立っている。
▶ 天線矗立在屋頂上。

0085
あんなに遠足を楽しみにしていたのに、雨が降ってしまった。
▶ 人家那麼期待去遠足，天公不作美卻下起雨了。

0086
あの喫茶店はあんまりきれいではない反面、コーヒーはおいしい。
▶ 那家咖啡廳裝潢不怎麼美，但咖啡卻很好喝。

0087
高い地位に就く。
▶ 坐上高位。

0088
あるものを全部食べきったら、胃が痛くなった。
▶ 吃完了所有東西以後，胃就痛了起來。

0089
余計なことを言い出したばかりに、私が全部やることになった。
▶ 都是因為我多嘴，現在所有事情都要我做了。

0090
先生に言いつけられるものなら、言いつけてみろよ。
▶ 如果你敢跟老師告狀，你就試試看啊！

0091
委員になってお忙しいところをすみませんが、お願いがあります。
▶ 真不好意思，在您當上委員的百忙之中打擾，我有一事想拜託您。

0092 □	いき 【息】	[名] 呼吸，氣息；步調 [類] 呼吸（こきゅう）
0093 □	いき 【意気】	[名] 意氣，氣概，氣勢，氣魄 [類] 気勢（きせい）
0094 □	いぎ 【意義】	[名] 意義，意思；價值 [類] 意味
0095 □	いきいき 【生き生き】	[副・自サ] 活潑，生氣勃勃，栩栩如生 [類] 活発
0096 □	いきおい 【勢い】	[名] 勢，勢力；氣勢，氣焰 [類] 気勢
0097 □	いきなり	[副] 突然，冷不防，馬上就… [類] 突然
T5 0098 □	いきもの 【生き物】	[名] 生物，動物；有生命力的東西，活的東西 [類] 生物
0099 □	いく 【幾】	[接頭] 表數量不定，幾，多少，如「幾日」（幾天）；表數量、程度很大，如「幾千万」（幾千萬）
0100 □	いくじ 【育児】	[名] 養育兒女
0101 □	いくぶん 【幾分】	[副・名] 一點，少許，多少；(分成)幾分；(分成幾分中的)一部分 [類] 少し
0102 □	いけない	[形・連語] 不好，糟糕；沒希望，不行；不能喝酒，不能喝酒的人；不許，不可以 [類] 良くない
0103 □	いけばな 【生け花】	[名] 生花，插花 [類] 挿し花
0104 □	いけん 【異見】	[名・他サ] 不同的意見，不同的見解，異議 [類] 異議（いぎ）

0092
息を全部吐ききってください。
▶ 請將氣全部吐出來。

0093
試合に勝ったので、みんな意気が上がっています。
▶ 因為贏了比賽，所以大家的氣勢都提升了。

0094
自分でやらなければ、練習するという意義がなくなるというものだ。
▶ 如果不親自做，所謂的練習就毫無意義了。

0095
結婚して以来、彼女はいつも生き生きしているね。
▶ 自從結婚以後，她總是一副風采煥發的樣子呢！

0096
その話を聞いたとたんに、彼はすごい勢いで部屋を出て行った。
▶ 他聽到那番話，就氣沖沖地離開了房間。

0097
いきなり声をかけられてびっくりした。
▶ 冷不防被叫住，嚇了我一跳。

0098
こんなひどい環境では、生き物が生存できっこない。
▶ 在這麼糟的環境下，生物不可能活得下去。

0099
幾多の困難を切り抜ける。
▶ 克服了重重的困難。

0100
主婦は、家事の上に育児もしなければなりません。
▶ 家庭主婦不僅要做家事，還要帶孩子。

0101
体調は幾分よくなってきたにしろ、まだ出勤はできません。
▶ 就算身體好些了，但還是沒辦法去上班。

0102
病気だって？それはいけないね。
▶ 生病了！那可不得了了。

0103
智子さんといえば、生け花を習い始めたらしいですよ。
▶ 說到智子小姐，聽說她開始學插花了！

0104
異見を唱える。
▶ 唱反調。

0105 □	いこう 【以降】	[名] 以後，之後 [反] 以前　[類] 以後
0106 □	いさましい 【勇ましい】	[形] 勇敢的，振奮人心的；活潑的；(俗)有勇無謀 [類] 雄々しい（おおしい）
0107 □	いし 【意志】	[名] 意志，志向，心意 [類] 意図（いと）
0108 □	いじ 【維持】	[名・他サ] 維持，維護 [類] 保持
0109 □	いしがき 【石垣】	[名] 石牆
0110 □	いしき 【意識】	[名・他サ] (哲學的)意識；知覺，神智；自覺，意識到 [類] 知覚
0111 □	いじょう 【異常】	[名・形動] 異常，反常，不尋常 [反] 正常　[類] 格外（かくがい）
0112 □	いしょくじゅう 【衣食住】	[名] 衣食住 [類] 生計
0113 □	いずみ 【泉】	[名] 泉，泉水；泉源；話題 [類] 湧き水（わきみず）
0114 □	いずれ 【何れ】	[代・副] 哪個，哪方；反正，早晚，歸根到底；不久，最近，改日 [類] どれ
0115 □	いた 【板】	[名] 木板；薄板；舞台 [類] 盤
0116 □	いたい 【遺体】	[名] 遺體
0117 □	いだい 【偉大】	[形動] 偉大的，魁梧的 [類] 偉い

0105 5時以降は不在につき、また明日いらしてください。
▶ 五點以後大家都不在，所以請你明天再來。

0106 彼らの行動には、勇ましいものがある。
▶ 他們的行為有種振奮人心的力量。

0107 本人の意志に反して、社長に選ばれた。
▶ 與當事人的意願相反，他被選為社長。

0108 政府が助けてくれないかぎり、この組織は維持できない。
▶ 只要政府不支援，這組織就不能維持下去。

0109 石垣のある家。
▶ 有石牆的房子。

0110 患者の意識が回復しないことには、治療ができない。
▶ 只要病患不回復意識，就無法進行治療。

0111 システムはもちろん、プログラムも異常はありません。
▶ 不用說是系統，程式上也有沒任何異常。

0112 衣食住に困らなければこそ、安心して生活できる。
▶ 衣食只要不缺，就可以安心過活了。

0113 泉を中心にして、いくつかの家が建っている。
▶ 圍繞著泉水，周圍有幾棟房子在蓋。

0114 いずれやらなければならないと思いつつ、今日もできなかった。
▶ 儘管知道這事早晚都要做，但今天仍然沒有完成。

0115 板に釘を打った。
▶ 把釘子敲進木板。

0116 遺体を埋葬する。
▶ 埋葬遺體。

0117 ベートーベンは偉大な作曲家だ。
▶ 貝多芬是位偉大的作曲家。

0118	いだく 【抱く】	(他五) 抱；懷有，懷抱 (類) 抱える（かかえる）
0119	いたみ 【痛み】	(名) 痛，疼；悲傷，難過；損壞；(水果因碰撞 而)腐爛 (類) 苦しみ
0120	いたむ 【痛む】	(自五) 疼痛；苦惱；損壞 (類) 傷つく（きずつく）
0121	いたる 【至る】	(自五) 到，來臨；達到；周到 (類) まで
0122	いち 【位置】	(名・自サ) 位置，場所；立場，遭遇；位於 (類) 地点
0123	いちおう 【一応】	(副) 大略做了一次，暫，先，姑且 (類) 大体
0124	いちご	(名) 草莓
0125	いちじ 【一時】	(造語・副) 某時期，一段時間；那時；暫時；一點 鐘；同時，一下子 (反) 常時　(類) 暫く（しばらく）
0126	いちだんと 【一段と】	(副) 更加，越發 (類) 一層（いっそう）
0127	いちば 【市場】	(名) 市場，商場 (類) 市
0128	いちぶ 【一部】	(名) 一部分，(書籍、印刷物等)一冊，一份，一套 (反) 全部　(類) 一部分
0129	いちりゅう 【一流】	(名) 一流，頭等；一個流派；獨特 (反) 二、三流　(類) 最高
0130	いつか 【何時か】	(副) 未來的不定時間，改天；過去的不定時間， 以前；不知不覺 (類) そのうちに

0118
彼は彼女に対して、憎しみさえ抱いている。
▶ 他對她甚至懷恨在心。

0119
あいつは冷たいやつだから、人の心の痛みなんか感じっこない。
▶ 那傢伙很冷酷，絕不可能懂得別人的痛苦。

0120
傷が痛まないこともないが、まあ大丈夫です。
▶ 傷口並不是不會痛，不過沒什麼大礙。

0121
駅から、神社に至る道を歩いた。
▶ 我走過車站到神社這一段路。

0122
机は、どの位置に置いたらいいですか。
▶ 書桌放在哪個地方好呢？

0123
一応、息子にかわって、私が謝っておきました。
▶ 我先代替我兒子去致歉。

0124
いちごを栽培する。
▶ 種植草莓。

0125
一時のことにしろ、友達とけんかするのはあまりよくないですね。
▶ 就算是一時，跟朋友吵架總是不太好吧！

0126
彼女が一段ときれいになったと思ったら、結婚するんだそうです。
▶ 覺得她變漂亮了，原來聽說是要結婚。

0127
市場で、魚や果物などを売っています。
▶ 市場裡有賣魚、水果…等等。

0128
この案に反対なのは、一部の人間にほかならない。
▶ 反對這方案的，只不過是一部分的人。

0129
一流の音楽家になれるかどうかは、才能次第だ。
▶ 是否能成為一流的音樂家，全憑個人的才能。

0130
またいつかお会いしましょう。
▶ 改天再見吧！

0131 □	いっか 【一家】	(名) 一所房子；一家人；一個團體；一派 (類) 家族
0132 □	いっしゅ 【一種】	(名) 一種；獨特的；(說不出的)某種，稍許 (類) 同類（どうるい）
0133 □	いっしゅん 【一瞬】	(名) 一瞬間，一剎那 (反) 永遠 (類) 瞬間（しゅんかん）
0134 □	いっせいに 【一斉に】	(副) 一齊，一同 (類) 一度に
0135 □	いっそう 【一層】	(副) 更，越發 (類) 更に
0136 □	いったん 【一旦】	(副) 一旦，既然；暫且，姑且 (類) 一度
0137 □	いっち 【一致】	(名・自サ) 一致，相符 (反) 相違 (類) 合致（がっち）
0138 □	いってい 【一定】	(名・自他サ) 一定；規定，固定 (反) 不定 (類) 一様
0139 □	いつでも 【何時でも】	(副) 無論什麼時候，隨時，經常，總是 (類) 随時（ずいじ）
0140 □	いっぽう 【一方】	(名・副助・接) 一個方向；一個角度；一面，同時；(兩個中的)一個；只顧，愈來愈…；從另一方面說 (反) 相互 (類) 片方
0141 □	いつまでも 【何時までも】	(副) 到什麼時候也…，始終，永遠
0142 □	いてん 【移転】	(名・自他サ) 轉移位置；搬家；(權力等)轉交，轉移 (類) 引っ越す
0143 □	いでんし 【遺伝子】	(名) 基因

0131
田中さん一家のことだから、正月は旅行に行っているでしょう。
　　▶ 田中先生一家人的話，新年大概又去旅行了吧！

0132
これは、虫の一種ですか。
　　▶ 這是屬昆蟲類的一種嗎？

0133
花火は、一瞬だからこそ美しい。
　　▶ 煙火就因那一瞬間而美麗。

0134
彼らは一斉に立ち上がった。
　　▶ 他們一起站了起來。

0135
大会で優勝できるように、一層努力します。
　　▶ 為了比賽能得冠軍，我要比平時更加努力。

0136
いったんうちに帰って、着替えてからまた出かけます。
　　▶ 我先回家一趟，換過衣服之後再出門。

0137
意見が一致した上は、早速プロジェクトを始めましょう。
　　▶ 既然看法一致了，就快點進行企畫吧！

0138
一定の条件のもとで、安心して働くことができます。
　　▶ 在一定的條件下，就能放心地工作了。

0139
彼はいつでも勉強している。
　　▶ 他無論什麼時候都在看書。

0140
勉強する一方で、仕事もしている。
　　▶ 我一邊唸書，也一邊工作。

0141
今日のことは、いつまでも忘れません。
　　▶ 今日所發生的，我永生難忘。

0142
会社の移転で大変なところを、お邪魔してすみません。
　　▶ 在貴社遷移而繁忙之時前來打擾您，真不好意思。

0143
遺伝子組み換え食品。
　　▶ 基因改造食品。

0144	いど 【井戸】	名 井
0145	いど 【緯度】	名 緯度 反 経度
0146	いどう 【移動】	名・自他サ 移動，轉移 反 固定　動 移る
0147	いね 【稲】	名 水稻，稻子 動 水稻（すいとう）
0148	いねむり 【居眠り】	名・自サ 打瞌睡，打盹兒 動 仮寝（かりね）
0149	いばる 【威張る】	自五 誇耀，逞威風 動 驕る（おごる）
0150	いはん 【違反】	名・自サ 違反，違犯 反 遵守　動 反する
0151	いふく 【衣服】	名 衣服 動 衣装
0152	いまに 【今に】	副 就要，即將，馬上；至今，直到現在 動 そのうちに
0153	いまにも 【今にも】	副 馬上，不久，眼看就要 動 すぐ
0154	いやがる 【嫌がる】	他五 討厭，不願意，逃避 動 嫌う
0155	いよいよ 【愈々】	副 愈發；果真；終於；即將要；緊要關頭 動 遂に
0156	いらい 【以来】	名 以來，以後；今後，將來 反 以降　動 以前

0144
井戸で水をくんでいるところへ、隣のおばさんが来た。
▶ 我在井邊打水時，隔壁的伯母就來了。

0145
緯度が高いわりに暖かいです。
▶ 雖然緯度很高，氣候卻很暖和。

0146
雨が降ってきたので、屋内に移動せざるをえませんね。
▶ 因為下起雨了，所以不得不搬到屋內去呀。

0147
太陽の光のもとで、稲が豊かに実っています。
▶ 稻子在陽光之下，結實累累。

0148
あいつのことだから、仕事中に居眠りをしているんじゃないかな。
▶ 那傢伙的話，一定又是在工作時間打瞌睡吧！

0149
部下に威張る。
▶ 對屬下逞威風。

0150
スピード違反をした上に、駐車違反までしました。
▶ 不僅超速，甚至還違規停車。

0151
季節に応じて、衣服を選びましょう。
▶ 依季節來挑衣服吧！

0152
彼は、現在は無名にしろ、今に有名になるに違いない。
▶ 儘管他現在只是個無名小卒，但他一定很快會成名的。

0153
その子どもは、今にも泣き出しそうだった。
▶ 那個小朋友眼看就要哭了。

0154
彼女が嫌がるのもかまわず、何度もデートに誘う。
▶ 不顧她的不願，一直要約她出去。

0155
いよいよ留学に出発する日がやってきた。
▶ 出國留學的日子終於來到了。

0156
去年以来、交通事故による死者が減りました。
▶ 從去年開始，車禍死亡的人口減少了。

0157 ☐	いらい 【依頼】	(名・自他サ) 委託，請求，依靠 (類) 頼み
0158 ☐	いりょう 【医療】	(名) 醫療 (類) 治療
0159 ☐	いりょうひん 【衣料品】	(名) 衣料；衣服
0160 T7	いる 【煎る・炒る】	(他五) 炒，煎
0161 ☐	いれもの 【入れ物】	(名) 容器，器皿 (類) 器
0162 ☐	いわい 【祝い】	(名) 祝賀，慶祝；賀禮；慶祝活動 (類) おめでた
0163 ☐	いわば 【言わば】	(副) 譬如，打個比方，說起來，打個比方說
0164 ☐	いわゆる 【所謂】	(連體) 所謂，一般來說，大家所說的，常說的
0165 ☐	いんさつ 【印刷】	(名・自他サ) 印刷 (類) プリント
0166 ☐	いんたい 【引退】	(名・自サ) 隱退，退職 (類) 辞める
0167 ☐	いんよう 【引用】	(名・自他サ) 引用
う 0168 ☐	ウィスキー 【whisky】	(名) 威士忌(酒) (類) 酒
0169 ☐	ウーマン 【woman】	(名) 婦女，女人 (反) マン (類) 女

0157
仕事を依頼する上は、ちゃんと報酬を払わなければなりません。
▶ 既然要委託他人做事，就得付出相對的酬勞。

0158
高い医療水準のもとで、国民は健康に生活しています。
▶ 在高醫療水準之下，國民過著健康的生活。

0159
衣料品店を営む。
▶ 經營服飾店。

0160
ごまを鍋で煎ったら、いい香りがした。
▶ 芝麻在鍋裡一炒，就香味四溢。

0161
入れ物がなかったばかりに、飲み物をもらえなかった。
▶ 就因為沒有容器了，所以沒能拿到飲料。

0162
祝いの品として、ネクタイを贈った。
▶ 我送了條領帶作為賀禮。

0163
このペンダントは、言わばお守りのようなものです。
▶ 這對墜飾耳環，說起來就像是我的護身符一般。

0164
いわゆる健康食品が、私はあまり好きではない。
▶ 我不大喜歡那些所謂的健康食品。

0165
原稿ができたら、すぐ印刷に回すことになっています。
▶ 稿一完成，就要馬上送去印刷。

0166
彼は、サッカー選手を引退するかしないかのうちに、タレントになった。
▶ 他才從足球選手隱退，就當起了藝人。

0167
引用による説明が、分かりやすかったです。
▶ 引用典故來做說明，讓人淺顯易懂。

0168
ウィスキーにしろ、ワインにしろ、お酒は絶対飲まないでください。
▶ 不論是威士忌，還是葡萄酒，請千萬不要喝酒。

0169
ウーマンリブがはやった時代もあった。
▶ 過去女性解放運動也曾有過全盛時代。

い

0170 □	うえき 【植木】	名 植種的樹；盆景
0171 □	うえる 【飢える】	自下一 飢餓，渴望 類 飢える（かつえる）
0172 □	うお 【魚】	名 魚 類 魚類
0173 □	うがい 【嗽】	名・自サ 漱口 類 漱ぐ
0174 □	うかぶ 【浮かぶ】	自五 漂，浮起；想起，浮現，露出；(佛)超 度；出頭，擺脫困難 反 沈む（しずむ） 類 浮き上がる（うきあがる）
0175 □	うかべる 【浮かべる】	他下一 浮，泛；露出；想起 反 沈める（しずめる） 類 浮かす（うかす）
0176 □	うく 【浮く】	自五 飄浮；動搖，鬆動；高興，愉快；結餘， 剩餘；輕薄 反 沈む 類 浮かぶ
0177 □	うけたまわる 【承る】	他五 聽取，遵從，接受；知道，知悉；傳聞 類 受け入れる
0178 □	うけとり 【受け取り】	名 收領；收據；計件工作(的工錢)
0179 □	うけとる 【受け取る】	他五 領，接收，理解，領會 反 差し出す 類 受け入れる
0180 □	うけもつ 【受け持つ】	他五 擔任，擔當，掌管 類 担当する
0181 □	うさぎ 【兎】	名 兔子
0182 □	うしなう 【失う】	他五 失去，喪失；改變常態；喪，亡；迷失； 錯過 類 無くす

0170 植木の世話をしているところへ、友だちが遊びに来ました。
▶ 當我在修剪盆栽時，朋友就跑來拜訪。

0171 生活に困っても、飢えることはないでしょう。
▶ 就算為生活而苦，也不會挨餓吧！

0172 魚に興味をもったのをきっかけに、魚市場で働くことにした。
▶ 因為對魚有興趣，因此我就到魚市場工作了。

0173 うちの子は外から帰ってきて、うがいどころか手も洗わない。
▶ 我家孩子從外面回來，別說是漱口，就連手也不洗。

0174 そのとき、すばらしいアイデアが浮かんだ。
▶ 就在那時，靈光一現，腦中浮現了好點子。

0175 行ったこともない場所のイメージは、頭に浮かべようがない。
▶ 沒去過的地方，腦海中不可能會有印象。

0176 面白い形の雲が、空に浮いている。
▶ 天空裡飄著一朵形狀有趣的雲。

0177 担当者にかわって、私が用件を承ります。
▶ 由我來代替負責的人來承接這件事情。

0178 荷物を届けたら、受け取りをもらってください。
▶ 如果包裹送來的話，請索取收據。

0179 意味のないお金は、受け取りようがありません。
▶ 沒來由的金錢，我是不能收下的。

0180 1年生のクラスを受け持っています。
▶ 我擔任一年級的班導。

0181 動物園には、象やライオンばかりでなく、兎などもいます。
▶ 動物園裡，不單有大象和獅子，也有兔子等等的動物。

0182 事故のせいで、財産を失いました。
▶ 都是因為事故的關係，而賠光了財產。

0183	うすぐらい 【薄暗い】	(形) 微暗的，陰暗的 (名) 薄明かり
0184	うすめる 【薄める】	(他下一) 稀釋，弄淡
0185	うたがう 【疑う】	(他五) 懷疑，疑惑，不相信，猜測 (反) 信じる (名) 訝る（いぶかる）
0186	うちあわせ 【打ち合わせ】	(名・他サ) 事先商量，碰頭 (名) 相談
0187	うちあわせる 【打ち合わせる】	(他下一) 使…相碰，(預先)商量 (名) 相談する
0188	うちけす 【打ち消す】	(他五) 否定，否認；熄滅，消除 (名) 取り消す
0189	うちゅう 【宇宙】	(名) 宇宙；(哲)天地空間；天地古今
0190	うつす 【映す】	(他五) 映，照；放映
0191	うったえる 【訴える】	(他下一) 控告，控訴，申訴；求助於；使…感動，打動
0192	うなずく 【頷く】	(自五) 點頭同意，首肯 (名) 承知する
0193	うなる 【唸る】	(自五) 呻吟；(野獸)吼叫；發出嗚聲；吟，哼；贊同，喝彩 (名) 鳴く
0194	うばう 【奪う】	(他五) 剝奪；強烈吸引；除去 (反) 与える (名) 奪い取る
0195	うまれ 【生まれ】	(名) 出生；出生地；門第，出生

T8

0183 目に悪いから、薄暗いところで本を読むものではない。
▶ 因為對眼睛不好，所以不該在陰暗的地方看書。

0184 コーヒーをお湯で薄めたから、おいしくないわけだ。
▶ 原來這咖啡有用水稀釋過，怪不得不怎麼好喝。

0185 彼のことは、友人でさえ疑っている。
▶ 他的事情，就連朋友也都在懷疑。

0186 特別に変更がないかぎり、打ち合わせは来週の月曜に行われる。
▶ 只要沒有特別的變更，會議將在下禮拜一舉行。

0187 あ、ついでに明日のことも打ち合わせておきましょう。
▶ 啊！順便先商討一下明天的事情吧！

0188 一度言ってしまった言葉は、打ち消しようがない。
▶ 一旦說出的話，就沒辦法否認了。

0189 宇宙飛行士の話を聞いたのをきっかけにして、宇宙に興味を持った。
▶ 自從聽了太空人的故事後，就對宇宙產生了興趣。

0190 鏡に姿を映して、おかしくないかどうか見た。
▶ 我照鏡子，看看樣子奇不奇怪。

0191 彼が犯人と知った上は、警察に訴えるつもりです。
▶ 既然知道他是犯人，我就打算向警察報案。

0192 私が意見を言うと、彼は黙ってうなずいた。
▶ 我一說出意見，他就默默地點了頭。

0193 ブルドッグがウーウー唸っている。
▶ 哈巴狗嗚嗚地叫著。

0194 戦争で家族も財産もすべて奪われてしまった。
▶ 戰爭把我的家族和財產全都奪走了。

0195 戸籍上は、北海道の生まれになっています。
▶ 戶籍上，是標明北海道出生的。

う

0196 □	うむ 【有無】	名 有無；可否，願意與否 関 生い立ち
0197 □	うめ 【梅】	名 梅花，梅樹；梅子
0198 □	うやまう 【敬う】	他五 尊敬 反 侮る（あなどる） 関 敬する（けいする）
0199 □	うらがえす 【裏返す】	他五 翻過來；通敵，叛變 関 折り返す
0200 □	うらぎる 【裏切る】	他五 背叛，出賣，通敵；辜負，違背 関 背信する
0201 □	うらぐち 【裏口】	名 後門，便門；走後門 反 表口
0202 □	うらなう 【占う】	他五 占卜，占卦，算命 関 占卜（せんぼく）
0203 □	うらみ 【恨み】	名 恨，怨，怨恨 関 怨恨（えんこん）
0204 □	うらむ 【恨む】	他五 抱怨，恨；感到遺憾，可惜；雪恨，報仇 関 残念（ざんねん）
0205 □	うらやむ 【羨む】	他五 羨慕，嫉妒 関 妬む（ねたむ）
0206 □	うりあげ 【売り上げ】	名 （一定期間的）銷售額，營業額 関 売上高
0207 □	うりきれ 【売り切れ】	名 賣完
0208 □	うりきれる 【売り切れる】	自下一 賣完，賣光

0196
彼が行くことをためらっているところを、有無を言わせず連れてきた。
▶ 就在他猶豫是否要去時，不管三七二十一地就將他帶了過來。

0197
梅の花が、なんと美しかったことか。
▶ 梅花是多麼地美麗啊！

0198
年長者を敬うことは大切だ。
▶ 尊敬年長長輩是很重要的。

0199
靴下を裏返して洗った。
▶ 我把襪子翻過來洗。

0200
友達を信じたとたんに、裏切られた。
▶ 就在我相信朋友的那一刻，遭到了背叛。

0201
すみませんが、裏口から入ってください。
▶ 不好意思，請由後門進入。

う

0202
恋愛と仕事について占ってもらった。
▶ 我請他幫我算我愛情和工作的運勢。

0203
私に恨みを持つなんて、それは誤解というものです。
▶ 說什麼跟我有深仇大怨，那真是個天大誤會啊。

0204
仕事の報酬をめぐって、同僚に恨まれた。
▶ 因為工作的報酬一事，被同事懷恨在心。

0205
彼女はきれいでお金持ちなので、みんなが羨んでいる。
▶ 她人既漂亮又富有，大家都很羨慕她。

0206
売り上げの計算をしているところへ、社長がのぞきに来た。
▶ 在我結算營業額時，社長跑來看了一下。

0207
売り切れにならないうちに、早く買いに行かなくてはなりません。
▶ 我們得在賣光之前去買才行。

0208
コンサートのチケットはすぐに売り切れた。
▶ 演唱會的票馬上就賣完了。

0209 □	うれゆき 【売れ行き】	名 (商品的)銷售狀況，銷路
0210 □	うれる 【売れる】	自下一 商品賣出，暢銷；變得廣為人知，出名，聞名
0211 □	うろうろ	副・自サ 徘徊；不知所措，張慌失措 ⑤ まごまご
0212 □	うわ 【上】	漢造 (位置的)上邊，上面，表面；(價值、程度)高；輕率，隨便
0213 □	うわる 【植わる】	自五 栽上，栽植
0214 □	うん 【運】	名 命運，運氣 ⑤ 運命
0215 □	うんが 【運河】	名 運河 ⑤ 堀（ほり）
0216 □	うんと	副 多，大大地；用力，使勁地 ⑤ たくさん
0217 □	うんぬん 【云々】	名・他サ 云云，等等；說長道短 ⑤ あれこれ
0218 □	うんぱん 【運搬】	名・他サ 搬運，運輸 ⑤ 運ぶ
0219 □	うんよう 【運用】	名・他サ 運用，活用 ⑤ 応用
え 0220 □ T9	えっ	感 (表示驚訝、懷疑)啊！怎麼？
0221 □	えいえん 【永遠】	名 永遠，永恆，永久 ⑤ いつまでも

0209	その商品は売れ行きがよい。 ▶ 那個產品銷路很好。
0210	この新製品がよく売れる。 ▶ 這個新產品很暢銷。
0211	彼は今ごろ、渋谷あたりをうろうろしているに相違ない。 ▶ 現在，他人一定是在澀谷一帶徘徊。
0212	上着を脱いで仕事をする。 ▶ 脫掉上衣工作。
0213	庭にはいろいろのばらが植わっていた。 ▶ 庭院種植了各種野玫瑰。
0214	宝くじが当たるとは、なんと運がいいことか。 ▶ 竟然中了彩卷，運氣還真好啊！
0215	真冬の運河に飛び込むとは、無茶というものだ。 ▶ 在寒冬跳入運河裡，真是件荒唐的事。
0216	うんとおしゃれをして出かけた。 ▶ 她費心打扮出門去了。
0217	他人のすることについて云々したくはない。 ▶ 對於他人所作的事，我不想多說什麼。
0218	荷物を指示どおりに運搬した。 ▶ 行李已依指示搬運完成。
0219	目的にそって、資金を運用する。 ▶ 按目的來運用資金。
0220	えっ、あれが彼のお父さん? ▶ 咦？那是他父親嗎？
0221	神のもとで、永遠の愛を誓います。 ▶ 在神面前，發誓相愛至永遠。

う

0222	えいきゅう 【永久】	名 永遠，永久 副 いつまでも
0223	えいぎょう 【営業】	名・自他サ 營業，經商 副 商い（あきない）
0224	えいせい 【衛生】	名 衛生 副 保健
0225	えいぶん 【英文】	名 用英語寫的文章；「英文學」、「英文學科」的簡稱
0226	えいわ 【英和】	名 英日辭典
0227	えがお 【笑顔】	名 笑臉，笑容 反 泣き顔　副 笑い顔
0228	えがく 【描く】	他五 畫，描繪；以…為形式，描寫；想像 副 写す
0229	えきたい 【液体】	名 液體 副 液状
0230	えさ 【餌】	名 飼料，飼食
0231	エチケット 【etiquette】	名 禮節，禮儀，(社交)規矩 副 礼儀
0232	えのぐ 【絵の具】	名 顏料 副 顏料
0233	えはがき 【絵葉書】	名 圖畫明信片，照片明信片
0234	エプロン 【apron】	名 圍裙 副 前掛け（まえかけ）

0222
私は、永久にここには戻ってこない。
▶ 我永遠不會再回來這裡。

0223
営業開始に際して、店長から挨拶があります。
▶ 開始營業時，店長會致詞。

0224
この店は、衛生上も問題があるね。
▶ 這家店，衛生上也有問題呀。

0225
この英文は、難しくてしようがない。
▶ 這英文，實在是難得不得了。

0226
兄の部屋には、英和辞典ばかりでなく、仏和辞典もある。
▶ 哥哥的房裡，不僅有英日辭典，也有法日辭典。

0227
売り上げを上げるには、笑顔でサービスするよりほかない。
▶ 想要提高營業額，沒有比用笑臉來服務客人更好的辦法。

え

0228
この絵は、心に浮かんだものを描いたにすぎません。
▶ 這幅畫只是將內心所想像的東西，畫出來的而已。

0229
気体から液体になったかと思うと、たちまち固体になった。
▶ 才剛在想它從氣體變成了液體，現在又瞬間變成了固體。

0230
野良猫たちは、餌をめぐっていつも争っている。
▶ 野貓們總是圍繞著飼料互相爭奪。

0231
エチケット違反をするものではない。
▶ 不該違反禮儀。

0232
絵の具で絵を描いています。
▶ 我用水彩作畫。

0233
絵葉書を出す。
▶ 寄照片明信片。

0234
彼女は、エプロン姿が似合います。
▶ 她很適合穿圍裙呢！

0235 □	えらい 【偉い】	[形] 偉大，卓越，了不起；(地位)高，(身分)高貴；(出乎意料)嚴重 [類] 偉大
0236 □	えん 【円】	[名] (幾何)圓，圓形；(明治後日本貨幣單位)日元
0237 □	えんき 【延期】	[名・他サ] 延期 [類] 日延べ（ひのべ）
0238 □	えんぎ 【演技】	[名・自サ] (演員的)演技，表演；做戲
0239 □	えんげい 【園芸】	[名] 園藝
0240 □	えんじ 【園児】	[名] 幼園童
0241 □	えんしゅう 【円周】	[名] (數)圓周
0242 □	えんしゅう 【演習】	[名・自サ] 演習，實際練習；(大學内的)課堂討論，共同研究 [類] 練習
0243 □	えんじょ 【援助】	[名・他サ] 援助，幫助 [類] 後援（こうえん）
0244 □	エンジン 【engine】	[名] 發動機，引擎 [類] 発動機（はつどうき）
0245 □	えんぜつ 【演説】	[名・自サ] 演說 [類] 講演
0246 □	えんそく 【遠足】	[名・自サ] 遠足，郊遊 [類] ピクニック
0247 □	えんちょう 【延長】	[名・自他サ] 延長，延伸，擴展；全長 [類] 延ばす

0235 彼は学者として偉かった。
▶ 以一個學者而言他是很偉大的。

0236 点Aを中心に、円を描いてください。
▶ 請以A點為圓心，畫出一個圓來。

0237 スケジュールを発表した以上、延期するわけにはいかない。
▶ 既然已經公布了時間表，就絕不能延期。

0238 ちょうど演技の練習をしているところを、ちょっと中断してもらった。
▶ 正當他們練習演技時，我請他們暫停一下。

0239 趣味として、園芸をやっています。
▶ 我把從事園藝當作一種興趣。

0240 園児が多い。
▶ 有很多幼園童。

え

0241 円周率は、約3.14である。
▶ 圓周率約為3.14。

0242 計画にそって、演習が行われた。
▶ 按照計畫，進行了演習。

0243 親の援助があれば、生活できないこともない。
▶ 有父母支援的話，也不是不能過活的。

0244 スポーツカー向けのエンジンを作っています。
▶ 我們正在製造適合跑車用的引擎。

0245 首相の演説が終わったかと思ったら、外相の演説が始まった。
▶ 首相的演講才結束，外務大臣就馬上接著演講了。

0246 遠足に行くとしたら、富士山に行きたいです。
▶ 如果要去遠足，我想去富士山。

0247 試合を延長するに際して、10分休憩します。
▶ 在延長比賽時，先休息10分鐘。

	0248 □	えんとつ 【煙突】	名 煙囪 動 煙筒（えんとう）
お	0249 □	おい 【甥】	名 姪子，外甥 反 姪　動 甥御（おいご）
	0250 □	おいかける 【追い掛ける】	他下一 追趕；緊接著 動 追う
	0251 □	おいつく 【追い付く】	自五 追上，趕上；達到；來得及 動 追い及ぶ
	0252 □	オイル 【oil】	名 油，油類；油畫，油畫顏料；石油 動 石油
	0253 □	おう 【王】	名 帝王，君王，國王；首領，大王；(象棋)王將 動 国王
	0254 □	おう 【追う】	他五 追，趕走；逼催，忙於；趨趕；追求；遵 循，按照 動 追いかける
	0255 □	おうさま 【王様】	名 國王，大王 動 元首
	0256 □ T10	おうじ 【王子】	名 王子；王族的男子 反 王女　動 プリンス
	0257 □	おうじょ 【王女】	名 公主；王族的女子 反 王子　動 プリンセス
	0258 □	おうじる・おうずる 【応じる・応ずる】	自上一 響應；答應；允應，滿足；適應 動 適合する
	0259 □	おうせい 【旺盛】	形動 旺盛
	0260 □	おうせつ 【応接】	名・自サ 接待，應接 動 持てなし（もてなし）

0248
煙突から煙が出ている。
▶ 從煙囪裡冒出了煙來。

0249
甥の将来が心配でならない。
▶ 替外甥的未來擔心不行。

0250
すぐに追いかけないことには、犯人に逃げられてしまう。
▶ 不趕快追上去的話，會被犯人逃走的。

0251
一生懸命走って、やっと追いついた。
▶ 拼命地跑，終於趕上了。

0252
最近、オイル価格は、上がる一方だ。
▶ 最近石油的價格持續上升。

0253
王も、一人の人間にすぎない。
▶ 國王也不過是普通的人罷了。

え

0254
刑事は犯人を追っている。
▶ 刑警正在追捕犯人。

0255
王様は、立場上意見を言うことができない。
▶ 就國王的立場上，實在無法發表意見。

0256
国王のみならず、王子まで暗殺された。
▶ 不單是國王，就連王子也被暗殺了。

0257
王女様のことだから、ピンクのドレスがよく似合うでしょう。
▶ 正因為是公主，所以一定很適合粉紅色的禮服吧。

0258
場合に応じて、いろいろなサービスがあります。
▶ 隨著場合的不同，有各種不同的服務。

0259
食欲が旺盛だ。
▶ 食慾很旺盛。

0260
会社では、掃除もすれば、来客の応接もする。
▶ 公司裡，要打掃也要接待客人。

0261 ☐	おうたい 【応対】	(名・他サ) 應對，接待，應酬 (類) 接待（せったい）
0262 ☐	おうだん 【横断】	(名・他サ) 橫斷；橫渡，橫越 (類) 橫切る
0263 ☐	おうとつ 【凹凸】	(名) 凹凸，高低不平
0264 ☐	おうふく 【往復】	(名・自サ) 往返，來往；通行量 (類) 行き帰り
0265 ☐	おうべい 【欧米】	(名) 歐美 (類) 西洋
0266 ☐	おうよう 【応用】	(名・他サ) 應用，運用 (類) 活用
0267 ☐	おえる 【終える】	(他下一・自下一) 做完，完成，結束 (反) 始める (類) 終わらせる
0268 ☐	おお 【大】	(造語) (形狀、數量)大，多；(程度)非常，很； 大體，大概 (反) 小
0269 ☐	おおいに 【大いに】	(副) 很，頗，大大地，非常地 (類) 非常に
0270 ☐	おおう 【覆う】	(他五) 覆蓋，籠罩；掩飾；籠罩，充滿；包含， 蓋廣 (類) 被せる
0271 ☐	オーケストラ 【orchestra】	(名) 管絃樂(團)；樂池，樂隊席 (類) 管弦楽（団）
0272 ☐	おおざっぱ 【大雑把】	(形動) 草率，粗枝大葉；粗略，大致 (類) おおまか
0273 ☐	おおどおり 【大通り】	(名) 大街，大馬路 (類) 街

0261
お客様の応対をしているところに、電話が鳴った。
▶ 電話在我接待客人時響了起來。

0262
警官の注意もかまわず、赤信号で道を横断した。
▶ 他不管警察的警告，照樣闖紅燈。

0263
凹凸が激しい。
▶ 非常崎嶇不平。

0264
往復5時間もかかる。
▶ 來回要花上五個小時。

0265
A教授のもとに、たくさんの欧米の学生が集まっている。
▶ A教授的門下，聚集著許多來自歐美的學生。

0266
基本問題に加えて、応用問題もやってください。
▶ 除了基本題之外，也請做一下應用題。

0267
太郎は無事任務を終えた。
▶ 太郎順利地把任務完成了。

0268
昨日大雨が降った。
▶ 昨天下了大雨。

0269
社長のことだから、大いに張り切っているだろう。
▶ 因為是社長，所以一定相當地賣命吧。

0270
車をカバーで覆いました。
▶ 用車套蓋住車子。

0271
オーケストラの演奏は、期待に反してひどかった。
▶ 管絃樂團的演奏與期待相反，非常的糟糕。

0272
大雑把に掃除しておいた。
▶ 先大略地整理過了。

0273
売り上げがよかったのを契機に、大通りに店を出した。
▶ 趁著銷售量亮眼的時候，在大馬路旁開了家店。

0274 ☐	オートメーション 【automation】	名 自動化，自動控制裝置，自動操縱法 動 自動制御裝置（じどうせいぎょそうち）
0275 ☐	おおや 【大家】	名 房東；正房，上房，主房 反 店子（たなこ） 動 家主（やぬし）
0276 ☐	おおよそ 【大凡】	副 大體，大概，一般；大約，差不多 動 大方（おおかた）
0277 ☐	おか 【丘】	名 丘陵，山崗，小山 動 丘陵（きゅうりょう）
0278 ☐	おかず 【お数・お菜】	名 菜飯，菜餚 動 副食物
0279 ☐	おがむ 【拝む】	他五 叩拝；合掌作揖；懇求，央求；瞻仰，見識 動 拝する
0280 ☐	おかわり 【お代わり】	名・自サ（酒、飯等）再來一杯、一碗
0281 ☐	おき 【沖】	名（離岸較遠的）海面，海上；湖心；（日本中部方言）寬闊的田地、原野 動 海
0282 ☐	おぎなう 【補う】	他五 補償，彌補，貼補 動 補足する
0283 ☐	おきのどくに 【お気の毒に】	連語・感 令人同情；過意不去，給人添麻煩 動 哀れ（あわれ）
0284 ☐	おくがい 【屋外】	名 戶外 反 屋内 動 戶外
0285 ☐	おくさま 【奥様】	名 尊夫人，太太 動 夫人
0286 ☐	おくりがな 【送り仮名】	名 漢字訓讀時，寫在漢字下的假名；用日語讀漢文時，在漢字右下方寫的假名 動 送り

0274 オートメーション設備を導入して以来、製造速度が速くなった。
▶ 自從引進自動控制設備後，生產的速度就快了許多。

0275 アメリカに住んでいた際は、大家さんにたいへんお世話になった。
▶ 在美國居住的那段期間，受到房東很多的照顧。

0276 おおよその事情はわかりました。
▶ 我已經瞭解大概的狀況了。

0277 町に出るには、あの丘を越えていくよりほかはない。
▶ 要離開這個城鎮，除了翻越那個山丘沒有其他辦法。

0278 今日のおかずはハンバーグです。
▶ 今天的餐點是漢堡肉。

0279 お寺に行って、仏像を拝んだ。
▶ 我到寺廟拜了佛像。

お

0280 ダイユットしているときに限って、ご飯をお代わりしたくなります。
▶ 偏偏在減肥的時候，就會想再吃一碗。

0281 船が沖へ出るにつれて、波が高くなった。
▶ 船隻越出海，浪就打得越高。

0282 ビタミン剤で栄養を補っています。
▶ 我吃維他命錠來補充營養。

0283 泥棒に入られて、お気の毒に。
▶ 被小偷闖空門，還真是令人同情。

0284 君は、もっと屋外で運動するべきだ。
▶ 你應該要多在戶外運動才是。

0285 社長のかわりに、奥様がいらっしゃいました。
▶ 社長夫人代替社長大駕光臨了。

0286 先生に習ったとおりに、送り仮名をつけた。
▶ 照著老師所教來註上假名。

0287 ☐	おくる 【贈る】	(他五) 贈送，餽贈；授與，贈給 (近) 与える
0288 ☐	おげんきで 【お元気で】	(寒暄) 請保重
0289 ☐	おこたる 【怠る】	(他五) 怠慢，懶惰；疏忽，大意 (近) 怠ける（なまける）
0290 ☐	おさない 【幼い】	(形) 幼小的，年幼的；孩子氣，幼稚的 (近) 幼少（ようしょう）
0291 ☐	おさめる 【収める】	(他下一) 接受；取得；收藏，收存；收集，集中；繳納；供應，賣給；結束 (近) 収穫する
0292 ☐	おさめる 【治める】	(他下一) 治理；鎮壓
0293 ☐	おしい 【惜しい】	(形) 遺憾；可惜的，捨不得；珍惜 (近) もったいない
0294 ☐ T11	おしらせ 【お知らせ】	(名) 通知，訊息 (近) 通知
0295 ☐	おせん 【汚染】	(名・自他サ) 污染 (近) 汚れる
0296 ☐	おそらく 【恐らく】	(副) 恐怕，或許，很可能 (近) 多分
0297 ☐	おそれる 【恐れる】	(自下一) 害怕，恐懼；擔心 (近) 心配する
0298 ☐	おそろしい 【恐ろしい】	(形) 可怕；驚人，非常，厲害 (近) 怖い
0299 ☐	おたがいさま 【お互い様】	(名) 彼此，互相

0287
大学から彼に博士号が贈られた。
▶ 大學頒給他博士學位。

0288
では、お元気で。
▶ 那麼，請您保重。

0289
努力を怠ったせいで、失敗しました。
▶ 由於怠於努力，所以失敗了。

0290
幼い子どもから見れば、私もおじさんなんだろう。
▶ 從年幼的孩童的眼中來看，我也算是個叔叔吧。

0291
プロジェクトが成功を収めたばかりか、次の計画も順調だ。
▶ 豈止是順利完成計畫，就連下一個企畫也進行得很順利。

0292
国を治める。
▶ 治國。

お

0293
普段の実力に反して、惜しくも試合に負けた。
▶ 不同於以往該有的實力，很可惜地輸掉了比賽。

0294
大事なお知らせだからこそ、わざわざ伝えに来たのです。
▶ 正因為有重要的通知事項，所以才特地前來傳達。

0295
工場が生産をやめないかぎり、川の汚染は続くでしょう。
▶ 只要工廠不停止生產，河川的污染就會持續下去吧！

0296
おそらく彼は、今ごろ勉強の最中でしょう。
▶ 他現在恐怕在唸書吧。

0297
私は挑戦したい気持ちがある半面、失敗を恐れている。
▶ 在我想挑戰的同時，心裡也害怕會失敗。

0298
そんな恐ろしい目で見ないでください。
▶ 不要用那種駭人的眼神看我。

0299
お互い様です。
▶ 彼此彼此。

0300 □	おだやか 【穏やか】	(形動) 平穏；溫和，安詳；穩妥，穩當 (類) 溫和（おんわ）
0301 □	おちつく 【落ち着く】	(自五) (心神，情緒等)穩靜；鎮靜，安祥；穩坐，穩當；(長時間)定居；有頭緒；淡雅，協調 (類) 安定する
0302 □	おでかけ 【お出掛け】	(名) 出門，正要出門 (類) 外出する
0303 □	おてつだいさん 【お手伝いさん】	(名) 佣人 (類) 家政婦（かせいふ）
0304 □	おどかす 【脅かす】	(他五) 威脅，逼迫；嚇唬 (類) 驚かす（おどろかす）
0305 □	おとこのひと 【男の人】	(名) 男人，男性 (反) 女の人 (類) 男性
0306 □	おとしもの 【落とし物】	(名) 不慎遺失的東西 (類) 遺失物
0307 □	おどりでる 【躍り出る】	(自下一) 躍進到，跳到
0308 □	おとる 【劣る】	(自五) 劣，不如，不及，比不上 (反) 優れる (類) 及ばない（およばない）
0309 □	おどろかす 【驚かす】	(他五) 使吃驚，驚動；嚇唬；驚喜；使驚覺 (類) びっくりさせる
0310 □	おに 【鬼】	(名・接頭) 鬼，鬼怪；窮凶惡極的人；鬼形狀的；死者的靈魂；狠毒的，冷酷無情的；大型的，突出的
0311 □	おのおの 【各々】	(名・副) 各自，各，諸位 (類) それぞれ
0312 □	おばけ 【お化け】	(名) 鬼

0300	思っていたのに反して、上司の性格は穏やかだった。
☐	▶ 與我想像的不一樣，我的上司個性很溫和。

0301	引っ越し先に落ち着いたら、手紙を書きます。
☐	▶ 等搬完家安定以後，我就寫信給你。

0302	ちょうどお出掛けのところを、引き止めてすみません。
☐	▶ 在您正要出門時叫住您，實在很抱歉。

0303	妻の仕事が忙しくなったのを契機に、お手伝いさんを雇いました。
☐	▶ 自從妻子工作變忙之後，我們就雇用了佣人。

0304	急に飛び出してきて、脅かさないでください。
☐	▶ 不要突然跳出來嚇人好不好！

0305	この映画は、男の人向けだと思います。
☐	▶ 這部電影，我認為很適合男生看。

0306	落とし物を交番に届けた。
☐	▶ 我將撿到的遺失物品，送到了派出所。

0307	トップに躍り出る。
☐	▶ 一躍而居冠。

0308	英語力は、私のほうが劣っている。
☐	▶ 在英語能力方面，我比較差一些。

0309	プレゼントを買っておいて驚かそう。
☐	▶ 事先買好禮物，讓他驚喜一下！

0310	あなたは鬼のような人だ。
☐	▶ 你真是個無血無淚的人！

0311	各々の考えにそって、行動しましょう。
☐	▶ 依你們各自的想法行動吧！

0312	お化け屋敷に入る。
☐	▶ 進到鬼屋。

0313 □	おび 【帯】	[名] (和服裝飾用的) 衣帶，腰帶；「帶紙」的簡稱 [類] 腰帯
0314 □	おひる 【お昼】	[名] 白天；中飯，午餐 [類] 昼
0315 □	おぼれる 【溺れる】	[自下一] 溺水，淹死；沉溺於，迷戀於
0316 □	おまいり 【お参り】	[名・自サ] 參拜神佛或祖墳 [類] 参拝
0317 □	おまえ 【お前】	[代・名] 你；神前，佛前 [類] あなた
0318 □	おみこし 【お神輿・お御輿】	[名] 神轎；(俗) 腰 [類] 神輿（しんよ）
T12 0319 □	おめでたい 【お目出度い】	[形] 恭喜，可賀 [類] 喜ばしい（よろこばしい）
0320 □	おもいがけない 【思い掛けない】	[形] 意想不到的，偶然的，意外的 [類] 意外に
0321 □	おもいこむ 【思い込む】	[自五] 確信不疑，深信；下決心 [類] 信じる
0322 □	おもいっきり 【思いっ切り】	[副] 死心；下決心；狠狠地，徹底的
0323 □	おもいやり 【思い遣り】	[名] 同情心，體貼
0324 □	おもたい 【重たい】	[形] (份量) 重的，沉的；心情沉重 [類] 重い
0325 □	おもなが 【面長】	[名・形動] 長臉，橢圓臉

0313
この帯は珍しいものにつき、とても高くなっています。
▶ 由於這個和式腰帶很珍貴，所以價位很高。

0314
さっきお昼を食べたかと思ったら、もう晩ご飯の時間です。
▶ 還以為才剛吃過中餐，忽然發現已經到吃晚餐的時間了。

0315
川でおぼれているところを助けてもらった。
▶ 我溺水的時候，他救了我。

0316
祖父母をはじめとする家族全員で、お墓にお参りをしました。
▶ 祖父母等一同全家人，一起去墳前參拜。

0317
おまえは、いつも病気がちだなあ。
▶ 你總是一副病懨懨的樣子啊。

0318
おみこしが近づくにしたがって、賑やかになってきた。
▶ 隨著神轎的接近，附近也越熱鬧了起來。

0319
このめでたい時にあたって、一言お祝いを言いたい。
▶ 在這可喜可賀之際，我想說幾句祝福的話。

0320
あなたに会えたのが思いがけないだけに、とても嬉しかったです。
▶ 正因為和你這樣不期而遇，所以才感佩更加高興。

0321
彼女は、失敗したと思い込んだに違いありません。
▶ 她一定是認為任務失敗了。

0322
思いっきり悪口を言う。
▶ 痛罵一番。

0323
思いやりのある言葉。
▶ 富有同情心的話語。

0324
荷物は、とても重たかったとか。
▶ 聽說行李非常的重。

0325
面長の人。
▶ 臉長的人。

0326 ☐	おもに 【主に】	剾 主要，重要；(轉)大部分，多半 類 主として
0327 ☐	おやこ 【親子】	名 父母和子女
0328 ☐	おやつ	名 (特指下午二到四點給兒童吃的)點心，零食 類 間食（かんしょく）
0329 ☐	およぎ 【泳ぎ】	名 游泳 類 水泳
0330 ☐	およそ 【凡そ】	名・形動・剾 大概，概略；(一句話之開頭)凡 是，所有；大概，大約；完全，全然 類 大体
0331 ☐	およぼす 【及ぼす】	他五 波及到，影響到，使遭到，帶來 類 与える
0332 ☐	オルガン 【organ】	名 風琴 類 風琴（ふうきん）
0333 ☐	おろす 【卸す】	他五 批發，批售，批賣 類 納品（のうひん）
0334 ☐	おわび 【お詫び】	名・自サ 道歉
0335 ☐	おわる 【終わる】	自五・他五 完畢，結束，告終；做完，完結； (接於其他動詞連用形下)……完 反 始まる 類 済む（すむ）
0336 ☐	おん 【音】	名 聲音，響聲；發音 類 音（おと）
0337 ☐	おん 【恩】	名 恩情，恩 類 恩恵（おんけい）
0338 ☐	おんけい 【恩恵】	名 恩惠，好處，恩賜

0326
大学では主に物理を学んだ。
▶ 在大學主修物理。

0327
仲のいい親子。
▶ 感情融洽的親子。

0328
子ども向きのおやつを作ってあげる。
▶ 我做適合小孩子吃的糕點給你。

0329
泳ぎが上手になるには、練習するしかありません。
▶ 泳技要變好，就只有多加練習這個方法。

0330
田中さんを中心にして、およそ50人のグループを作った。
▶ 以田中小姐為中心，組成了大約50人的團體。

0331
この事件は、精神面において彼に影響を及ぼした。
▶ 他因這個案件在精神上受到了影響。

お

0332
教会で、心をこめてオルガンを弾いた。
▶ 在教堂裡用真誠的心彈奏了風琴。

0333
定価の五掛けで卸す。
▶ 以定價的五折批售。

0334
お詫びを言う。
▶ 道歉。

0335
レポートを書き終わった。
▶ 報告寫完了。

0336
「新しい」という漢字は、音読みでは「しん」と読みます。
▶ 「新」這漢字的音讀讀作「SIN」。

0337
先生に恩を感じながら、最後には裏切ってしまった。
▶ 儘管受到老師的恩情，但最後還是選擇了背叛。

0338
我々は、インターネットや携帯の恩恵を受けている。
▶ 我們因為網路和手機而受惠良多。

0339 ☐	おんしつ 【温室】	名 溫室，暖房
0340 ☐	おんせん 【温泉】	名 溫泉 反 鉱泉（こうせん）　関 出で湯（いでゆ）
0341 ☐	おんたい 【温帯】	名 溫帶
0342 ☐	おんだん 【温暖】	名・形動 溫暖 反 寒冷　関 暖かい
0343 ☐	おんちゅう 【御中】	名 （用於寫給公司、學校、機關團體等的書信）公啓 関 様
0344 ☐	おんなのひと 【女の人】	名 女人 反 男の人　関 女性
0345 ☐ T13	か 【可】	名 可，可以；及格 関 よい
0346 ☐	か 【蚊】	名 蚊子
0347 ☐	か 【課】	名・漢造 （教材的）課；課業；（公司等）科
0348 ☐	か 【日】	漢造 表示日期或天數
0349 ☐	か 【家】	漢造 專家
0350 ☐	か 【歌】	漢造 唱歌；歌詞
0351 ☐	カー 【car】	名 車，車的總稱，狹義指汽車 関 自動車

か

0339
熱帯の植物だから、温室で育てるよりほかはない。
▶ 因為是熱帶植物，所以只能培育在溫室中。

0340
このあたりは、名所旧跡ばかりでなく、温泉もあります。
▶ 這地帶不僅有名勝古蹟，也有溫泉。

0341
このあたりは温帯につき、非常に過ごしやすいです。
▶ 由於這一帶是屬於溫帶，所以住起來很舒適。

0342
気候は温暖ながら、雨が多いのが欠点です。
▶ 氣候雖溫暖但卻常下雨，真是一大缺點。

0343
山田商会御中。
▶ 山田商會公啟。

0344
かわいげのない女の人は嫌いです。
▶ 我討厭不可愛的女人。

お

0345
一般の人も、入場可です。
▶ 一般觀眾也可進場。

0346
山の中は、蚊が多いですね。
▶ 山中蚊子真是多啊！

0347
第三課を予習する。
▶ 預習第三課。

0348
二日かかる。
▶ 需要兩天。

0349
専門家。
▶ 專家。

0350
和歌を一首詠んだ。
▶ 朗誦了一首和歌。

0351
スポーツカーがほしくてたまらない。
▶ 想要跑車想得不得了。

0352 ☐	カーブ 【curve】	(名・自サ) 彎曲；(棒球、曲棍球)曲線球 (動) 曲がる
0353 ☐	ガールフレンド 【girl friend】	(名) 女友
0354 ☐	かい 【貝】	(名) 貝類
0355 ☐	がい 【害】	(名・漢造) 為害，損害；災害；妨礙 (反) 利 (類) 害悪
0356 ☐	がい 【外】	(接尾・漢造) 以外，之外；外側，外面，外部；妻 方親戚；除外 (反) 内
0357 ☐	かいいん 【会員】	(名) 會員 (類) メンバー
0358 ☐	かいえん 【開演】	(名・自他サ) 開演
0359 ☐	かいが 【絵画】	(名) 繪畫，畫 (類) 絵
0360 ☐	かいかい 【開会】	(名・自他サ) 開會 (反) 閉会（へいかい）
0361 ☐	かいがい 【海外】	(名) 海外，國外 (類) 外国
0362 ☐	かいかく 【改革】	(名・他サ) 改革 (類) 変革（へんかく）
0363 ☐	かいかん 【会館】	(名) 會館
0364 ☐	かいけい 【会計】	(副・自サ) 會計；付款，結帳 (類) 勘定（かんじょう）

0352　カーブを曲がるたびに、新しい景色が展開します。
▶ 每一轉個彎，眼簾便映入嶄新的景色。

0353　ガールフレンドとデートに行く。
▶ 和女友去約會。

0354　海辺で貝を拾いました。
▶ 我在海邊撿了貝殼。

0355　煙草は、健康上の害が大きいです。
▶ 香菸對健康而言，是個大傷害。

0356　そんなやり方は、問題外です。
▶ 那樣的作法，根本就是搞不清楚狀況。

0357　この図書館を利用したい人は、会員になるしかない。
▶ 想要使用這圖書館，只有成為會員這個辦法。

0358　七時に開演する。
▶ 七點開演。

0359　フランスの絵画について、研究しようと思います。
▶ 我想研究關於法國畫的種類。

0360　開会に際して、乾杯しましょう。
▶ 讓我們在開會之際，舉杯乾杯吧！

0361　彼女のことだから、海外に行っても大活躍でしょう。
▶ 如果是她的話，到國外也一定很活躍吧。

0362　大統領にかわって、私が改革を進めます。
▶ 由我代替總統進行改革。

0363　区長をはじめ、たくさんの人々が区民会館に集まった。
▶ 由區長帶頭，大批人馬聚集在區公所。

0364　会計が間違っていたばかりに、もう一度計算しなければならない。
▶ 都是因為計算錯誤，所以不得不重新計算一遍。

0365 □	かいごう【会合】	[名・自サ] 聚會，聚餐 [類] 集まり
0366 □	がいこう【外交】	[名] 外交；對外事務，外勤人員 [類] ディプロマシー
0367 □	かいさつ【改札】	[名・自サ] (車站等)的驗票 [類] 改札口
0368 □	かいさん【解散】	[名・自他サ] 散開，解散，(集合等)散會 [類] 散会
0369 □	かいし【開始】	[名・自他サ] 開始 [反] 終了 [類] 始め
0370 □	かいしゃく【解釈】	[名・他サ] 解釋，理解，說明
0371 □	がいしゅつ【外出】	[名・自サ] 出門，外出 [類] 出かける
0372 □	かいすいよく【海水浴】	[名] 海水浴場
0373 □	かいすう【回数】	[名] 次數，回數 [類] 度数（どすう）
0374 □	かいせい【快晴】	[名] 晴朗，晴朗無雲 [類] 好晴（こうせい）
0375 □	かいせい【改正】	[名・他サ] 修正，改正 [類] 訂正
0376 □	かいせつ【解説】	[名・他サ] 解說，說明 [類] 説明
0377 □	かいぜん【改善】	[名・他サ] 改善，改良，改進 [反] 改悪 [類] 改正

0365 父にかわって、地域の会合に出た。
▶ 代替父親出席了社區的聚會。

0366 外交上は、両国の関係は非常に良好である。
▶ 從外交上來看，兩國的關係相當良好。

0367 改札を出たとたんに、友達にばったり会った。
▶ 才剛出了剪票口，就碰到了朋友。

0368 グループの解散に際して、一言申し上げます。
▶ 在團體解散之際，容我說一句話。

0369 試合が開始するかしないかのうちに、1点取られてしまった。
▶ 比賽才剛開始，就被得了一分。

0370 この法律は、解釈上、二つの問題がある。
▶ 這條法律，在解釋上有兩個問題點。

0371 外出したついでに、銀行と美容院に行った。
▶ 外出時，順便去了銀行和美容院。

0372 海水浴に加えて、山登りも計画しています。
▶ 除了要去海水浴場之外，也計畫要去爬山。

0373 優勝回数が10回になったのを契機に、新しいラケットを買った。
▶ 趁著獲勝次數累積到10次的機會，我買了新的球拍。

0374 開会式当日は快晴に恵まれた。
▶ 天公作美，開會典禮當天晴空萬里。

0375 法律の改正に際しては、十分話し合わなければならない。
▶ 於修正法條之際，需要充分的商討才行。

0376 とても分かりやすくて、専門家の解説を聞いただけのことはありました。
▶ 非常的簡單明瞭，不愧是專家的解說，真有一聽的價值啊！

0377 彼の生活は、改善し得ると思います。
▶ 我認為他的生活，可以得到改善。

0378 ☐	かいぞう 【改造】	(名・他サ) 改造，改組，改建
0379 ☐	かいつう 【開通】	(名・自他サ) (鐵路、電話線等)開通，通車，通話
0380 ☐	かいてき 【快適】	(形動) 舒適，暢快，愉快 ⑰ 快い（こころよい）
0381 ☐	かいてん 【回転】	(名・自サ) 旋轉，轉動，迴轉；轉彎，轉換(方向)；(表次數)周，圈；(資金)週轉
0382 ☐	かいとう 【回答】	(名・自サ) 回答，答覆 ⑰ 返事
0383 ☐	かいとう 【解答】	(名・自サ) 解答 ⑰ 答え
0384 ☐	がいぶ 【外部】	(名) 外面，外部 ⑰ 内部 ⑰ 外側
0385 ☐	かいふく 【回復】	(名・自他サ) 恢復，康復；挽回，收復 ⑰ 復旧（ふっきゅう）
0386 ☐ T14	かいほう 【開放】	(名・他サ) 打開，敞開；開放，公開 ⑰ 束縛（そくばく）
0387 ☐	かいほう 【解放】	(名・他サ) 解放，解除，擺脫
0388 ☐	かいよう 【海洋】	(名) 海洋
0389 ☐	がいろじゅ 【街路樹】	(名) 行道樹
0390 ☐	がいろん 【概論】	(名) 概論 ⑰ 概説

0378
けいえい かんてん かいしゃ そしき かいぞう ほう
経営の観点からいうと、会社の組織を改造した方がいい。
▶ 就經營角度來看，最好重組一下公司的組織。

0379
どうろ かいつう しゅうへん たいき お せん
道路が開通したばかりに、周辺の大気汚染がひどくなった。
▶ 都是因為道路開始通車，所以導致周遭的空氣嚴重受到污染。

0380
かいてき い せま
快適とは言いかねる、狭いアパートです。
▶ 它實在是一間稱不上舒適的狹隘公寓。

0381
ゆうえんち かいてんもくば の
遊園地で、回転木馬に乗った。
▶ 我在遊樂園坐了旋轉木馬。

0382
ほしょうきん う と かいしゃ かいとう
補償金を受け取るかどうかは、会社の回答しだいだ。
▶ 是否要接受賠償金，就要看公司的答覆了。

0383
もんだい かいとう ほん うし
問題の解答は、本の後ろについています。
▶ 題目的解答，附在這本書的後面。

か

0384
かいいん がいぶ ひと さんか
会員はもちろん、外部の人も参加できます。
▶ 會員當然不用說，非會員的人也可以參加。

0385
すこ かいふく くすり の
少し回復したからといって、薬を飲むのをやめてはいけません。
▶ 雖說身體狀況好轉些了，也不能因此不吃藥啊！

0386
だいがく がくせい いっぱん ひと かいほう
大学のプールは、学生ばかりでなく、一般の人にも開放されている。
▶ 大學內的泳池，不單是學生，也開放給一般人。

0387
かじ かいほう
家事から解放されて、ゆっくりした。
▶ 擺脫掉家事後，放鬆了下來。

0388
かいようかいはつ ちゅうしん とうろん すす
海洋開発を中心に、討論を進めました。
▶ 以開發海洋為核心議題來進行討論。

0389
がいろじゅ
街路樹がきれいだ。
▶ 行道樹很漂亮。

0390
しりょう もと けいざいがいろん こうぎ
資料に基づいて、経済概論の講義をした。
▶ 我就資料內容上了一堂經濟概論的課。

0391 □	かえす 【帰す】	他五…讓…回去，打發回家 類 帰らせる
0392 □	かえって 【却って】	副 反倒，相反地，反而 類 逆に（ぎゃくに）
0393 □	かおく 【家屋】	名 房屋，住房
0394 □	かおり 【香り】	名 芳香，香氣 類 匂い（におい）
0395 □	かかえる 【抱える】	他下一（雙手）抱著，夾（在腋下）；擔當，負擔；雇傭 類 引き受ける
0396 □	かかく 【価格】	名 價格 類 値段
0397 □	かがやく 【輝く】	自五 閃光，閃耀；洋溢；光榮，顯赫 類 きらめく
0398 □	かかり 【係・係り】	名 負責擔任某工作的人；關聯，牽聯 類 担当
0399 □	かかわる 【係わる】	自五 關係到，涉及到；有牽連，有瓜葛；拘泥 類 関連する
0400 □	かきね 【垣根】	名 籬笆，柵欄，圍牆 類 垣（かき）
0401 □	かぎり 【限り】	名 限度，極限；（接在表示時間、範圍等名詞下）只限於…，以…為限，在…範圍內 類 だけ
0402 □	かぎる 【限る】	自他五 限定，限制；限於；以…為限；不限，不一定，未必 類 限定する
0403 □	がく 【学】	名・漢造 學校；知識，學問，學識 類 学問

0391 もう遅いから、女性を一人で家に帰すわけにはいかない。
▶ 已經太晚了，不能就這樣讓女性一人單獨回家。

0392 私が手伝うと、かえって邪魔になるみたいです。
▶ 看來我反而越幫越忙的樣子。

0393 この地域には、木造家屋が多い。
▶ 在這一地帶有很多木造房屋。

0394 歩いていくにつれて、花の香りが強くなった。
▶ 隨著腳步的邁進，花香便越發濃郁。

0395 彼は、多くの問題を抱えつつも、がんばって勉強を続けています。
▶ 他雖然有許多問題，但也還是奮力地繼續念書。

0396 このバッグは、価格が高い上に品質も悪いです。
▶ 這包包不僅昂貴，品質又很差。

か

0397 空に星が輝いています。
▶ 星星在夜空中閃閃發亮。

0398 係りの人が忙しいところを、呼び止めて質問した。
▶ 我叫住正在忙的相關職員，找他問了些問題。

0399 私は環境問題に係わっています。
▶ 我有涉及到環境問題。

0400 垣根にそって、歩いていった。
▶ 我沿著圍牆走。

0401 社長として、会社のためにできる限り努力します。
▶ 身為社長，為了公司必定盡我所能。

0402 この仕事は、二十歳以上の人に限ります。
▶ 這份工作只限定20歲以上的成人才能做。

0403 政治学に加えて、経済学も勉強しました。
▶ 除了政治學之外，也學過經濟學。

0404 ☐	がく 【額】	名・漢造 名額，數額；匾額，畫框 類 金額
0405 ☐	かくう 【架空】	名 空中架設；虛構的，空想的 類 虛構（きょこう）
0406 ☐	かくご 【覚悟】	名・自他サ 精神準備，決心；覺悟 類 決意
0407 ☐	かくじ 【各自】	名 每個人，各自 類 各人
0408 ☐	かくじつ 【確実】	形動 確實，準確；可靠 類 確か
0409 ☐	がくしゃ 【学者】	名 學者；科學家 類 物知り（ものしり）
0410 ☐	かくじゅう 【拡充】	名・他サ 擴充
0411 ☐	がくしゅう 【学習】	名・他サ 學習 類 勉強
0412 ☐	がくじゅつ 【学術】	名 學術 類 学問
0413 ☐	かくだい 【拡大】	名・自他サ 擴大，放大 反 縮小
0414 ☐	かくち 【各地】	名 各地
0415 ☐	かくちょう 【拡張】	名・他サ 擴大，擴張
0416 ☐	かくど 【角度】	名 (數學)角度；(觀察事物的)立場 類 視点

0404
所得額に基づいて、税金を払う。
▶ 根據所得額度來繳納稅金。

0405
架空の話にしては、よくできているね。
▶ 就虛構的故事來講，寫還真不錯呀。

0406
最後までがんばると覚悟した上は、今日からしっかりやります。
▶ 既然決心要努力撐到最後，今天開始就要好好做。

0407
各自の興味に基づいて、テーマを決めてください。
▶ 請依照各自的興趣，來決定主題。

0408
もう少し待ちましょう。彼が来るのは確実だもの。
▶ 再等一下吧！因為他會來是千真萬確的事。

0409
学者の意見に基づいて、計画を決めていった。
▶ 依學者給的意見來決定計畫。

か

0410
図書館の設備を拡充するにしたがって、利用者が増えた。
▶ 隨著圖書館設備的擴充，使用者也變多了。

0411
語学の学習に際しては、復習が重要です。
▶ 在學語言時，複習是很重要的。

0412
彼は、小説も書けば、学術論文も書く。
▶ 他既寫小說，也寫學術論文。

0413
商売を拡大したとたんに、景気が悪くなった。
▶ 才剛擴大事業，景氣就惡化了。

0414
予想に反して、各地で大雨が降りました。
▶ 與預料的相反，各地下起了大雨。

0415
家の拡張には、お金がかかってしようがないです。
▶ 屋子要改大，得花大錢，那也是沒辦法的事。

0416
別の角度からいうと、その考えも悪くはない。
▶ 從另外一個角度來說，那個想法其實也不壞。

0417 □	がくねん 【学年】	名 學年(度)；年級
0418 □	かくべつ 【格別】	副 特別，顯著，格外；姑且不論 類 とりわけ
0419 □	がくもん 【学問】	名・自サ 學業，學問，科學，學術；見識，知識
0420 □	かくりつ 【確率】	名 機率，概率
0421 □	がくりょく 【学力】	名 學習實力
0422 □	かげ 【陰】	名 日陰，背影處；背面；背地裡，暗中
0423 □	かげ 【影】	名 影子，倒影；蹤影，形跡 反 陽
0424 □	かけつ 【可決】	名・他サ (提案等)通過 反 否決
0425 □	かけまわる 【駆け回る】	自五 到處亂跑
0426 □	かげん 【加減】	名・他サ 加法與減法；調整，斟酌；程度，狀 態；(天氣等)影響；身體狀況；偶然的因素 類 具合
0427 □	かこ 【過去】	名 過去，往昔；(佛)前生，前世 反 未来 類 昔
0428 □	かご 【籠】	名 籠子，筐，籃
0429 □	かこう 【下降】	名・自サ 下降，下沉 反 上昇 類 降下（こうか）

0417
彼は学年は同じだが、クラスが同じというわけではない。
▶ 他雖是同一年級的，但並不代表就是同一個班級。

0418
神戸のステーキは、格別においしい。
▶ 神戶的牛排，格外的美味。

0419
学問による分析が、必要です。
▶ 用學術來分析是必要的。

0420
今までの確率からして、くじに当たるのは難しそうです。
▶ 從至今的獲獎機率來看，要中彩券似乎是件困難的事情。

0421
その学生は、学力が上がった上に、性格も明るくなりました。
▶ 那學生不僅學習力提升了，就連個性也變得開朗許多了。

0422
木の陰で、お弁当を食べた。
▶ 在樹蔭下吃便當。

0423
二人の影が、仲良く並んでいる。
▶ 兩人的形影，肩並肩要好的並排著。

0424
税金問題を中心に、いくつかの案が可決した。
▶ 針對稅金問題一案，通過了一些方案。

0425
子犬が駆け回る。
▶ 小狗到處亂跑。

0426
病気と聞きましたが、お加減はいかがですか。
▶ 聽說您生病了，身體狀況還好嗎？

0427
過去のことを言うかわりに、未来のことを考えましょう。
▶ 與其述說過去的事，不如大家來想想未來的計畫吧！

0428
籠にりんごがいっぱい入っている。
▶ 籃子裡裝滿了許多蘋果。

0429
どうも学生の学力が下降ぎみです。
▶ 總覺得學生的學習能力，有下降的傾向。

0430 ☐	かこう 【火口】	名 (火山)噴火口；(爐灶等)爐口 類 噴火口
0431 ☐	かさい 【火災】	名 火災 類 火事
0432 ☐	かさなる 【重なる】	自五 重疊，重複；(事情、日子)趕在一起
0433 ☐	かざん 【火山】	名 火山
0434 ☐	かし 【菓子】	名 點心，糕點，糖果 類 間食
0435 ☐	かじ 【家事】	名 家事，家務；家裡(發生)的事
0436 ☐	かしこい 【賢い】	形 聰明的，周到，賢明的 類 賢明
0437 ☐	かしだし 【貸し出し】	名 (物品的)出借，出租；(金錢的)貸放，借出 反 借り入れ
0438 ☐	かしつ 【過失】	名 過錯，過失 類 過ち（あやまち）
0439 ☐	かじつ 【果実】	名 果實，水果 類 果物
0440 ☐	かしま 【貸間】	名 出租的房間
0441 ☐	かしや 【貸家】	名 出租的房子 類 貸し家（かしいえ）
0442 ☐	かしょ 【箇所】	名・接尾 (特定的)地方；(助數詞)處

0430	火口が近くなるにしたがって、暑くなってきました。
	▶ 離火山口越近，也就變得越熱。

0431	火災が起こったかと思ったら、あっという間に広がった。
	▶ 才剛剛發現失火了，火便瞬間蔓延開來了。

0432	いろいろな仕事が重なって、休むどころではありません。
	▶ 同時有許多工作，哪能休息。

0433	経験からして、もうすぐあの火山は噴火しそうだ。
	▶ 就經驗來看，那座火山似乎就要爆發的樣子。

0434	お菓子が焼けたのをきっかけに、お茶の時間にした。
	▶ 趁著點心剛烤好，就當作是喝茶的時間。

0435	出産をきっかけにして、夫が家事を手伝ってくれるようになった。
	▶ 自從我生產之後，丈夫便開始自動幫起家事了。

0436	その子がどんなに賢いとしても、この問題は解けないだろう。
	▶ 即使那孩子再怎麼聰明，也沒辦法解開這難題吧！

0437	この本は貸し出し中につき、来週まで読めません。
	▶ 由於這本書被借走了，所以到下週前是看不到的。

0438	これはわが社の過失につき、全額負担します。
	▶ 由於這是敝社的過失，所以由我們全額賠償。

0439	秋になると、いろいろな果実が実ります。
	▶ 一到秋天，各式各樣的果實都結實纍纍。

0440	貸間によって、収入を得ています。
	▶ 我以出租房間取得收入。

0441	学生向きの貸家を探しています。
	▶ 我在找適合學生租的出租房屋。

0442	故障の箇所。
	▶ 故障的地方。

か

0443 ☐	かじょう 【過剰】	(名・形動) 過剰，過量
0444 ☐	かじる 【齧る】	(他五) 咬，啃；一知半解
0445 ☐	かす 【貸す】	(他五) 借出，出借；出租；提出策劃 (反) 借りる (動) 貸与（たいよ）
0446 ☐ T16	かぜい 【課税】	(名・自サ) 課税
0447 ☐	かせぐ 【稼ぐ】	(名・他五) (為賺錢而)拼命的勞動；(靠工作、勞 動)賺錢；爭取，獲得
0448 ☐	かぜぐすり 【風邪薬】	(名) 感冒藥
0449 ☐	カセットテープ 【cassette tape】	(名) 錄音帶
0450 ☐	かせん 【下線】	(名) 下線，字下畫的線，底線 (動) アンダーライン
0451 ☐	かそく 【加速】	(名・自他サ) 加速 (反) 減速 (動) 速める
0452 ☐	かそくど 【加速度】	(名) 加速度；加速
0453 ☐	かたがた 【方々】	(名・代・副) (敬)大家；您們；這個那個，種種； 各處；總之 (動) 人々
0454 ☐	かたな 【刀】	(名) 刀的總稱 (動) 刃物（はもの）
0455 ☐	かたまり 【塊】	(名・接尾) 塊狀，疙瘩；集團；極端…的人

0443
私の感覚からすれば、このホテルはサービス過剰です。
▶ 從我的感覺來看，這間飯店實在是服務過度了。

0444
一口かじったものの、あまりまずいので吐き出した。
▶ 雖然咬了一口，但實在是太難吃了，所以就吐了出來。

0445
伯父にかわって、伯母がお金を貸してくれた。
▶ 嬸嬸代替叔叔，借了錢給我。

0446
課税率が高くなるにしたがって、国民の不満が高まった。
▶ 伴隨著課税率的上揚，國民的不滿情緒也高漲了起來。

0447
生活費を稼ぐ。
▶ 賺取生活費。

0448
風邪薬を飲む。
▶ 吃感冒藥。

0449
カセットテープを聞く。
▶ 聽錄音帶。

0450
わからない言葉に、下線を引いてください。
▶ 請在不懂的字下面畫線。

0451
首相が発言したのを契機に、経済改革が加速した。
▶ 自從首相發言後，便加快了經濟改革的腳步。

0452
加速度がついて、車はどんどん速くなった。
▶ 隨著油門的加速，車子越跑越快了。

0453
集まった方々に、スピーチをしていただこうではないか。
▶ 就讓聚集此地的各位，上來講個話吧！

0454
私は、昔の刀を集めています。
▶ 我在收集古董刀。

0455
小麦粉を、塊ができないようにして水に溶きました。
▶ 為了盡量不讓麵粉結塊，加水進去調勻。

0456 ☐	かたまる 【固まる】	(自五) (粉末、顆粒、黏液等)變硬，凝固；固定，成形；集在一起，成群；熱中，篤信(宗教等) (類) 寄り集まる
0457 ☐	かたむく 【傾く】	(自五) 傾斜；有…的傾向；(日月)偏西，衰微，衰弱 (類) 傾斜 (けいしゃ)
0458 ☐	かたよる 【偏る・片寄る】	(自五) 偏於，不公正，偏袒；失去平衡
0459 ☐	かたる 【語る】	(他五) 說，陳述；演唱，朗讀 (類) 話す
0460 ☐	かち 【価値】	(名) 價值
0461 ☐	がち 【勝ち】	(接尾) 往往，容易，動輒；大部分是 (反) 負け (類) 勝利
0462 ☐	がっか 【学科】	(名) 科系 (類) 科目
0463 ☐	がっかい 【学会】	(名) 學會，學社
0464 ☐	がっかり	(副・自サ) 失望，灰心喪氣；筋疲力盡
0465 ☐	かっき 【活気】	(名) 活力，生氣；興旺 (類) 元気
0466 ☐	がっき 【学期】	(名) 學期
0467 ☐	がっき 【楽器】	(名) 樂器
0468 ☐	がっきゅう 【学級】	(名) 班級，學級 (類) クラス

0456
全員の意見が固まった。
▶ 全部的人意見一致。

0457
あのビルは、少し傾いているね。
▶ 那棟大廈，有點偏一邊呢！

0458
ケーキが、箱の中で片寄ってしまった。
▶ 蛋糕偏到盒子的一邊去了。

0459
戦争についてみんなで語った。
▶ 大家一起在說戰爭的事。

0460
あのドラマは見る価値がある。
▶ 那齣連續劇有一看的價值。

0461
彼女は病気がちだが、出かけられないこともない。
▶ 她雖然多病，但並不是不能出門。

か

0462
大学に、新しい専攻学科ができたのを契機に、学生数も増加した。
▶ 自從大學增加了新的專門科系之後，學生人數也增加了許多。

0463
雑誌に論文を出す一方で、学会でも発表する予定です。
▶ 除了將論文投稿給雜誌社之外，另一方面也預定要在學會中發表。

0464
何も言わないことからして、すごくがっかりしているみたいだ。
▶ 從他不發一語的樣子看來，應該是相當氣餒。

0465
うちの店は、表面上は活気があるが、実はもうかっていない。
▶ 我們店表面上看起來很興旺，但其實並沒賺錢。

0466
学期が始まるか始まらないかのうちに、彼は転校してしまいました。
▶ 就在學期快要開始的時候，他便轉學了。

0467
何か楽器を習おうとしたら、何を習いたいですか。
▶ 如果要學樂器，你想學什麼？

0468
学級委員を中心に、話し合ってください。
▶ 請以班長為中心來討論。

0469 ☐	かつぐ 【担ぐ】	他五 扛，挑；推舉，擁戴；受騙
0470 ☐	かっこ 【括弧】	名 括號；括起來
0471 ☐	かっこく 【各国】	名 各國
0472 ☐	かつじ 【活字】	名 鉛字，活字
0473 ☐	がっしょう 【合唱】	名・他サ 合唱，一齊唱；同聲高呼 反 独唱（どくしょう）　類 コーラス
0474 ☐	かって 【勝手】	形動 任意，任性，隨便 類 わがまま
0475 ☐	かつどう 【活動】	名・自サ 活動，行動
0476 ☐	かつよう 【活用】	名・他サ 活用，利用，使用
0477 ☐	かつりょく 【活力】	名 活力，精力 類 エネルギー
0478 ☐	かてい 【仮定】	名・字サ 假定，假設 類 仮想
0479 ☐ T17	かてい 【過程】	名 過程 類 プロセス
0480 ☐	かてい 【課程】	名 課程 類 コース
0481 ☐	かなしむ 【悲しむ】	他五 感到悲傷，痛心，可歎

0469
重い荷物を担いで、駅まで行った。
▶ 背著沈重的行李，來到車站。

0470
括弧の中から、正しい答えを選んでください。
▶ 請從括號裡，選出正確答案。

0471
各国の代表が集まる。
▶ 各國代表齊聚。

0472
彼女は活字中毒で、本ばかり読んでいる。
▶ 她已經是鉛字中毒了，一天到晚都在看書。

0473
合唱の練習をしているところに、急に邪魔が入った。
▶ 在練習合唱的時候，突然有人進來打擾。

0474
誰も見ていないからといって、勝手に持っていってはだめですよ。
▶ 即使沒人在看，也不能隨便就拿走呀！

か

0475
一緒に活動するにつれて、みんな仲良くなりました。
▶ 隨著共同參與活動，大家都變成好朋友了。

0476
若い人材を活用するよりほかはない。
▶ 就只活有用年輕人材這個方法可行了。

0477
子どもが減ると、社会の活力が失われる。
▶ 如果孩童減少，那社會也就會失去活力。

0478
あなたが億万長者だと仮定してください。
▶ 請假設你是億萬富翁。

0479
過程はともかく、結果がよかったからいいじゃないですか。
▶ 不論過程如何，結果好的話，不就行了嗎？

0480
大学には、教職課程をはじめとするいろいろな課程がある。
▶ 大學裡，有教育課程以及各種不同的課程。

0481
それを聞いたら、お母さんがどんなに悲しむことか。
▶ 如果媽媽聽到這話，會多麼傷心呀！

0482 ☐	かなづかい 【仮名遣い】	名 假名的拼寫方法
0483 ☐	かならずしも 【必ずしも】	副 不一定，未必
0484 ☐	かね 【鐘】	名 鐘，吊鐘 類 釣鐘（つりがね）
0485 ☐	かねそなえる 【兼ね備える】	他下一 兩者兼備
0486 ☐	かねつ 【加熱】	名・他サ 加熱，高溫處理
0487 ☐	かねる 【兼ねる】	他下一・接尾 兼備；不能，無法
0488 ☐	カバー 【cover】	名・他サ 罩，套；補償，補充；覆蓋 類 覆い（おおい）
0489 ☐	かはんすう 【過半数】	名 過半數，半數以上
0490 ☐	かぶ 【株】	名・接尾 株，顆；(樹的)殘株；股票；(職業等 上)特權；擅長；地位 類 株券
0491 ☐	かぶせる 【被せる】	他下一 蓋上；(用水)澆沖；戴上(帽子等)；推卸
0492 ☐	かま 【釜】	名 窯，爐；鍋爐
0493 ☐	かまいません 【構いません】	寒暄 沒關係，不在乎
0494 ☐	かみ 【上】	名・漢造 上邊，上方，上游，上半身；以前，過 去；開始，起源於；統治者，主人；京都； 上座；(從觀眾看)舞台右側 反 下（しも）

0482	仮名遣いをきちんと覚えましょう。 ▶ 要確實地記住假名的用法。
0483	この方法が、必ずしもうまくいくとは限らない。 ▶ 這個方法也不一定能順利進行。
0484	みんなの幸せのために、願いをこめて鐘を鳴らした。 ▶ 為了大家的幸福，以虔誠之心來鳴鐘許願。
0485	知性と美貌を兼ね備える。 ▶ 兼具智慧與美貌。
0486	薬品を加熱するにしたがって、色が変わってきた。 ▶ 隨著溫度的提升，藥品的顏色也起了變化。
0487	彼は社長と社員を兼ねているから、忙しいわけだ。 ▶ 他社長兼工，所以當然很忙囉！
0488	枕カバーを洗濯した。 ▶ 我洗了枕頭套。
0489	過半数がとれなかったばかりに、議案は否決された。 ▶ 都是因為沒過半數，所以議案才會被駁回。
0490	彼はA社の株を買ったかと思うと、もう売ってしまった。 ▶ 他剛買了A公司的股票，就馬上轉手賣出去了。
0491	機械の上に布をかぶせておいた。 ▶ 我在機器上面蓋了布。
0492	お釜でご飯を炊いたら、おいしかった。 ▶ 我用爐子煮飯，結果還真好吃。
0493	私は構いません。 ▶ 我沒關係。
0494	舞台の上手から登場します。 ▶ 我從舞台的左側出場。

か

0495 □	かみ 【神】	[名] 神，神明，上帝，造物主；(死者的)靈魂 [類] 神様
0496 □	かみくず 【紙くず】	[名] 廢紙，沒用的紙
0497 □	かみさま 【神様】	[名] (神的敬稱)上帝，神；(某方面的)專家，活神仙，(接在某方面技能後)…之神 [類] 神
0498 □	かみそり 【剃刀】	[名] 剃刀，刮鬍刀；頭腦敏銳(的人)
0499 □	かみなり 【雷】	[名] 雷；雷神；大發雷霆的人
0500 □	かもく 【科目】	[名] 科目，項目；(學校的)學科，課程
0501 □	かもつ 【貨物】	[名] 貨物；貨車
0502 □	かよう 【歌謡】	[名] 歌謠，歌曲 [類] 歌
0503 □	から 【空】	[名] 空的；空，假，虛 [類] 空っぽ
0504 □	から 【殼】	[名] 外皮，外殼
T18 0505 □	がら 【柄】	[名・接尾] 身材；花紋，花樣；性格，人品，身分；表示性格，身分，適合性 [類] 模樣
0506 □	カラー 【color】	[名] 色，彩色；（繪畫用）顏料
0507 □	からかう	[他五] 逗弄，調戲

0495
世界平和を、神に祈りました。
▶ 我向神祈禱世界和平。

0496
道に紙くずを捨てないでください。
▶ 請不要在街上亂丟紙屑。

0497
日本には、猿の神様や狐の神様をはじめ、たくさんの神様がいます。
▶ 在日本，有猴神、狐狸神以及各種神明。

0498
ひげをそるために、かみそりを買った。
▶ 我為了刮鬍子，去買了把刮鬍刀。

0499
雷が鳴っているなと思ったら、やはり雨が降ってきました。
▶ 才剛打雷，這會兒果然下起雨來了。

0500
興味に応じて、科目を選択した。
▶ 依自己的興趣，來選擇課程。

か

0501
コンテナで貨物を輸送した。
▶ 我用貨櫃車來運貨。

0502
クラシックピアノも弾けば、歌謡曲も歌う。
▶ 他既會彈古典鋼琴，也會唱歌謠。

0503
通帳はもとより、財布の中もまったく空です。
▶ 別說是存摺，就連錢包裡也空空如也。

0504
卵の殻をむきました。
▶ 我剝開了蛋殼。

0505
あのスカーフは、柄が気に入っていただけに、なくしてしまって
残念です。 ▶ 正因我喜歡那條圍巾的花色，所以弄丟它才更覺得可惜。

0506
カラーコピーをとる。
▶ 彩色影印。

0507
そんなにからかわないでください。
▶ 請不要這樣開我玩笑。

0508 ☐	からから	（副・自サ）乾的、硬的東西相碰的聲音
0509 ☐	がらがら	（名・副・自サ・形動）手搖鈴玩具；硬物相撞聲；直爽；很空
0510 ☐	からっぽ 【空っぽ】	（名・形動）空，空洞無一物 （類）空（から）
0511 ☐	からて 【空手】	（名）空手道
0512 ☐	かる 【刈る】	（他五）割，剪，剃
0513 ☐	かれる 【枯れる】	（自上一）枯萎，乾枯；老練，造詣精深；（身材）枯瘦
0514 ☐	カロリー 【calorie】	（名）（熱量單位）卡，卡路里；（食品營養價值單位）卡，大卡 （類）熱量（ねつりょう）
0515 ☐	かわいがる 【可愛がる】	（他五）喜愛，疼愛；嚴加管教，教訓 （反）いじめる
0516 ☐	かわいそう 【可哀相・可哀想】	（形動）可憐 （類）気の毒
0517 ☐	かわいらしい 【可愛らしい】	（形）可愛的，討人喜歡；小巧玲瓏 （類）愛らしい
0518 ☐	かわせ 【為替】	（名）匯款，匯兌
0519 ☐	かわら 【瓦】	（名）瓦
0520 ☐	かん 【勘】	（名）直覺，第六感；領悟力 （類）第六感（だいろっかん）

0508	からから音がする。 ▶ 鏗鏗作響。
0509	赤ちゃんのがらがら。 ▶ 嬰兒的手搖鈴玩具。
0510	お金が足りないどころか、財布は空っぽだよ。 ▶ 錢豈止不夠，連錢包裡也空空如也！
0511	空手の達人。 ▶ 空手道高人。
0512	両親が草を刈っているところへ、手伝いに行きました。 ▶ 當爸媽正在割草時過去幫忙。
0513	庭の木が枯れてしまった。 ▶ 庭院的樹木枯了。
0514	カロリーをとりすぎたせいで、太った。 ▶ 因為攝取過多的卡路里，才胖了起來。
0515	死んだ妹にかわって、叔母の私がこの子をかわいがります。 ▶ 由我這阿姨，代替往生的妹妹疼愛這個小孩。
0516	お母さんが病気になって、子どもたちがかわいそうでならない。 ▶ 母親生了病，孩子們真是可憐得叫人鼻酸！
0517	かわいらしいお嬢さんですね。 ▶ 真是個討人喜歡的姑娘呀！
0518	料金は、郵便為替で送ります。 ▶ 費用我會用郵局匯款匯過去。
0519	赤い瓦の家に住みたい。 ▶ 我想住紅色磚瓦的房子。
0520	答えを知っていたのではなく、勘で言ったにすぎません。 ▶ 我並不是知道答案，只是憑直覺回答而已。

か

0521 ☐	かん 【感】	名・漢造 感覺，感動；感
0522 ☐	かんかく 【間隔】	名 間隔，距離 動 隔たり（へだたり）
0523 ☐	かんかく 【感覚】	名・他サ 感覺
0524 ☐	かんき 【換気】	名・自他サ 換氣，通風，使空氣流通
0525 ☐	かんきゃく 【観客】	名 觀眾 動 見物人（けんぶつにん）
0526 ☐	かんげい 【歓迎】	名・他サ 歡迎 反 歓送
0527 ☐	かんげき 【感激】	名・自サ 感激，感動 動 感動
0528 ☐ T19	かんさい 【関西】	名 日本關西地區(以京都、大阪為中心的地帶) 反 関東
0529 ☐	かんさつ 【観察】	名・他サ 觀察
0530 ☐	かんじ 【感じ】	名 知覺，感覺；印象 動 印象
0531 ☐	がんじつ 【元日】	名 元旦
0532 ☐	かんじゃ 【患者】	名 病人，患者
0533 ☐	かんしょう 【鑑賞】	名・他サ 鑑賞，欣賞

0521
かくせい かん
隔世の感。
▶ 恍如隔世。

0522
バスは、20分の間隔で運行しています。
▶ 公車每隔20分鐘來一班。

0523
かれ おと たい かんかく すぐ
彼は、音に対する感覚が優れている。
▶ 他的音感很棒。

0524
たばこくさ かん き
煙草臭いから、換気をしましょう。
▶ 煙味實在是太臭了，讓空氣流通一下吧！

0525
かんきゃく げんしょう せんでん
観客が減少ぎみなので、宣伝しなくてはなりません。
▶ 因為觀眾有減少的傾向，所以不得不做宣傳。

0526
こきょう かえ さい かんげい
故郷に帰った際には、とても歓迎された。
▶ 回到家鄉時，受到熱烈的歡迎。

0527
しばい かんげき
こんなつまらない芝居に感激するなんて、おおげさというものだ。
▶ 對這種無聊的戲劇還如此感動，真是太誇張了。

0528
かんさいりょこう れきし きょうみ も
関西旅行をきっかけに、歴史に興味を持ちました。
▶ 自從去關西旅行之後，就開始對歷史產生了興趣。

0529
ぼうえんきょう てんたいかんさつ
望遠鏡による天体観察は、とてもおもしろい。
▶ 用望遠鏡來觀察星體，非常有趣。

0530
かのじょ じょゆう かん
彼女は女優というより、モデルという感じですね。
▶ 與其說她是女演員，倒不如說她更像個模特兒。

0531
にほん がんじつ ふつか みっか かいしゃ やす
日本では、元日はもちろん、二日も三日も会社は休みです。
▶ 在日本，不用說是元旦，一月二號和三號，公司也都放假。

0532
けんきゅう いそが うえ かんじゃ み
研究が忙しい上に、患者も診なければならない。
▶ 除了要忙於研究之外，也必須替病人看病。

0533
おんがくかんしょう じゃま
音楽鑑賞をしているところを、邪魔しないでください。
▶ 我在欣賞音樂時，請不要來干擾。

0534 □	かんじょう 【勘定】	(名・他サ) 計算；算帳；(會計上的)帳目，戶頭，結帳；考慮，估計 類 計算
0535 □	かんじょう 【感情】	名 感情，情緒 類 気持ち
0536 □	かんしん 【関心】	名 關心，感興趣 類 興味
0537 □	かんする 【関する】	(自サ) 關於，與…有關 類 関係する
0538 □	かんせつ 【間接】	名 間接 反 直接　類 遠まわし（とおまわし）
0539 □	かんそう 【乾燥】	(名・自他サ) 乾燥；枯燥無味 類 乾く
0540 □	かんそく 【観測】	(名・他サ) 觀察(事物)，(天體，天氣等)觀測 類 観察
0541 □	かんたい 【寒帯】	名 寒帶
0542 □	がんたん 【元旦】	名 元旦
0543 □	かんちがい 【勘違い】	(名・自サ) 想錯，判斷錯誤，誤會 類 思い違い（おもいちがい）
0544 □	かんちょう 【官庁】	名 政府機關 類 役所
0545 □	かんづめ 【缶詰】	名 罐頭；不與外界接觸的狀態；擁擠的狀態
0546 □	かんでんち 【乾電池】	名 乾電池 反 湿電池

0534
そろそろお勘定をしましょうか。
▶ 差不多該結帳了吧！

0535
彼にこの話をすると、感情的になりかねない。
▶ 你一跟他談這件事，他可能會很情緒化。

0536
あいつは女性に関心があるくせに、ないふりをしている。
▶ 那傢伙明明對女性很感興趣，卻裝作一副不在乎的樣子。

0537
日本に関する研究をしていたわりに、日本についてよく知らない。
▶ 雖然之前從事日本相關的研究，但卻對日本的事物一知半解。

0538
彼女を通じて、間接的に彼の話を聞いた。
▶ 我透過她，間接打聽了一些關於他的事。

0539
空気が乾燥しているといっても、砂漠ほどではない。
▶ 雖說空氣乾燥，但也沒有沙漠那麼乾。

か

0540
毎日天体の観測をしています。
▶ 我每天都在觀察星體的變動。

0541
寒帯の森林には、どんな動物がいますか。
▶ 在寒帶的森林裡，住著什麼樣的動物呢？

0542
元旦に初詣で行く。
▶ 元旦去新年參拜。

0543
私の勘違いのせいで、あなたに迷惑をかけました。
▶ 都是因為我的誤解，才造成您的不便。

0544
政治家も政治家なら、官庁も官庁で、まったく頼りにならない。
▶ 政治家有貪污，政府機關也有缺陷，完全不可信任。

0545
缶詰にする。
▶ 關起來。

0546
乾電池の働きを中心に、ご説明します。
▶ 針對乾電池的功用，我來跟您說明。

0547 ☐	かんとう【関東】	(名) 日本關東地區(以東京為中心的地帶) (對) 関西
0548 ☐	かんとく【監督】	(名・他サ) 監督，督促；監督者，管理人；(影劇)導演；(體育)教練 (近) 取り締まる
0549 ☐	かんねん【観念】	(名・自他サ) 觀念；決心；斷念，不抱希望 (近) 概念（がいねん）
0550 ☐	かんぱい【乾杯】	(名・自サ) 乾杯
0551 ☐	かんばん【看板】	(名) 招牌；牌子，幌子；(店舖)關門，停止營業時間
0552 ☐	かんびょう【看病】	(名・他サ) 看護，護理病人
0553 ☐	かんむり【冠】	(名) 冠，冠冕；字頭，字蓋；有點生氣
0554 ☐	かんり【管理】	(名・他サ) 管理，管轄；經營，保管 (近) 取り締まる（とりしまる）
0555 ☐	かんりょう【完了】	(名・自他サ) 完了，完畢；(語法)完了，完成 (近) 終わる
0556 ☐	かんれん【関連】	(名・自サ) 關聯，有關係 (近) 連関
0557 ☐	かんわ【漢和】	(名) 漢語和日語；中日辭典的簡稱 (對) 和漢
0558 ☐	き【期】	(名) 時期；時機；季節；(預定的) 時日
0559 ☐	き【器】	(名・漢造) 有才能，有某種才能的人；器具，器皿；起作用的，才幹 (近) 器（うつわ）

き
T20

0547
関東に加えて、関西でも調査することになりました。
▶ 除了關東以外，關西也要開始進行調查了。

0548
日本の映画監督といえば、やっぱり黒沢明が有名ですね。
▶ 一說到日本的電影導演，還是黑澤明最有名吧！

0549
あなたは、固定観念が強すぎますね。
▶ 你的主觀意識實在太強了！

0550
彼女の誕生日を祝って乾杯した。
▶ 祝她生日快樂，大家一起乾杯！

0551
看板の字を書いてもらえますか。
▶ 可以麻煩您替我寫下招牌上的字嗎？

0552
病気が治ったのは、あなたの看病のおかげにほかなりません。
▶ 疾病能痊癒，都是託你的看護。

0553
これは、昔の王様の冠です。
▶ 這是古代國王的王冠。

0554
面倒を見るというより、管理されているような気がします。
▶ 我覺得與其說是在照顧我，倒像是被監控。

0555
工事は、長時間の作業のすえ、完了しました。
▶ 工程在長時間的施工後，終於大工告成了。

0556
教育との関連からいうと、この政策は歓迎できない。
▶ 從和教育相關的層面來看，這個政策實在是不受歡迎。

0557
図書館には、英和辞典もあれば、漢和辞典もある。
▶ 圖書館裡，既有英日辭典，也有中日辭典。

0558
入学の時期が訪れる。
▶ 又到開學期了。

0559
食器を洗う。
▶ 洗碗盤。

0560 ☐	き 【機】	名・接尾・漢造 時機;飛機;（助數詞用法）架; 機器
0561 ☐	きあつ 【気圧】	名 氣壓;（壓力單位）大氣壓 類 圧力（あつりょく）
0562 ☐	ぎいん 【議員】	名 (國會，地方議會的)議員
0563 ☐	きおく 【記憶】	名・他サ 記憶，記憶力;記性 反 忘却 類 暗記
0564 ☐	きおん 【気温】	名 氣溫 類 温度
0565 ☐	きかい 【器械】	名 機械，機器 類 器具
0566 ☐	ぎかい 【議会】	名 議會，國會 類 議院
0567 ☐	きがえ 【着替え】	名 換衣服;換的衣服
0568 ☐	きがえる 【着替える】	他下一 換衣服
0569 ☐	きがする 【気がする】	慣 好像;有心
0570 ☐	きかん 【機関】	名 (組織機構的)機關，單位;（動力裝置）機關 類 機構
0571 ☐	きかんしゃ 【機関車】	名 機車，火車
0572 ☐	きぎょう 【企業】	名 企業;籌辦事業 類 事業

0560
時機を待つ。
▶ 等待時機。

0561
気圧の変化にしたがって、苦しくなってきた。
▶ 隨著氣壓的變化，感到越來越痛苦。

0562
国会議員になるには、選挙に勝つしかない。
▶ 如果要當上國會議員，就只有贏得選舉了。

0563
最近、記憶が混乱ぎみだ。
▶ 最近有記憶錯亂的現象。

0564
気温しだいで、作物の生長はぜんぜん違う。
▶ 因氣溫的不同，農作物的成長也就完全不一樣。

0565
彼は、器械体操部で活躍している。
▶ 他活躍於健身社中。

0566
首相は議会で、政策について力をこめて説明した。
▶ 首相在國會中，使勁地解說了他的政策。

0567
着替えをしてから出かけた。
▶ 我換過衣服後就出門了。

0568
着物を着替える。
▶ 換衣服。

0569
見たことがあるような気がする。
▶ 好像有看過。

0570
政府機関では、パソコンによる統計を行っています。
▶ 政府機關都使用電腦來進行統計。

0571
珍しい機関車だったので、写真を撮った。
▶ 因為那台蒸汽火車很珍貴，所以拍了張照。

0572
大企業だけあって、立派なビルですね。
▶ 不愧是大企業，好氣派的大廈啊！

0573 ☐	ききん 【飢饉】	名 飢饉，飢荒；缺乏，…荒 類 凶作（きょうさく）
0574 ☐	きぐ 【器具】	名 器具，用具，器械 類 器械（きかい）
0575 ☐	きげん 【期限】	名 期限
0576 ☐	きげん 【機嫌】	名 心情，情緒 類 気持ち
0577 ☐	きこう 【気候】	名 氣候
0578 ☐	きごう 【記号】	名 符號，記號
0579 ☐	きざむ 【刻む】	他五 切碎；雕刻；分成段；銘記，牢記 類 彫刻する（ちょうこくする）
0580 ☐	きし 【岸】	名 岸，岸邊；崖 類 がけ
0581 ☐	きじ 【生地】	名 本色，素質，本來面目；布料；（陶器等）毛坯
0582 ☐	ぎし 【技師】	名 技師，工程師，專業技術人員 類 エンジニア
0583 ☐	ぎしき 【儀式】	名 儀式，典禮 類 セレモニー
0584 ☐	きじゅん 【基準】	名 基礎，根基；規格，準則 類 標準
0585 ☐	きしょう 【起床】	名・自サ 起床 反 就寝（しゅうしん）　類 起きる

0573
この国では、いつでも飢饉が発生し得る。
▶ 這個國家，隨時都有可能發生飢荒。

0574
この店では、電気器具を扱っています。
▶ 這家店有出售電器用品。

0575
支払いの期限を忘れるなんて、非常識というものだ。
▶ 竟然忘記繳款的期限，真是離譜。

0576
彼の機嫌が悪いとしたら、きっと奥さんと喧嘩したんでしょう。
▶ 如果他心情不好，就一定是因為和太太吵架了。

0577
最近気候が不順なので、風邪ぎみです。
▶ 最近由於氣候不佳，有點要感冒的樣子。

0578
この記号は、どんな意味ですか。
▶ 這符號代表什麼意思？

0579
指輪に二人の名前を刻んだ。
▶ 在戒指上刻下了兩人的名字。

0580
向こうの岸まで泳いでいくよりほかない。
▶ 就只有游到對岸這個方法可行了。

0581
生地はもとより、デザインもとてもすてきです。
▶ 布料好自不在話下，就連設計也是一等一的。

0582
コンピュータ技師として、この会社に就職した。
▶ 我以電腦工程師的身分到這家公司上班。

0583
儀式は、1時から2時にかけて行われます。
▶ 儀式從一點舉行到兩點。

0584
この建物は、法律上は基準を満たしています。
▶ 這棟建築物符合法律上的規定。

0585
6時の列車に乗るためには、5時に起床するしかありません。
▶ 為了搭6點的列車，只好在5點起床。

0586 □	きず 【傷】	名 傷口，創傷；缺陷，瑕疵 類 創傷
0587 □	きせる 【着せる】	(他下一) 給穿上(衣服)；鍍上；嫁禍，加罪
0588 □	きそ 【基礎】	名 基石，基礎，根基；地基 類 基本
0589 □	きたい 【期待】	(名・他サ) 期待，期望，指望 類 待ち望む（まちのぞむ）
0590 □	きたい 【気体】	名 (理)氣體 反 固体
0591 □	きち 【基地】	名 基地，根據地
0592 □	きちょう 【貴重】	(形動) 貴重，寶貴，珍貴 類 大切
0593 □	ぎちょう 【議長】	名 會議主席，主持人；(聯合國，國會)主席
0594 □	きつい	形 嚴厲的，嚴苛的；剛強，要強；緊的，瘦小的；強烈的；累人的，費力的 類 厳しい
0595 □	きっかけ 【切っ掛け】	名 開端，動機，契機 類 機会
0596 □	きづく 【気付く】	(自五) 察覺，注意到，意識到；(神志昏迷後)甦醒過來 類 感づく（かんづく）
0597 □	きっさ 【喫茶】	名 喝茶，喫茶，飲茶 類 喫茶（きっちゃ）
0598 □	ぎっしり	副 (裝或擠的)滿滿的 類 ぎっちり

| 0586 | 薬のおかげで、傷はすぐ治りました。
▶ 多虧了藥物，傷口馬上就痊癒了。 |

| 0587 | 着物を着せてあげましょう。
▶ 我來幫你把和服穿上吧！ |

| 0588 | 英語の基礎は勉強したが、すぐにしゃべれるわけではない。
▶ 雖然有學過基礎英語，但也不可能馬上就能開口說的。 |

| 0589 | みんな、期待するかのような目で彼を見た。
▶ 大家用期待的眼神看著他。 |

| 0590 | いろいろな気体の性質を調べている。
▶ 我在調查各種氣體的性質。 |

| 0591 | 南極基地で働く夫に、愛をこめて手紙を書きました。
▶ 我寫了封充滿愛意的信，給在南極基地工作的丈夫。 |

| 0592 | 貴重なお時間。
▶ 寶貴的時間。 |

| 0593 | 彼は、衆議院の議長を務めている。
▶ 他擔任眾議院的院長。 |

| 0594 | 太ったら、スカートがきつくなりました。
▶ 一旦胖起來，裙子就被撐得很緊。 |

| 0595 | 彼女に話しかけたいときに限って、きっかけがつかめない。
▶ 偏偏就在我想找她說話時，就是找不到機會。 |

| 0596 | 自分の間違いに気付いたものの、なかなか謝ることができない。
▶ 雖然發現自己不對，但還是很難開口道歉。 |

| 0597 | 喫茶店で、ウエイトレスとして働いている。
▶ 我在咖啡廳當女服務生。 |

| 0598 | 本棚にぎっしり本が詰まっている。
▶ 書櫃排滿了書本。 |

0599	きにいる 【気に入る】	(連語) 稱心如意，喜歡，寵愛 (反) 気に食わない
0600	きにする 【気にする】	(慣) 介意，在乎
0601	きになる 【気になる】	(慣) 擔心，放心不下
0602	きにゅう 【記入】	(名・他サ) 填寫，寫入，記上 (類) 書き入れる
0603	きねん 【記念】	(名・他サ) 紀念
0604	きねんしゃしん 【記念写真】	(名) 紀念照
0605	きのう 【機能】	(名・自サ) 機能，功能，作用 (類) 働き
0606	きのせい 【気の所為】	(連語) 神經過敏；心理作用
0607	きのどく 【気の毒】	(名・形動) 可憐的，可悲；可惜，遺憾；過意不 去，對不起 (類) 可哀そう
0608	きば 【牙】	(名) 犬齒，獠牙
0609	きばん 【基盤】	(名) 基礎，底座，底子；基岩 (類) 基本
0610	きふ 【寄付】	(名・他サ) 捐贈，捐助，捐款 (類) 義捐
0611	きぶんてんかん 【気分転換】	(連語・名) 轉換心情

0599
そのバッグが気に入りましたか。
▶ 您中意這皮包嗎？

0600
失敗を気にする。
▶ 對失敗耿耿於懷。

0601
外の音が気になる。
▶ 在意外面的聲音。

0602
参加される時は、ここに名前を記入してください。
▶ 要參加時，請在這裡寫下名字。

0603
記念として、この本をあげましょう。
▶ 送你這本書做紀念吧！

0604
七五三の記念写真。
▶ 七五三的紀念照。

0605
機械の機能が増えれば増えるほど、値段も高くなります。
▶ 機器的功能越多，價錢就越昂貴。

0606
気のせいかもしれない。
▶ 可能是我神經過敏吧。

0607
お気の毒ですが、今回はあきらめていただくしかありませんね。
▶ 雖然很遺憾，但這次也只好先請您放棄了。

0608
ライオンの牙。
▶ 獅子的尖牙。

0609
生活の基盤を固める。
▶ 穩固生活的基礎。

0610
彼はけちだから、たぶん寄付はするまい。
▶ 因為他很小氣，所以大概不會捐款吧！

0611
気分転換に散歩に出る。
▶ 出門散步換個心情。

0612 □	きみ 【気味】	(名・接尾) 感觸，感受，心情；有一點兒，稍稍 関 気持ち
0613 □	きみがわるい 【気味が悪い】	(形) 毛骨悚然的；令人不快的
0614 □	きみょう 【奇妙】	(形動) 奇怪，出奇，奇異，奇妙 関 不思議
0615 □	ぎむ 【義務】	(名) 義務 反 権利
0616 □	ぎもん 【疑問】	(名) 疑問，疑惑 関 疑い
0617 □	ぎゃく 【逆】	(名・漢造) 反，相反，倒；叛逆 関 反対
0618 □	きゃくせき 【客席】	(名) 觀賞席；宴席，來賓席 関 座席
0619 □	ぎゃくたい 【虐待】	(名・他サ) 虐待
0620 □	きゃくま 【客間】	(名) 客廳 関 客室
0621 □	キャプテン 【captain】	(名) 團體的首領；船長；隊長；主任 関 主将（しゅしょう）
0622 □	ギャング 【gang】	(名) 持槍強盜團體，盜伙 関 強盗団（ごうとうだん）
0623 □	キャンパス 【campus】	(名) (大學)校園，校內 関 校庭
0624 □	キャンプ 【camp】	(名・自サ) 露營，野營；兵營，軍營；登山隊基地；(棒球等)集訓 関 野宿（のじゅく）

0612
女性社員が気が強くて、なんだか押され気味だ。
▶ 公司的女職員太過強勢了，我們覺得被壓得死死的。

0613
気味が悪い家。
▶ 令人毛骨悚然的房子。

0614
科学では説明できない奇妙な現象。
▶ 在科學上無法說明的奇異現象。

0615
我々には、権利もあれば、義務もある。
▶ 我們既有權利，也有義務。

0616
私からすれば、あなたのやり方には疑問があります。
▶ 就我看來，我對你的做法感到有些疑惑。

0617
今度は、逆に私から質問します。
▶ 這次，反過來由我來發問。

き

0618
客席には、校長をはじめ、たくさんの先生が来てくれた。
▶ 來賓席上，來了校長以及多位老師。

0619
児童虐待は深刻な問題だ。
▶ 虐待兒童是很嚴重的問題。

0620
客間を掃除しておかなければならない。
▶ 我一定得事先打掃好客廳才行。

0621
野球チームのキャプテンをしています。
▶ 我是棒球隊的隊長。

0622
私は、ギャング映画が好きです。
▶ 我喜歡看警匪片。

0623
大学のキャンパスには、いろいろな学生がいる。
▶ 大學的校園裡，有各式各樣的學生。

0624
今息子は山にキャンプに行っているので、連絡しようがない。
▶ 現在我兒子到山上露營去了，所以沒辦法聯絡上他。

0625	きゅう 【旧】	(名・漢造) 陳舊；往昔，舊日；舊曆，農曆；前任者 (反) 新 (類) 古い
0626	きゅう 【級】	(名・漢造) 等級，階段；班級，年級；頭 (類) 等級（とうきゅう）
0627	きゅう 【球】	(名・漢造) 球；(數)球體，球形 (類) ボール
0628	きゅうか 【休暇】	(名) (節假日以外的)休假 (類) 休み
0629	きゅうぎょう 【休業】	(名・自サ) 停課 (類) 休み
0630	きゅうげき 【急激】	(形動) 急遽 (類) 激しい
0631	きゅうこう 【休校】	(名・自サ) 停課
0632	きゅうこう 【休講】	(名・自サ) 停課
0633	きゅうしゅう 【吸収】	(名・他サ) 吸收 (類) 吸い取る
0634	きゅうじょ 【救助】	(名・他サ) 救助，搭救，救援，救濟 (類) 救う
0635	きゅうしん 【休診】	(名・他サ) 停診
0636	きゅうせき 【旧跡】	(名) 古蹟
0637	きゅうそく 【休息】	(名・自サ) 休息 (類) 休み

0625
旧暦では、今日は何月何日ですか。
▶ 今天是農曆的幾月幾號？

0626
英検で1級を取った。
▶ 我考過英檢一級了。

0627
この器具は、尖端が球状になっている。
▶ 這工具的最前面是呈球狀的。

0628
休暇になるかならないかのうちに、ハワイに出かけた。
▶ 才剛放假，就跑去夏威夷了。

0629
病気になったので、しばらく休業するしかない。
▶ 因為生了病，只好先暫停營業一陣子。

0630
車の事故による死亡者は急激に増加している。
▶ 因車禍事故而死亡的人正急遽增加。

0631
地震で休校になる。
▶ 因地震而停課。

0632
授業が休講になったせいで、暇になってしまいました。
▶ 都因為停課，害我閒得沒事做。

0633
学生は、勉強していろいろなことを吸収するべきだ。
▶ 學生必須好好學習，以吸收各方面知識。

0634
みんな助かるようにという祈りをこめて、救助活動をした。
▶ 救援活動在祈求大家都能得救的心願下進行。

0635
日曜休診。
▶ 週日停診。

0636
京都の名所旧跡を訪ねる。
▶ 造訪京都的名勝古蹟。

0637
作業の合間に休息する。
▶ 在工作的空檔休息。

き

0638 □	きゅうそく 【急速】	(名・形動) 迅速，快速 翻 急激（きゅうげき）
0639 □	きゅうよ 【給与】	(名・他サ) 供給(品)，分發，待遇；工資，津貼 翻 給料，サラリー
0640 □	きゅうよう 【休養】	(名・自サ) 休養 翻 保養（ほよう）
0641 □	きよい 【清い】	(形) 清徹的，清潔的；(内心)暢快的，問心無愧 的；正派的，光明磊落；乾脆 反 汚らわしい 翻 清らか
0642 □	きよう 【器用】	(名・形動) 靈巧，精巧；手藝巧妙；精明 翻 上手
0643 □ T22	きょうか 【強化】	(名・他サ) 強化，加強 反 弱化（じゃっか）
0644 □	きょうかい 【境界】	(名) 境界，疆界，邊界 翻 さかい
0645 □	きょうぎ 【競技】	(名・自サ) 競賽，體育比賽 翻 試合
0646 □	ぎょうぎ 【行儀】	(名) 禮儀，禮節，舉止 翻 礼儀
0647 □	きょうきゅう 【供給】	(名・他サ) 供給，供應 反 需要（じゅよう）
0648 □	きょうさん 【共産】	(名) 共産；共産主義
0649 □	ぎょうじ 【行事】	(名) (按慣例舉行的)儀式，活動 翻 催し物（もよおしもの）
0650 □	きょうじゅ 【教授】	(名・他サ) 教授；講授，教

0638
コンピュータは急速に普及した。
▶ 電腦以驚人的速度大眾化了。

0639
会社が給与を支払わないかぎり、私たちはストライキを続けます。
▶ 只要公司不發薪資，我們就會繼續罷工。

0640
今週から来週にかけて、休養のために休みます。
▶ 從這個禮拜到下個禮拜，為了休養而請假。

0641
山道を歩いていたら、清い泉が湧き出ていた。
▶ 當我正走在山路上時，突然發現地面湧出了清澈的泉水。

0642
彼は器用で、自分で何でも直してしまう。
▶ 他的手真巧，任何東西都能自己修好。

0643
事件前に比べて、警備が強化された。
▶ 跟案件發生前比起來，警備森嚴多許多。

0644
仕事と趣味の境界が曖昧です。
▶ 工作和興趣的界線還真是模糊不清。

0645
運動会で、どの競技に出場しますか。
▶ 你運動會要出賽哪個項目？

0646
お兄さんに比べて、君は行儀が悪いね。
▶ 和你哥哥比起來，你真沒禮貌。

0647
この工場は、24時間休むことなく製品を供給できます。
▶ 這座工廠，可以24小時全日無休地供應產品。

0648
資本主義と共産主義について研究しています。
▶ 我正在研究資本主義和共產主義。

0649
行事の準備をしているところへ、校長が見に来た。
▶ 正當準備活動時，校長便前來觀看。

0650
教授とは、先週話したきりだ。
▶ 自從上週以來，就沒跟教授講過話了。

き

0651 ☐	きょうしゅく【恐縮】	(名・自サ)(對對方的厚意感覺)惶恐(表感謝或客氣)；(給對方添麻煩表示)對不起，過意不去；(感覺)不好意思，羞愧，慚愧 ⓓ 恐れ入る
0652 ☐	きょうどう【共同】	(名・自サ) 共同 ⓓ 合同（ごうどう）
0653 ☐	きょうふ【恐怖】	(名・自サ) 恐怖，害怕 ⓡ 恐れる
0654 ☐	きょうふう【強風】	(名) 強風
0655 ☐	きょうよう【教養】	(名) 教育，教養，修養；(專業以外的)知識學問
0656 ☐	きょうりょく【強力】	(名・形動) 力量大，強力，強大 ⓓ 強力（ごうりき）
0657 ☐	ぎょうれつ【行列】	(名・自サ) 行列，隊伍，列隊；(數) 矩陣 ⓡ 列
0658 ☐	きょか【許可】	(名・他サ) 許可，批准 ⓡ 許す
0659 ☐	ぎょぎょう【漁業】	(名) 漁業，水產業
0660 ☐	きょく【局】	(名・接尾) 房間，屋子；(官署，報社)局，室；特指郵局，廣播電臺；局面，局勢；(事物的)結局
0661 ☐	きょく【曲】	(名・漢造) 曲調；歌曲；彎曲
0662 ☐	きょくせん【曲線】	(名) 曲線
0663 ☐	きょだい【巨大】	(形動) 巨大 ⓐ 直線 ⓓ カーブ

0651
恐縮ですが、窓を開けてくださいませんか。
▶ 不好意思，能否請您開打開窗戶。

0652
この仕事は、両国の共同のプロジェクトにほかならない。
▶ 這項作業，不外是兩國的共同的計畫。

0653
先日、恐怖の体験をしました。
▶ 前幾天我經歷了恐怖的體驗。

0654
強風が吹く。
▶ 強風吹拂。

0655
彼は教養があって、いろいろなことを知っている。
▶ 他很有學問，知道各式各樣的事情。

0656
そのとき、強力な味方が現れました。
▶ 就在那時，強大的伙伴出現了！

き

0657
この店のラーメンはとてもおいしいので、行列ができかねない。
▶ 這家店的拉麵非常好吃，所以有可能要排隊。

0658
理由があるなら、外出を許可しないこともない。
▶ 如果有理由的話，並不是說不能讓你外出。

0659
その村は、漁業によって生活しています。
▶ 那村莊以漁業維生。

0660
観光局に行って、地図をもらった。
▶ 我去觀光局索取地圖。

0661
曲を演奏する。
▶ 演奏曲子。

0662
グラフを見ると、なめらかな曲線になっている。
▶ 從圖表來看，則是呈現流暢的曲線。

0663
その新しいビルは、巨大な上にとても美しいです。
▶ 那棟新大廈，既雄偉又美觀。

0664 □	きらう 【嫌う】	(他五) 嫌惡，厭惡；憎惡；區別 (反) 好く　(動) 好まない
0665 □	きらきら	(副・自サ) 閃耀
0666 □	ぎらぎら	(副・自サ) 閃耀（程度比きらきら還強）
0667 □	きらく 【気楽】	(名・形動) 輕鬆，安閒，無所顧慮 (動) 安楽（あんらく）
0668 □	きり 【霧】	(名) 霧，霧氣；噴霧
0669 □	きりつ 【規律】	(名) 規則，紀律，規章 (動) 決まり
0670 □	きる 【切る】	(接尾) (接助詞連用形)表示達到極限；表示完結 (動) 〜しおえる
0671 □	きる 【斬る】	(他五) 砍；切
0672 □	きれ 【切れ】	(名) 衣料，布頭，碎布
0673 □	きれい 【綺麗・奇麗】	(形) 好看，美麗；乾淨；完全徹底；清白，純潔；正派，公正 (動) 美しい
0674 □	ぎろん 【議論】	(名・他サ) 爭論，討論，辯論 (動) 論じる
0675 □	きをつける 【気を付ける】	(慣) 當心，留意
0676 □	ぎん 【銀】	(名) 銀，白銀；銀色 (動) 銀色

0664	彼を嫌ってはいるものの、口をきかないわけにはいかない。 ▶ 雖說我討厭他，但也不能完全不跟他說話。
0665	星がきらきら光る。 ▶ 星光閃耀。
0666	太陽がぎらぎら照りつける。 ▶ 陽光照得刺眼。
0667	気楽にスポーツを楽しんでいるところに、厳しいことを言わないでください。　▶ 請不要在我輕鬆享受運動的時候，說些嚴肅的話。
0668	山の中は、霧が深いに決まっています。 ▶ 山裡一定籠罩著濃霧。
0669	言われたとおりに、規律を守ってください。 ▶ 請遵守紀律，依指示進行。
0670	小麦粉を全部使い切ってしまいました。 ▶ 太白粉全都用光了。
0671	人を斬る。 ▶ 砍人。
0672	余ったきれでハンカチを作る。 ▶ 用剩布做手帕。
0673	若くてきれいなうちに、写真をたくさん撮りたいです。 ▶ 趁著還年輕貌美時，想多拍點照片。
0674	全員が集まりしだい、議論を始めます。 ▶ 等全部人員到齊之後，就開始討論。
0675	忘れ物をしないように気を付ける。 ▶ 注意有無遺忘物品。
0676	銀の食器を買おうと思います。 ▶ 我打算買買銀製的餐具。

き

0677	きんがく 【金額】	名 金額 類 値段
0678	きんぎょ 【金魚】	名 金魚
0679	きんこ 【金庫】	名 保險櫃；(國家或公共團體的)金融機關，國庫
0680 T23	きんせん 【金銭】	名 錢財，錢款；金幣 類 お金
0681	きんぞく 【金属】	名 金屬，五金 反 非金属
0682	きんだい 【近代】	名 近代，現代(日本則意指明治維新之後) 類 現代
0683	きんにく 【筋肉】	名 肌肉 類 筋(すじ)
0684	きんゆう 【金融】	名・自サ 金融，通融資金 類 経済
0685	くいき 【区域】	名 區域 類 地域(ちいき)
0686	くう 【食う】	他五 (俗)吃，(蟲)咬 類 食べる
0687	くう 【空】	名・形動・漢造 空中，空間；空虛；沒用，白費
0688	ぐうすう 【偶数】	名 偶數，雙數
0689	ぐうぜん 【偶然】	名・形動・副 偶然，偶而；(哲)偶然性 反 必然(ひつぜん) 類 思いがけない

0677
忘れないように、金額を書いておく。
▶ 為了不要忘記所以先記下金額。

0678
水槽の中にたくさん金魚がいます。
▶ 水槽裡有許多金魚。

0679
大事なものは、金庫に入れておく。
▶ 重要的東西要放到金庫。

0680
金銭の問題でトラブルになった。
▶ 因金錢問題而引起了麻煩。

0681
これはプラスチックではなく、金属製です。
▶ 這不是塑膠，它是用金屬製成的。

0682
日本の近代には、夏目漱石をはじめ、いろいろな作家がいます。
▶ 日本近代，有夏目漱石及許多作家。

0683
筋肉を鍛えるとすれば、まず運動をしなければなりません。
▶ 如果要鍛鍊肌肉，首先就得多運動才行。

0684
金融機関の窓口で支払ってください。
▶ 請到金融機構的窗口付帳。

0685
困ったことに、この区域では携帯電話が使えない。
▶ 傷腦筋的是，這區域手機是無法使用的。

0686
おいしいかまずいかにかかわらず、ちょっと食ってみたいです。
▶ 無論好不好吃，都想先嚐一下。

0687
努力が空に帰す。
▶ 努力落空。

0688
偶数と奇数。
▶ 偶數與奇數。

0689
彼に会いたくないと思っている日に限って、偶然出会ってしまう。
▶ 偏偏在我不想跟他見面時，就會突然遇見他。

0690 □	くうそう 【空想】	[名・他サ] 空想，幻想 [類] 想像
0691 □	くうちゅう 【空中】	[名] 空中，天空 [類] なかぞら
0692 □	くぎ 【釘】	[名] 釘子
0693 □	くぎる 【区切る】	[他四] (把文章)斷句，分段 [類] 仕切る（しきる）
0694 □	くさり 【鎖】	[名] 鎖鏈，鎖條；連結，聯繫；(喻)段，段落 [類] チェーン
0695 □	くしゃみ 【嚔】	[名] 噴嚏
0696 □	くじょう 【苦情】	[名] 不平，抱怨 [類] 愚痴（ぐち）
0697 □	くしん 【苦心】	[名・自サ] 苦心，費心 [類] 苦労
0698 □	くず 【屑】	[名] 碎片；廢物，廢料(人)；(挑選後剩下的)爛貨
0699 □	くずす 【崩す】	[他五] 拆毀，粉碎 [類] 砕く（くだく）
0700 □	ぐずつく 【愚図つく】	[自五] 陰天；動作遲緩拖延
0701 □	くずれる 【崩れる】	[自下一] 崩潰；散去；潰敗，粉碎 [類] 崩壊（ほうかい）
0702 □	くだ 【管】	[名] 細長的筒，管 [類] 筒（つつ）

0690
楽しいことを空想しているところに、話しかけられた。
▶ 當我正在幻想有趣的事情時，有人跟我說話。

0691
サーカスで空中ブランコを見た。
▶ 我到馬戲團看空中飛人秀。

0692
くぎを打って、板を固定する。
▶ 我用釘子把木板固定起來。

0693
単語を一つずつ区切って読みました。
▶ 我將單字逐一分開來唸。

0694
犬を鎖でつないでおいた。
▶ 用狗錬把狗綁起來了。

0695
静かにしていなければならないときに限って、くしゃみが止まらなくなる。 ▶ 偏偏在需要保持安靜時，噴嚏就會打個不停。

0696
カラオケパーティーを始めるか始めないかのうちに、近所から苦情を言われた。 ▶ 卡拉OK派對才剛開始，鄰居就跑來抱怨了。

0697
10年にわたる苦心の末、新製品が完成した。
▶ 長達10年嘔心瀝血的努力，終於完成了新產品。

0698
工場では、板の削りくずがたくさん出る。
▶ 工廠有很多鋸木的木屑。

0699
私も以前体調を崩しただけに、あなたの辛さはよくわかります。
▶ 正因為我之前也搞壞過身體，所以特別能了解你的痛苦。

0700
天気が愚図つく。
▶ 天氣總不放晴。

0701
雨が降り続けたので、山が崩れた。
▶ 因持續下大雨而山崩了。

0702
管を通して水を送る。
▶ 水透過管子輸送。

0703 □	ぐたい【具体】	[名] 具體 [反] 抽象 [類] 具象（ぐしょう）
0704 □	くだく【砕く】	[他五] 打碎，弄碎 [類] 思い悩む（おもいなやむ）
0705 □	くだける【砕ける】	[自下一] 破碎，粉碎
0706 □	くたびれる【草臥れる】	[自下一] 疲勞，疲乏 [類] 疲れる
0707 □	くだらない【下らない】	[連語・形] 無價值，無聊，不下於… [類] つまらない
0708 □	くち【口】	[名・接尾] 口，嘴；用嘴說話；口味；人口，人數；出入或存取物品的地方；口，放進口中或動口的次數；股，份 [類] 味覚
0709 □	くちべに【口紅】	[名] 口紅，唇膏 [類] ルージュ
0710 □	くつう【苦痛】	[名] 痛苦 [類] 苦しみ
0711 □	くっつく【くっ付く】	[自五] 緊貼在一起，附著
0712 □	くっつける【くっ付ける】	[他下一] 把…粘上，把…貼上，使靠近 [類] 接合する（せつごうする）
T24 0713 □	くどい	[形] 冗長乏味的，(味道)過於膩的 [類] しつこい
0714 □	くとうてん【句読点】	[名] 句號，逗點；標點符號 [類] 句点（くてん）
0715 □	くぶん【区分】	[名・他サ] 區分，分類 [類] 区分け

0703 改革を叫びつつも、具体的な案は浮かばない。
▶ 雖在那裡吶喊要改革，卻想不出具體的方案來。

0704 家事をきちんとやるとともに、子どもたちのことにも心を砕いている。
▶ 在確實做好家事的同時，也為孩子們的事情費心勞力。

0705 大きな岩が谷に落ちて砕けた。
▶ 巨大的岩石掉入山谷粉碎掉了。

0706 たとえくたびれても、走り続けます。
▶ 就算累翻了，我也會繼續跑下去。

0707 その映画はくだらないと思ったものだから、見なかった。
▶ 因為我覺得那部電影很無聊，所以就沒看。

0708 酒は辛口より甘口がよい。
▶ 甜味酒比辣味酒好。

く

0709 口紅を塗っているところに子どもが飛びついてきて、はみ出してしまった。 ▶ 我在塗口紅時，小孩突然撲了上來，口紅就畫歪了。

0710 薬を飲んだので、苦痛が和らぎつつあります。
▶ 因為吃了藥，所以痛苦慢慢減輕了。

0711 ジャムの瓶の蓋がくっ付いてしまって、開かない。
▶ 果醬的瓶蓋太緊了，打不開。

0712 部品を接着剤でしっかりくっ付けた。
▶ 我用黏著劑將零件牢牢地黏上。

0713 先生の話はくどいから、あまり聞きたくない。
▶ 老師的話又臭又長，根本就不想聽。

0714 作文のときは、句読点をきちんとつけるように。
▶ 寫作文時，要確實標上標點符號。

0715 地域ごとに区分した地図がほしい。
▶ 我想要一份以區域劃分的地圖。

0716	くべつ 【区別】	名・他サ 區別，分清 動 区分
0717	くぼむ 【窪む・凹む】	自五 凹下，塌陷
0718	くみ 【組】	名 套，組，隊；班，班級；(黑道)幫 動 クラス
0719	くみあい 【組合】	名 (同業)工會，合作社
0720	くみあわせ 【組み合わせ】	名 組合，配合，編配 動 コンビネーション
0721	くみたてる 【組み立てる】	他下一 組織，組裝
0722	くむ 【汲む】	他五 打水，取水
0723	くむ 【組む】	自五 聯合，組織起來 動 取り組む
0724	くもる 【曇る】	自五 天氣陰，朦朧 反 晴れる 動 陰る（かげる）
0725	くやむ 【悔やむ】	他五 懷悔的，後悔的 動 後悔する
0726	くらい 【位】	名 (數)位數；皇位，王位；官職，地位；(人 或藝術作品的)品味，風格 動 地位
0727	くらし 【暮らし】	名 度日，生活；生計，家境 動 生活
0728	クラブ 【club】	名 俱樂部，夜店；(學校)課外活動，社團活動

0716
夢と現実の区別がつかなくなった。
▶ 我已分辨不出幻想與現實的區別了。

0717
目がくぼむ。
眼窩深陷。

0718
どちらの組に入りますか。
▶ 你要編到哪一組？

0719
会社も会社なら、組合も組合だ。
▶ 公司是有不對，但工會也半斤八兩。

0720
試合の組み合わせが決まりしだい、連絡してください。
▶ 賽程表一訂好，就請聯絡我。

0721
先輩の指導をぬきにして、機器を組み立てることはできない。
▶ 要是沒有前輩的指導，我就沒辦法組好機器。

0722
ここは水道がないので、毎日川の水を汲んでくるということだ。
▶ 這裡沒有自來水，所以每天都從河川打水回來。

0723
今度のプロジェクトは、他の企業と組んで行います。
▶ 這次的企畫，是和其他企業合作進行的。

0724
空がだんだん曇ってきた。
▶ 天色漸漸暗了下來。

0725
失敗を悔やむどころか、ますますやる気が出てきた。
▶ 失敗了不僅不懊惱，反而更有幹勁了。

0726
100の位を四捨五入してください。
▶ 請在百位的地方四捨五入。

0727
我々の暮らしは、よくなりつつある。
▶ 我們家境在逐漸改善中。

0728
どのクラブに入りますか。
▶ 你要進哪一個社團？

0729 ☐	グラフ 【graph】	㊟ 圖表，圖解，座標圖；畫報 ㊐ 図表（ずひょう）
0730 ☐	グランド 【ground】	㊟語 大型，大規模；崇高；重要 ㊐ 運動場
0731 ☐	クリーニング 【cleaning】	㊟・他サ （洗衣店）洗滌 ㊐ 洗濯
0732 ☐	クリーム 【cream】	㊟ 鮮奶油，奶酪；膏狀化妝品；皮鞋油；冰淇淋
0733 ☐	くるう 【狂う】	㊟五 發狂，發瘋，失常，不準確，有毛病；落空，錯誤，過度著迷，沉迷 ㊐ 発狂（はっきょう）
0734 ☐	くるしい 【苦しい】	㊟ 艱苦；困難；難過；勉強
0735 ☐	くるしむ 【苦しむ】	㊟五 感到痛苦，感到難受
0736 ☐	くるしめる 【苦しめる】	㊟下一 使痛苦，欺負
0737 ☐	くるむ 【包む】	㊟五 包，裹 ㊐ 包む（つつむ）
0738 ☐	くれぐれも	㊟ 反覆，周到 ㊐ どうか
0739 ☐	くろう 【苦労】	㊟・形動・自サ 辛苦，辛勞 ㊐ 労苦
0740 ☐	くわえる 【加える】	㊟下一 加，加上 ㊐ 足す，増す
0741 ☐	くわえる 【銜える】	㊟一 叼，銜

| 0729 | グラフを書く。 |
| | ▶ 畫圖表。 |

| 0730 | 学校のグランドでサッカーをした。 |
| | ▶ 我在學校的操場上踢足球。 |

| 0731 | クリーニングに出したとしても、あまりきれいにならないでしょう。 |
| | ▶ 就算拿去洗衣店洗，也沒辦法洗乾淨吧！ |

| 0732 | 私が試したかぎりでは、そのクリームを塗ると顔がつるつるになります。 |
| | ▶ 就我試過的感覺，擦那個面霜後，臉就會滑滑嫩嫩的。 |

| 0733 | 失恋して気が狂った。 |
| | ▶ 因失戀而發狂。 |

| 0734 | 家計が苦しい。 |
| | ▶ 生活艱苦。 |

| 0735 | 彼は若い頃、病気で長い間苦しんだ。 |
| | ▶ 他年輕時因生病而長年受苦。 |

| 0736 | そんなに私のことを苦しめないでください。 |
| | ▶ 請不要這樣折騰我。 |

| 0737 | 赤ちゃんを清潔なタオルでくるんだ。 |
| | ▶ 我用乾淨的毛巾包住小嬰兒。 |

| 0738 | 風邪を引かないように、くれぐれも気をつけてください。 |
| | ▶ 請一定要注意身體，千萬不要感冒了。 |

| 0739 | 苦労したといっても、大したことはないです。 |
| | ▶ 雖說辛苦，但也沒什麼大不了的。 |

| 0740 | だしに醤油と砂糖を加えます。 |
| | ▶ 在湯汁裡加上醬油跟砂糖。 |

| 0741 | 楊枝をくわえる。 |
| | ▶ 叼根牙籤。 |

く

0742 ☐	くわわる 【加わる】	(自五) 加上，添上 (類) 増す
0743 ☐	くん 【訓】	(名) (日語漢字的)訓讀(音) (反) 音 (類) 和訓（わくん）
0744 ☐	ぐん 【軍】	(名) 軍隊；(軍隊編排單位)軍 (類) 兵士
0745 ☐	ぐん 【郡】	(名) (地方行政區之一)郡
0746 ☐	ぐんたい 【軍隊】	(名) 軍隊
0747 ☐	くんれん 【訓練】	(名・他サ) 訓練 (類) 修練
け 0748 ☐	げ 【下】	(名) 下等；(書籍的)下卷 (反) 上 (類) 下等
0749 ☐	けい 【形・型】	(漢造) 型，模型；樣版，典型，模範；樣式；形 成，形容 (類) 形狀
0750 ☐ T25	けいき 【景気】	(名) (事物的)活動狀態，活潑，精力旺盛；(經 濟的)景氣 (類) 景況
0751 ☐	けいこ 【稽古】	(名・自他サ) (學問、武藝等的)練習，學習； (演劇、電影、廣播等的)排演，排練 (類) 練習
0752 ☐	けいこう 【傾向】	(名) (事物的)傾向，趨勢 (類) 成り行き（なりゆき）
0753 ☐	けいこく 【警告】	(名・他サ) 警告 (類) 忠告
0754 ☐	けいじ 【刑事】	(名) 刑事；刑事警察

0742
メンバーに加わったからは、一生懸命努力します。
▶ 既然加入了團隊，就會好好努力。

0743
これは、訓読みでは何と読みますか。
▶ 這單字用訓讀要怎麼唸？

0744
彼は、軍の施設で働いている。
▶ 他在軍隊的機構中服務。

0745
東京都西多摩郡に住んでいます。
▶ 我住在東京都的西多摩郡。

0746
軍隊にいたのは、たった1年にすぎない。
▶ 我在軍隊的時間，也不過一年罷了。

0747
今訓練の最中で、とても忙しいです。
▶ 因為現在是訓練中所以很忙碌。

0748
女性を殴るなんて、下の下というものだ。
▶ 竟然毆打女性，簡直比低級還更低級。

0749
飛行機の模型を作る。
▶ 製作飛機的模型。

0750
景気がよくなるにつれて、人々のやる気も出てきている。
▶ 伴隨著景氣的回復，人們的幹勁也上來了。

0751
踊りは、若いうちに稽古するのが大事です。
▶ 學舞蹈重要的是要趁年輕時打好基礎。

0752
若者は、厳しい仕事を避ける傾向がある。
▶ 最近的年輕人，有避免從事辛苦工作的傾向。

0753
ウイルスメールが来た際は、コンピューターの画面で警告されます。
▶ 收到病毒信件時，電腦的畫面上會出現警告。

0754
刑事たちは、たいへんな苦労のすえに犯人を捕まえた。
▶ 刑警們，在極端辛苦之後，終於逮捕了犯人。

0755 ☐	けいじ 【掲示】	(名・他サ) 牌示，佈告
0756 ☐	けいしき 【形式】	(名) 形式，樣式；方式 (反) 実質（じっしつ）　(類) パターン
0757 ☐	けいぞく 【継続】	(名・自他サ) 繼續，繼承 (類) 続ける
0758 ☐	けいと 【毛糸】	(名) 毛線
0759 ☐	けいど 【経度】	(名)(地)經度 (反) 緯度
0760 ☐	けいとう 【系統】	(名) 系統，體系 (類) 血統
0761 ☐	げいのう 【芸能】	(名)(戲劇，電影，音樂，舞蹈等的總稱)演藝， 文藝，文娛
0762 ☐	けいば 【競馬】	(名) 賽馬
0763 ☐	けいび 【警備】	(名・他サ) 警備，戒備
0764 ☐	けいようし 【形容詞】	(名) 形容詞
0765 ☐	けいようどうし 【形容動詞】	(名) 形容動詞
0766 ☐	ケース 【case】	(名) 盒，箱，袋；場合，情形，事例 (類) かばん
0767 ☐	げか 【外科】	(名)(醫)外科 (反) 内科

0755
そのことを掲示したとしても、誰も掲示を見ないだろう。
▶ 就算公佈那件事，也沒有人會看佈告欄吧！

0756
上司が形式にこだわっているところに、新しい考えを提案した。
▶ 在上司拘泥於形式時，我提出了新方案。

0757
継続すればこそ、上達できるのです。
▶ 就只有持續下去才會更進步。

0758
毛糸でマフラーを編んだ。
▶ 我用毛線織了圍巾。

0759
その土地の経度はどのぐらいですか。
▶ 那塊土地的經度大約是多少？

0760
この王様は、どの家の系統ですか。
▶ 這位國王是哪個家系的？

け

0761
芸能人になりたくてたまらない。
▶ 想當藝人想得不得了。

0762
彼は競馬に熱中したばかりに、財産を全部失った。
▶ 就因為他沉溺於賽馬，所以賠光了所有財產。

0763
厳しい警備もかまわず、泥棒はビルに忍び込んだ。
▶ 儘管森嚴的警備，小偷還是偷偷地潛進了大廈。

0764
形容詞を習っているところに、形容動詞が出てきたら、分からなくなった。 ▶ 在學形容詞時，突然冒出了形容動詞，就被搞混了。

0765
形容動詞について、教えてください。
▶ 請教我形容動詞。

0766
バイオリンをケースに入れて運んだ。
▶ 我把小提琴裝到琴箱裡面來搬運。

0767
この病院には、内科をはじめ、外科や耳鼻科などがあります。
▶ 這家醫院有內科以及外科、耳鼻喉科等醫療項目。

0768	けがわ 【毛皮】	名 毛皮
0769	げき 【劇】	名・接尾 劇，戲劇；引人注意的事件 類 ドラマ
0770	げきぞう 【激増】	名・自サ 激增，劇增 反 激減（げきげん）
0771	げしゃ 【下車】	名・自サ 下車 類 乗車
0772	げしゅく 【下宿】	名・自サ 租屋；住宿 類 貸間
0773	げすい 【下水】	名 汚水，髒水，下水；下水道的簡稱 反 上水（じょうすい）　類 汚水（おすい）
0774	けずる 【削る】	他五 削，刨，刮；刪減，削去，削減 類 削ぐ（そぐ）
0775	げた 【下駄】	名 木屐
0776	けつあつ 【血圧】	名 血壓
0777	けっかん 【欠陥】	名 缺陷，致命的缺點 類 欠点
0778	げっきゅう 【月給】	名 月薪，工資 類 給料
0779	けっきょく 【結局】	名・副 結果，結局；最後，最終，終究 類 終局（しゅうきょく）
0780	けっさく 【傑作】	名 傑作 類 大作

T26

0768
うちの妻は、毛皮がほしくてならないそうだ。
▶ 我家太太，好像很想要那件皮草大衣。

0769
その劇は、市役所において行われます。
▶ 那齣戲在市公所上演。

0770
韓国ブームだけのことはあって、韓国語を勉強する人が激増した。
▶ 不愧是吹起了哈韓風，學韓語的人暴增了許多。

0771
新宿で下車してみたものの、どこで食事をしたらいいかわからない。
▶ 我在新宿下了車，但卻不知道在哪裡用餐好。

0772
東京で下宿を探した。
▶ 我在東京找了住宿的地方。

0773
下水が詰まったので、掃除をした。
▶ 因為下水道積水，所以去清理。

0774
木の皮を削り取る。
▶ 刨去樹皮。

0775
げたをはいて、外出した。
▶ 穿木屐出門去。

0776
血圧が高い上に、心臓も悪いと医者に言われました。
▶ 醫生說我不但血壓高，就連心臟也不好。

0777
この商品は、使いにくいというより、ほとんど欠陥品です。
▶ 這個商品，與其說是難用，倒不如說是個瑕疵品。

0778
高そうなかばんじゃないか。月給が高いだけのことはあるね。
▶ 這包包看起來很貴呢！不愧是領高月薪的！

0779
結局、最後はどうなったんですか。
▶ 結果，事情最後究竟演變成怎樣了？

0780
これは、ピカソの晩年の傑作です。
▶ 這是畢卡索晚年的傑作。

0781 □	けっしん 【決心】	[名・自他サ] 決心，決意 [類] 決意
0782 □	けつだん 【決断】	[名・自他サ] 果斷明確地做出決定，決斷 [類] 判断
0783 □	けってい 【決定】	[名・自他サ] 決定，確定 [類] 決まる
0784 □	けってん 【欠点】	[名] 缺點，欠缺，毛病 [反] 美点（びてん） [類] 弱点
0785 □	けつろん 【結論】	[名・自サ] 結論 [類] 断定
0786 □	けはい 【気配】	[名] 跡象，苗頭，氣息 [類] 様子
0787 □	げひん 【下品】	[形動] 卑鄙，下流，低俗，低級 [反] 上品 [類] 卑俗（ひぞく）
0788 □	けむい 【煙い】	[形] 煙撲到臉上使人無法呼吸，嗆人
0789 □	けわしい 【険しい】	[形] 陡峭，險峻；險惡，危險；(表情等)嚴肅，可怕，粗暴 [反] なだらか [類] 険峻
0790 □	けん 【券】	[名] 票，証，券 [類] チケット
0791 □	けん 【権】	[名・漢造] 權力；權限 [類] 権力
0792 □	げん 【現】	[名・漢造] 現，現在的 [類] 現在の
0793 □	けんかい 【見解】	[名] 見解，意見 [類] 考え

| 0781 | 絶対タバコは吸うまいと、決心した。 |
| | ▶ 我下定決心不再抽煙。 |

| 0782 | 彼は決断を迫られた。 |
| | ▶ 他被迫做出決定。 |

| 0783 | いろいろ考えたあげく、留学することに決定しました。 |
| | ▶ 再三考慮後，最後決定出國留學。 |

| 0784 | 彼は、欠点はあるにせよ、人柄はとてもいい。 |
| | ▶ 就算他有缺點，但人品是很好的。 |

| 0785 | 話し合って結論を出した上で、みんなに説明します。 |
| | ▶ 等結論出來後，再跟大家說明。 |

| 0786 | 好転の気配がみえる。 |
| | ▶ 有好轉的跡象。 |

け

| 0787 | そんな下品な言葉を使ってはいけません。 |
| | ▶ 不准使用那種下流的話。 |

| 0788 | 部屋が煙い。 |
| | ▶ 房間瀰漫著煙很嗆人。 |

| 0789 | 岩だらけの険しい山道を登った。 |
| | ▶ 我攀登到處都是岩石的陡峭山路。 |

| 0790 | 映画の券を買っておきながら、まだ行く暇がない。 |
| | ▶ 雖然事先買了電影票，但還是沒有時間去。 |

| 0791 | 私は、まだ選挙権がありません。 |
| | ▶ 我還沒有投票權。 |

| 0792 | 現市長も現市長なら、前市長も前市長だ。 |
| | ▶ 不管是現任市長，還是前任市長，都太不像樣了。 |

| 0793 | 専門家の見解に基づいて、会議を進めた。 |
| | ▶ 依專家給的意見來進行會議。 |

0794 ☐	**げんかい** 【限界】	图 界限，限度，極限 動 限り
0795 ☐	**けんがく** 【見学】	图·他サ 參觀
0796 ☐	**けんきょ** 【謙虚】	形動 謙虛 動 謙遜（けんそん）
0797 ☐	**げんきん** 【現金】	图 (手頭的)現款，現金；(經濟的)現款，現金 動 キャッシュ
0798 ☐	**げんご** 【言語】	图 言語 動 言葉
0799 ☐	**げんこう** 【原稿】	图 原稿
0800 ☐	**げんざい** 【現在】	图 現在，目前，此時 動 今
0801 ☐	**げんさん** 【原産】	图 原產
0802 ☐ T27	**げんし** 【原始】	图 原始；自然
0803 ☐	**げんじつ** 【現実】	图 現實，實際 反 理想　動 実際
0804 ☐	**けんしゅう** 【研修】	图·他サ 進修，培訓 動 就業
0805 ☐	**げんじゅう** 【厳重】	形動 嚴重的，嚴格的，嚴厲的 動 厳しい
0806 ☐	**げんしょう** 【現象】	图 現象 動 出来事

0794
記録が伸びなかったので、限界を感じないではいられなかった。
▶ 因為沒有創新紀錄，所以不得不令人感覺極限到了。

0795
6年生は出版社を見学に行った。
▶ 六年級的學生去參觀出版社。

0796
いつも謙虚な気持ちでいることが大切です。
▶ 隨時保持謙虛的態度是很重要的。

0797
今もっている現金は、これきりです。
▶ 現在手邊的現金，就只剩這些了。

0798
インドの言語状況について研究している。
▶ 我正在針對印度的語言生態進行研究。

0799
原稿ができしだい送ります。
▶ 原稿一完成就寄給您。

け

0800
現在は、保険会社で働いています。
▶ 我現在在保險公司上班。

0801
この果物は、どこの原産ですか。
▶ 這水果的原產地在哪裡？

0802
これは、原始時代の石器です。
▶ 這是原始時代的石器。

0803
現実を見るにつけて、人生の厳しさを感じる。
▶ 每當看到現實的一面，就會感受到人生嚴酷。

0804
みんなで研修に参加しようではないか。
▶ 大家就一起參加研習吧！

0805
会議は、厳重な警戒のもとで行われた。
▶ 會議在森嚴的戒備之下進行。

0806
なぜこのような現象が起きるのか、不思議でならない。
▶ 為什麼會發生這種現象，實在是不可思議。

0807 □	げんじょう 【現状】	[名] 現狀 [類] 現実
0808 □	けんせつ 【建設】	[名・他サ] 建設 [類] 建造
0809 □	けんそん 【謙遜】	[名・形動・自サ] 謙遜，謙虛 [反] 不遜（ふそん） [類] 謙譲
0810 □	けんちく 【建築】	[名・他サ] 建築，建造 [類] 建造
0811 □	げんど 【限度】	[名] 限度，界限 [類] 限界
0812 □	けんとう 【見当】	[名] 推想，推測；大體上的方位，方向；(接尾) 表示大致數量，大約，左右 [類] 見通し（みとおし）
0813 □	けんとう 【検討】	[名・他サ] 研討，探討；審核 [類] 吟味（ぎんみ）
0814 □	げんに 【現に】	[副] 做為不可忽略的事實，實際上，親眼 [類] 実際に
0815 □	げんば 【現場】	[名] (事故等的) 現場；(工程等的) 現場，工地
0816 □	けんびきょう 【顕微鏡】	[名] 顯微鏡
0817 □	けんぽう 【憲法】	[名] 憲法 [類] 法律
0818 □	けんめい 【懸命】	[形動] 拼命，奮不顧身，竭盡全力 [類] 精一杯（せいいっぱい）
0819 □	けんり 【権利】	[名] 權利 [反] 義務 [類] 権

0807
現状から見れば、わが社にはまだまだ問題が多い。
▶ 從現狀來看，我們公司還存有很多問題。

0808
ビルの建設が進むにつれて、その形が明らかになってきた。
▶ 隨著大廈建設的進行，它的雛形慢慢出來了。

0809
優秀なのに、いばるどころか謙遜ばかりしている。
▶ 他人很優秀，但不僅不自大，反而都很謙虛。

0810
ヨーロッパの建築について、研究しています。
▶ 我在研究有關歐洲的建築物。

0811
我慢するといっても、限度があります。
▶ 雖說要忍耐，但也是有限度的。

0812
わたしには見当もつかない。
▶ 我實在是摸不著頭緒。

0813
どのプロジェクトを始めるにせよ、よく検討しなければならない。
▶ 不管你要從哪個計畫下手，都得好好審核才行。

0814
現にこの目で見た。
▶ 我親眼看到了。

0815
現場のようすから見ると、作業は順調のようです。
▶ 從工地的情況來看，施工進行得很順利。

0816
顕微鏡で細菌を検査した。
▶ 我用顯微鏡觀察了細菌。

0817
両国の憲法を比較してみた。
▶ 我試著比較了兩國間憲法的差異。

0818
懸命な救出作業をする。
▶ 拼命地進行搶救工作。

0819
勉強することは、義務というより権利だと私は思います。
▶ 唸書這件事，與其說是義務，我認為它更是一種權利。

0820 □	げんり 【原理】	名 原理；原則 劉 基本法則
0821 □	げんりょう 【原料】	名 原料 劉 材料
こ 0822 □	ご 【碁】	名 圍棋
0823 □	こい 【恋】	名・自他サ 戀，戀愛；眷戀 劉 恋愛
0824 □	こいしい 【恋しい】	形 思慕的，眷戀的，懷戀的 劉 懐かしい
0825 □	こう 【校】	名 校對
0826 □	こう 【請う】	他五 請求，希望
0827 □	こういん 【工員】	名 工廠的工人，(產業)工人 劉 労働者
0828 □	ごういん 【強引】	形動 強行，強制，強勢 劉 無理矢理（むりやり）
0829 □	こううん 【幸運】	名・形動 幸運，僥倖 反 不運（ふうん）　劉 幸せ、ラッキー
0830 □	こうえん 【講演】	名・自サ 演說，講演 劉 演説
0831 □	こうか 【高価】	名・形動 高價錢 反 安価（あんか）

0820
勉強_{べんきょう}するにつれて、化学_{かがく}の原理_{げんり}がわかってきた。
▶ 隨著不斷地學習，便越來越能了解化學的原理了。

0821
原料_{げんりょう}は、アメリカから輸入_{ゆにゅう}しています。
▶ 原料是從美國進口的。

0822
碁_ごを打_うつ。
▶ 下圍棋。

0823
二人_{ふたり}は、出会_{であ}ったとたんに恋_{こい}に落_おちた。
▶ 兩人相遇便墜入了愛河。

0824
故郷_{こきょう}が恋_{こい}しくてしようがない。
▶ 想念家鄉想念得不得了。

0825
校_{こう}を重_{かさ}ねる。
▶ 多次校對。

0826
許_{ゆる}しを請_こう。
▶ 請求原諒。

0827
社長_{しゃちょう}も社長_{しゃちょう}なら、工員_{こういん}も工員_{こういん}だ。
▶ 社長有社長的不是，員工也有員工的不對。

0828
彼_{かれ}にしては、ずいぶん強引_{ごういん}なやりかたでした。
▶ 就他來講，已經算是很強勢的作法了。

0829
この事故_{じこ}で助_{たす}かるとは、幸運_{こううん}というものだ。
▶ 能在這場事故裡得救，算是幸運的了。

0830
誰_{だれ}に講演_{こうえん}を頼_{たの}むか、私_{わたし}には決_きめかねる。
▶ 我無法作主要拜託誰來演講。

0831
宝石_{ほうせき}は、高価_{こうか}であればあるほど、買_かいたくなる。
▶ 寶石越昂貴，就越想買。

0832 □	こうか 【硬貨】	名 硬幣，金屬貨幣 類 コイン
0833 □	こうか 【校歌】	名 校歌
0834 □	ごうか 【豪華】	形動 奢華的，豪華的 類 贅沢（ぜいたく）
0835 □	こうがい 【公害】	名 (污水、噪音等造成的)公害
0836 □	こうかてき 【効果的】	形動 有效的
0837 □	こうきあつ 【高気圧】	名 高氣壓
0838 □	こうきしん 【好奇心】	名 好奇心
0839 □	こうきゅう 【高級】	名・形動 (級別)高，高級；(等級程度)高 類 上等
0840 □	こうきょう 【公共】	名 公共
0841 □	こうくう 【航空】	名 航空；「航空公司」的簡稱
0842 □	こうけい 【光景】	名 景象，情況，場面，樣子 類 眺め（ながめ）
0843 □	こうげい 【工芸】	名 工藝
0844 □	ごうけい 【合計】	名・他サ 共計，合計，總計 類 総計

0832
さいふ なか こうか はい
財布の中に硬貨がたくさん入っている。
▶ 我的錢包裝了許多硬幣。

0833
こうか うた
校歌を歌う。
▶ 唱校歌。

0834
こうか しょくじ
おばさんたちのことだから、豪華な食事をしているでしょう。
▶ 因為是阿姨她們，所以我想一定是在吃豪華料理吧！

0835
びょうにん ふ こうがい
病人が増えたことから、公害のひどさがわかる。
▶ 從病人增加這一現象來看，可見公害的嚴重程度。

0836
こうか てき かた
効果的なやり方。
▶ 有效的做法。

0837
みなみ かいじょう こうきあつ はっせい
南の海上に高気圧が発生した。
▶ 南方海面上形成高氣壓。

こ

0838
こうきしん つよ
好奇心が強い。
▶ 好奇心很強。

0839
かね かのじょ こうきゅう い
お金がないときに限って、彼女が高級レストランに行きたがる。
▶ 偏偏就在沒錢的時候，女友就想去高級餐廳。

0840
こうきょう せつび たいせつ
公共の設備を大切にしましょう。
▶ 一起來愛惜我們的公共設施吧！

0841
こうくうがいしゃ つと
航空会社に勤めたい。
▶ 我想到航空公司上班。

0842
おも こうけい
思っていたとおりに美しい光景だった。
▶ 和我預期的一樣，景象很優美。

0843
こうげいひん とくさん しょくひん か
工芸品はもとより、特産の食品も買うことができる。
▶ 工藝品自不話下，就連特產的食品也買的到。

0844
しょうひぜい ごうけい えん
消費税をぬきにして、合計2000円です。
▶ 扣除消費稅，一共是2000日圓。

0845 ☐	こうげき 【攻撃】	(名・他サ) 攻擊，進攻；抨擊，指責，責難；(棒球) 擊球 勸 攻める（せめる）
0846 ☐	こうけん 【貢献】	(名・自サ) 貢獻 勸 役立つ
0847 ☐	こうこう 【孝行】	(名・自サ・形動) 孝敬，孝順 勸 親孝行（おやこうこう）
0848 ☐	こうさ 【交差】	(名・自他サ) 交叉 反 平行（へいこう） 勸 交わる（まじわる）
0849 ☐	こうさい 【交際】	(名・自サ) 交際，交往，應酬 勸 付き合い
0850 ☐	こうし 【講師】	(名) (高等院校的)講師；演講者
0851 ☐	こうしき 【公式】	(名・形動) 正式；(數)公式 反 非公式
0852 ☐	こうじつ 【口実】	(名) 藉口，口實 勸 言い訳
0853 ☐	こうしゃ 【後者】	(名) 後來的人；(兩者中的)後者 反 前者（ぜんしゃ）
0854 ☐	こうしゃ 【校舎】	(名) 校舍
0855 ☐	こうしゅう 【公衆】	(名) 公眾，公共，一般人 勸 大衆（たいしゅう）
0856 ☐	こうすい 【香水】	(名) 香水
0857 ☐	こうせい 【公正】	(名・形動) 公正，公允，不偏 勸 公平

0845
政府は、野党の攻撃に遭った。
▶ 政府受到在野黨的抨擊。

0846
ちょっと手伝ったにすぎなくて、大した貢献ではありません。
▶ 這只能算是幫點小忙而已，並沒什麼大不了的貢獻。

0847
親孝行のために、田舎に帰ります。
▶ 為了盡孝道，我決定回鄉下。

0848
道が交差しているところまで歩いた。
▶ 我走到交叉路口。

0849
私が交際したかぎりでは、みんなとても親切な方たちでした。
▶ 就我和他們相處的感覺，大家都是很友善的人。

0850
講師も講師なら、学生も学生で、みんなやる気がない。
▶ 不管是講師，還是學生，都實在太不像話了，大家都沒有幹勁。

こ

0851
数学の公式を覚えなければならない。
▶ 數學的公式不背不行。

0852
仕事を口実に、飲み会を断った。
▶ 我拿工作當藉口，拒絕了喝酒的邀約。

0853
私なら、二つのうち後者を選びます。
▶ 如果是我，我會選兩者中的後者。

0854
この学校は、校舎を拡張しつつあります。
▶ 這間學校，正在擴建校區。

0855
公衆トイレはどこですか。
▶ 請問公廁在哪裡？

0856
パリというと、香水の匂いを思い出す。
▶ 說到巴黎，就會想到香水的香味。

0857
相手にも罰を与えたのは、公正というものだ。
▶ 也給對方懲罰，這才叫公正。

0858	こうせい 【構成】	(名・他サ) 構成，組成，結構 (類) 仕組み（しくみ）
0859	こうせき 【功績】	(名) 功績 (類) 手柄（てがら）
0860	こうせん 【光線】	(名) 光線 (類) 光（ひかり）
0861	こうそう 【高層】	(名) 高空，高氣層；高層
0862	こうぞう 【構造】	(名) 構造，結構 (類) 仕組み
0863	こうそく 【高速】	(名) 高速 (反) 低速（ていそく） (類) 高速度（こうそくど）
0864	こうたい 【交替】	(名・自サ) 換班，輪流，替換，輪換 (類) 交番
0865	こうち 【耕地】	(名) 耕地
0866	こうつうきかん 【交通機関】	(名) 交通機關，交通設施
0867	こうてい 【肯定】	(名・他サ) 肯定，承認 (反) 否定（ひてい）　(類) 認める（みとめる）
0868	こうてい 【校庭】	(名) 學校的庭園，操場 (類) グランド
0869	こうど 【高度】	(名・形動) (地)高度，海拔；(地平線到天體的)仰角；(事物的水平)高度，高級
0870	こうとう 【高等】	(名・形動) 高等，上等，高級 (類) 高級

0858 物語の構成を考えてから小説を書く。
▶ 先想好故事的架構之後，再寫小說。

0859 彼の功績には、すばらしいものがある。
▶ 他所立下的功績，有值得讚賞的地方。

0860 皮膚に光線を当てて治療する方法がある。
▶ 有種療法是用光線來照射皮膚。

0861 高層ビルに上って、街を眺めた。
▶ 我爬上高層大廈眺望街道。

0862 専門家の立場からいうと、この家の構造はよくない。
▶ 從專家角度來看，這房子的結構不太好。

0863 高速道路の建設をめぐって、議論が行われています。
▶ 圍繞著高速公路的建設一案，正進行討論。

0864 担当者が交替したばかりなものだから、まだ慣れていないんです。
▶ 負責人才交接不久，所以還不大習慣。

0865 このへんは、一面耕地です。
▶ 這一帶都是田地。

0866 電車やバスをはじめ、すべての交通機関が止まってしまった。
▶ 電車和公車以及所有的交通工具，全都停了下來。

0867 上司の言うことを全部肯定すればいいというものではない。
▶ 贊同上司所說的一切，並不是就是對的。

0868 珍しいことに、校庭で誰も遊んでいない。
▶ 稀奇的是，沒有一個人在操場上。

0869 この植物は、高度1000メートルのあたりにわたって分布しています。
▶ 這一類的植物，分布區域廣達約1000公尺高。

0870 高等学校への進学をめぐって、両親と話し合っている。
▶ 我跟父母討論高中升學的事情。

0871 □	こうどう【行動】	[名・自サ] 行動，行為 [類] 行い（おこない）
0872 □	ごうとう【強盜】	[名] 強盜；行搶 [類] 泥棒（どろぼう）
0873 □	ごうどう【合同】	[名・自他サ] 合併，聯合；(數)全等 [類] 合併（がっぺい）
0874 □	こうば【工場】	[名] 工廠，作坊 [類] 工場（こうじょう）
0875 □	こうひょう【公表】	[名・他サ] 公布，發表，宣布 [類] 発表
0876 □	こうぶつ【鉱物】	[名] 礦物 [反] 生物
0877 □	こうへい【公平】	[名・形動] 公平，公道 [反] 偏頗（へんぱ） [類] 公正
0878 □	こうほ【候補】	[名] 候補，候補人；候選，候選人
0879 □	こうむ【公務】	[名] 公務，國家及行政機關的事務
T29 0880 □	こうもく【項目】	[名] 文章項目，財物項目；(字典的)詞條，條目
0881 □	こうよう【紅葉】	[名・自サ] 紅葉；變成紅葉 [類] もみじ
0882 □	ごうり【合理】	[名] 合理
0883 □	こうりゅう【交流】	[名・自サ] 交流，往來；交流電 [反] 直流（ちょくりゅう）

0871 いつもの行動からして、父は今頃飲み屋にいるでしょう。
▶ 就以往的行動模式來看，爸爸現在應該是在小酒店吧！

0872 昨日、強盗に入られました。
▶ 昨天被強盜闖進來行搶了。

0873 二つの学校が合同で運動会をする。
▶ 這兩所學校要聯合舉辦運動會。

0874 3年間にわたって、町の工場で働いた。
▶ 長達三年的時間，都在鎮上的工廠工作。

0875 この事実は、決して公表するまい。
▶ 這個真相，絕對不可對外公開。

0876 鉱物の成分を調べました。
▶ 我調查了這礦物的成分。

0877 法のもとに、公平な裁判を受ける。
▶ 法律之前，人人接受平等的審判。

0878 相手候補は有力だが、私が勝てないわけでもない。
▶ 對方的候補雖然強，但我也能贏得了他。

0879 これは公務なので、休むことはできない。
▶ 因為這是公務，所以沒辦法請假。

0880 どの項目について言っているのですか。
▶ 你說的是哪一個項目啊？

0881 今ごろ東北は、紅葉が美しいにきまっている。
▶ 現在東北一帶的楓葉，一定很漂亮。

0882 先生の考え方は、合理的というより冷酷です。
▶ 老師的想法，與其說是合理，倒不如說是冷酷無情。

0883 国際交流が盛んなだけあって、この大学には外国人が多い。
▶ 這所大學有很多外國人，不愧是國際交流興盛的學校。

154

0884	ごうりゅう 【合流】	名・自サ (河流)匯合，合流；聯合，合併
0885	こうりょ 【考慮】	名・他サ 考慮 類 考える
0886	こうりょく 【効力】	名 效力，效果，效應 類 効き目（ききめ）
0887	こえる 【肥える】	自下一 肥，胖；土地肥沃；豐富；(識別力) 高，(鑑賞力)強 反 痩せる 類 豊か
0888	コーチ 【coach】	名・他サ 教練，技術指導；教練員 類 監督
0889	コード 【cord】	名 (電)軟線 類 電線（でんせん）
0890	コーラス 【chorus】	名 合唱；合唱團；合唱曲 類 合唱
0891	ゴール 【goal】	名 (體)決勝點，終點；球門；跑進決勝點，射 進球門；奮鬥的目標 類 決勝点（けっしょうてん）
0892	こがす 【焦がす】	他五 弄糊，烤焦，燒焦；(心情)焦急，焦慮； 用香薰
0893	こきゅう 【呼吸】	名・自他サ 呼吸，吐納；(合作時)步調，拍 子，節奏；竅門，訣竅 類 息（いき）
0894	こぐ 【漕ぐ】	他五 划船，搖櫓，蕩槳；蹬(自行車)，打(鞦 韆) 類 漕艇（そうてい）
0895	ごく 【極】	副 非常，最，極，至，頂 類 極上（ごくじょう）
0896	こくおう 【国王】	名 國王，國君 類 君主

0884 今忙しいので、7時ごろに飲み会に合流します。
▶ 現在很忙，所以七點左右，我會到飲酒餐會跟你們會合。

0885 福祉という点からいうと、国民の生活をもっと考慮すべきだ。
▶ 從福利的角度來看的話，就必須再多加考慮到國民的生活。

0886 この薬は、風邪のみならず、肩こりにも効力がある。
▶ 這劑藥不僅對感冒很有效，對肩膀酸痛也有用。

0887 このあたりの土地はとても肥えている。
▶ 這附近的土地非常的肥沃。

0888 チームが負けたのは、コーチのせいだ。
▶ 球隊之所以會輸掉，都是教練的錯。

0889 テレビとビデオをコードでつないだ。
▶ 我用電線把電視和錄放影機連接上了。

こ

0890 彼女たちのコーラスは、すばらしいに相違ない。
▶ 她們的合唱，一定很棒。

0891 ゴールまであと100メートルです。
▶ 離終點還差100公尺。

0892 料理を焦がしたものだから、部屋の中がにおいます。
▶ 因為菜燒焦了，所以房間裡會有焦味。

0893 緊張すればするほど、呼吸が速くなった。
▶ 越是緊張，呼吸就越是急促。

0894 岸にそって船を漕いだ。
▶ 沿著岸邊划船。

0895 この秘密は、ごくわずかな人しか知りません。
▶ 這機密只有極少部分的人知道。

0896 国王が亡くなられたとは、信じかねる話だ。
▶ 國王去世了，真叫人無法置信。

0897 ☐	こくふく 【克服】	(名・他サ) 克服 (類) 乗り越える
0898 ☐	こくみん 【国民】	(名) 國民 (類) 人民
0899 ☐	こくもつ 【穀物】	(名) 五穀，糧食 (類) 穀類（こくるい）
0900 ☐	こくりつ 【国立】	(名) 國立
0901 ☐	ごくろうさま 【ご苦労様】	(名・形動) (表示感謝慰問) 辛苦，受累，勞駕 (類) ご苦労
0902 ☐	こげる 【焦げる】	(自下一) 烤焦，燒焦，焦，糊；曬褪色
0903 ☐	こごえる 【凍える】	(自下一) 凍僵 (類) 悴む（かじかむ）
0904 ☐	こころあたり 【心当たり】	(名) 想像，(估計、猜想) 得到；線索，苗頭 (類) 見通し（みとおし）
0905 ☐	こころえる 【心得る】	(他下一) 懂得，領會，理解；有體驗；答應，應 允記在心上的 (類) 飲み込む
0906 ☐	こし 【腰】	(名・接尾) 腰；(衣服、裙子等的) 腰身
0907 ☐	こしかけ 【腰掛け】	(名) 凳子；暫時棲身之處，一時落腳處 (類) 椅子
0908 ☐	こしかける 【腰掛ける】	(自下一) 坐下 (類) 座る
0909 ☐	ごじゅうおん 【五十音】	(名) 五十音

0897	病気を克服すれば、また働けないこともない。
	▶ 只要征服病魔，也不是說不能繼續工作。

0898	物価の上昇につれて、国民の生活は苦しくなりました。
	▶ 隨著物價的上揚，國民的生活越來越困苦。

0899	この土地では、穀物は育つまい。
	▶ 這樣的土地穀類是無法生長的。

0900	中学と高校は私立ですが、大学は国立を出ています。
	▶ 國中和高中雖然都是讀私立的，但我大學是畢業於國立的。

0901	厳しく仕事をさせる一方、「ご苦労様。」と言うことも忘れない。
	▶ 嚴厲地要下屬做事的同時，也不忘說聲：「辛苦了」。

0902	変な匂いがしますが、何か焦げていませんか。
	▶ 這裡有怪味，是不是什麼東西燒焦了？

こ

0903	北海道の冬は寒くて、凍えるほどだ
	▶ 北海道的冬天冷得幾乎要凍僵了。

0904	彼の行く先について、心当たりがないわけでもない。
	▶ 他現在人在哪裡，也不是說完全沒有頭緒。

0905	仕事がうまくいったのは、彼女が全て心得ていたからにほかならない。
	▶ 工作之所以會順利，全部是因為她懂得要領的關係。

0906	腰が抜ける。
	▶ 站不起來；嚇得腿軟。

0907	その腰掛けに座ってください。
	▶ 請坐到那把凳子上。

0908	ソファーに腰掛けて話をしましょう。
	▶ 讓我們坐沙發上聊天吧！

0909	五十音を覚えるにしたがって、日本語がおもしろくなった。
	▶ 隨著記了五十音，日語就變得更有趣了。

0910 □	こしらえる 【拵える】	他下一 做，製造；捏造，虛構；化妝，打扮； 籌措，填補 類 作る
0911 T30	こす 【越す・超す】	自他五 越過，跨越，渡過；超越，勝於；過， 度過；遷居，轉移 類 過ごす
0912 □	こする 【擦る】	他五 擦，揉，搓；摩擦 類 掠める（かすめる）
0913 □	こたい 【固体】	名 固體 反 液体　類 塊（かたまり）
0914 □	ごちそうさま 【ご馳走様】	連語 承蒙您的款待了，謝謝
0915 □	こっか 【国家】	名 國家 類 国
0916 □	こっかい 【国会】	名 國會，議會
0917 □	こづかい 【小遣い】	名 零用錢 類 小遣い銭
0918 □	こっきょう 【国境】	名 國境，邊境，邊界 類 国境（くにざかい）
0919 □	コック 【cook】	名 廚師 類 料理人、シェフ
0920 □	こっせつ 【骨折】	名・自サ 骨折
0921 □	こっそり	副 悄悄地，偷偷地，暗暗地 類 こそこそ
0922 □	こてん 【古典】	名 古書，古籍；古典作品

0910
遠足なので、みんなでおにぎりをこしらえた。
▶ 因為遠足，所以大家一起做了飯糰。

0911
熊たちは、冬眠して寒い冬を越します。
▶ 熊靠著冬眠來過寒冬。

0912
汚れは、布で擦れば落ちます。
▶ 這污漬用布擦就會掉了。

0913
液体の温度が下がると固体になる。
▶ 當液體的溫度下降時，就會結成固體。

0914
おいしいケーキをご馳走様でした。
▶ 謝謝您招待如此美味的蛋糕。

0915
彼は、国家のためと言いながら、自分のことばかり考えている。
▶ 他嘴邊雖掛著：「這都是為了國家」，但其實都只有想到自己的利益。

こ

0916
この件は、国会で話し合うべきだ。
▶ 這件事，應當在國會上討論才是。

0917
ちゃんと勉強したら、お小遣いをあげないこともないわよ。
▶ 只要你好好讀書，也不是不給你零用錢的。

0918
国境をめぐって、二つの国に争いが起きた。
▶ 就邊境的問題，兩國間起了爭端。

0919
彼は、すばらしいコックであるとともに、有能な経営者です。
▶ 他是位出色的廚師，同時也是位有能力的經營者。

0920
骨折ではなく、ちょっと足をひねったにすぎません。
▶ 不是骨折，只是稍微扭傷腳罷了！

0921
両親には黙って、こっそり家を出た。
▶ 沒告知父母，就偷偷從家裡溜出來。

0922
古典はもちろん、現代文学にも詳しいです。
▶ 古典文學不用說，對現代文學也透徹瞭解。

0923 □	こと 【琴】	[名] 古琴，箏
0924 □	ことづける 【言付ける】	[他下一] 託帶口信，託付 [類] 命令する
0925 □	ことなる 【異なる】	[自五] 不同，不一樣 [反] 同じ [類] 違う
0926 □	ことばづかい 【言葉遣い】	[名] 說法，措辭，表達 [類] 言い振り（いいぶり）
0927 □	ことわざ 【諺】	[名] 諺語，俗語，成語，常言 [類] 諺語（ことわざ）
0928 □	ことわる 【断る】	[他五] 預先通知，事前請示；謝絕
0929 □	こな 【粉】	[名] 粉，粉末，麵粉 [類] 粉末
0930 □	このみ 【好み】	[名] 愛好，喜歡，願意 [類] 嗜好
0931 □	このむ 【好む】	[他五] 愛好，喜歡，願意；挑選，希望；流行，時尚 [反] 嫌う [類] 好く
0932 □	ごぶさた 【ご無沙汰】	[名・自サ] 久疏問候，久未拜訪，久不奉函
0933 □ T31	こむぎ 【小麦】	[名] 小麥 [類] 小麦粉
0934 □	ごめん 【御免】	[名・感] 原諒；表拒絕
0935 □	こや 【小屋】	[名] 簡陋的小房，茅舍；（演劇、馬戲等的）棚子；畜舍 [類] 小舍

0923
彼女は、琴を弾くのが上手だ。
▶ 她古箏彈得很好。

0924
社長はいなかったので、秘書に言付けておいた。
▶ 社長不在，所以請秘書代替傳話。

0925
やり方は異なるにせよ、二人の方針は大体同じだ。
▶ 即使做法不同，不過兩人的方針是大致相同的。

0926
言葉遣いからして、とても乱暴なやつだと思う。
▶ 從說話措辭來看，我認為他是個粗暴的傢伙。

0927
このことわざの意味をめぐっては、いろいろな説があります。
▶ 就這個成語的意思，有許多不同的說法。

0928
借金を断られる。
▶ 借錢被拒絕。

0929
この粉は、小麦粉ですか。
▶ 這粉是太白粉嗎？

0930
話によると、社長は食べ物の好みがうるさいようだ。
▶ 聽說社長對吃很挑剔的樣子。

0931
わが社の製品は、50年にわたる長い間、人々に好まれてきました。
▶ 本公司產品，長達50年廣受人們的喜愛。

0932
ご無沙汰していますが、お元気ですか。
▶ 好久不見，近來如何？

0933
小麦粉とバターと砂糖だけで作ったお菓子です。
▶ 這是只用了麵粉、奶油和砂糖製成的點心。

0934
御免なさい。
▶ 對不起。

0935
彼は、山の上の小さな小屋に住んでいます。
▶ 他住在山上的小屋子裡。

0936 □	こらえる 【堪える】	(他下一) 忍耐，忍受；忍住，抑制住；容忍，寬恕 (類) 耐える
0937 □	ごらく 【娯楽】	(名) 娯樂，文娯 (類) 楽しみ
0938 □	ごらん 【ご覧】	(名) (敬)看，觀覽；(親切的)請看；(接動詞連用形)試試看 (類) 見る
0939 □	こる 【凝る】	(自五) 凝固，凝集；(因血行不周、肌肉僵硬等)酸痛，狂熱，入迷；講究，精緻 (反) 飽きる (類) 夢中する
0940 □	コレクション 【collection】	(名) 蒐集，收藏；收藏品 (類) 収集品
0941 □	これら	(代) 這些
0942 □	ころがす 【転がす】	(他五) 滾動，轉動；開動(車)，推進；轉賣；弄倒，搬倒
0943 □	ころがる 【転がる】	(自五) 滾動，轉動；倒下，躺下；擺著，放著，有 (類) 転げる（ころげる）
0944 □	ころぶ 【転ぶ】	(自五) 跌倒，倒下；滾轉；趨勢發展，事態變化 (類) 転倒する（てんとうする）
0945 □	こわがる 【怖がる】	(自五) 害怕
0946 □	こん 【今】	(漢造) 現在；今天；今年 (類) 現在
0947 □	こん 【紺】	(名) 深藍，深青 (類) 青
0948 □	こんかい 【今回】	(名) 這回，這次，此番 (類) 今度

| 0936 | この騒音はこらえられない。 |
| | ▶ 無法忍受這個噪音。 |

| 0937 | 庶民からすれば、映画は重要な娯楽です。 |
| | ▶ 對一般老百姓來說，電影是很重要的娛樂。 |

| 0938 | 窓から見える景色がきれいだから、ご覧なさい。 |
| | ▶ 從窗戶眺望的景色實在太美了，您也來看看吧！ |

| 0939 | つりに凝っている。 |
| | ▶ 熱中於釣魚。 |

| 0940 | 私は、切手ばかりか、コインのコレクションもしています。 |
| | ▶ 不光是郵票，他也有收集錢幣。 |

| 0941 | これらとともに、あちらの本も片付けましょう。 |
| | ▶ 那邊的書也跟這些一起收拾乾淨吧！ |

| 0942 | これは、ボールを転がすゲームです。 |
| | ▶ 這是滾大球競賽。 |

| 0943 | 山の上から、石が転がってきた。 |
| | ▶ 有石頭從山上滾了下來。 |

| 0944 | 道で転んで、ひざ小僧を怪我した。 |
| | ▶ 在路上跌了一跤，膝蓋受了傷。 |

| 0945 | お化けを怖がる。 |
| | ▶ 懼怕妖怪。 |

| 0946 | 私が今日あるのは山田さんのお陰です。 |
| | ▶ 我能有今天都是託山田先生的福。 |

| 0947 | 会社へは、紺のスーツを着ていきます。 |
| | ▶ 我穿深藍色的西裝去上班。 |

| 0948 | 今回の仕事が終わりしだい、国に帰ります。 |
| | ▶ 這次的工作一完成，就回國去。 |

0949 ☐	コンクール 【concours】	⊛ 競賽會，競演會，會演 ⊛ 競技会（きょうぎかい）
0950 ☐	コンクリート 【concrete】	⊛·形動 混凝土；具體的 ⊛ 混凝土（こんくりいと）
0951 ☐	こんごう 【混合】	⊛·自他サ 混合 ⊛ 混和
0952 ☐	コンセント 【consent】	⊛ 電線插座
0953 ☐	こんだて 【献立】	⊛ 菜單 ⊛ メニュー
0954 ☐	こんなに	⊛ 這樣，如此
0955 ☐	こんなん 【困難】	⊛·形動 困難，困境；窮困 ⊛ 難儀（なんぎ）
0956 ☐	こんにち 【今日】	⊛ 今天，今日；現在，當今 ⊛ 本日
0957 ☐	こんばんは 【今晩は】	⊛寒暄 晚安，你好
0958 ☐	こんやく 【婚約】	⊛·自サ 訂婚，婚約 ⊛ エンゲージ
0959 ☐	こんらん 【混乱】	⊛·自サ 混亂 ⊛ 紛乱（ふんらん）
0960 ☐	さ 【差】	⊛ 差別，區別，差異；差額，差數 ⊛ 違い
0961 ☐	サークル 【circle】	⊛ 伙伴，小組；周圍，範圍 ⊛ クラブ

さ

T32

0949
コンクールに出るからには、毎日練習しなければだめですよ。
▶ 既然要參加比賽，就得每天練習唷！

0950
コンクリートで作っただけのことはあって、頑丈な建物です。
▶ 不愧是用水泥作成的，真是堅固的建築物啊！

0951
二つの液体を混合すると危険です。
▶ 將這兩種液體混和在一起的話，很危險。

0952
コンセントがないから、カセットを聞きようがない。
▶ 沒有插座，所以無法聽錄音帶。

0953
夕飯の買い物の前に、献立を決めるものだ。
▶ 買晚餐的食材前，就應該先決定好菜單。

0954
こんなに夜遅く街をうろついてはいけない。
▶ 不可在這麼晚了還在街上閒蕩。

0955
30年代から40年代にかけて、困難な日々が続いた。
▶ 30年代到40年代這段時間，日子一直都很艱困的。

0956
このような車は、今日では見られない。
▶ 這樣子的車，現在看不到了。

0957
こんばんは、寒くなりましたね。
▶ 你好，變冷了呢。

0958
婚約したので、嬉しくてたまらない。
▶ 因為訂了婚，所以高興極了。

0959
この古代国家は、政治の混乱のすえに滅亡した。
▶ 這一古國，由於政治的混亂，結果滅亡了。

0960
二つの商品の品質には、まったく差がない。
▶ 這兩個商品的品質上，簡直沒什麼差異。

0961
合唱グループに加えて、英会話のサークルにも入りました。
▶ 除了合唱團之外，另外也參加了英語會話的小組。

こ

0962 □	サービス 【service】	(名・自他サ) 售後服務；服務，接待，侍候；(商店)廉價出售，附帶贈品出售 (類) 奉仕（ほうし）
0963 □	さい 【際】	(名・漢造) 時候，時機，在…的狀況下；彼此之間，交接；會晤；邊際 (類) 場合
0964 □	さい 【再】	(漢造) 再，又一次 (類) 再び
0965 □	さいかい 【再開】	(名・自他サ) 重新進行
0966 □	ざいこう 【在校】	(名・自サ) 在校
0967 □	さいさん 【再三】	(副) 屢次，再三 (類) しばしば
0968 □	ざいさん 【財産】	(名) 財產；文化遺產 (類) 資産
0969 □	さいじつ 【祭日】	(名) 節日；日本神社祭祀日；宮中舉行重要祭祀活動日；祭靈日
0970 □	さいしゅう 【最終】	(名) 最後，最終，最末；(略)末班車 (反) 最初　(類) 終わり
0971 □	さいしゅうてき 【最終的】	(形動) 最後
0972 □	さいそく 【催促】	(名・他サ) 催促，催討 (類) 督促（とくそく）
0973 □	さいちゅう 【最中】	(名) 動作進行中，最頂點，活動中 (類) 真っ盛り（まっさかり）
0974 □	さいてん 【採点】	(名・他サ) 評分數

0962
サービス次第では、そのホテルに泊まってもいいですよ。
▶ 看看服務品質，好的話也可以住那個飯店。

0963
入場の際には、切符を提示してください。
▶ 入場時，請出示門票。

0964
試合を再開する。
▶ 比賽再度開始。

0965
電車が運転を再開する。
▶ 電車重新運駛。

0966
在校生代表が祝辞を述べる。
▶ 在校生代表致祝賀詞。

0967
餃子の材料やら作り方やら、再三にわたって説明しました。
▶ 不論是餃子的材料還是作法，都一而再再而三反覆說明過了。

0968
財産という点からいうと、彼は結婚相手として悪くない。
▶ 就財產這一點來看，把他當結婚對象其實也不錯。

0969
祭日にもかかわらず、会社で仕事をした。
▶ 儘管是假日，還要到公司上班。

0970
最終的に、私が全部やることになった。
▶ 到最後，所有的事都變成由我一人做了。

0971
最終的にやめることにした。
▶ 最後決定不做。

0972
食事がなかなか来ないから、催促するしかない。
▶ 因為餐點遲遲不來，所以只好催它快來。

0973
仕事の最中に、邪魔をするべきではない。
▶ 他人在工作，不該去打擾。

0974
テストを採点するにあたって、合格基準を決めましょう。
▶ 在打考試分數之前，先決定一下及格標準吧！

0975 □	さいなん【災難】	[名] 災難，災禍 [類] 災い
0976 □	さいのう【才能】	[名] 才能，才幹 [類] 能力
0977 □	さいばん【裁判】	[名・他サ] 裁判，評斷，判斷；(法)審判，審理
0978 □	さいほう【再訪】	[名・他サ] 再訪，重遊
0979 □	ざいもく【材木】	[名] 木材，木料 [類] 木材
0980 □	ざいりょう【材料】	[名] 材料，原料；研究資料，數據 [類] 素材
0981 □	サイレン【siren】	[名] 警笛，汽笛 [類] 警笛（けいてき）
0982 □	さいわい【幸い】	[名・形動・副] 幸運，幸福；幸虧，好在；對…有幫助，對…有利，起好影響 [類] 幸福
0983 □	サイン【sign】	[名・自サ] 簽名，署名，簽字；記號，暗號，信號，作記號 [類] 署名
0984 □	さかい【境】	[名] 界線，疆界，交界；境界，境地；分界線，分水嶺 [類] 境界
0985 □	さかさ【逆さ】	[名]（「さかさま」的略語）逆，倒，顛倒，相反 [類] 反対
0986 □	さかさま【逆様】	[名・形動] 逆，倒，顛倒，相反 [類] 逆
0987 □	さかのぼる【遡る】	[自五] 溯，逆流而上；追溯，回溯 [類] 遡源（さくげん）

0975
今回の失敗は、失敗というより災難だ。
▶ 這次的失敗，與其說是失敗，倒不如說是災難。

0976
才能があれば成功するというものではない。
▶ 並非有才能就能成功。

0977
彼は、長い裁判のすえに無罪になった。
▶ 他經過長期的訴訟，最後被判無罪。

0978
大阪を再訪する。
▶ 重遊大阪。

0979
家を作るための材木が置いてある。
▶ 這裡放有蓋房子用的木材。

0980
簡単ではないが、材料が手に入らないわけではない。
▶ 雖說不是很容易，但也不是拿不到材料。

0981
何か事件があったのね。サイレンが鳴っているもの。
▶ 有什麼事發生吧。因為響笛在響！

0982
幸いなことに、死傷者は出なかった。
▶ 慶幸的是，沒有人傷亡。

0983
そんな書類に、サインするべきではない。
▶ 不該簽下那種文件。

0984
隣町との境に、川が流れています。
▶ 有條河流過我們和鄰鎮間的交界。

0985
袋を逆さにして、中身を全部出した。
▶ 我將口袋倒翻過來，倒出裡面所有東西。

0986
絵が逆様にかかっている。
▶ 畫掛反了。

0987
歴史を遡る。
▶ 回溯歷史。

0988 ☐	さかば 【酒場】	[名] 酒館，酒家，酒吧 [類] バー
0989 ☐	さからう 【逆らう】	[自五] 逆，反方向；違背，違抗，抗拒，違拗 [類] 抵抗する（ていこうする）
0990 ☐	さかり 【盛り】	[名・接尾] 最旺盛時期，全盛狀態；壯年；(動物)發情；(接動詞連用形) 表正在最盛的時候 [類] 最盛期
0991 ☐	さきおととい 【一昨昨日】	[名] 大前天，前三天 [類] 一昨日（いっさくじつ）
0992 ☐	さきほど 【先程】	[副] 剛才，方才 [反] 後ほど　[類] 先刻
0993 ☐	さぎょう 【作業】	[名・自サ] 工作，操作，作業，勞動 [類] 仕事
0994 ☐	さく 【裂く】	[他五] 撕開，切開；扯散；分出，擠出，勻出；破裂，分裂
0995 ☐	さくいん 【索引】	[名] 索引 [類] 見出し
0996 ☐	さくしゃ 【作者】	[名] 作者
T33 0997 ☐	さくせい 【作成】	[名・他サ] 寫，作，造成(表、件、計畫、文件等)；製作，擬制
0998 ☐	さくせい 【作製】	[名・他サ] 製造
0999 ☐	さくもつ 【作物】	[名] 農作物；庄嫁 [類] 農作物
1000 ☐	さぐる 【探る】	[他五] (用手腳等)探，摸；探聽，試探，偵查；探索，探求，探訪 [類] 探索

0988	酒場で酒を飲むにつけ、彼女のことを思い出す。
	▶ 每當在酒館喝酒，就會想起她。

0989	風に逆らって進む。
	▶ 逆風前進。

0990	桜の花は、今が盛りだ。
	▶ 櫻花現在正值綻放時期。

0991	さきおとといから、夫と口を聞いていない。
	▶ 從大前天起，我就沒跟丈夫講過話。

0992	先程、先生から電話がありました。
	▶ 剛才老師有來過電話。

0993	作業をやりかけたところなので、今は手が離せません。
	▶ 因為現在工作正做到一半，所以沒有辦法離開。

0994	小さな問題が、二人の間を裂いてしまった。
	▶ 為了一個問題，使得兩人之間產生了裂痕。

0995	この本の120ページから123ページにわたって、索引があります。
	▶ 這本書的第120頁到123頁，附有索引。

0996	本の作者。
	▶ 書的作者。

0997	彼が作成した椅子は丈夫だ。
	▶ 他做的椅子很耐用。

0998	カタログを作製する。
	▶ 製作型錄。

0999	北海道では、どんな作物が育ちますか。
	▶ 北海道產什麼樣的農作物？

1000	事件の原因を探る。
	▶ 探究事件的原因。

さ

1001 □	ささえる【支える】	[他下一] 支撐；維持，支持；阻止，防止 [類] 支持する
1002 □	ささやく【囁く】	[自五] 低聲自語，小聲說話，耳語 [類] 呟く（つぶやく）
1003 □	さじ【匙】	[名] 匙子，小杓子 [類] スプーン
1004 □	ざしき【座敷】	[名] 日本式客廳；酒席，宴會，應酬；宴客的時間；接待客人 [類] 客間
1005 □	さしつかえ【差し支え】	[名] 不方便，障礙，妨礙 [類] 支障（ししょう）
1006 □	さしひく【差し引く】	[他五] 扣除，減去；抵補，相抵(的餘額)；(潮水的)漲落，(體溫的)升降 [類] 引き去る（ひきさる）
1007 □	さしみ【刺身】	[名] 生魚片
1008 □	さす【差す】	[他五・助動・五型] 指，指示；使，叫，令，命令做… [類] 指さす
1009 □	さすが【流石】	[副・形動] 真不愧是，果然名不虛傳；雖然…，不過還是；就連…也都，甚至 [類] 確かに
1010 □	ざせき【座席】	[名] 座位，座席，乘坐，席位 [類] 席
1011 □	さつ【札】	[名・漢造] 紙幣，鈔票；(寫有字的)木牌，紙片；信件；門票，車票 [類] 紙幣
1012 □	さつえい【撮影】	[名・他サ] 攝影，拍照；拍電影 [類] 写す
1013 □	ざつおん【雑音】	[名] 雜音，噪音

1001	私は、資金において彼を支えようと思う。
	▶ 在資金方面，我想支援他。

1002	陰では悪口をささやきつつも、本人には絶対言わない。
	▶ 儘管在背後說壞話，也絕不跟本人說。

1003	子どもが勉強しないので、もうさじを投げました。
	▶ 我小孩不想讀書，所以我已經死心了。

1004	座敷でゆっくりお茶を飲んだ。
	▶ 我在日式客廳，悠哉地喝茶。

1005	質問しても、差し支えはあるまい。
	▶ 就算你問我問題，也不會打擾到我。

1006	給与から税金が差し引かれるとか。
	▶ 聽說會從薪水裡扣除稅金。

さ

1007	刺身は苦手だ。
	▶ 不敢吃生魚片。

1008	物を食べさした。
	▶ 叫吃東西。

1009	壊れた時計を簡単に直してしまうなんて、さすがプロですね。
	▶ 竟然一下子就修好壞掉的時鐘，不愧是專家啊！

1010	劇場の座席で会いましょう。
	▶ 我們就在劇院的席位上見吧！

1011	財布にお札が1枚も入っていません。
	▶ 錢包裡，連一張紙鈔也沒有。

1012	この写真は、ハワイで撮影されたに違いない。
	▶ 這張照片，一定是在夏威夷拍的。

1013	雑音の多い録音ですが、聞き取れないこともないです。
	▶ 雖說錄音裡有很多雜音，但也不是完全聽不到。

1014 ☐	さっきょく 【作曲】	(名・他サ) 作曲，譜曲，配曲
1015 ☐	さっさと	(副) (毫不猶豫、毫不耽擱時間地) 趕緊地，痛快地，迅速地 (類) 急いで
1016 ☐	さっそく 【早速】	(副) 立刻，馬上，火速，趕緊 (類) 直ちに (ただちに)
1017 ☐	ざっと	(副) 粗略地，簡略地，大體上的；(估計) 大概，大略；潑水狀 (類) 一通り
1018 ☐	さっぱり	(名・他サ) 整潔，俐落，瀟灑；(個性) 直爽，坦率；(感覺) 爽快，病癒；(味道) 清淡 (類) すっきり
1019 ☐	さて	(副・接・感) 一旦，果真，那麼，卻說，於是；(自言自語，表猶豫) 到底，那可… (類) ところで
1020 ☐	さばく 【砂漠】	(名) 沙漠
1021 ☐	さび 【錆】	(名) (金屬表面因氧化而生的) 鏽；(轉) 惡果
1022 ☐	さびる 【錆びる】	(自上一) 生鏽，長鏽；(聲音) 蒼老
1023 ☐	ざぶとん 【座布団】	(名) (鋪在席子上的) 棉坐墊
1024 ☐	さべつ 【差別】	(名・他サ) 輕視，區別
1025 ☐	さほう 【作法】	(名) 禮法，禮節，禮貌，規矩；(詩、小說等文藝作品的) 作法 (類) 仕来り
1026 ☐	さま 【様】	(名・代・接尾) 樣子，狀態 ；姿態；表示尊敬

1014 彼女が作曲したにしては、暗い曲ですね。
▶ 就她所作的曲子而言，算是首陰鬱的歌曲。

1015 さっさと仕事を片付ける。
▶ 迅速地處理工作。

1016 手紙をもらったので、早速返事を書きました。
▶ 我收到了信，所以馬上就回了封信。

1017 書類に、ざっと目を通しました。
▶ 我大略地瀏覽過這份文件了。

1018 シャワーを浴びてきたから、さっぱりしているわけだ。
▶ 因為淋了浴，所以才感到那麼爽快。

1019 さて、これからどこへ行きましょうか。
▶ 那現在要到哪裡去？

1020 開発が進めば進むほど、砂漠が増える。
▶ 愈開發沙漠就愈多。

1021 錆の発生を防ぐにはどうすればいいですか。
▶ 要如何預防生鏽呢？

1022 鉄棒が赤く錆びてしまった。
▶ 鐵棒生鏽變紅了。

1023 座布団を敷いて座った。
▶ 我鋪了坐墊坐下來。

1024 女性の給料が低いのは、差別にほかならない。
▶ 女性的薪資低，不外乎是有男女差別待遇。

1025 食卓での作法を守る。
▶ 遵守用餐的禮節。

1026 様になる。
▶ 像樣。

1027	さまたげる 【妨げる】	(他下一) 阻擬，防礙，阻攔，阻撓 (類) 妨害する（ぼうがい）
1028	さむさ 【寒さ】	(名) 寒冷
1029	さゆう 【左右】	(名・他サ) 左右方；身邊，旁邊；左右其詞，支支吾吾；(年齡)大約，上下；掌握，支配，操縱 (類) そば
1030	さら 【皿】	(名) 盤子；盤形物；(助數詞)一碟等
1031	さらに 【更に】	(副) 更加，更進一步；並且，還；再，重新；(下接否定)一點也不，絲毫不 (類) 一層
1032	さる 【去る】	(自五・他五・連體) 離開；經過，結束；(空間、時間)距離；消除，去掉 (反) 来る
1033	さる 【猿】	(名) 猴子，猿猴 (類) 猿猴（えんこう）
1034	さわがしい 【騒がしい】	(形) 吵鬧的，吵雜的，喧鬧的；(社會輿論)議論紛紛的，動盪不安的 (類) 喧しい（やかましい）
1035	さわやか 【爽やか】	(形動) (心情、天氣)爽朗的，清爽的；(聲音、口齒)鮮明的，清楚的，巧妙的 (類) 快い
1036	さん 【産】	(名) 生產，分娩；(某地方)出生；財產
1037	さんこう 【参考】	(名・他サ) 參考，借鑑 (類) 参照（さんしょう）
1038	さんせい 【酸性】	(名) (化)酸性 (反) アルカリ性
1039	さんそ 【酸素】	(名) (理)氧氣

1027
あなたが留学するのを妨げる理由はない。
▶ 我沒有理由阻止你去留學。

1028
寒さで震える。
▶ 冷得發抖。

1029
首相の左右には、大臣たちが立っています。
▶ 首相的左右兩旁，站著大臣們。

1030
目を皿のようにする。
▶ 瞪大雙眼。

1031
今月から、更に値段を安くしました。
▶ 這個月起，我又把價錢再調低了一些。

1032
彼らは、黙って去っていきました。
▶ 他們默默地離去了。

さ

1033
猿を見に、動物園へ行った。
▶ 為了看猴子，去了一趟動物園。

1034
小学校の教室は、騒がしいものです。
▶ 小學的教室是個吵鬧的地方。

1035
これは、とても爽やかな飲み物です。
▶ 這是很清爽的飲料。

1036
お産をする。
▶ 生產。

1037
合格した人の意見を参考にすることですね。
▶ 要參考及格的人的意見。

1038
この液体は酸性だ。
▶ 這液體是酸性的。

1039
山の上は、苦しいほど酸素が薄かった。
▶ 山上的氧氣，稀薄到令人難受。

1040 ☐	さんち 【産地】	名 産地；出生地 簡 生産地
1041 ☐	さんにゅう 【参入】	名・自サ 進入；進宮
1042 ☐	さんりん 【山林】	名 山上的樹林；山和樹林
1043 ☐	し 【氏】	代・接尾・漢造 (做代詞用)這位，他；(接人姓名表示敬稱)先生；氏，姓氏；家族，氏族 簡 姓
1044 ☐	しあがる 【仕上がる】	自五 做完，完成；做成的情形 簡 出来上がる
1045 ☐	しあさって	名 大後天 簡 明明後日（みょうみょうごにち）
1046 ☐	シーツ 【sheet】	名 床單 簡 敷布（しきふ）
1047 ☐	じいん 【寺院】	名 寺院 簡 寺
1048 ☐	しいんと	副・自サ 安靜，肅靜，平靜，寂靜
1049 ☐	じえい 【自衛】	名・他サ 自衛
1050 ☐	しおからい 【塩辛い】	形 鹹的 簡 しょっぱい
1051 ☐	しかい 【司会】	名・自他サ 司儀，主持會議(的人)
1052 ☐	しかくい 【四角い】	形 四角的，四方的

し

1040
この果物は、産地から直接輸送した。
▶ 這水果，是從產地直接運送來的。

1041
市場に参入する。
▶ 投入市場。

1042
山林の破壊にしたがって、自然の災害が増えている。
▶ 隨著山中的森林受到破壞，自然的災害也增加了許多。

1043
田中氏は、大阪の出身だ。
▶ 田中先生是大阪人。

1044
作品が仕上がったら、展示場に運びます。
▶ 作品一完成，就馬上送到展覽場。

1045
明日はともかく、明後日としあさっては必ず来ます。
▶ 明天先不提，後天和大後天一定會到。

1046
シーツをとりかえましょう。
▶ 我來為您換被單。

1047
京都には、寺院やら庭やら、見るところがいろいろあります。
▶ 在京都，有寺院啦、庭院啦，各式各樣可以參觀的地方。

1048
場内はしいんと静まりかえった。
▶ 會場內鴉雀無聲。

1049
悪い商売に騙されないように、自衛しなければならない。
▶ 為了避免被惡質的交易所騙，要好好自我保衛才行。

1050
塩辛いものは、あまり食べたくありません。
▶ 我不大想吃鹹的東西。

1051
パーティーの司会はだれだっけ。
▶ 派對的司儀是哪位來著？

1052
四角いスイカを作るのに成功しました。
▶ 我成功地培育出四角形的西瓜了。

1053 □	しかたがない 【仕方がない】	連語 沒有辦法；沒有用處，無濟於事，迫得不 已；受不了，…得不得了；不像話 動 しようがない
1054 □	じかに 【直に】	副 直接地，親自地；貼身 動 直接
1055 □	しかも	接 而且，並且；而，但，卻；反而，竟然，儘 管如此還… 動 その上
1056 □ T35	じかんわり 【時間割】	名 時間表 動 時間表
1057 □	しき 【四季】	名 四季 動 季節
1058 □	しき 【式】	名・漢造 儀式，典禮，(特指)婚禮；方式，樣 式，類型，風格；做法；算式，公式 動 儀式 (ぎしき)
1059 □	じき 【直】	名・副 直接；(距離)很近，就在眼前；(時間) 立即，馬上 動 すぐ
1060 □	じき 【時期】	名 時期，時候；期間；季節 動 期間
1061 □	しきたり	名 慣例，常規，成規，老規矩 動 慣わし (ならわし)
1062 □	しきち 【敷地】	名 建築用地，地皮；房屋地基 動 土地
1063 □	しきゅう 【支給】	名・他サ 支付，發給
1064 □	しきゅう 【至急】	名・副 火速，緊急；急速，加速 動 大急ぎ
1065 □	しきりに 【頻りに】	副 頻繁地，再三地，屢次；不斷地，一直地； 熱心，強烈 動 しばしば

1053
彼は怠け者で仕方がないやつだ。
▶ 他是個懶人真叫人束手無策。

1054
社長は偉い人だから、直に話せっこない。
▶ 社長是位地位崇高的人，所以不可能直接跟他說話。

1055
私が聞いたかぎりでは、彼は頭がよくて、しかもハンサムだそうです。
▶ 就我所聽到的，據說他不但頭腦好，而且還很英俊。

1056
授業は、時間割どおりに行われます。
▶ 課程按照課程時間表進行。

1057
日本は、四季の変化がはっきりしています。
▶ 日本四季變化分明。

1058
式の途中で、帰るわけにもいかない。
▶ 典禮進行中，不能就這樣跑回去。

し

1059
みんな直に戻ってくると思います。
▶ 我想大家應該會馬上回來的。

1060
時期が来たら、あなたにも訳を説明します。
▶ 等時候一到，我也會向你說明的。

1061
しきたりを守る。
▶ 遵守成規。

1062
隣の家の敷地内に、新しい建物が建った。
▶ 隔壁鄰居的那塊地裡，蓋了一棟新的建築物。

1063
残業手当は、ちゃんと支給されるということだ。
▶ 聽說加班津貼會確實支付下來。

1064
至急電話してください。
▶ 請趕快打通電話給我。

1065
お客様が、しきりに催促の電話をかけてくる。
▶ 客人再三地打電話過來催促。

1066 □	しく 【敷く】	自五・他五 撲上一層，(作接尾詞用)舖滿，遍佈，落滿舖墊，舖設；布置，發佈 反 被せる 類 延べる
1067 □	しくじる	他五 失敗，失策；(俗)被解僱 類 失敗する
1068 □	しげき 【刺激】	名・他サ (物理的，生理的)刺激；(心理的)刺激，使興奮
1069 □	しげる 【茂る】	自五 (草木)繁茂，茂密 反 枯れる 類 繁茂 (はんも)
1070 □	じこく 【時刻】	名 時刻，時候，時間 類 時点
1071 □	じさつ 【自殺】	名・自サ 自殺，尋死 反 他殺 類 自害 (じがい)
1072 □	じさん 【持参】	名・他サ 帶來(去)，自備
1073 □	しじ 【指示】	名・他サ 指示，指點 類 命令
1074 □	じじつ 【事実】	名 事實；(作副詞用)實際上 類 真相
1075 □	ししゃ 【死者】	名 死者，死人
1076 □	じしゃく 【磁石】	名 磁鐵；指南針 類 マグネット；コンパス
1077 □	しじゅう 【始終】	名・副 開頭和結尾；自始至終；經常，不斷，總是 類 いつも
1078 □	じしゅう 【自習】	名・他サ 自習，自學 類 自学

1066
どうぞ座布団を敷いてください。
▶ 煩請鋪一下坐墊。

1067
試験をしくじる。
▶ 考試失敗了。

1068
刺激が欲しくて、怖い映画を見た。
▶ 為了追求刺激，去看了恐怖片。

1069
桜の葉が茂る。
▶ 櫻花樹的葉子開得很茂盛。

1070
その時刻には、私はもう寝ていました。
▶ 那個時候，我已經睡著了。

1071
彼が自殺するわけがない。
▶ 他不可能會自殺的。

1072
当日は、お弁当を持参してください。
▶ 請當天自行帶便當。

1073
隊長の指示を聞かないで、勝手に行動してはいけない。
▶ 不可以不聽從隊長的指示，隨意行動。

1074
私は、事実をそのまま話したにすぎません。
▶ 我只不過是照事實講而已。

1075
災害で死者が出る。
▶ 災害導致有人死亡。

1076
磁石で方角を調べた。
▶ 我用指南針找了方位。

1077
彼は、始終歌ばかり歌っている。
▶ 他老是唱著歌。

1078
彼は英語を自習した。
▶ 他自習了英語。

し

1079 □	じじょう 【事情】	[名] 狀況，內情，情形；(局外人所不知的)原因，緣故，理由 [類] 理由
1080 □	じしん 【自身】	[名・接尾] 自己，本人；本身 [類] 自分
1081 □	しずまる 【静まる】	[自五] 變平靜；平靜，平息；減弱；平靜的(存在) [類] 落ち着く
1082 □	しずむ 【沈む】	[自五] 沉沒，沈入；西沈，下山；消沈，落魄，氣餒；沈淪 [反] 浮く　[類] 沈下する（ちんかする）
1083 □	しせい 【姿勢】	[名] (身體)姿勢；態度 [類] 姿
1084 □	しぜんかがく 【自然科学】	[名] 自然科學
1085 □	しそう 【思想】	[名] 思想 [類] 見解
1086 □	じそく 【時速】	[名] 時速
1087 □	しそん 【子孫】	[名] 子孫；後代 [類] 後裔
1088 □	したい 【死体】	[名] 屍體 [反] 生体　[類] 死骸
1089 □	しだい 【次第】	[名・接尾] 順序，次序；依序，依次；經過，緣由；任憑，取決於
1090 □	じたい 【事態】	[名] 事態，情形，局勢 [類] 成り行き（なりゆき）
1091 □	したがう 【従う】	[自五] 跟隨；服從，遵從；按照；順著，沿著；隨著，伴隨 [類] 服従

1079
私の事情を、先生に説明している最中です。
▶ 我正在向老師說明我的情況。

1080
自分自身のことも、よくわからない。
▶ 我也不大懂我自己。

1081
先生が大きな声を出したものだから、みんなびっくりして静まった。
▶ 因為老師突然大聲講話，所以大家都嚇得鴉雀無聲。

1082
夕日が沈むのを、ずっと見ていた。
▶ 我一直看著夕陽西沈。

1083
姿勢を正しくすればするほど、健康になりますよ。
▶ 越矯正姿勢，身體就會越健康。

1084
英語や国語に比べて、自然科学のほうが得意です。
▶ 比起英語和國語，自然科學我比較拿手。

し

1085
彼は、文学思想において業績を上げた。
▶ 他在文學思想上，取得了成就。

1086
制限時速は、時速100キロである。
▶ 時速限制是時速100公里。

1087
あの人は、王家の子孫だけのことはあって、とても堂々としている。
▶ 那位不愧是王室的子孫，真是威風凜凜的。

1088
警察官が、死体を調べている。
▶ 檢察官正在調查屍體。

1089
条件次第では、契約しないこともないですよ。
▶ 視條件而定，並不是不能簽約的呀！

1090
事態は、回復しつつあります。
▶ 情勢有漸漸好轉了。

1091
先生が言えば、みんな従うにきまっています。
▶ 只要老師一說話，大家就肯定會服從的。

1092 □	したがき 【下書き】	(名・他サ) 試寫；草稿，底稿；打草稿；試畫，畫輪廓 (反) 清書（せいしょ）　(類) 草稿
1093 □ T36	したがって 【従って】	(他五) 因此，從而，因而，所以 (類) それゆえ
1094 □	じたく 【自宅】	(名) 自己家，自己的住宅 (類) 私宅
1095 □	したじき 【下敷き】	(名) 墊子；樣本
1096 □	したまち 【下町】	(名) (普通百姓居住的)小工商業區；(都市中)低窪地區 (反) 山の手
1097 □	じち 【自治】	(名) 自治，地方自治 (反) 官治
1098 □	しつ 【室】	(名・漢造) 房屋，房間；(文)夫人，妻室；家族；窖，洞；鞘 (類) 部屋
1099 □	じっかん 【実感】	(名・他サ) 真實感，確實感覺到；真實的感情
1100 □	じつぎ 【実技】	(名) 實際操作
1101 □	じっけん 【実験】	(名・他サ) 實驗，實地試驗；經驗 (類) 施行（しこう）
1102 □	じつげん 【実現】	(名・自他サ) 實現 (類) 叶える（かなえる）
1103 □	しつこい	(形) (色香味等)過於濃的，油膩；執拗，糾纏不休 (類) くどい
1104 □	じっさい 【実際】	(名・副) 實際；事實，真面目；確實，真的，實際上

1092
いい文章を書くには、下書きするよりほかない。
▶ 想要寫好文章，就只有先打草稿了。

1093
この学校の進学率は高い。したがって志望者が多い。
▶ 這所學校的升學率高，所以有很多人想進來唸。

1094
映画に行くかわりに、自宅でテレビを見た。
▶ 不去電影院，換成在家裡看電視。

1095
体験を下敷きにして書く。
▶ 根據經驗撰寫。

1096
下町は賑やかなので好きです。
▶ 庶民住宅區很熱鬧，所以我很喜歡。

1097
私は、自治会の仕事を手伝っている。
▶ 我在地方自治團體裡幫忙。

し

1098
室内の情景を描いた絵画。
▶ 描繪室內的畫。

1099
まだ実感なんか湧きませんよ。
▶ 還沒有真實感受呀！

1100
実技試験で不合格になる。
▶ 實際操作測驗不合格。

1101
どんな実験をするにせよ、安全に気をつけてください。
▶ 不管做哪種實驗，都請注意安全！

1102
あなたのことだから、きっと夢を実現させるでしょう。
▶ 要是你的話，一定可以讓夢想成真吧！

1103
何度も電話かけてくるのは、しつこいというものだ。
▶ 他一直跟我打電話，真是糾纏不清。

1104
やり方がわかったら、実際にやってみましょう。
▶ 既然知道了作法，就來實際操作看看吧！

1105 ☐	じっし 【実施】	(名・他サ)(法律、計畫、制度的)實施，實行 頸 実行
1106 ☐	じっしゅう 【実習】	(名・他サ) 實習
1107 ☐	じっせき 【実績】	(名) 實績，實際成績 頸 成績
1108 ☐	じつに 【実に】	(副) 確實，實在，的確；(驚訝或感慨時)實在 是，非常，很 頸 本当に
1109 ☐	しっぴつ 【執筆】	(名・他サ) 執筆，書寫，撰稿 頸 書く
1110 ☐	じつぶつ 【実物】	(名) 實物，實在的東西，原物；(經)現貨 頸 現物 (げんぶつ)
1111 ☐	しっぽ 【尻尾】	(名) 尾巴；末端，末尾；尾狀物 頸 尾
1112 ☐	しつぼう 【失望】	(名・他サ) 失望 頸 がっかり
1113 ☐	じつよう 【実用】	(名・他サ) 實用
1114 ☐	じつれい 【実例】	(名) 實例 頸 事例
1115 ☐	しつれん 【失恋】	(名・自サ) 失戀
1116 ☐	してい 【指定】	(名・他サ) 指定
1117 ☐	してつ 【私鉄】	(名) 私營鐵路 頸 私営鉄道

1105
この制度を実施するとすれば、まずすべての人に知らせなければならない。 ▶ 假如要實施這個制度，就得先告知所有的人。

1106
理論を勉強する一方で、実習も行います。
▶ 我一邊研讀理論，也一邊從事實習。

1107
社員として採用するにあたって、今までの実績を調べた。
▶ 在採用員工時，要調查當事人至今的成果表現。

1108
医者にとって、これは実に珍しい病気です。
▶ 對醫生來說，這真是個罕見的疾病。

1109
若い女性向きの小説を執筆しています。
▶ 我在寫給年輕女子看的小說。

1110
先生は、実物を見たことがあるかのように話します。
▶ 老師有如見過實物一般述著著。

1111
犬のしっぽを触ったら、ほえられた。
▶ 摸了狗尾巴，結果被吠了一下。

1112
この話を聞いたら、父は失望するに相違ない。
▶ 如果聽到這件事，父親一定會很失望的。

1113
この服は、実用的である反面、あまり美しくない。
▶ 這件衣服很實用，但卻不怎麼好看。

1114
説明するかわりに、実例を見せましょう。
▶ 讓我來示範實例，取代說明吧！

1115
彼は、失恋したばかりか、会社も首になってしまいました。
▶ 他不僅失戀，連工作也用丟了。

1116
待ち合わせの場所を指定してください。
▶ 請指定集合的地點。

1117
私鉄に乗って、職場に通っている。
▶ 我都搭乘私營鐵路去上班。

し

1118 □	してん 【支店】	名 分店 反 本店　類 分店
1119 □	しどう 【指導】	名・他サ 指導；領導，教導 類 導き
1120 □	じどう 【児童】	名 兒童 類 子供
1121 □	しな 【品】	名・接尾 物品，東西；商品，貨物；(物品的)質 量，品質；品種，種類；情況，情形 類 品物
1122 □	しなやか	形動 柔軟，和軟；巍巍顫顫，有彈性；優美， 柔和，溫柔 反 強い　類 柔軟（じゅうなん）
1123 □ T37	しはい 【支配】	名・他サ 指使，支配；統治，控制，管轄；決 定，左右 類 統治
1124 □	しばい 【芝居】	名 戲劇，話劇；假裝，花招；劇場 類 劇
1125 □	しばしば	副 常常，每每，屢次，再三 類 度々
1126 □	しばふ 【芝生】	名 草皮，草地
1127 □	しはらい 【支払い】	名・他サ 付款，支付(金錢) 反 受け取り　類 払い出し（はらいだし）
1128 □	しはらう 【支払う】	他五 支付，付款
1129 □	しばる 【縛る】	他五 綁，捆，縛；拘束，限制；逮捕 類 結ぶ
1130 □	じばん 【地盤】	名 地基，地面；地盤，勢力範圍

1118
新しい支店を作るとすれば、どこがいいでしょう。
▶ 如果要開新的分店，開在哪裡好呢？

1119
彼の指導を受ければ上手になるというものではないと思います。
▶ 我認為，並非接受他的指導就會變厲害。

1120
児童用のプールは、とても浅い。
▶ 兒童游泳池很淺。

1121
これは、お礼の品です。
▶ 這是作為答謝的一點小禮物。

1122
しなやかな動作。
▶ 柔美的動作。

1123
こうして、王による支配が終わった。
▶ 就這樣，國王統治時期結束了。

し

1124
その芝居は、面白くてたまらなかったよ。
▶ 那場演出實在是有趣極了。

1125
孫たちが、しばしば遊びに来てくれます。
▶ 孫子們經常會來這裡玩。

1126
庭に、芝生なんかあるといいですね。
▶ 如果院子裡有草坪之類的東西就好了。

1127
請求書をいただきしだい、支払いをします。
▶ 收到帳單之後，我就付款。

1128
請求書が来たので、支払うほかない。
▶ 繳款通知單寄來了，所以只好乖乖付款。

1129
ひもをきつく縛ってあったものだから、靴がすぐ脱げない。
▶ 因為鞋帶綁太緊了，所以沒辦法馬上脫掉鞋子。

1130
地盤を固める。
▶ 堅固地基。

1131 ☐	しびれる 【痺れる】	自下一 麻木；(俗)因強烈刺激而興奮 麻痺する（まひする）
1132 ☐	じぶんかって 【自分勝手】	形動 任性，恣意妄為
1133 ☐	しへい 【紙幣】	名 紙幣
1134 ☐	しぼむ 【萎む・凋む】	自五 枯萎，凋謝；扁掉 枯れる
1135 ☐	しぼる 【絞る】	他五 扭，擰；引人(流淚)；拼命發出(高聲)，絞盡(腦汁)；剝削，勒索；拉開(幕) 捻る（ねじる）
1136 ☐	しほん 【資本】	名 資本 元手
1137 ☐	しまい 【仕舞い】	名 終了，末尾；停止，休止；閉店；賣光；化妝，打扮 最後
1138 ☐	しまい 【姉妹】	名 姊妹
1139 ☐	しまう 【仕舞う】	自五・他五・補動 結束，完了，收拾；收拾起來；關閉；表不能恢復原狀 片付ける
1140 ☐	しまった	連語・感 糟糕，完了
1141 ☐	しみ 【染み】	名 汙垢；玷汙
1142 ☐	しみじみ	副 痛切，深切地；親密，懇切；仔細，認真的 つくづく
1143 ☐	じむ 【事務】	名 事務(多為處理文件、行政等庶務工作) 庶務（しょむ）

| 1131 | 足が痺れたものだから、立てませんでした。 |
| | ▶ 因為腳麻所以沒辦法站起來。 |

| 1132 | あの人は自分勝手だ。 |
| | ▶ 那個人很任性。 |

| 1133 | 紙幣が不足ぎみです。 |
| | ▶ 紙鈔似乎不夠。 |

| 1134 | 花は、しぼんでしまったのやら、開き始めたのやら、いろいろです。 |
| | ▶ 花會凋謝啦、綻放啦，有多種面貌。 |

| 1135 | 雑巾をしっかり絞りましょう。 |
| | ▶ 抹布要用力扭乾。 |

| 1136 | 資本に関しては、問題ないと思います。 |
| | ▶ 關於資本，我認為沒什麼問題。 |

| 1137 | 彼は話を聞いていて、しまいに怒りだした。 |
| | ▶ 他聽過事情的來龍去脈後，最後生起氣來了。 |

| 1138 | 隣の家には、美しい姉妹がいる。 |
| | ▶ 隔壁住著一對美麗的姊妹花。 |

| 1139 | 通帳は金庫にしまっている。 |
| | ▶ 存摺收在金庫裡。 |

| 1140 | しまった、財布を家に忘れた。 |
| | ▶ 糟了！我把錢包忘在家裡了。 |

| 1141 | 服に醤油の染みが付く。 |
| | ▶ 衣服沾上醬油。 |

| 1142 | しみじみと、昔のことを思い出した。 |
| | ▶ 我一一想起了以前的種種。 |

| 1143 | 会社で、事務の仕事をしています。 |
| | ▶ 我在公司做行政的工作。 |

し

1144 ☐	しめきる 【締切る】	(他五) (期限)屆滿，截止，結束
1145 ☐	しめす 【示す】	(他五) 出示，拿出來給對方看；表示，表明；指示，指點，開導；呈現，顯示 (類) 指し示す
1146 ☐	しめた 【占めた】	(連語・感) (俗)太好了，好極了，正中下懷 (類) しめしめ
1147 ☐	しめる 【占める】	(他下一) 占有，佔據，佔領；(只用於特殊形)表得到(重要的位置) (類) 占有する（せんゆうする）
1148 ☐	しめる 【湿る】	(自五) 濕，受潮，濕濕；(火)熄滅，(勢頭)漸消 (類) 濡れる
1149 ☐	じめん 【地面】	(名) 地面，地表；土地，地皮，地段 (類) 地表
1150 ☐	しも 【霜】	(名) 霜；白髮
1151 ☐	ジャーナリスト 【journalist】	(名) 記者
1152 ☐	シャープペンシル 【(和)sharp + pencil】	(名) 自動鉛筆
1153 ☐	しゃかいかがく 【社会科学】	(名) 社會科學
1154 ☐	じゃがいも 【じゃが芋】	(名) 馬鈴薯
1155 ☐	しゃがむ	(自五) 蹲下 (類) 屈む（かがむ）
1156 ☐	じゃぐち 【蛇口】	(名) 水龍頭

1144
申し込みは５時で締め切られるとか。
▶ 聽說報名是到五點。

1145
実例によって、やりかたを示す。
▶ 以實際的例子來示範做法。

1146
しめた、これでたくさん儲けられるぞ。
▶ 太好了，這樣就可以賺很多錢了。

1147
公園は町の中心部を占めている。
▶ 公園據於小鎮的中心。

1148
さっき干したばかりだから、洗濯物が湿っているわけだ。
▶ 因為衣服才剛曬的，所以還是濕的。

1149
子どもが、チョークで地面に絵を描いている。
▶ 小朋友拿粉筆在地上畫畫。

し

1150
昨日は霜がおりるほどで、寒くてならなかった。
▶ 昨天好像下霜般地，冷得叫人難以忍受。

1151
ジャーナリスト志望。
▶ 想當記者。

1152
シャープペンシルで書く。
▶ 用自動鉛筆寫。

1153
社会科学とともに、自然科学も学ぶことができる。
▶ 在學習社會科學的同時，也能學到自然科學。

1154
じゃが芋を茹でる。
▶ 用水煮馬鈴薯。

1155
疲れたので、道端にしゃがんで休んだ。
▶ 因為累了，所以在路邊蹲下來休息。

1156
蛇口をひねると、水が勢いよく出てきた。
▶ 一轉動水龍頭，水就嘩啦嘩啦地流了出來。

1157 ☐	じゃくてん【弱点】	名 弱點，痛處；缺點 類 弱み
1158 ☐	しゃこ【車庫】	名 車庫
1159 ☐	しゃせい【写生】	名・他サ 寫生，速寫；短篇作品，散記 類 スケッチ
1160 ☐	しゃせつ【社説】	名 社論
1161 ☐	しゃっきん【借金】	名・自サ 借款，欠款，舉債 類 借財（しゃくざい）
1162 ☐ T38	シャッター【shutter】	名 鐵捲門；照相機快門 類 よろい戸（よろいど）
1163 ☐	しゃどう【車道】	名 車道
1164 ☐	しゃぶる	他五 (放入口中)含，吸吮 類 舐める（なめる）
1165 ☐	しゃりん【車輪】	名 車輪；(演員)拼命，努力表現；拼命於，盡力於
1166 ☐	しゃれ【洒落】	名 俏皮話，雙關語；(服裝)亮麗，華麗，好打扮 類 駄洒落（だじゃれ）
1167 ☐	じゃんけん【じゃん拳】	名 猜拳，划拳 類 じゃんけんぽん
1168 ☐	しゅう【週】	名・漢造 星期；一圈
1169 ☐	しゅう【州】	漢造 大陸，州

1157	あいて じゃくてん し か 相手の弱点を知れば勝てるというものではない。 ▶ 知道對方的弱點並非就可以獲勝！

1158	くるま しゃこ い 車を車庫に入れた。 ▶ 將車停進了車庫裡。

1159	やま しゃせい い 山に、写生に行きました。 ▶ 我去山裡寫生。

1160	きょう しんぶん しゃせつ きょういくもんだい と あ 今日の新聞の社説は、教育問題を取り上げている。 ▶ 今天報紙的社會評論裡，談到了教育問題。

1161	しゃっきん いっぽう 借金は、ふくらむ一方ですよ。 ▶ 借款越來越多了。

1162	お シャッターを押していただけますか。 ▶ 可以請你幫我按下快門嗎？

1163	しゃどう と だ 車道に飛び出す。 ▶ 衝到車道上。

1164	あか ゆび おもちゃ 赤ちゃんは、指もしゃぶれば、玩具もしゃぶる。 ▶ 小嬰兒會吸手指頭，也會用嘴含玩具。

1165	じてんしゃ しゃりん よご ぬの ふ 自転車の車輪が汚れたので、布で拭いた。 ▶ 因為腳踏車的輪胎髒了，所以拿了塊布來擦。

1166	かいしゃ じょうし す 会社の上司は、つまらないしゃれを言うのが好きだ。 ▶ 公司的上司，很喜歡說些無聊的笑話。

1167	じゅんばん き じゃんけんによって、順番を決めよう。 ▶ 我們就用猜拳來決定順序吧！

1168	せんしゅう ようつう ひど 先週から腰痛が酷い。 ▶ 上週開始腰痛疼痛不已。

1169	せかい ごだいしゅう わ 世界は五大州に分かれている。 ▶ 世界分五大洲。

し

1170 □	しゅう 【集】	[漢造] （詩歌等的）集；聚集
1171 □	じゅう 【銃】	[名・漢造] 槍，槍形物；有槍作用的物品 [類] 銃器
1172 □	じゅう 【重】	[接尾] (助數詞用法)層，重
1173 □	じゅう 【中】	[名・接尾] (舊)期間；表示整個期間或區域
1174 □	しゅうい 【周囲】	[名] 周圍，四周；周圍的人，環境 [類] 周辺
1175 □	しゅうかい 【集会】	[名・自サ] 集會 [類] 集まり
1176 □	しゅうかく 【収穫】	[名・他サ] 收獲(農作物)；成果，收穫；獵獲物 [類] 取り入れ
1177 □	じゅうきょ 【住居】	[名] 住所，住宅 [類] 住処
1178 □	しゅうきん 【集金】	[名・自他サ] (水電、瓦斯等)收款，催收的錢 [類] 取り立てる
1179 □	しゅうごう 【集合】	[名・自他サ] 集合；群體，集群；(數)集合 [反] 解散　[類] 集う
1180 □	しゅうじ 【習字】	[名] 習字，練毛筆字
1181 □	じゅうし 【重視】	[名・他サ] 重視，認為重要 [反] 軽視（けいし）　[類] 重要視
1182 □	じゅうしょう 【重傷】	[名] 重傷

1170
文学全集。
▶ 文學全集。

1171
その銃は、本物ですか。
▶ 那把槍是真的嗎？

1172
この容器には二重のふたが付いている。
▶ 這容器附有兩層的蓋子。

1173
それを今日中にやらないと間に合わないです。
▶ 那個今天不做的話就來不及了。

1174
彼は、周囲の人々に愛されている。
▶ 他被大家所喜愛。

1175
いずれにせよ、集会には出席しなければなりません。
▶ 無論如何，務必都要出席集會。

1176
収穫量に応じて、値段を決めた。
▶ 按照收成量，來決定了價格。

1177
まだ住居が決まらないので、ホテルに泊まっている。
▶ 由於還沒決定好住的地方，所以就先住在飯店裡。

1178
毎月月末に集金に来ます。
▶ 每個月的月底，我會來收錢。

1179
朝8時に集合してください。
▶ 請在早上八點集合。

1180
あの子は、習字を習っているだけのことはあって、字がうまい。
▶ 那孩子不愧是學過書法，字寫得還真是漂亮！

1181
能力に加えて、人柄も重視されます。
▶ 除了能力之外，也重視人品。

1182
重傷を負う。
▶ 受重傷。

1183 □	しゅうせい 【修正】	名・他サ 修改，修正，改正 類 直す
1184 □	しゅうぜん 【修繕】	名・他サ 修繕，修理 類 修理
1185 □	じゅうたい 【重体】	名 病危，病篤 類 瀕死（ひんし）
1186 □	じゅうだい 【重大】	形動 重要的，嚴重的，重大的 類 重要
1187 □	じゅうたく 【住宅】	名 住宅 類 住居
1188 □	じゅうたくち 【住宅地】	名 住宅區
1189 □	しゅうだん 【集団】	名 集體，集團 類 集まり
1190 □	しゅうちゅう 【集中】	名・自他サ 集中；作品集
1191 □	しゅうてん 【終点】	名 終點 反 起点
1192 □	じゅうてん 【重点】	名 重點(物)作用點 類 ポイント
1193 □	しゅうにゅう 【収入】	名 收入，所得 反 支出　類 所得
1194 □	しゅうにん 【就任】	名・自サ 就職，就任 類 就職
1195 □	しゅうのう 【収納】	名・他サ 收納，收藏

1183	レポートを修正の上、提出してください。 しゅうせい　うえ　ていしゅつ ▶ 請修改過報告後再交出來。
1184	古い家だが、修繕すれば住めないこともない。 ふる　いえ　しゅうぜん　す ▶ 雖說是老舊的房子，但修補後，也不是不能住的。
1185	重体に陥る。 じゅうたい　おちい ▶ 病情危急。
1186	最近は、重大な問題が増える一方だ。 さいきん　じゅうだい　もんだい　ふ　いっぽう ▶ 近來，重大案件不斷地增加。
1187	このへんの住宅は、家族向きだ。 じゅうたく　かぞくむ ▶ 這一帶的住宅，適合全家居住。
1188	閑静な住宅地。 かんせい　じゅうたくち ▶ 安靜的住宅區。
1189	私は集団行動が苦手だ。 わたし　しゅうだんこうどう　にがて ▶ 我不大習慣集體行動。
1190	集中力にかけては、彼にかなう者はいない。 しゅうちゅうりょく　かれ　もの ▶ 就集中力這一點，沒有人可以贏過他。
1191	終点までいくつ駅がありますか。 しゅうてん　えき ▶ 到終點一共有幾站？
1192	この研修は、英会話に重点が置かれている。 けんしゅう　えいかいわ　じゅうてん　お ▶ 這門研修的重點，是擺在英語會話上。
1193	彼は収入がないにもかかわらず、ぜいたくな生活をしている。 かれ　しゅうにゅう　せいかつ ▶ 儘管他沒收入，還是過著奢侈的生活。
1194	彼の理事長への就任をめぐって、問題が起こった。 かれ　りじちょう　しゅうにん　もんだい　お ▶ 因為他就任理事長，而產生了一些問題。
1195	収納スペースが足りない。 しゅうのう　た ▶ 收納空間不夠用。

し

1196	しゅうへん 【周辺】	图 周邊，四周，外圍 劚 周り
1197	じゅうみん 【住民】	图 居民 劚 住人
1198	じゅうやく 【重役】	图 擔任重要職務的人；重要職位，重任者； （公司的）董事與監事的通稱 劚 大役
1199	しゅうりょう 【終了】	(名・自他サ) 終了，結束；作完；期滿，屆滿 反 開始 劚 終わる
1200	じゅうりょう 【重量】	图 重量，分量；沈重，有份量 劚 目方（めかた）
1201	じゅうりょく 【重力】	图（理）重力
1202	しゅぎ 【主義】	图 主義，信條；作風，行動方針 劚 主張
1203	じゅくご 【熟語】	图 成語，慣用語；（由兩個以上單詞組成）複合 詞；（由兩個以上漢字構成的）漢語詞 劚 慣用語（かんようご）
1204	しゅくじつ 【祝日】	图（政府規定的）節日 劚 記念日
1205	しゅくしょう 【縮小】	(名・他サ) 縮小 反 拡大
1206	しゅくはく 【宿泊】	(名・自サ) 投宿，住宿 劚 泊まる
1207	じゅけん 【受験】	(名・他サ) 參加考試，應試，投考
1208	しゅご 【主語】	图 主語；（邏）主詞 反 述語

T39

1196	駅の周辺というと、にぎやかなイメージがあります。 ▶ 說到車站周邊，讓人就有熱鬧的印象。
1197	ビルの建設を計画する一方、近所の住民の意見も聞かなければならない。 ▶ 在一心策劃蓋大廈的同時，也得聽聽附近居民的意見才行。
1198	彼はおそらく、重役になれるまい。 ▶ 他恐怕無法成為公司的要員吧！
1199	パーティーは終了したものの、まだ後片付けが残っている。 ▶ 雖然派對結束了，但卻還沒有整理。
1200	持って行く荷物には、重量制限があります。 ▶ 攜帶過去的行李有重量限制。
1201	りんごが木から落ちるのは、重力があるからです。 ▶ 蘋果之所以會從樹上掉下來，是因為有重力的關係。
1202	自分の主義を変えるわけにはいかない。 ▶ 我不可能改變自己的主張。
1203	「山」という字を使って、熟語を作ってみましょう。 ▶ 請試著用「山」這個字，來造句成語。
1204	国民の祝日。 ▶ 國定假日。
1205	経営を縮小しないことには、会社がつぶれてしまう。 ▶ 如不縮小經營範圍，公司就會倒閉。
1206	京都で宿泊するとしたら、日本旅館に泊まりたいです。 ▶ 如果要在京都投宿，我想住日式飯店。
1207	試験が難しいかどうかにかかわらず、私は受験します。 ▶ 無論考試困難與否，我都要去考。
1208	日本語は、主語を省略することが多い。 ▶ 日語常常省略掉主語。

し

1209 ☐	しゅしょう 【首相】	名 首相，内閣總理大臣 類 内閣総理大臣（ないかくそうりだいじん）
1210 ☐	しゅちょう 【主張】	名・他サ 主張，主見，論點
1211 ☐	しゅっきん 【出勤】	名・自サ 上班，出勤 反 退勤
1212 ☐	じゅつご 【述語】	名 謂語 反 主語 類 賓辞
1213 ☐	しゅっちょう 【出張】	名・自サ 因公前往，出差
1214 ☐	しゅっぱん 【出版】	名・他サ 出版 類 発行
1215 ☐	しゅと 【首都】	名 首都 類 首府（しゅふ）
1216 ☐	しゅとけん 【首都圏】	名 首都圏
1217 ☐	しゅふ 【主婦】	名 主婦，女主人
1218 ☐	じゅみょう 【寿命】	名 壽命；(物)耐用期限 類 命数（めいすう）
1219 ☐	しゅやく 【主役】	名 (戲劇)主角；(事件或工作的)中心人物 反 脇役（わきやく）　類 主人公
1220 ☐	しゅよう 【主要】	名・形動 主要的
1221 ☐	じゅよう 【需要】	名 需要，要求；需求 反 供給 類 求め

1209	首相に対して、意見を提出した。
	▶ 我向首相提出了意見。

1210	あなたの主張は、理解しかねます。
	▶ 我實在是難以理解你的主張。

1211	君の朝のようすからして、今日の出勤は無理だと思ったよ。
	▶ 從你早上的樣子來看，我以為你今天沒辦法去上班了。

1212	この文の述語はどれだかわかりますか。
	▶ 你能分辨這個句子的謂語是哪個嗎？

1213	私のかわりに、出張に行ってもらえませんか。
	▶ 你可不可以代我去出公差？

1214	本を出版するかわりに、インターネットで発表した。
	▶ 取代出版書籍，我在網路上發表文章。

1215	フランスの首都。
	▶ 法國的首都。

1216	首都圏の人口。
	▶ 首都圈人口。

1217	主婦向きの仕事はありませんか。
	▶ 請問有沒有適合主婦做的工作？

1218	平均寿命が大きく伸びた。
	▶ 平均壽命大幅地上升。

1219	主役も主役なら、脇役も脇役で、みんなへたくそだ。
	▶ 不論是主角還是配角實在都不像樣，全部演得很糟。

1220	世界の主要な都市の名前を覚えました。
	▶ 我記下了世界主要都市的名字。

1221	まず需要のある商品が何かを調べることだ。
	▶ 首先要做的，應該是先查出哪些是需要的商品。

し

1222	じゅわき 【受話器】	名 聽筒 反 送話器　類 レシーバー
1223	じゅん 【順】	名・漢造 順序，次序；輪班，輪到；正當，必 然，理所當然；順利 類 順番
1224	じゅん 【準】	接頭 準，次
1225	しゅんかん 【瞬間】	名 瞬間，剎那間，剎那；當時，…的同時 類 一瞬
1226	じゅんかん 【循環】	名・自サ 循環
1227	じゅんじゅん 【順々】	副 按順序，依次；一點點，漸漸地，逐漸 類 順次
1228	じゅんじょ 【順序】	名 順序，次序，先後；手續，過程，經過 類 順番
1229	じゅんじょう 【純情】	名・形動 純真，天真 類 純朴
1230	じゅんすい 【純粋】	名・形動 純粹的，道地；純真，純潔，無雜念的 反 不純
1231	じゅんちょう 【順調】	名・形動 順利，順暢；(天氣、病情等)良好 反 不順　類 快調（かいちょう）
1232	しよう 【使用】	名・他サ 使用，利用，用(人) 類 利用
1233	しょう 【小】	名 小(型)，(尺寸，體積)小的；小月；謙稱 反 大　類 小さい
1234	しょう 【章】	名 (文章，樂章的)章節；紀念章，徽章

1222
電話が鳴ったので、急いで受話器を取った。
▶ 電話響了，於是急忙接起了聽筒。

1223
順に呼びますから、そこに並んでください。
▶ 我會依序叫名，所以請到那邊排隊。

1224
準優勝。
▶ 亞軍。

1225
振り返った瞬間、誰かに殴られた。
▶ 就在我回頭的那一剎那，不知誰被打了一拳。

1226
運動をして、血液の循環をよくする。
▶ 多運動來促進血液循環。

1227
順々に部屋の中に入ってください。
▶ 請依序進入房內。

し

1228
順序を守らないわけにはいかない。
▶ 不能不遵守順序。

1229
彼は、女性に声をかけられると真っ赤になるほど純情だ。
▶ 他純情到只要女生跟他說話，就會滿臉通紅。

1230
これは、純粋な水ですか。
▶ 這是純淨的水嗎？

1231
仕事が順調だったのは、1年きりだった。
▶ 只有一年工作上比較順利。

1232
トイレが使用中だと思ったら、なんと誰も入っていなかった。
▶ 我本以為廁所有人，想不到裡面沒有人。

1233
大小二つの種類があります。
▶ 有大小兩種。

1234
第1章の内容には、感動させられるものがある。
▶ 第一章的內容，有令人感動的地方。

1235 T40	しょう 【賞】	名·漢造 獎賞，獎品，獎金；欣賞 反 罰　類 賞品
1236	じょう 【上】	名·漢造 上等；(書籍的)上卷；上部，上面；上 好的，上等的 反 下
1237	しょうか 【消化】	名·他サ 消化(食物)；掌握，理解，記牢(知識 等)；容納，吸收，處理 類 吸収
1238	しょうがい 【障害】	名 障礙，妨礙；(醫)損害，毛病；(障礙賽中 的)欄，障礙物 類 邪魔
1239	しょうがくきん 【奨学金】	名 獎學金，助學金
1240	しようがない 【仕様がない】	慣 沒辦法
1241	しょうぎ 【将棋】	名 日本象棋，將棋
1242	じょうき 【蒸気】	名 蒸汽
1243	じょうきゃく 【乗客】	名 乘客，旅客
1244	じょうきゅう 【上級】	名 (層次、水平高的)上級，高級
1245	しょうぎょう 【商業】	名 商業 類 商売
1246	じょうきょう 【上京】	名·自サ 進京，到東京去
1247	じょうきょう 【状況】	名 狀況，情況 類 シチュエーション

1235
コンクールというと、賞を取った時のことを思い出します。
▶ 說到比賽，就會想起過去的得獎經驗。

1236
私の成績は、中の上です。
▶ 我的成績，是在中上程度。

1237
麺類は、肉に比べて消化がいいです。
▶ 麵類比肉類更容易消化。

1238
障害を乗り越える。
▶ 突破障礙。

1239
奨学金をもらってからでないと、本が買えない。
▶ 如果還沒拿到獎學金，就沒辦法買書。

1240
負けても仕様がない。
▶ 輸了也沒輒。

1241
退職したのを契機に、将棋を習い始めた。
▶ 自從我退休後，就開始學習下日本象棋。

1242
やかんから蒸気が出ている。
▶ 茶壺冒出了蒸氣。

1243
事故が起こったが、乗客は全員無事だった。
▶ 雖然發生了事故，但是幸好乘客全都平安無事。

1244
試験にパスして、上級クラスに入れた。
▶ 我通過考試，晉級到了高級班。

1245
このへんは、商業地域だけあって、とてもにぎやかだ。
▶ 這附近不愧是商業區，非常的熱鬧。

1246
彼は上京して絵を習っている。
▶ 他到東京去學畫。

1247
責任者として、状況を説明してください。
▶ 身為負責人，請您說明一下現今的狀況。

し

1248 ☐	じょうげ 【上下】	名・自他サ (身分、地位的)高低，上下，低賤
1249 ☐	しょうじ 【障子】	名 日本式紙拉門，隔扇
1250 ☐	しょうしか 【少子化】	名 少子化
1251 ☐	じょうしき 【常識】	名 常識 類 コモンセンス
1252 ☐	しょうしゃ 【商社】	名 商社，貿易商行，貿易公司
1253 ☐	じょうしゃ 【乗車】	名・自サ 乗車，上車；乘坐的車 反 下車
1254 ☐	じょうしゃけん 【乗車券】	名 車票 類 乗車切符
1255 ☐	しょうしょう 【少々】	名・副 少許，一點，稍稍，片刻 類 ちょっと
1256 ☐	しょうじる 【生じる】	自他サ 生，長；出生，產生；發生；出現 類 発生する
1257 ☐	じょうたつ 【上達】	名・自他サ (學術、技藝等)進步，長進；上呈， 向上傳達 類 進歩
1258 ☐	しょうち 【承知】	名・他サ 同意，贊成，答應；知道；許可，允許 類 承諾（しょうだく）
1259 ☐	しょうてん 【商店】	名 商店 類 店（みせ）
1260 ☐	しょうてん 【焦点】	名 焦點；(問題的)中心，目標 類 中心

1248
社員はみな若いから、上下関係を気にすることはないですよ。
▶ 員工大家都很年輕，不太在意上司下屬之分啦。

1249
猫が障子を破いてしまった。
▶ 貓抓破了拉門。

1250
少子化が進んでいる。
▶ 少子化日趨嚴重。

1251
常識からすれば、そんなことはできません。
▶ 從常識來看，那是不能發生的事。

1252
商社は、給料がいい反面、仕事がきつい。
▶ 貿易公司薪資雖高，但另一面工作卻很吃力。

1253
乗車するときに、料金を払ってください。
▶ 上車時請付費。

1254
乗車券を拝見します。
▶ 請給我看您的車票。

し

1255
この機械は、少々古いといってもまだ使えます。
▶ 這機器，雖說有些老舊，但還是可以用。

1256
危険な事態が生じた。
▶ 發生了危險的狀況。

1257
英語が上達するにしたがって、仕事が楽しくなった。
▶ 隨著英語的進步，工作也變得更有趣了。

1258
君の言うことなど百も承知だ。
▶ 你說的我全都知道。

1259
彼は、小さな商店を経営している。
▶ 他經營一家小商店。

1260
この議題こそ、会議の焦点にほかならない。
▶ 這個議題，無非正是這個會議的焦點。

1261	じょうとう 【上等】	(名・形動) 上等，優質；很好，令人滿意 (反) 下等（かとう）
1262	しょうどく 【消毒】	(名・他サ) 消毒，殺菌 (類) 殺菌（さっきん）
1263	しょうにん 【承認】	(名・他サ) 批准，認可，通過；同意；承認 (類) 認める
1264	しょうにん 【商人】	(名) 商人 (類) 商売人
1265 T41	しょうはい 【勝敗】	(名) 勝負，勝敗 (類) 勝負
1266	じょうはつ 【蒸発】	(名・自サ) 蒸發，汽化；(俗)失蹤，出走，去向不明，逃之夭夭
1267	しょうひん 【賞品】	(名) 奬品 (類) 売品（ばいひん）
1268	じょうひん 【上品】	(名・形動) 高級品，上等貨；莊重，高雅，優雅
1269	しょうぶ 【勝負】	(名・自サ) 勝敗，輸贏；比賽，競賽 (類) 勝敗
1270	しょうべん 【小便】	(名・自サ) 小便，尿；(俗)終止合同，食言，毀約 (反) 大便（だいべん） (類) 尿（にょう）
1271	しょうぼう 【消防】	(名) 消防；消防隊員，消防車
1272	しょうみ 【正味】	(名) 實質，内容，淨剩部分；淨重；實數；實價，不折不扣的價格，批發價
1273	しょうめい 【照明】	(名・他サ) 照明，照亮，光亮，燈光；舞台燈光

1261
デザインはともかくとして、生地は上等です。
▶ 姑且不論設計如何，這布料可是上等貨。

1262
消毒すれば大丈夫というものでもない。
▶ 並非消毒後，就沒有問題了。

1263
社長が承認した以上は、誰も反対できないよ。
▶ 既然社長已批准了，任誰也沒辦法反對啊！

1264
彼は、商人向きの性格をしている。
▶ 他的個性適合當商人。

1265
勝敗なんか、気にするものか。
▶ 我哪會去在意輸贏呀！

1266
加熱して、水を蒸発させます。
▶ 加熱水使它蒸發。

1267
一等の賞品は何ですか。
▶ 頭獎的獎品是什麼？

1268
あの人は、とても上品な人ですね。
▶ 那個人真是個端莊高雅的人呀！

1269
勝負するにあたって、ルールを確認しておこう。
▶ 比賽時，先確認規則！

1270
ここで立ち小便をしてはいけません。
▶ 禁止在這裡隨地小便。

1271
連絡すると、すぐに消防車がやってきた。
▶ 我才通報不久，消防車就馬上來了。

1272
昼休みを除いて、正味8時間働いた。
▶ 扣掉午休時間，實際工作了八個小時。

1273
商品がよく見えるように、照明を明るくしました。
▶ 為了讓商品可以看得更清楚，把燈光弄亮。

し

1274 ☐	しょうもう 【消耗】	[名・自他サ] 消費，消耗；(體力)耗盡，疲勞；磨損
1275 ☐	じょうようしゃ 【乗用車】	[名] 自小客車
1276 ☐	しょうらい 【将来】	[名・副・他サ] 將來，未來，前途；(從外國)傳入；帶來，拿來；招致，引起 [類] 未来
1277 ☐	じょおう 【女王】	[名] 女王，王后；皇女，王女
1278 ☐	しょきゅう 【初級】	[名] 初級 [類] 初等
1279 ☐	じょきょうじゅ 【助教授】	[名] (大學的)副教授
1280 ☐	しょく 【職】	[名・漢造] 職業，工作；職務；手藝，技能；官署名 [類] 職務
1281 ☐	しょくえん 【食塩】	[名] 食鹽
1282 ☐	しょくぎょう 【職業】	[名] 職業 [類] 仕事
1283 ☐	しょくせいかつ 【食生活】	[名] 飲食生活
1284 ☐	しょくたく 【食卓】	[名] 餐桌 [類] 食台（しょくだい）
1285 ☐	しょくば 【職場】	[名] 工作崗位，工作單位
1286 ☐	しょくひん 【食品】	[名] 食品 [類] 飲食品

1274
ボクサーは、体力を消耗しているくせに、まだ戦おうとしている。
▶ 拳擊手明已耗盡了體力，卻還是想奮鬥下去。

1275
乗用車を買う。
▶ 買汽車。

1276
今、将来のことを考えつつあります。
▶ 現在正考慮將來的事。

1277
あんな女王様のような態度をとるべきではない。
▶ 妳不該擺出那種像女王般的態度。

1278
初級を終わってからでなければ、中級に進めない。
▶ 如果沒上完初級，就沒辦法進階到中級。

1279
彼は助教授のくせに、教授になったと嘘をついた。
▶ 他明明就只是副教授，卻謊稱自己已當上了教授。

1280
職に貴賤なし。
▶ 職業不分貴賤。

1281
食塩と砂糖で味付けする。
▶ 以鹽巴和砂糖調味。

1282
用紙に名前と職業を書いた上で、持ってきてください。
▶ 請在紙上寫下姓名和職業，然後再拿到這裡來。

1283
食生活が豊かになった。
▶ 飲食生活變得豐富。

1284
早く食卓についてください。
▶ 快點來餐桌旁坐下。

1285
働くからには、職場の雰囲気を大切にしようと思います。
▶ 既然要工作，我認為就得注重職場的氣氛。

1286
油っぽい食品はきらいです。
▶ 我不喜歡油膩膩的食品。

し

1287 □	しょくぶつ 【植物】	名 植物 類 草木
1288 □	しょくもつ 【食物】	名 食物 類 食べ物
1289 □	しょくよく 【食欲】	名 食慾
1290 □	しょこく 【諸国】	名 各國
1291 □	しょさい 【書斎】	名 (個人家中的)書房，書齋 類 書室（しょしつ）
1292 □	じょし 【女子】	名 女孩子，女子，女人 類 女性
1293 □	じょしゅ 【助手】	名 助手，幫手；(大學)助教 類 アシスタント
1294 □	しょじゅん 【初旬】	名 初旬，上旬 類 上旬（じょうじゅん）
1295 □	じょじょに 【徐々に】	副 徐徐地，慢慢地，一點點；逐漸，漸漸 類 少しずつ
1296 □	しょせき 【書籍】	名 書籍 類 図書
1297 □	しょっき 【食器】	名 餐具
1298 □ T42	ショップ 【shop】	接尾 (一般不單獨使用)店舖，商店 類 商店（しょうてん）
1299 □	しょてん 【書店】	名 書店；出版社，書局 類 本屋

1287
壁にそって植物を植えた。
▶ 我沿著牆壁種些植物。

1288
私は、食物アレルギーがあります。
▶ 我對食物會過敏。

1289
食欲がないときは、少しお酒を飲むといいです。
▶ 沒食慾時，喝點酒是不錯的。

1290
アフリカ諸国。
▶ 非洲各國。

1291
先生は、書斎で本を読んでいます。
▶ 老師正在書房看書。

1292
これから、女子バレーボールの試合が始まります。
▶ 女子排球比賽現在開始進行。

し

1293
研究室の助手をしています。
▶ 我在當研究室的助手。

1294
4月の初旬に、アメリカへ出張に行きます。
▶ 四月初我要到美國出差。

1295
彼女は、薬による治療で徐々によくなってきました。
▶ 她因藥物治療，而病情漸漸好轉。

1296
書籍を販売する会社に勤めている。
▶ 我在書籍銷售公司上班。

1297
結婚したのを契機にして、新しい食器を買った。
▶ 趁新婚時，買了新的餐具。

1298
恵比寿から代官山にかけては、おしゃれなショップが多いです。
▶ 從惠比壽到代官山這一帶，有許多時髦的商店。

1299
図書券は、書店で買うことができます。
▶ 圖書券可以在書店買到。

1300 ☐	しょどう 【書道】	[名] 書法
1301 ☐	しょほ 【初歩】	[名] 初學，初步，入門 [類] 初学（しょがく）
1302 ☐	しょめい 【署名】	[名·自サ] 署名，簽名；簽的名字 [類] サイン
1303 ☐	しょり 【処理】	[名·他サ] 處理，處置，辦理 [類] 処分
1304 ☐	しらが 【白髪】	[名] 白頭髮
1305 ☐	シリーズ 【series】	[名] (書籍等的)彙編，叢書，套；(影片、電影等)系列；(棒球)聯賽 [類] 系列（けいれつ）
1306 ☐	じりき 【自力】	[名] 憑自己的力量
1307 ☐	しりつ 【私立】	[名] 私立，私營
1308 ☐	しりょう 【資料】	[名] 資料，材料 [類] データ
1309 ☐	しる 【汁】	[名] 汁液，漿；湯；味噌湯 [類] つゆ
1310 ☐	しろ 【城】	[名] 城，城堡；(自己的)權力範圍，勢力範圍
1311 ☐	しろうと 【素人】	[名] 外行，門外漢；業餘愛好者，非專業人員；良家婦女 [反] 玄人 [類] 初心者
1312 ☐	しわ	[名] (皮膚的)皺紋；(紙或布的)縐折，摺子

| 1300 | 書道に加えて、華道も習っている。 |
| | ▶ 學習書法之外，也有學插花。 |

| 1301 | 初歩から勉強すれば必ずできるというものでもない。 |
| | ▶ 並非從基礎學習起就一定能融會貫通。 |

| 1302 | 住所を書くとともに、ここに署名してください。 |
| | ▶ 在寫下地址的同時，請在這裡簽下大名。 |

| 1303 | 今ちょうどデータの処理をやりかけたところです。 |
| | ▶ 現在正好處理資料到一半。 |

| 1304 | 苦労が多くて、白髪が増えた。 |
| | ▶ 由於辛勞過度，白髮變多了。 |

| 1305 | このシリーズは、以前の番組をもとに改編したものだ。 |
| | ▶ 這一系列的影片是從以前的節目改編而成的。 |

| 1306 | 自力で逃げ出す。 |
| | ▶ 自行逃脫。 |

| 1307 | 私立大学というと、授業料が高そうな気がします。 |
| | ▶ 說到私立大學，就有種學費似乎很貴的感覺。 |

| 1308 | 資料をもらわないことには、詳細がわからない。 |
| | ▶ 要是不拿資料的話，就沒辦法知道詳細的情況。 |

| 1309 | お母さんの作る味噌汁がいちばん好きです。 |
| | ▶ 我最喜歡媽媽煮的味噌湯了。 |

| 1310 | お城には、美しいお姫様が住んでいます。 |
| | ▶ 城堡裡，住著美麗的公主。 |

| 1311 | 素人のくせに、口を出さないでください。 |
| | ▶ 明明就是外行人，請不要插嘴。 |

| 1312 | 苦労すればするほど、しわが増えるそうです。 |
| | ▶ 聽說越撐勞皺紋就會越多。 |

1313	しん 【芯】	名 蕊；核；枝條的頂芽 類 中央
1314	しんくう 【真空】	名 真空；(作用、勢力達不到的)空白，真空狀態
1315	しんけい 【神経】	名 神經；察覺力，感覺，神經作用 類 感覚
1316	しんけん 【真剣】	名・形動 真刀，真劍；認真，正經 類 本気
1317	しんこう 【信仰】	名・他サ 信仰，信奉 類 信教
1318	じんこう 【人工】	名 人工，人造 反 自然　類 人造
1319	しんこく 【深刻】	形動 嚴重的，重大的，莊重的；意味深長的，發人省思的，尖銳的 類 大変
1320	しんさつ 【診察】	名・他サ (醫)診察，診斷 類 検診（けんしん）
1321	じんじ 【人事】	名 人事，人力能做的事；人事(工作)；世間的事，人情世故 類 人選
1322	じんしゅ 【人種】	名 人種，種族；(某)一類人；(俗)(生活環境、愛好等不同的)階層 類 種族
1323	しんじゅう 【心中】	名・自サ (古)守信義；(相愛男女因不能在一起而感到悲哀)一同自殺，殉情；(轉)兩人以上同時自殺　類 情死
1324	しんしん 【心身】	名 身和心；精神和肉體
1325	じんせい 【人生】	名 人的一生；生涯，人的生活 類 生涯（しょうがい）

| 1313 | シャープペンシルの芯を買ってきてください。 |
| | ▶ 請幫我買筆芯回來。 |

| 1314 | この箱の中は、真空状態になっているということだ。 |
| | ▶ 據說這箱子，是呈現真空狀態的。 |

| 1315 | 彼は神経が太くて、いつも堂々としている。 |
| | ▶ 他的神經大條，總是擺出一付大無畏的姿態。 |

| 1316 | 私は真剣です。 |
| | ▶ 我是認真的。 |

| 1317 | 彼は、仏教を信仰している。 |
| | ▶ 他信奉佛教。 |

| 1318 | 人工的な骨を作る研究をしている。 |
| | ▶ 我在研究人造骨頭的製作方法。 |

| 1319 | 状況はかなり深刻だとか。 |
| | ▶ 聽說情況相當的嚴重。 |

| 1320 | 先生は今診察中です。 |
| | ▶ 醫師正在診斷病情。 |

| 1321 | 部長の人事が決まりかけたときに、社長が反対した。 |
| | ▶ 就要決定部長的去留時，受到了社長的反對。 |

| 1322 | 人種からいうと、私はアジア系です。 |
| | ▶ 從人種來講，我是屬於亞洲人。 |

| 1323 | 無理心中。 |
| | ▶ 殉情。 |

| 1324 | この薬は、心身の疲労に効きます。 |
| | ▶ 這藥對身心上的疲累都很有效。 |

| 1325 | 病気になったのをきっかけに、人生を振り返った。 |
| | ▶ 趁著生了一場大病為契機，回顧了自己過去的人生。 |

し

1326	しんせき 【親戚】	图 親戚，親屬 翻 親類
1327	しんぞう 【心臓】	图 心臟；厚臉皮，勇氣
1328	じんぞう 【人造】	图 人造，人工合成
1329 T43	しんたい 【身体】	图 身體，人體 翻 体躯（たいく）
1330	しんだい 【寝台】	图 床，床鋪，(火車)臥鋪 翻 ベッド
1331	しんだん 【診断】	(名・他サ) (醫)診斷；判斷
1332	しんちょう 【慎重】	(名・形動) 慎重，穩重，小心謹慎 反 軽率（けいそつ）
1333	しんにゅう 【侵入】	(名・自サ) 浸入，侵略；(非法)闖入
1334	しんねん 【新年】	图 新年
1335	しんぱん 【審判】	(名・他サ) 審判，審理，判決；(體育比賽等的)裁判；(上帝的)審判
1336	じんぶつ 【人物】	图 人物；人品，為人；人材；人物(繪畫的)，人物(畫) 翻 人間
1337	じんぶんかがく 【人文科学】	图 人文科學，文化科學(哲學、語言學、文藝學、歷史學領域) 翻 文学化学
1338	じんめい 【人命】	图 人命 翻 命（いのち）

1326
親戚に挨拶に行かないわけにもいかない。
▶ 不能不去向親戚寒暄問好。

1327
びっくりして、心臓が止まりそうだった。
▶ 我嚇到心臟差點停了下來。

1328
この服は、人造繊維で作られている。
▶ 這套衣服，是由人造纖維製成的。

1329
1年に1回、身体検査を受ける。
▶ 一年接受一次身體的健康檢查。

1330
寝台特急で旅行に行った。
▶ 我搭了特快臥舖火車去旅行。

1331
月曜から水曜にかけて、健康診断が行われます。
▶ 禮拜一到禮拜三要實施健康檢查。

1332
社長を説得するにあたって、慎重に言葉を選んだ。
▶ 說服社長時，用字遣詞要非常的慎重。

1333
犯人は、窓から侵入したに相違ありません。
▶ 犯人肯定是從窗戶闖入的。

1334
新年を迎える。
▶ 迎接新年。

1335
審判は、公平でなければならない。
▶ 審判時得要公正才行。

1336
会いたくない人物に限って、向こうから訪ねてくる。
▶ 偏偏就是不想見面的人，會來前來拜訪。

1337
文学や芸術は人文科学に含まれます。
▶ 文學和藝術，都包含在人文科學裡面。

1338
事故で多くの人命が失われた。
▶ 因為意外事故，而奪走了多條人命。

し

1339 □	しんゆう 【親友】	名 知心朋友
1340 □	しんよう 【信用】	名・他サ 堅信，確信；信任，相信；信用，信 譽；信用交易，非現款交易 類 信任
1341 □	しんらい 【信頼】	名・他サ 信賴，相信
1342 □	しんり 【心理】	名 心理
1343 □	しんりん 【森林】	名 森林
1344 □	しんるい 【親類】	名 親戚，親屬；同類，類似 類 親戚
1345 □	じんるい 【人類】	名 人類 類 人間
1346 □	しんろ 【進路】	名 前進的道路 反 退路（たいろ）
1347 □	しんわ 【神話】	名 神話
す 1348 □	す 【巣】	名 巢，窩，穴；賊窩，老巢；家庭；蜘蛛網 類 棲家（すみか）
1349 □	ず 【図】	名 圖，圖表；地圖；設計圖；圖畫 類 図形（ずけい）
1350 □	すいか 【西瓜】	名 西瓜
1351 □	すいさん 【水産】	名 水產(品)，漁業

1339 親友の忠告もかまわず、会社を辞めてしまった。
▶ 不顧好友的勸告，辭去了公司職務。

1340 信用するかどうかはともかくとして、話だけは聞いてみよう。
▶ 不管你相不相信，至少先聽他怎麼說吧！

1341 私の知るかぎりでは、彼は最も信頼できる人間です。
▶ 他是我所認識裡面最值得信賴的人。

1342 失恋したのを契機にして、心理学の勉強を始めた。
▶ 自從失戀以後，就開始研究起心理學。

1343 朝早く、森林を散歩するのは気持ちがいい。
▶ 一大早到森林散步，是件很舒服的事。

1344 親類だから信用できるというものでもないでしょう。
▶ 並非因為是親戚就可以信任吧！

し

1345 人類の発展のために、研究を続けます。
▶ 為了人類今後的發展，我要繼續研究下去。

1346 卒業というと、進路のことが気になります。
▶ 說到畢業，就會在意將來的出路。

1347 おもしろいことに、この話は日本の神話によく似ている。
▶ 有趣的是，這個故事和日本神話很像。

1348 鳥の雛が成長して、巣から飛び立っていった。
▶ 幼鳥長大後，就飛離了鳥巢。

1349 図を見ながら説明します。
▶ 邊看圖，邊解說。

1350 西瓜を冷やす。
▶ 冰鎮西瓜。

1351 わが社では、水産品の販売をしています。
▶ 我們公司在銷售漁業產品。

1352 □	すいじ 【炊事】	(名・自サ) 烹調，煮飯 (動) 煮炊き（にたき）
1353 □	すいしゃ 【水車】	(名) 水車
1354 □	すいじゅん 【水準】	(名) 水準，水平面；水平器；(地位、質量、價值等的) 水平；(標示) 高度 (動) レベル
1355 □	すいじょうき 【水蒸気】	(名) 水蒸氣；霧氣，水霧 (動) 蒸気
1356 □	すいせん 【推薦】	(名・他サ) 推薦，舉薦，介紹 (動) 推挙（すいきょ）
1357 □	すいそ 【水素】	(名) 氫
1358 □	すいちょく 【垂直】	(名・形動) (數)垂直；(與地心)垂直 (反) 水平
1359 □	スイッチ 【switch】	(名・他サ) 開關；接通電路；(喻)轉換(為另一種事物或方法) (動) 点滅器（てんめつき）
1360 □	すいてい 【推定】	(名・他サ) 推斷，判定；(法)(無反證之前的)推定，假定 (動) 推し量る
1361 □	すいぶん 【水分】	(名) 物體中的含水量；(蔬菜水果中的)液體，含水量，汁 (動) 水気
1362 □	すいへい 【水平】	(名・形動) 水平；平衡，穩定，不升也不降 (反) 垂直 (動) 横
1363 □	すいへいせん 【水平線】	(名) 水平線；地平線
1364 □	すいみん 【睡眠】	(名・自サ) 睡眠，休眠，停止活動 (動) 眠り

1352	彼は、掃除ばかりでなく、炊事も手伝ってくれる。 ▶ 他不光只是打掃，也幫我煮飯。
1353	水車が回る。 ▶ 水車轉動。
1354	選手の水準に応じて、トレーニングをやらせる。 ▶ 依選手的個人水準，讓他們做適當的訓練。
1355	ここから水蒸気が出ているので、触ると危ないよ。 ▶ 因為水蒸氣會從這裡跑出來，所以很危險別碰唷！
1356	あなたの推薦があったからこそ、採用されたのです。 ▶ 因為有你的推薦，我才能被錄用。
1357	水素と酸素を化合させて水を作ってみましょう。 ▶ 試著將氫和氧結合在一起，來製水。
1358	点Cから、直線ABに対して垂直な線を引いてください。 ▶ 請從點C畫出一條垂直於直線AB的線。
1359	ラジオのスイッチを切る。 ▶ 關掉收音機的開關。
1360	写真に基づいて、年齢を推定しました。 ▶ 根據照片來判斷年齡。
1361	果物を食べると、ビタミンばかりでなく水分も摂取できる。 ▶ 吃水果後，不光是維他命，也可以攝取到水分。
1362	飛行機は、間もなく水平飛行に入ります。 ▶ 飛機即將進入水平飛行模式。
1363	水平線の向こうから、太陽が昇ってきた。 ▶ 太陽從水平線的彼方升起。
1364	健康のためには、睡眠を8時間以上とることだ。 ▶ 要健康就要睡8個小時以上。

す

1365	すいめん 【水面】	[名] 水面
1366	すう 【数】	[名・接頭] 數，數目，數量；定數，天命；(數學中泛指的)數；數量 [類] 数（かず）
T44		
1367	ずうずうしい 【図々しい】	[副] 厚顏，厚皮臉，無恥 [類] 厚かましい（あつかましい）
1368	すえ 【末】	[名] 結尾，末了；末端，盡頭；將來，未來，前途；不重要的，瑣事；(排行)最小 [類] 末端
1369	すえっこ 【末っ子】	[名] 最小的孩子 [類] すえこ
1370	すがた 【姿】	[名・接尾] 身姿，身段；裝束，風采；形跡，身影；面貌，狀態；姿勢，形象 [類] 格好
1371	ずかん 【図鑑】	[名] 圖鑑
1372	すき 【隙】	[名] 空隙，縫；空暇，功夫，餘地；漏洞，可乘之機 [類] 隙間
1373	すぎ 【杉】	[名] 杉樹，杉木
1374	すききらい 【好き嫌い】	[名] 好惡，喜好和厭惡；挑肥揀瘦，挑剔 [類] 好き好き（すきずき）
1375	すきずき 【好き好き】	[名・副・自サ] (各人)喜好不同，不同的喜好 [類] いろいろ
1376	すきとおる 【透き通る】	[自五] 通明，透亮，透過去；清澈；清脆(的聲音) [類] 透ける（すける）
1377	すきま 【隙間】	[名] 空隙，隙縫；空間，閒暇 [類] 隙

1365 　池の水面を蛙が泳いでいる。
▶ 有隻青蛙在池子的水面上游泳。

1366 　展覧会の来場者数は、少なかった。
▶ 展覽會的到場人數很少。

1367 　彼の図々しさにはあきれた。
▶ 對他的厚顏無恥，感到錯愕。

1368 　来月末に日本へ行きます。
▶ 下個月底我要去日本。

1369 　彼は末っ子だけあって、甘えん坊だね。
▶ 他果真是老么，真是愛撒嬌呀！

1370 　寝間着姿では、外に出られない。
▶ 我實在沒辦法穿睡衣出門。

す

1371 　子どもたちは、図鑑を見て動物について調べたということです。
▶ 聽說小孩子們看圖鑑來查閱了動物。

1372 　敵に隙を見せるわけにはいかない。
▶ 絕不能讓敵人看出破綻。

1373 　道に沿って杉の並木が続いている。
▶ 沿著道路兩旁，一棵棵的杉樹並排著。

1374 　好き嫌いの激しい人だ。
▶ 他是個人好惡極端分明的人。

1375 　メールと電話とどちらを使うかは、好き好きです。
▶ 喜歡用簡訊或電話，每個人喜好都不同。

1376 　この魚は透き通っていますね。
▶ 這條魚的色澤真透亮。

1377 　隙間から客間をのぞくものではありません。
▶ 不可以從縫隙去偷看客廳。

1378	すくう 【救う】	(他五) 拯救，搭救，救援，解救；救濟，賑災； 挽救
1379	スクール 【school】	(名・造) 學校；學派；花式滑冰規定動作 (動) 学校
1380	すぐれる 【優れる】	(自下一) (才能、價值等)出色，優越，傑出，精 湛；(身體、精神、天氣)好，爽朗，舒暢 (反) 劣る (動) 優る
1381	ずけい 【図形】	(名) 圖形，圖樣；(數)圖形 (動) 図
1382	スケート 【skate】	(名) 冰鞋，冰刀；溜冰，滑冰 (動) アイススケート
1383	すじ 【筋】	(名・接尾) 筋；血管；線，條；紋絡，條紋；素 質，血統；條理，道理 (動) 筋肉
1384	すず 【鈴】	(名) 鈴鐺，鈴 (動) 鈴（りん）
1385	すずむ 【涼む】	(自五) 乘涼，納涼
1386	スタート 【start】	(名・自サ) 起動，出發，開端；開始(新事業等) (動) 出発
1387	スタイル 【style】	(名) 文體；(服裝、美術、工藝、建築等)樣式； 風格，姿態，體態 (動) 体つき
1388	スタンド 【stand】	(結尾・名) 站台；台，托，架；檯燈，桌燈；看 台，觀象席；(攤販式的)小酒吧 (動) 観覧席
1389	ずつう 【頭痛】	(名) 頭痛 (動) 頭痛（とうつう）
1390	すっきり	(副・自サ) 舒暢，暢快，輕鬆；流暢，通暢；乾淨 整潔，俐落 (動) ことごとく

| 1378 | 政府の援助なくして、災害に遭った人々を救うことはできない。 |
| | ▶ 要是沒有政府的援助，就沒有辦法幫助那些受災的人們。 |

| 1379 | 英会話スクールで勉強したにしては、英語がへただね。 |
| | ▶ 以他曾在英文會話課補習過這一點來看，英文還真差呀！ |

| 1380 | 彼女は美人であるとともに、スタイルも優れている。 |
| | ▶ 她人既美，身材又好。 |

| 1381 | コンピュータでいろいろな図形を描いてみた。 |
| | ▶ 我試著用電腦畫各式各樣的圖形。 |

| 1382 | 学生時代にスケート部だったから、スケートが上手なわけだ。 |
| | ▶ 學生時期是溜冰社，怪不得溜冰那麼拿手。 |

| 1383 | 読んだ人の話によると、その小説の筋は複雑らしい。 |
| | ▶ 據看過的人說，那本小說的情節好像很複雜。 |

| 1384 | 猫の首に大きな鈴がついている。 |
| | ▶ 貓咪的脖子上，繫著很大的鈴鐺。 |

| 1385 | ちょっと外に出て涼んできます。 |
| | ▶ 我到外面去乘涼一下。 |

| 1386 | 1年のスタートにあたって、今年の計画を述べてください。 |
| | ▶ 在這一年之初，請說說你今年度的計畫。 |

| 1387 | どうして、スタイルなんか気にするの。 |
| | ▶ 為什麼要在意身材呢？ |

| 1388 | スタンドで大声で応援した。 |
| | ▶ 我在球場的看台上，大聲替他們加油。 |

| 1389 | 昨日から今日にかけて、頭痛がひどい。 |
| | ▶ 從昨天開始，頭就一直很痛。 |

| 1390 | 片付けたら、なんとすっきりしたことか。 |
| | ▶ 整理過後，是多麼乾淨清爽呀！ |

す

1391 すっと
[副・自サ] 動作迅速地，飛快，輕快；(心中)輕鬆，痛快，輕鬆

1392 ステージ【stage】
[名] 舞台，講台；階段，等級，步驟
[類] 舞台

1393 すてき【素敵】
[形動] 絶妙的，極好的，極漂亮；很多
[類] 立派

1394 すでに【既に】
[副] 已經，業已；即將，正值，恰好
[反] 未だ [類] とっくに

T45

1395 ストップ【stop】
[名・自他サ] 停止，中止；停止信號；(口令)站住，不得前進，止住；停車站
[類] 停止

1396 すなお【素直】
[形動] 純真，天真的，誠摯的，坦率的；大方，工整，不矯飾的；(沒有毛病)完美的，無暇的 [類] 大人しい

1397 すなわち【即ち】
[接] 即，換言之；即是，正是；則，彼時；乃，於是
[類] つまり

1398 ずのう【頭脳】
[名] 頭腦，判斷力，智力；(團體的)決策部門，首腦機構，領導人
[類] 知力

1399 スピーカー【speaker】
[名] 談話者，發言人；揚聲器；喇叭；散播流言的人
[類] 拡声器（かくせいき）

1400 スピーチ【speech】
[名・自サ] (正式場合的)簡短演說，致詞，講話
[類] 演説（えんぜつ）

1401 すべて【全て】
[名・副] 全部，一切，通通；總計，共計
[類] 一切

1402 スマート【smart】
[形動] 瀟灑，時髦，漂亮；苗條

1403 すまい【住まい】
[名] 居住；住處，寓所；地址
[類] 住所（じゅうしょ）

| 1391 | 言いたいことを全部言って、胸がすっとしました。 |
| | ▶ 把想講的話都講出來以後，心裡就爽快多了。 |

| 1392 | 歌手がステージに出てきたとたんに、みんな拍手を始めた。 |
| | ▶ 歌手才剛走出舞台，大家就拍起手來了。 |

| 1393 | あの素敵な人に、声をかけられるものなら、かけてみろよ。 |
| | ▶ 你要是有膽跟那位美女講話，你就試看看啊！ |

| 1394 | 田中さんに電話したところ、彼はすでに出かけていた。 |
| | ▶ 打電話給田中先生，才發現他早就出門了。 |

| 1395 | 販売は、減少しているというより、ほとんどストップしています。 |
| | ▶ 銷售與其說是減少，倒不如說是幾乎停擺了。 |

| 1396 | 素直に謝らないと、けんかになるおそれがある。 |
| | ▶ 你如果不趕快道歉，又有可能會起爭執。 |

す

| 1397 | 1ポンド，すなわち100ペンス。 |
| | ▶ 一磅也就是100便士。 |

| 1398 | 頭脳は優秀ながら、性格に問題がある。 |
| | ▶ 頭腦雖優秀，但個性上卻有問題。 |

| 1399 | スピーカーから音楽が流れてきます。 |
| | ▶ 從廣播器裡聽得到音樂聲。 |

| 1400 | 開会にあたって、スピーチをお願いします。 |
| | ▶ 開會的時候，致詞就拜託你了。 |

| 1401 | すべての仕事を今日中には、やりきれません。 |
| | ▶ 我無法在今天內做完所有工作。 |

| 1402 | 前よりスマートになりましたね。 |
| | ▶ 妳比之前更加苗條了耶！ |

| 1403 | 電話番号どころか、住まいもまだ決まっていません。 |
| | ▶ 別說是電話號碼，就連住的地方都還沒決定。 |

1404 ☐	すみ【墨】	[名] 墨；墨汁，墨水；墨狀物；(章魚、烏賊體內的)墨狀物
1405 ☐	ずみ【済み】	[名] 完了，完結；付清，付訖 [類] 終了
1406 ☐	すむ【澄む】	[自五] 清澈；澄清；晶瑩，光亮；(聲音)清脆悅耳；清靜，寧靜 [反] 汚れる [類] 清澄（せいちょう）
1407 ☐	すもう【相撲】	[名] 相撲 [類] 角技（かくぎ）
1408 ☐	スライド【slide】	[名・自サ] 滑動；幻燈機，放映裝置；(棒球)滑進(壘)；按物價指數調整工資 [類] 幻灯（げんとう）
1409 ☐	ずらす	[他五] 挪開，錯開，差開
1410 ☐	ずらり	[副] (高矮胖瘦適中)身材曲條；順利的，無阻礙的 [類] ずらっと
1411 ☐	する【刷る】	[他五] 印刷 [類] 印刷する
1412 ☐	ずるい	[形] 狡猾，奸詐，耍滑頭，花言巧語 [類] 狡い（こすい）
1413 ☐	するどい【鋭い】	[形] 尖的；(刀子)鋒利的；(視線)尖銳的；激烈，強烈；(頭腦)敏銳，聰明 [反] 鈍い（にぶい） [類] 犀利（さいり）
1414 ☐	ずれる	[自下一] (從原來或正確的位置)錯位，移動；離題，背離(主題、正路等) [類] 外れる（はずれる）
1415 ☐	すんぽう【寸法】	[名] 長短，尺寸；(預定的)計畫，順序，步驟；情況 [類] 長さ
1416 ☐	せい【正】	[名・漢造] 正直；(數)正號；正確，正當；更正，糾正；主要的，正的 [反] 負 [類] プラス

1404
習字の練習をするので、墨をすります。
▶ 為了練習寫毛筆字而磨墨。

1405
検査済みのラベルが張ってあった。
▶ 已檢查完畢有貼上標籤。

1406
川の水は澄んでいて、底までよく見える。
▶ 由於河水非常清澈，河底清晰可見。

1407
相撲の力士は、体が大きいですね。
▶ 相撲的力士，塊頭都很大。

1408
スライドを使って、美術品の説明をする。
▶ 我利用幻燈片，來解說美術品。

1409
この文字を右にずらすには、どうしたらいいですか。
▶ 請問要怎樣把這個字挪到右邊？

1410
工場の中に、輸出向けの商品がずらりと並んでいます。
▶ 工廠內擺著一排要出口的商品。

1411
招待のはがきを100枚刷りました。
▶ 我印了100張邀請用的明信片。

1412
勝負するときには、絶対ずるいことをしないことだ。
▶ 決勝負時，千萬不可以耍詐。

1413
彼の見方はとても鋭い。
▶ 他見解真是一針見血。

1414
紙がずれているので、うまく印刷できない。
▶ 因為紙張歪了，所以沒印好。

1415
定規によって、寸法を測る。
▶ 用尺來量尺寸。

1416
正の数と負の数について勉強しましょう。
▶ 我們一起來學正負數吧！

1417 ☐	せい 【生】	名・漢造 生命，生活；生業，營生；出生，生長；活著，生存 反 死
1418 ☐	せい 【姓】	名・漢造 姓氏；族，血族；(日本古代的)氏族姓，稱號 類 名字
1419 ☐	せい 【精】	名 精，精靈；精力
1420 ☐	せい	名 原因，緣故，由於；歸咎 類 原因
1421 ☐	ぜい 【税】	名・漢造 稅，稅金 類 税金
1422 ☐	せいかい 【政界】	名 政界，政治舞台
1423 ☐	せいかつしゅうかんびょう 【生活習慣病】	名 文明病
1424 ☐	ぜいかん 【税関】	名 海關
1425 ☐	せいきゅう 【請求】	名・他サ 請求，要求，索取 類 求める
1426 ☐	せいけい 【整形】	名 整形
1427 ☐ T46	せいげん 【制限】	名・他サ 限制，限度，極限 類 制約
1428 ☐	せいさく 【制作】	名・他サ 創作(藝術品等)，製作；作品 類 創作
1429 ☐	せいさく 【製作】	名・他サ (物品等)製造，製作，生產 類 制作

せい～せいさく 237

1417
教授と、生と死について語り合った。
▶ 我和教授一起談論了有關生與死的問題。

1418
先生は、学生の姓のみならず、名前まで全部覚えている。
▶ 老師不只記住了學生的姓，連名字也全都背起來了。

1419
森の精。
▶ 森林的精靈。

1420
自分の失敗を、他人のせいにするべきではありません。
▶ 不應該將自己的失敗，歸咎於他人。

1421
税金が高すぎるので、文句を言わないではいられない。
▶ 稅實在是太高了，所以令人忍不住抱怨幾句。

1422
政界の大物。
▶ 政界的大人物。

せ

1423
糖尿病は生活習慣病の一つだ。
▶ 糖尿病是文明病之一。

1424
税関で申告するものはありますか。
▶ 你有東西要在海關申報嗎？

1425
かかった費用を、会社に請求しようではないか。
▶ 支出的費用，就跟公司申請吧！

1426
整形外科で診てもらう。
▶ 看整形外科。

1427
太りすぎたので、食べ物について制限を受けた。
▶ 因為太胖，所以受到了飲食的控制。

1428
この映画は、実際にあった話をもとにして制作された。
▶ 這部電影，是以真實故事改編而成的。

1429
私はデザインしただけで、商品の製作は他の人が担当した。
▶ 我只是負責設計，至於商品製作部份是其他人負責的。

1430 □	せいしき 【正式】	[名・形動] 正式的，正規的 [類] 本式
1431 □	せいしょ 【清書】	[名・他サ] 謄寫清楚，抄寫清楚 [類] 浄写（じょうしゃ）
1432 □	せいしょうねん 【青少年】	[名] 青少年 [類] 青年
1433 □	せいしん 【精神】	[名] （人的）精神，心；心神，精力，意志；思想，心意；（事物的）根本精神
1434 □	せいぜい 【精々】	[副] 盡量，盡可能；最大限度，充其量 [類] 精一杯
1435 □	せいせき 【成績】	[名] 成績，效果，成果 [類] 効果
1436 □	せいそう 【清掃】	[名・他サ] 清掃，打掃 [類] 掃除
1437 □	せいぞう 【製造】	[名・他サ] 製造，加工 [類] 造る
1438 □	せいぞん 【生存】	[名・自サ] 生存 [類] 生きる
1439 □	ぜいたく 【贅沢】	[名・形動] 奢侈，奢華，浪費，鋪張；過份要求，奢望 [類] 奢侈（しゃし）
1440 □	せいちょう 【生長】	[名・自サ] （植物、草木等）生長，發育
1441 □	せいど 【制度】	[名] 制度；規定 [類] 制
1442 □	せいとう 【政党】	[名] 政黨 [類] 党派

| 1430 | ここに名前を書かないかぎり、正式なメンバーになれません。 |
| | ▶ 不在這裡寫下姓名，就沒有辦法成為正式的會員。 |

| 1431 | この手紙を清書してください。 |
| | ▶ 請重新謄寫這封信。 |

| 1432 | 青少年向きの映画を作るつもりだ。 |
| | ▶ 我打算拍一部適合青少年觀賞的電影。 |

| 1433 | 苦しみに耐えられたことから、彼女の精神的強さを知りました。 |
| | ▶ 就吃苦耐勞這一點來看，可得知她的意志力很強。 |

| 1434 | 遅くても精々2、3日で届くだろう。 |
| | ▶ 最晚頂多兩、三天送到吧！ |

| 1435 | 私はともかく、他の学生はみんな成績がいいです。 |
| | ▶ 先不提我，其他的學生大家成績都很好。 |

| 1436 | 罰に、1週間トイレの清掃をしなさい。 |
| | ▶ 罰你掃一個禮拜的廁所，當作處罰。 |

| 1437 | わが社では、一般向けの製品も製造しています。 |
| | ▶ 我們公司，也有製造給一般大眾用的商品。 |

| 1438 | その環境では、生物は生存し得ない。 |
| | ▶ 在那種環境下，生物是無法生存的。 |

| 1439 | 生活が豊かなせいか、最近の子どもは贅沢です。 |
| | ▶ 不知道是不是因為生活富裕的關係，最近的小孩都很浪費。 |

| 1440 | 植物が生長する過程には興味深いものがある。 |
| | ▶ 植物的成長，確實有耐人尋味的過程。 |

| 1441 | 制度は作ったものの、まだ問題点が多い。 |
| | ▶ 雖說訂出了制度，但還是存留著許多問題點。 |

| 1442 | この政党は、支持するまいと決めた。 |
| | ▶ 我決定不支持這個政黨了。 |

せ

1443 □	せいび 【整備】	[名・自他サ] 配備，整備；整理，修配；擴充，加強；組裝；保養 [類] 用意
1444 □	せいふ 【政府】	[名] 政府；内閣，中央政府 [類] 政庁（せいちょう）
1445 □	せいぶん 【成分】	[名] (物質)成分，元素；(句子)成分；(數)成分 [類] 要素（ようそ）
1446 □	せいべつ 【性別】	[名] 性別
1447 □	せいほうけい 【正方形】	[名] 正方形 [類] 四角形
1448 □	せいめい 【生命】	[名] 生命，壽命；重要的東西，關鍵，命根子 [類] 命
1449 □	せいもん 【正門】	[名] 大門，正門 [類] 表門（おもてもん）
1450 □	せいりつ 【成立】	[名・自サ] 產生，完成，實現；成立，組成；達成 [類] 出来上がる
1451 □	せいれき 【西暦】	[名] 西曆，西元 [類] 西紀
1452 □	せおう 【背負う】	[他五] 背；擔負，承擔，肩負 [類] 担ぐ（かつぐ）
T47 1453 □	せき 【隻】	[接尾] (助數詞用法)計算船，箭，鳥的單位
1454 □	せきたん 【石炭】	[名] 煤炭
1455 □	せきどう 【赤道】	[名] 赤道

1443
自動車の整備ばかりか、洗車までしてくれた。
▶ 不但幫我保養汽車，就連車子也幫我洗好了。

1444
政府も政府なら、国民も国民だ。
▶ 政府有政府的問題，國民也有國民的不對。

1445
成分のわからない薬には、手を出しかねる。
▶ 我無法出手去碰成分不明的藥品。

1446
名前と住所のほかに、性別も書いてください。
▶ 除了姓名和地址以外，也請寫上性別。

1447
正方形の紙を用意してください。
▶ 請準備正方形的紙張。

1448
私は、何度も生命の危機を経験している。
▶ 我經歷過好幾次的攸關生命的關鍵時刻。

1449
学校の正門の前で待っています。
▶ 我在學校正門等你。

1450
新しい法律が成立したとか。
▶ 聽說新的法條出來了。

1451
昭和55年は、西暦では1980年です。
▶ 昭和55年，是西元的1980年。

1452
この重い荷物を、背負えるものなら背負ってみろよ。
▶ 你要能背起這個沈重的行李，你就背看看啊！

1453
駆逐艦２隻。
▶ 兩艘驅逐艦。

1454
このストーブは、石炭を燃焼します。
▶ 這暖爐可燃燒煤炭。

1455
赤道直下の国は、とても暑い。
▶ 赤道正下方的國家，非常的炎熱。

1456 □	せきにんかん 【責任感】	[名] 責任感
1457 □	せきゆ 【石油】	[名] 石油 [類] ガソリン
1458 □	せつ 【説】	[名・漢造] 意見，論點，見解；學說；述說 [類] 学説
1459 □	せっかく 【折角】	[名・副] 特意地；好不容易；盡力，努力，拼命的 [類] わざわざ
1460 □	せっきん 【接近】	[名・自サ] 接近，靠近；親密，親近，密切 [類] 近づく
1461 □	せっけい 【設計】	[名・他サ] (機械、建築、工程的)設計；計畫，規則 [類] 企てる（くわだてる）
1462 □	せっする 【接する】	[自他サ] 接觸；連接，靠近；接待，應酬；連結，接上；遇上，碰上 [類] 応対する
1463 □	せっせと	[副] 拼命地，不停的，一個勁兒地，孜孜不倦的 [類] こつこつ
1464 □	せつぞく 【接続】	[名・自他サ] 連續，連接；(交通工具)連軌，接運 [類] 繋がる
1465 □	せつび 【設備】	[名・他サ] 設備，裝設，裝設 [類] 施設
1466 □	ぜつめつ 【絶滅】	[名・自他サ] 滅絕，消滅，根除 [類] 滅びる（ほろびる）
1467 □	せともの 【瀬戸物】	[名] 陶瓷品
1468 □	ぜひとも 【是非とも】	[副] (是非的強調說法)一定，無論如何，務必 [類] ぜひぜひ

1456
責任感が強い。
▶ 責任感很強。

1457
石油が値上がりしそうだ。
▶ 油價好像要上漲了。

1458
このことについては、いろいろな説がある。
▶ 針對這件事，有很多不同的見解。

1459
せっかく来たのに、先生に会えなくてどんなに残念だったことか。
▶ 特地來卻沒見到老師，真是可惜呀！

1460
台風が接近していて、旅行どころではない。
▶ 颱風來了，哪能去旅行呀！

1461
いい家を建てたければ、彼に設計させることです。
▶ 如果你想蓋個好房子，就應該要讓他來設計。

せ

1462
お年寄りには、優しく接するものだ。
▶ 對上了年紀的人，應當要友善對待。

1463
早く帰りたいので、せっせと仕事をした。
▶ 我想趕快回家所以才拼命工作。

1464
コンピューターの接続を間違えたに違いありません。
▶ 一定是電腦的連線出了問題。

1465
古い設備だらけだから、機械を買い替えなければなりません。
▶ 淨是些老舊的設備，所以得買新的機器來替換了。

1466
保護しないことには、この動物は絶滅してしまいます。
▶ 如果不加以保護，這動物就會絕種。

1467
瀬戸物を紹介する。
▶ 介紹瓷器。

1468
今日は是非ともおごらせてください。
▶ 今天無論如何，請務必讓我請客。

1469	せまる 【迫る】	(自五・他五) 強迫，逼迫；臨近，迫近，變狹窄，縮短；陷於困境，窘困 動 押し付ける
1470	ゼミ 【seminar】	名 (跟著大學裡教授的指導)課堂討論；研究小組，研究班 動 ゼミナール
1471	せめて	副 (雖然不夠滿意，但)那怕是，至少也，最少 動 少なくとも
1472	せめる 【攻める】	(他下一) 攻，攻打 動 攻撃する
1473	せめる 【責める】	(他下一) 責備，責問；苛責，折磨，摧殘；嚴加催討；馴服馬匹 動 咎める（とがめる）
1474	セメント 【cement】	名 水泥 動 セメン
1475	せりふ	名 台詞，念白；(貶)使人不快的說法，說辭
1476	せろん 【世論】	名 世間一般人的意見，民意，輿論 動 輿論
1477	せん 【栓】	名 栓，塞子；閥門，龍頭，開關；阻塞物 動 詰め（つめ）
1478	せん 【船】	(漢造) 船 動 舟（ふね）
1479	ぜん 【善】	(名・漢造) 好事，善行；善良，優秀，卓越；妥善，擅長；關係良好 反 悪
1480	ぜんいん 【全員】	名 全體人員 動 総員
1481	せんご 【戦後】	名 戰後

| 1469 | 彼女に結婚しろと迫られた。 |
| | ▶ 她強迫我要結婚。 |

| 1470 | 今日はゼミで、論文の発表をする。 |
| | ▶ 今天要在課堂討論上發表論文。 |

| 1471 | せめて今日だけは雨が降りませんように。 |
| | ▶ 希望至少今天不要下雨。 |

| 1472 | 城を攻める。 |
| | ▶ 攻打城堡。 |

| 1473 | そんなに自分を責めるべきではない。 |
| | ▶ 你不應該那麼的自責。 |

| 1474 | 今セメントを流し込んだところです。 |
| | ▶ 現在正在注入水泥。 |

| 1475 | せりふは全部覚えたものの、演技がうまくできない。 |
| | ▶ 雖然台詞都背起來了，但還是無法將角色表演的很好。 |

| 1476 | 世論には、無視できないものがある。 |
| | ▶ 輿論這東西，確實有不可忽視的一面。 |

| 1477 | ワインの栓を抜いてください。 |
| | ▶ 請拔開葡萄酒的栓子。 |

| 1478 | 汽船で行く。 |
| | ▶ 坐汽船去。 |

| 1479 | 君は、善悪の区別もつかないのかい。 |
| | ▶ 你連善惡都無法分辨嗎？ |

| 1480 | 全員集まってからでないと、話ができません。 |
| | ▶ 大家沒全到齊的話，就沒辦法開始討論。 |

| 1481 | 戦後の発展。 |
| | ▶ 戰後的發展。 |

1482 □	ぜんご 【前後】	(名・自サ・接尾) (空間與時間)前和後，前後；相 繼，先後；前因後果
1483 □	せんこう 【専攻】	(名・他サ) 專門研究，專修，專門 (動) 專修
1484 □	ぜんこく 【全国的】	(名) 全國 (反) 地方 (類) 全土
1485 □ T48	ぜんしゃ 【前者】	(名) 前者 (反) 後者
1486 □	せんしゅ 【選手】	(名) 選拔出來的人；選手，運動員 (類) アスリート
1487 □	ぜんしゅう 【全集】	(名) 全集
1488 □	ぜんしん 【全身】	(名) 全身 (類) 総身（そうしん）
1489 □	ぜんしん 【前進】	(名・他サ) 前進 (反) 後退 (動) 進む
1490 □	せんす 【扇子】	(名) 扇子 (類) おうぎ
1491 □	せんすい 【潜水】	(名・自サ) 潛水
1492 □	せんせい 【専制】	(名) 專制，獨裁；獨斷，專斷獨行
1493 □	せんせんげつ 【先々月】	(接頭) 上上個月，前兩個月
1494 □	せんせんしゅう 【先々週】	(接頭) 上上週

1482
ようじん　くるま　ぜんご
要人の車の前後には、パトカーがついている。
▶ 重要人物的座車前後，都有警車跟隨著。

1483
かれ　せんこう
彼の専攻はなんだっけ。
▶ 他是專攻什麼來著？

1484
ぜんこく
このラーメン屋は、全国でいちばんおいしいと言われている。
▶ 這家拉麵店，號稱全國第一美味。

1485
せいひん　せいひん　ぜんしゃ　すぐ
製品Ａと製品Ｂでは、前者のほうが優れている。
▶ 拿產品Ａ和Ｂ來比較的話，前者比較好。

1486
ゆうめい　やきゅうせんしゅ
有名な野球選手。
▶ 有名的棒球選手。

1487
ぜんしゅう　よ
この全集には、読むべきものがある。
▶ 這套全集確實值得一讀。

1488
つか　ぜんしん
疲れたので、全身をマッサージしてもらった。
▶ 因為很疲憊，所以請人替我全身按摩過一次。

1489
こんなん　ぜんしん
困難があっても、前進するほかはない。
▶ 即使遇到困難，也只有往前走了。

1490
あつ　せんす　あお
暑いので、ずっと扇子で扇いでいた。
▶ 因為很熱，所以一直用扇子搧風。

1491
せんすい　せんてい　しゅうり
潜水して船底を修理する。
▶ 潛到水裡修理船底。

1492
くに　せんせいくんしゅ　じだい　なが　つづ
この国では、専制君主の時代が長く続いた。
▶ 這個國家，持續了很長的君主專制時期。

1493
かのじょ　せんせんげつあ
彼女とは、先々月会ったきりです。
▶ 我自從前兩個月遇到她後，就沒碰過面了。

1494
せんせんしゅう　かぜ　ひ　べんきょう
先々週は風邪を引いて、勉強どころではなかった。
▶ 上上禮拜感冒，哪裡還能讀書呀！

1495	せんぞ 【先祖】	⊛ 始祖；祖先，先人 ⊜ 子孫　⊛ 祖先
1496	センター 【center】	⊛ 中心機構；中心地，中心區；(棒球)中場 ⊛ 中央
1497	ぜんたい 【全体】	(名・副) 全身，整個身體；全體，總體；根本， 本來；究竟，到底 ⊛ 全身
1498	せんたく 【選択】	(名・他サ) 選擇，挑選 ⊛ 選び出す
1499	せんたん 【先端】	⊛ 頂端，尖端；時代的尖端，時髦，流行，前衛 ⊛ 先駆（せんく）
1500	せんとう 【先頭】	⊛ 前頭，排頭，最前列 ⊛ 真っ先
1501	ぜんぱん 【全般】	⊛ 全面，全盤，通盤 ⊛ 総体
1502	せんめん 【洗面】	(名・他サ) 洗臉 ⊛ 洗顔
1503	ぜんりょく 【全力】	⊛ 全部力量，全力；(機器等)最大出力，全力 ⊛ 総力
1504	せんれん 【洗練】	(名・他サ) 精錬，講究
1505	せんろ 【線路】	⊛ (火車、電車、公車等)線路；(火車、有軌 電車的)軌道
1506	そい 【沿い】	(造語) 順，延
1507	ぞう 【象】	⊛ 大象

そ

1495	誰でも、自分の先祖のことが知りたくてならないものだ。
	▶ 不論是誰，都會很想知道自己祖先的事。

1496	私は、大学入試センターで働いています。
	▶ 我在大學的大考中心上班。

1497	工場全体で、何平方メートルありますか。
	▶ 工廠全部共有多少平方公尺？

1498	この中から一つ選択するとすれば、私は赤いのを選びます。
	▶ 如果要我從中選一，我會選紅色的。

1499	あなたは、先端的な研究をしていますね。
	▶ 你從事的事走在時代尖端的研究呢！

1500	社長が、先頭に立ってがんばるべきだ。
	▶ 社長應當走在最前面帶頭努力才是。

1501	全般からいうと、A社の製品が優れている。
	▶ 從全體上來講，A公司的產品比較優秀。

1502	洗面所は洗面の設備をした場所である。
	▶ 所謂的化妝室是指設置洗臉器具的地方。

1503	日本代表選手として、全力でがんばります。
	▶ 身為日本選手代表，我會全力以赴。

1504	あの人の服装は洗練されている。
	▶ 那個人的衣著很講究。

1505	線路を渡ったところに、おいしいレストランがあります。
	▶ 過了鐵軌的地方，有家好吃的餐館。

1506	川沿いに歩く。
	▶ 沿著河川走路。

1507	動物園には、象やら虎やら、たくさんの動物がいます。
	▶ 動物園裡有大象啦、老虎啦，有很多動物。

1508	そうい 【相違】	(名・自サ) 不同，懸殊，互不相符 類 差異
1509	そういえば 【そう言えば】	(他五) 這麼說來，這樣一說
1510	そうおん 【騒音】	(名) 噪音；吵雜的聲音，吵鬧聲
1511	ぞうか 【増加】	(名・自他サ) 增加，增多，增進 反 減少　類 増える
1512	ぞうきん 【雑巾】	(名) 抹布
1513	ぞうげん 【増減】	(名・自他サ) 增減，增加
1514	そうこ 【倉庫】	(名) 倉庫，貨棧 類 倉
1515	そうご 【相互】	(名) 相互，彼此；輪流，輪班；交替，交互 類 かわるがわる
1516	そうさ 【操作】	(名・他サ) 操作(機器等)，駕駛；(設法)安排， (背後)操縱 類 操る (あやつる)
1517	そうさく 【創作】	(名・他サ) (文學作品)創作；捏造(謊言)；創新， 創造 類 作る
1518	ぞうさつ 【増刷】	(名・他サ) 加印，增印
1519	そうしき 【葬式】	(名) 葬禮 類 葬儀
1520	ぞうすい 【増水】	(名・自サ) 氾濫，漲水

1508	両者の相違について説明してください。 りょうしゃ そうい せつめい ▶ 請解說兩者的差異。
1509	そう言えば、最近山田さんを見ませんね。 い さいきんやまだ み ▶ 這樣說來，最近都沒見到山田小姐呢。
1510	眠ることさえできないほど、ひどい騒音だった。 ねむ そうおん ▶ 那噪音嚴重到睡都睡不著的地步！
1511	人口は、増加する一方だそうです。 じんこう ぞうか いっぽう ▶ 聽說人口不斷地在增加。
1512	水をこぼしてしまいましたが、雑巾はありますか。 みず ぞうきん ▶ 水灑出來了，請問有抹布嗎？
1513	最近の在庫の増減を調べてください。 さいきん ざいこ ぞうげん しら ▶ 請查一下最近庫存量的增減。
1514	倉庫には、どんな商品が入っていますか。 そうこ しょうひん はい ▶ 倉庫裡儲存有哪些商品呢？
1515	交換留学が盛んになるに伴って、相互の理解が深まった。 こうかんりゅうがく さか ともな そうご りかい ふか ▶ 伴隨著交換留學的盛行，兩國對彼此的文化也更加了解。
1516	パソコンの操作にかけては、誰にも負けない。 そうさ だれ ま ▶ 就電腦操作這一點，我絕不輸給任何人。
1517	彼の創作には、驚くべきものがある。 かれ そうさく おどろ ▶ 他的創作，有令人嘆為觀止之處。
1518	本が増刷になった。 ほん ぞうさつ ▶ 書籍加印。
1519	葬式で、悲しみのあまり、わあわあ泣いてしまった。 そうしき かな な ▶ 喪禮時，由於過於傷心而哇哇大哭了起來。
1520	川が増水して危ない。 かわ ぞうすい あぶ ▶ 河川暴漲十分危險。

そ

1521	ぞうせん 【造船】	(名・自サ) 造船
1522 T49	そうぞう 【創造】	(名・他サ) 創造 ＠ クリエート
1523	そうぞうしい 【騒々しい】	(形) 吵鬧的，喧嚷的，宣嚷的；(社會上)動盪不安的 ＠ 騒がしい
1524	そうぞく 【相続】	(名・他サ) 承繼(財產等) ＠ 受け継ぐ（うけつぐ）
1525	ぞうだい 【増大】	(名・自他サ) 增多，增大 ＠ 増える
1526	そうち 【装置】	(名・他サ) 裝置，配備，安裝；舞台裝置 ＠ 装備
1527	そうっと	(副) 悄悄地(同「そっと」) ＠ こそり
1528	そうとう 【相当】	(名・自サ・形動) 相當，適合，相稱；相當於，相等於；值得，應該；過去去，相當好；很，頗 ＠ かなり
1529	そうべつ 【送別】	(名・自サ) 送行，送別 ＠ 見送る
1530	そうりだいじん 【総理大臣】	(名) 總理大臣，首相 ＠ 内閣総理大臣
1531	ぞくする 【属する】	(自サ) 屬於，歸於，從屬於；隸屬，附屬 ＠ 所属する
1532	ぞくぞく 【続々】	(副) 連續，紛紛，連續不斷地 ＠ 次々に
1533	そくてい 【測定】	(名・他サ) 測定，測量

1521
造船会社に勤めています。
▶ 我在造船公司上班。

1522
芸術の創造には、何か刺激が必要だ。
▶ 從事藝術的創作，需要有些刺激才行。

1523
隣の部屋が、騒々しくてしようがない。
▶ 隔壁的房間，實在是吵到不行。

1524
相続に関して、兄弟で話し合った。
▶ 兄弟姊妹一起商量了繼承的相關事宜。

1525
費用は、増大するにきまっています。
▶ 費用肯定是會增加的。

1526
半導体製造装置を開発した。
▶ 研發了半導體的設備。

1527
障子をそうっと閉める。
▶ 悄悄地關上拉門。

1528
この問題は、学生たちにとって相当難しかったようです。
▶ 這個問題對學生們來說，似乎是很困難。

1529
田中さんの送別会のとき、悲しくてならなかった。
▶ 在歡送田中先生的餞別會上，我傷心不已。

1530
総理大臣やら、有名スターやら、いろいろな人が来ています。
▶ 又是內閣大臣，又是明星，來了各式各樣的人。

1531
彼は、演劇部のみならず、美術部にもコーラス部にも属している。
▶ 他不但是戲劇社，同時也隸屬於美術社和合唱團。

1532
新しいスターが、続々と出てくる。
▶ 新人接二連三地出現。

1533
身体検査で、体重を測定した。
▶ 我在健康檢查時，量了體重。

1534 □	そくりょう【測量】	[名・他サ] 測量，測繪 [類] 測る（はかる）
1535 □	そくりょく【速力】	[名] 速率，速度 [類] スピード
1536 □	そしき【組織】	[名・他サ] 組織，組成；構造，構成；(生)組織；系統，體系 [類] 体系
1537 □	そしつ【素質】	[名] 素質，本質，天分，天資 [類] 生まれつき
1538 □	そせん【祖先】	[名] 祖先 [類] 先祖
1539 □	そそぐ【注ぐ】	[自五・他五] (水不斷地)注入，流入；(雨、雪等)落下；(把液體等)注入，倒入；澆，灑
1540 □	そそっかしい	[形] 冒失的，輕率的，毛手毛腳的，粗心大意的 [類] 軽率（けいそつ）
1541 □	そつぎょうしょうしょ【卒業証書】	[名] 畢業證書
1542 □	そっちょく【率直】	[形動] 坦率，直率 [類] 明白（めいはく）
T50 1543 □	そなえる【備える】	[他下一] 準備，防備；配置，裝置；天生具備 [類] 支度する
1544 □	そのころ	[接] 當時，那時 [類] 当時
1545 □	そのため	[接] (表原因)正是因為這樣… [類] それゆえ
1546 □	そのまま	[副] 照樣的，按照原樣；(不經過一般順序、步驟)就那樣，馬上，立刻；非常相像 [類] そっくり

そ

1534
家を建てるのに先立ち、土地を測量した。
▶ 在蓋房屋之前，先測量了土地的大小。

1535
速力を上げる。
▶ 加快速度。

1536
一つの組織に入る上は、真面目に努力をするべきです。
▶ 既然加入組織，就得認真努力才行。

1537
彼には、音楽の素質があるに違いない。
▶ 他一定有音樂的天資。

1538
日本人の祖先はどこから来たか研究している。
▶ 我在研究日本人的祖先來自於何方。

1539
カップにコーヒーを注ぎました。
▶ 我將咖啡倒進了杯中。

1540
そそっかしいことに、彼はまた財布を家に忘れてきた。
▶ 冒失的是，他又將錢包忘在家裡了。

1541
卒業証書を受け取る。
▶ 領取畢業證書。

1542
社長に、率直に意見を言いたくてならない。
▶ 我想跟社長坦率地說出意見想得不得了。

1543
災害に対して、備えなければならない。
▶ 要預防災害。

1544
そのころあなたはどこにいましたか。
▶ 那時你在什麼地方？

1545
彼は寝坊して、そのために遅刻したに相違ない。
▶ 他肯定是因為睡懶覺才遲到的。

1546
その本は、そのままにしておいてください。
▶ 請就那樣將那本書放下。

1547	そばや【蕎麦屋】	(名) 蕎麥麵店
1548	そまつ【粗末】	(名・形動) 粗糙，不精緻；疏忽，闇慢；糟蹋 (反) 精密　(類) 粗雑（そざつ）
1549	そる【剃る】	(他五) 剃（頭），刮（臉） (類) 剃り落とす（そりおとす）
1550	それでも	(接續) 儘管如此，雖然如此，即使這樣 (類) 関係なく
1551	それなのに	(他五) 雖然那樣，儘管如此
1552	それなら	(他五) 要是那樣，那樣的話，如果那樣 (類) それでは
1553	それなり	(名・副) 恰如其分；就那樣
1554	それる【逸れる】	(自下一) 偏離正軌，歪向一旁；不合調，走調；走向一邊，轉過去 (類) 外れる（はずれる）
1555	そろばん	(名) 算盤，珠算
1556	そん【損】	(名・自サ・形動・漢造) 虧損，賠錢；吃虧，不划算；減少；損失 (反) 得　(類) 不利益
1557	そんがい【損害】	(名・他サ) 損失，損害，損耗 (類) 損失
1558	そんざい【存在】	(名・自サ) 存在，有；人物，存在的事物；存在的理由，存在的意義 (類) 存する
1559	そんしつ【損失】	(名・自サ) 損害，損失 (反) 利益　(類) 欠損（けっそん）

1547
蕎麦屋で昼食を取る。
▶ 在蕎麥麵店吃中餐。

1548
食べ物を粗末にするなど、私には考えられない。
▶ 我沒有辦法想像浪費食物這種事。

1549
ひげを剃ってからでかけます。
▶ 我刮了鬍子之後便出門。

1550
それでも、やっぱりこの仕事は私がやらざるをえないのです。
▶ 雖然如此，這工作果然還是要我來做才行。

1551
一生懸命がんばりました。それなのに、どうして失敗したのでしょう。
▶ 我拼命努力過了。但是，為什麼到頭來還是失敗了呢？

1552
それなら、私が手伝ってあげましょう。
▶ 那麼，我來助你一臂之力吧！

そ

1553
良い物はそれなりに高い。
▶ 一分錢一分貨。

1554
ピストルの弾が、目標から逸れました。
▶ 手槍的子彈，偏離了目標。

1555
子どもの頃、そろばんを習っていた。
▶ 小時候有學過珠算。

1556
その株を買っても、損はするまい。
▶ 即使買那個股票，也不會有什麼損失吧！

1557
損害を受けたのに、黙っているわけにはいかない。
▶ 既然遭受了損害，就不可能這樣悶不吭聲。

1558
宇宙人は、存在し得ると思いますか。
▶ 你認為外星人有存在的可能嗎？

1559
火災は会社に 2 千万円の損失をもたらした。
▶ 火災造成公司兩千萬元的損失。

258

1560 □	ぞんずる・ぞんじる 【存ずる・存じる】	（自他サ）有，存，生存；在於 （動）承知する
1561 □	そんぞく 【存続】	（名・自他サ）繼續存在，永存，長存
1562 □	そんちょう 【尊重】	（名・他サ）尊重，重視 （動）尊ぶ（とうとぶ）
1563 □	そんとく 【損得】	（名）損益，得失，利害 （動）損益
1564 □ T51	た 【他】	（名・漢造）其他，他人，別處，別的事物；他心二意；另外 （動）ほか
1565 □	た 【田】	（名）田地；水稻，水田 （反）畑 （動）田んぼ
1566 □	だい 【大】	（名・漢造）（事物、體積）大的；量多的；優越，好；宏大，大量；宏偉，超群 （反）小
1567 □	だい 【題】	（名・自サ・漢造）題目，標題；問題；題辭
1568 □	だい 【第】	（漢造）順序；考試及格，錄取；住宅，宅邸
1569 □	だい 【代】	（名・漢造）代，輩；一生，一世；代價
1570 □	たいいく 【体育】	（名）體育；體育課
1571 □	だいいち 【第一】	（名・副）第一，第一位，首先；首屈一指的，首要，最重要
1572 □	たいおん 【体温】	（名）體溫

1560
ご存じの通り。
▶ 如您所知的。

1561
存続を図る。
▶ 謀求永存。

1562
彼らの意見も、尊重しようじゃないか。
▶ 我們也要尊重他們的意見吧！

1563
損得抜きの商売。
▶ 不計得失的生意。

1564
何をするにせよ、他の人のことも考えなければなりません。
▶ 不管做任何事，都不能不考慮到他人的感受。

1565
家族みんなで田に出て働いている。
▶ 家裡所有人都到田中工作去了。

1566
ジュースには大と小がありますが、どちらにしますか。
▶ 果汁有大有小，你要哪一個？

1567
題が決まる。
▶ 訂題。

1568
第五回大会。
▶ 第五次大會。

1569
代が変わる。
▶ 換代。

1570
体育の授業で一番だったとしても、スポーツ選手になれるわけではない。
▶ 就算體育成績拿第一，並不代表就能當上運動選手。

1571
早寝早起きします。健康第一だもの。
▶ 人家要早睡早起，因為健康第一嘛！

1572
体温が上がるにつれて、気分が悪くなってきた。
▶ 隨著體溫的上升，身體就越來越不舒服。

1573 □	たいかい 【大会】	[名] 大會；全體會議
1574 □	たいかくせん 【対角線】	[名] 對角線
1575 □	たいき 【大気】	[名] 大氣；空氣
1576 □	たいきん 【大金】	[名] 巨額金錢，巨款
1577 □	だいきん 【代金】	[名] 貸款，借款 [類] 代価
1578 □	たいけい 【体系】	[名] 體系，系統 [類] システム
1579 □	たいこ 【太鼓】	[名] (大)鼓 [類] ドラム
1580 □	たいざい 【滞在】	[名·自サ] 旅居，逗留，停留 [類] 逗留（とうりゅう）
1581 □	たいさく 【対策】	[名] 對策，應付方法 [類] 方策
1582 □	たいし 【大使】	[名] 大使
1583 □	たいした 【大した】	[連體] 非常的，了不起的；(下接否定詞)沒什麼了不起，不怎麼樣 [類] 偉い
1584 □	たいして 【大して】	[副] (一般下接否定語)並不太…，並不怎麼 [類] それほど
1585 □	たいしょう 【対象】	[名] 對象 [類] 目当て（めあて）

1573	大会に出たければ、がんばって練習することだ。
☐	▶ 如想要出賽，就得好好練習。

1574	対角線を引く。
☐	▶ 畫對角線。

1575	大気が地球を包んでいる。
☐	▶ 大氣將地球包圍。

1576	株で大金をもうける。
☐	▶ 在股票上賺了大錢。

1577	店の人によれば、代金は後で払えばいいそうだ。
☐	▶ 店裡的人說，也可以借款之後再付。

1578	私の理論は、学問として体系化し得る。
☐	▶ 我的理論，可作為一門有系統的學問。

た

1579	太鼓をたたくのは、体力が要る。
☐	▶ 打鼓需要體力。

1580	日本に長く滞在しただけに、日本語がとてもお上手ですね。
☐	▶ 不愧是長期居留在日本，日語講得真好。

1581	犯罪の増加に伴って、対策をとる必要がある。
☐	▶ 隨著犯罪的增加，有必要開始採取對策了。

1582	彼は在フランス大使に任命された。
☐	▶ 他被任命為駐法的大使。

1583	ジャズピアノにかけては、彼は大したものですよ。
☐	▶ 他在爵士鋼琴這方面，還真是了不得啊。

1584	この本は大して面白くない。
☐	▶ 這本書不怎麼有趣。

1585	番組の対象として、４０歳ぐらいを考えています。
☐	▶ 節目的收視對象，我預設為40歲左右的年齡層。

1586 □	たいしょう 【対照】	(名・他サ) 對照，對比 働 見比べる（みくらべる）
1587 □	だいしょう 【大小】	(名) (尺寸)大小；大和小
1588 □	だいじん 【大臣】	(名) (政府)部長，大臣 働 国務大臣
1589 □	たいする 【対する】	(自サ) 面對，面向；對於，關於；對立，相對， 　　　對比；對待，招待 働 対応する
1590 □	たいせい 【体制】	(名) 體制，結構；(統治者行使權力的)方式
1591 □	たいせき 【体積】	(名) (數)體積，容積
1592 □	たいせん 【大戦】	(名・自サ) 大戰，大規模戰爭；世界大戰
1593 □	たいそう 【大層】	(形動・副) 很，非常，了不起；過份的，誇張的 働 大変
1594 □	たいそう 【体操】	(名) 體操；體育課
1595 □	だいとうりょう 【大統領】	(名) 總統
1596 □	たいはん 【大半】	(名) 大半，多半，大部分 働 大部分
1597 □	だいぶぶん 【大部分】	(名・副) 大部分，多半 働 大半
1598 □	タイプライター 【typewriter】	(名) 打字機 働 印字機（いんじき）

1586
日中対照の辞典がほしいです。
▶ 我想要一本中日對照的辭典。

1587
大小さまざまな家が並んでいます。
▶ 各種大小的房屋並排在一起。

1588
大臣のくせに、真面目に仕事をしていない。
▶ 明明是大臣卻沒有認真在工作。

1589
自分の部下に対しては、厳しくなりがちだ。
▶ 對自己的部下，總是比較嚴格。

1590
社長が交替して、新しい体制で出発する。
▶ 社長交棒後，公司以新的體制重新出發。

1591
この容器の体積は2立方メートルある。
▶ 這容器的體積有二立方公尺。

た

1592
伯父は大戦のときに戦死した。
▶ 伯父在大戰中戰死了。

1593
コーチによれば、選手たちは練習で大層がんばったということだ。
▶ 據教練所言，選手們已經非常努力練習了。

1594
毎朝公園で体操をしている。
▶ 每天早上在公園裡做體操。

1595
大統領とお会いした上で、詳しくお話しします。
▶ 與總統會面之後，我再詳細說明。

1596
大半の人が、このニュースを知らないに違いない。
▶ 大部分的人，肯定不知道這個消息。

1597
私は行かない。だって、大部分の人は行かないもの。
▶ 我不去。因為大部分的人都不去呀。

1598
昔は、みんなタイプライターを使っていたとか。
▶ 聽說大家以前是用打字機。

1599 ☐	たいほ 【逮捕】	名・他サ 逮捕，拘捕，捉拿 類 捕らえる（とらえる）
1600 ☐	たいぼく 【大木】	名 大樹，巨樹 類 巨木
1601 ☐	だいめいし 【代名詞】	名 代名詞，代詞；(以某詞指某物、某事)代名詞
1602 ☐	タイヤ 【tire】	名 輪胎
1603 ☐ T52	ダイヤモンド 【diamond】	名 鑽石 類 ダイヤ
1604 ☐	たいら 【平ら】	名・形動 平，平坦；(山區的)平原，平地；(非正坐的)隨意坐，盤腿作；平靜，坦然 類 平らか（たいらか）
1605 ☐	だいり 【代理】	名・他サ 代理，代替；代理人，代表 類 代わり
1606 ☐	たいりく 【大陸】	名 大陸，大洲；(日本指)中國；(英國指)歐洲大陸
1607 ☐	たいりつ 【対立】	名・他サ 對立，對峙 反 協力 類 対抗
1608 ☐	たうえ 【田植え】	名・他サ (農)插秧 類 植えつける
1609 ☐	だえん 【楕円】	名 橢圓 類 長円（ちょうえん）
1610 ☐	だが	接 但是，可是，然而 類 けれど
1611 ☐	たがやす 【耕す】	他五 耕作，耕田 類 耕作（こうさく）

1599
犯人が逮捕されないかぎり、私たちは安心できない。
▶ 只要一天沒抓到犯人，我們就不安寧的一天。

1600
雨が降ってきたので、大木の下に逃げ込んだ。
▶ 由於下起了雨來，所以我跑到大樹下躲雨。

1601
動詞やら代名詞やら、文法は難しい。
▶ 動詞啦、代名詞啦，文法還真是難。

1602
タイヤがパンクしたので、取り替えました。
▶ 因為爆胎所以換了輪胎。

1603
このダイヤモンドは高いに違いない。
▶ 這顆鑽石一定很昂貴。

1604
道が平らでさえあれば、どこまでも走っていけます。
▶ 只要道路平坦，不管到什麼地方我都可以跑。

1605
社長の代理にしては、頼りない人ですね。
▶ 以做為社長的代理人來看，這人還真是不可靠啊！

1606
その当時、ヨーロッパ大陸では疫病が流行した。
▶ 在當時，歐洲大陸那裡流行傳染病。

1607
あの二人は仲が悪くて、何度対立したことか。
▶ 那兩人感情很差，不知道針鋒相對過幾次了。

1608
農家は、田植えやら草取りやらで、いつも忙しい。
▶ 農民要種田又要拔草，總是很忙碌。

1609
楕円形のテーブルを囲んで会議をした。
▶ 大家圍著橢圓桌舉行會議。

1610
失敗した。だがいい経験だった。
▶ 失敗了。但是很好的經驗。

1611
我が家は畑を耕して生活しています。
▶ 我家靠耕田過生活。

1612	たから 【宝】	名 財寶，珍寶；寶貝，金錢 動 宝物
1613	たき 【滝】	名 瀑布 動 瀑布（ばくふ）
1614	たく 【宅】	名・漢造 住所，自己家，宅邸；（加接頭詞「お」成為敬稱）尊處 動 住居
1615	たくわえる 【蓄える】	他下一 儲蓄，積蓄；保存，儲備；留，留存 動 貯金（ちょきん）
1616	たけ 【竹】	名 竹子
1617	だけど	接續 然而，可是，但是 動 しかし
1618	たしょう 【多少】	名・副 多少，多寡；一點，稍微 動 若干
1619	ただ	名・副・接 免費；普通，平凡；只是，僅僅；（對前面的話做出否定）但是，不過 動 無料
1620	たたかい 【戦い】	名 戰鬥，戰鬥；鬥爭；競賽，比賽 動 競争
1621	たたかう 【戦う/闘う】	自五（進行）作戰，戰爭；鬥爭；競賽 動 競争する
1622	ただし 【但し】	接續 但是，可是 動 しかし
1623	ただちに 【直ちに】	副 立即，立刻；直接，親自 動 すぐ
1624	たちあがる 【立ち上がる】	自五 站起，起來；升起，冒起；重振，恢復；著手，開始行動 動 起立する

1612	親からすれば、子どもはみんな宝です。
	▶ 對父母而言,小孩個個都是寶貝。

1613	このへんには、小川やら滝やら、自然の風景が広がっています。
	▶ 這一帶,有小河川啦、瀑布啦,一片自然景觀。

1614	明るいうちに、田中さん宅に集まってください。
	▶ 請趁天還亮的時候,到田中小姐家集合。

1615	給料が安くて、お金を貯えるどころではない。
	▶ 薪水太少了,哪能存錢啊!

1616	この箱は、竹でできている。
	▶ 這個箱子是用竹子做的。

1617	だけど、その考えはおかしいと思います。
	▶ 可是,我覺得那想法很奇怪。

1618	金額の多少を問わず、私はお金を貸さない。
	▶ 不論金額多少,我都不會借錢給你的。

1619	ただでもらっていいんですか。
	▶ 可以免費索取嗎?

1620	こうして、両チームの戦いは開始された。
	▶ 就這樣,兩隊的競爭開始了。

1621	勝敗はともかく、私は最後まで戦います。
	▶ 姑且不論勝敗,我會奮戰到底。

1622	料金は1万円です。ただし手数料が100円かかります。
	▶ 費用為一萬日圓。但是,手續費要100日圓。

1623	電話をもらいしだい、直ちにうかがいます。
	▶ 只要你一通電話過來,我就會立刻趕過去。

1624	急に立ち上がったものだから、コーヒーをこぼしてしまった。
	▶ 因為突然站了起來,所以弄翻了咖啡。

た

1625 ☐	たちどまる 【立ち止まる】	(自五) 站住，停步，停下
1626 ☐	たちば 【立場】	(名) 立腳點，站立的場所；處境；立場，觀點 (類) 観点
1627 ☐	たちまち	(副) 轉眼間，一瞬間，很快，立刻；忽然，突然 (類) 即刻（そっこく）
1628 ☐	たつ 【絶つ】	(他五) 切，斷；絕，斷絕；斷絕，消滅；斷，切斷 (類) 切断する（せつだんする）
1629 T53 ☐	たっする 【達する】	(他サ・自サ) 到達；精通，通過；完成，達成；實 現；下達(指示、通知等) (類) 及ぶ
1630 ☐	だっせん 【脱線】	(名・他サ) (火車、電車等)脫軌，出軌；(言語、 行動)脫離常規，偏離本題 (類) 外れる
1631 ☐	たったいま 【たった今】	(副) 剛才；馬上
1632 ☐	だって	(接・提助) 可是，但是，因為；即使是，就算是 (類) なぜなら
1633 ☐	たっぷり	(副・自サ) 足夠，充份，多；寬綽，綽綽有餘； (接名詞後)充滿(某表情、語氣等) (類) 十分
1634 ☐	たてがき 【縦書き】	(名) 直寫
1635 ☐	だとう 【妥当】	(名・形動・自サ) 妥當，穩當，妥善 (類) 適当
1636 ☐	たとえ	(副) 縱然，即使，那怕
1637 ☐	たとえる 【例える】	(他下一) 比喻，比方 (類) 擬える（なぞらえる）

1625	立ち止まることなく、未来に向かって歩いていこう。
	▶ 不要停下來，向未來邁進吧！

1626	お互い立場は違うにしても、助け合うことはできます。
	▶ 即使彼此立場不同，也還是可以互相幫忙。

1627	初心者向けのパソコンは、たちまち売れてしまった。
	▶ 以電腦初學者為對象的電腦才上市，轉眼就銷售一空。

1628	登山に行った男性が消息を絶っているということです。
	▶ 聽說那位登山的男性已音信全無。

1629	売上げが1億円に達した。
	▶ 營業額高達了一億日圓。

1630	列車が脱線して、けが人が出た。
	▶ 因火車出軌而有人受傷。

た

1631	たった今。
	▶ 剛才；馬上。

1632	行きませんでした。だって、雨が降っていたんだもの。
	▶ 我那時沒去。因為，當時在下雨嘛。

1633	食事をたっぷり食べても、必ず太るというわけではない。
	▶ 吃很多，不代表一定會胖。

1634	縦書きのほうが読みやすい。
	▶ 直寫較好閱讀。

1635	予算に応じて、妥当な商品を買います。
	▶ 購買合於預算的商品。

1636	たとえお金があっても、株は買いません。
	▶ 就算有錢，我也不會買股票。

1637	この物語は、例えようがないほど面白い。
	▶ 這個故事，有趣到無法形容。

1638 ☐	たに 【谷】	⒜ 山谷，山澗，山洞
1639 ☐	たにぞこ 【谷底】	⒜ 谷底
1640 ☐	たにん 【他人】	⒜ 別人，他人；(無血緣的)陌生人，外人；局 外人 ⒝ 自己　㊣ 余人（よじん）
1641 ☐	たね 【種】	⒜ (植物的)種子，果核；(動物的)品種；原 因，起因；素材，原料 ㊣ 種子
1642 ☐	たのもしい 【頼もしい】	㊙ 靠得住的；前途有為的，有出息的 ㊣ 立派
1643 ☐	たば 【束】	⒜ 把，捆 ㊣ 括り
1644 ☐	たび 【足袋】	⒜ 日式白布襪
1645 ☐	たび 【度】	(名・接尾) 次，回，度；(反覆)每當，每次；(接 數詞後)回，次 ㊣ 都度（つど）
1646 ☐	たび 【旅】	(名・他サ) 旅行，遠行 ㊣ 旅行
1647 ☐	たびたび 【度々】	㊙ 屢次，常常，再三 ⒝ 偶に　㊣ しばしば
1648 ☐	ダブる	(自五) 重複；撞期
1649 ☐	たま 【玉】	⒜ 玉，寶石，珍珠；球，珠；眼鏡鏡片；燈 泡；子彈
1650 ☐	たま 【偶】	⒜ 偶爾，偶然；難得，少有 ㊣ めったに

1638
深い谷が続いている。
▶ 深谷綿延不斷。

1639
谷底に転落する。
▶ 跌到谷底。

1640
他人のことなど、考えている暇はない。
▶ 我沒那閒暇時間去管別人的事。

1641
庭に花の種をまきました。
▶ 我在庭院裡灑下了花的種子。

1642
息子さんは、しっかりしていて頼もしいですね。
▶ 貴公子真是穩重可靠啊。

1643
花束をたくさんもらいました。
▶ 我收到了很多花束。

1644
着物を着て、足袋をはいた。
▶ 我穿上了和服與日式白布襪。

1645
彼に会うたびに、昔のことを思い出す。
▶ 每次見到他，就會想起種種的往事。

1646
旅が趣味だと言うだけあって、あの人は外国に詳しい。
▶ 不愧是以旅遊為興趣，那個人對外國真清楚。

1647
彼には、電車の中で度々会います。
▶ 我常常在電車裡碰到他。

1648
おもかげがダブる。
▶ 雙影。

1649
パチンコの玉が落ちていた。
▶ 柏青哥的彈珠掉在地上。

1650
偶に一緒に食事をするが、親友というわけではない。
▶ 雖然說偶爾會一起吃頓飯，但並不代表就是摯友。

1651 □	たま 【弾】	名 子彈
1652 □	たまたま 【偶々】	副 偶然，碰巧，無意間；偶爾，有時 類 偶然に
1653 □	たまらない 【堪らない】	連語・形 難堪，忍受不了；難以形容，…的不得了；按耐不住 類 堪えない
1654 □	ダム 【dam】	名 水壩，水庫，攔河壩，壩堤 類 堰堤（えんてい）
1655 □	ためいき 【ため息】	名 嘆氣，長吁短嘆 類 吐息（といき）
1656 □	ためし 【試し】	名 嘗試，試驗；驗算 類 試み（こころみ）
1657 □	ためす 【試す】	他五 試，試驗，試試 類 試みる
1658 □	ためらう 【躊躇う】	自五 猶豫，躊躇，遲疑，踟躕不前 類 躊躇する（ちゅうちょする）
1659 □	たより 【便り】	名 音信，消息，信 類 手紙
1660 □	たよる 【頼る】	自他五 依靠，依賴，仰仗；拄著；投靠，找門路 類 依存する
1661 □	だらけ	接尾 （接名詞後）滿，淨，全；多，很多
1662 □	だらしない	形 散慢的，邋遢的，不檢點的；不爭氣的，沒出息的，沒志氣 類 ルーズ
1663 □	たらす 【垂らす】	名 滴；垂

1651
拳銃の弾に当たって怪我をした。
▶ 中了手槍的子彈而受了傷。

1652
たまたま駅で旧友にあった。
▶ 無意間在車站碰見老友。

1653
外国に行きたくてたまらないです。
▶ 我想出國想到不行。

1654
ダムの建設が、始まりつつある。
▶ 正要著手建造水壩。

1655
ため息など、つかないでください。
▶ 請不要嘆氣啦！

1656
試しに使ってみた上で、買うかどうか決めます。
▶ 試用過後，再決定要不要買。

1657
体力の限界を試す。
▶ 考驗體能的極限。

1658
ちょっと躊躇ったばかりに、シュートを失敗してしまった。
▶ 就因為猶豫了一下，結果球沒投進。

1659
息子さんから、便りはありますか。
▶ 有收到貴公子寄來的信嗎？

1660
あなたなら、誰にも頼ることなく仕事をやっていくでしょう。
▶ 如果是你的話，工作不靠任何人也能進行吧！

1661
間違いだらけ。
▶ 錯誤連篇。

1662
あの人は服装がだらしないから嫌いです。
▶ 那個人的穿著邋遢，所以我不喜歡他。

1663
よだれを垂らす。
▶ 流口水。

1664	たらず 【足らず】	(接尾) 不足…
1665	だらり（と）	(副) 無力地（下垂著）
1666	たりょう 【多量】	(名・形動) 大量
1667	たる 【足る】	(自五) 足夠，充足；值得，滿足 (類) 値する（あたいする）
1668	たれさがる 【垂れ下がる】	(自五) 下垂
1669	たん 【短】	(名・漢造) 短：不足，缺點
1670	だん 【段】	(名・形動) 層，格，節；(印刷品的)排，段；樓 梯；文章的段落 (類) 階段
1671	たんい 【単位】	(名) 學分；單位 (類) 習得単位
1672	だんかい 【段階】	(名) 梯子，台階，樓梯；階段，時期，步驟；等 級，級別 (類) 等級
1673	たんき 【短期】	(名) 短期 (反) 長期　(類) 短時間
1674	たんご 【単語】	(名) 單詞
1675	たんこう 【炭鉱】	(名) 煤礦，煤井
1676	だんし 【男子】	(名) 男子，男孩，男人，男子漢 (反) 女子　(類) 男児

1664	五歳足らずの子供。 ▶ 不足五歳的小孩。
1665	だらりとぶら下がる。 ▶ 無力地垂吊。
1666	多量の出血。 ▶ 大量出血。
1667	彼は、信じるに足る人だ。 ▶ 他是個值得信賴的人。
1668	ひもが垂れ下がる。 ▶ 帶子垂下。
1669	長をのばし、短を補う。 ▶ 取長補短。
1670	入口が段になっているので、気をつけてください。 ▶ 入口處有階梯，請小心。
1671	卒業するのに必要な単位はとりました。 ▶ 我修完畢業所需的學分了。
1672	プロジェクトは、新しい段階に入りつつあります。 ▶ 企劃正一步步朝新的階段發展。
1673	短期的なプランを作る一方で、長期的な計画も考えるべきだ。 ▶ 在做短期企劃的同時，也應該要考慮到長期的計畫。
1674	英語を勉強するにつれて、単語が増えてきた。 ▶ 隨著英語的學習愈久，單字的量也愈多了。
1675	この村は、昔炭鉱で栄えました。 ▶ 這個村子，過去因為產煤而繁榮。
1676	子どもたちが、男子と女子に分かれて並んでいる。 ▶ 小孩子們分男女兩列排隊。

た

1677 □	たんじゅん 【単純】	(名・形動) 單純，簡單；無條件 (反) 複雑　(類) 純粋
1678 □ T54	たんしょ 【短所】	(名) 缺點，短處 (反) 長所　(類) 欠点
1679 □	ダンス 【dance】	(名・自サ) 跳舞，交際舞 (類) 踊り
1680 □	たんすい 【淡水】	(名) 淡水 (類) 真水 (まみず)
1681 □	だんすい 【断水】	(名・他サ・自サ) 斷水，停水
1682 □	たんすう 【単数】	(名) (數)單數，(語)單數 (反) 複数
1683 □	だんち 【団地】	(名) (為發展產業而成片劃出的)工業區；(有計畫的集中建立住房的)住宅區
1684 □	だんてい 【断定】	(名・他サ) 斷定，判斷 (類) 言い切る (いいきる)
1685 □	たんとう 【担当】	(名・他サ) 擔任，擔當，擔負 (類) 受け持ち
1686 □	たんなる 【単なる】	(連體) 僅僅，只不過 (類) ただの
1687 □	たんに 【単に】	(副) 單，只，僅 (類) 唯 (ただ)
1688 □	たんぺん 【短編】	(名) 短篇，短篇小說 (反) 長編
1689 □	たんぼ 【田んぼ】	(名) 田地

| 1677 | 単純な物語ながら、深い意味が含まれているのです。 |
| | ▶ 雖然是個單純的故事，但卻蘊含深遠的意義。 |

| 1678 | 彼には短所はあるにしても、長所も見てあげましょう。 |
| | ▶ 就算他有缺點，但也請看看他的優點吧。 |

| 1679 | ダンスなんか、習いたくありません。 |
| | ▶ 我才不想學什麼舞蹈呢！ |

| 1680 | この魚は、淡水でなければ生きられません。 |
| | ▶ 這魚類只能在淡水區域生存。 |

| 1681 | 私の住んでいる地域で、三日間にわたって断水がありました。 |
| | ▶ 我住的地區，曾停水長達三天過。 |

| 1682 | 3人称単数の動詞にはsをつけます。 |
| | ▶ 在第三人稱單數動詞後面要加上Ｓ。 |

| 1683 | 私は大きな団地に住んでいます。 |
| | ▶ 我住在很大的住宅區裡。 |

| 1684 | その男が犯人だとは、断定しかねます。 |
| | ▶ 很難判定那個男人就是兇手。 |

| 1685 | この件は、来週から私が担当することになっている。 |
| | ▶ 這個案子，預定下週起由我來負責。 |

| 1686 | 私など、単なるアルバイトに過ぎません。 |
| | ▶ 像我只不過就是個打工的而已。 |

| 1687 | 私がテニスをしたことがないのは、単に機会がないだけです。 |
| | ▶ 我之所以沒打過網球，純粹是因為沒有機會而已。 |

| 1688 | 彼女の短編を読むにつけ、この人は天才だなあと思う。 |
| | ▶ 每次閱讀她所寫的短篇小說，就會覺得這個人真是個天才。 |

| 1689 | 田んぼに水を張る。 |
| | ▶ 放水至田。 |

た

ち	1690 □	**ち** 【地】	名 大地，地球，地面；土壌，土地；地表；場所；立場，地位 類 地面
	1691 □	**ちい** 【地位】	名 地位，職位，身份，級別 類 身分
	1692 □	**ちいき** 【地域】	名 地區 類 地方
	1693 □	**ちえ** 【知恵】	名 智慧，智能；腦筋，主意 類 知性
	1694 □	**ちがいない** 【違いない】	形 一定是，肯定，沒錯，的確是 類 確かに
	1695 □	**ちかう** 【誓う】	他五 發誓，起誓，宣誓 類 約する
	1696 □	**ちかごろ** 【近頃】	名・副 最近，近來，這些日子來；萬分，非常 類 今頃（いまごろ）
	1697 □	**ちかすい** 【地下水】	名 地下水
	1698 □	**ちかぢか** 【近々】	副 不久，近日，過幾天；靠的很近 類 間もなく
	1699 □	**ちかよる** 【近寄る】	自五 走進，靠近，接近 反 離れる　類 近づく
	1700 □	**ちからづよい** 【力強い】	形 強而有力的；有信心的，有依仗的 類 安心
	1701 □	**ちぎる**	他五・接尾 撕碎(成小段)；摘取，揪下；(接動詞連用形後加強語氣)非常，極力 類 小さく千切る
	1702 □	**ちじ** 【知事】	名 日本都、道、府、縣的首長

1690
この地に再び来ることはないだろう。
▶ 我想我再也不會再到這裡來了。

1691
地位に応じて、ふさわしい態度をとらなければならない。
▶ 應當要根據自己的地位，來取適當的態度。

1692
この地域が発展するように祈っています。
▶ 祈禱這地區能順利發展。

1693
犯罪防止の方法を考えている最中ですが、何かいい知恵はありませんか。 ▶ 我正在思考防範犯罪的方法，你有沒有什麼好主意？

1694
この事件は、彼女にとってショックだったに違いない。
▶ 這事件對她而言，一定很震驚。

1695
正月になるたびに、今年はがんばるぞと誓う。
▶ 一到元旦，我就會許諾今年要更加努力。

1696
近頃、映画さえ見ない。
▶ 最近，連電影都不看。

1697
地下水が漏れて、ぬれていますね。
▶ 地下水溢出，地板都濕濕的。

1698
近々、総理大臣を訪ねることになっています。
▶ 再過幾天，我預定前去拜訪內閣總理大臣。

1699
あんなに危ない場所には、近寄れっこない。
▶ 那麼危險的地方不可能靠近的。

1700
この絵は構成がすばらしいとともに、色も力強いです。
▶ 這幅畫整體構造實在是出色，同時用色也充滿張力。

1701
紙をちぎってゴミ箱に捨てる。
▶ 將紙張撕碎丟進垃圾桶。

1702
将来は、東京都知事になりたいです。
▶ 我將來想當東京都的首長。

1703 □	ちしきじん 【知識人】	名 知識份子
1704 □	ちしつ 【地質】	名 (地)地質 類 地盤
1705 □	ちじん 【知人】	名 熟人，認識的人 類 知り合い
1706 □	ちたい 【地帯】	名 地帶，地區
1707 □	ちちおや 【父親】	名 父親
1708 □	ちぢむ 【縮む】	自五 縮，縮小，抽縮；起皺紋，出摺；畏縮， 　　退縮，惶恐，縮回去，縮進去 反 伸びる　類 短縮
1709 □	ちぢめる 【縮める】	他下一 縮小，縮短，縮減；縮回，捲縮，起皺紋 類 圧縮
1710 □	ちぢれる 【縮れる】	自下一 捲曲；起皺，出摺 類 皺が寄る
1711 □	チップ 【chip】	名 （削木所留下的）片削；洋芋片
1712 □	ちてん 【地点】	名 地點 類 場所
1713 □	ちのう 【知能】	名 智能，智力，智慧
1714 □	ちへいせん 【地平線】	名 (地)地平線

1703	知識人の意見。
	▶ 知識分子的意見。

1704	この辺の地質はたいへん複雑です。
	▶ 這地帶的地質非常的錯綜複雜。

1705	知人を訪ねて京都に行ったついでに、観光をしました。
	▶ 前往京都拜訪友人的同時，也順便觀光了一下。

1706	このあたりは、工業地帯になりつつあります。
	▶ 這一帶正在漸漸轉型為工業地帶。

1707	まだ若いせいか、父親としての自覚がない。
	▶ 不知道是不是還年輕的關係，他本人還沒有身為父親的自覺。

1708	これは洗っても縮まない。
	▶ 這個洗了也不會縮水的。

ち

1709	この亀はいきなり首を縮めます。
	▶ 這隻烏龜突然縮回脖子。

1710	彼女は髪が縮れている。
	▶ 她的頭髮是捲曲的。

1711	ポテト・チップ。
	▶ 洋芋片。

1712	現在いる地点について報告してください。
	▶ 請你報告一下你現在的所在地。

1713	知能指数を測るテストを受けた。
	▶ 我接受了測量智力程度的測驗。

1714	はるか遠くに、地平線が望める。
	▶ 在遙遠的那一方，可以看到地平線。

1715 ☐ T55	ちめい 【地名】	(名) 地名
1716 ☐	ちゃ 【茶】	(名・漢造) 茶：茶樹；茶葉；茶水
1717 ☐	ちゃくちゃく 【着々】	(副) 逐步地，一步步地 (類) どんどん
1718 ☐	チャンス 【chance】	(名) 機會，時機，良機 (類) 好機（こうき）
1719 ☐	ちゃんと	(副) 端正地，規矩地；按期，如期；整潔，整 齊；完全，老早；的確，確鑿 (類) きちんと
1720 ☐	ちゅう 【中】	(名・接尾・漢造) 中央，當中；中間；中等；…之 中；正在，當中
1721 ☐	ちゅう 【注】	(名・漢造) 註解，注釋；注入；注目；註釋 (類) 注釈（ちゅうしゃく）
1722 ☐	ちゅうおう 【中央】	(名) 中心，正中；中心，中樞；中央，首都 (類) 真ん中
1723 ☐	ちゅうかん 【中間】	(名) 中間，兩者之間；(事物進行的)中途，半路
1724 ☐	ちゅうこ 【中古】	(名) (歴史)中古(日本一般是指平安時代，或包 含鎌倉時代)；半新不舊 (反) 新品 (類) 古物（ふるもの）
1725 ☐	ちゅうしゃ 【駐車】	(名・自サ) 停車
1726 ☐	ちゅうしょう 【抽象】	(名・他サ) 抽象 (反) 具体 (類) 概念
1727 ☐	ちゅうしょく 【昼食】	(名) 午飯，午餐，中飯，中餐 (類) 昼飯（ちゅうしょく）

1715
地名の変更に伴って、表示も変えなければならない。
▶ 隨著地名的變更，也就有必要改變道路指標。

1716
茶を入れる。
▶ 泡茶。

1717
嬉しいことに、仕事は着々と進められました。
▶ 令人高興的是，工作逐步進行得相當順利。

1718
チャンスが来た以上、挑戦してみたほうがいい。
▶ 既然機會送上門來，就該挑戰看看才是。

1719
目上の人には、ちゃんと挨拶するものだ。
▶ 對長輩應當要確實問好。

1720
仕事中にしろ、電話ぐらい取りなさいよ。
▶ 即使在工作，至少也接一下電話呀！

ち

1721
難しい言葉に、注をつけた。
▶ 我在較難的單字上加上了註解。

1722
部屋の中央に花を飾った。
▶ 我在房間的中間擺飾了花。

1723
駅と家の中間あたりで、友だちに会った。
▶ 我在車站到家的中間這一段路上，遇見了朋友。

1724
お金がないので、中古を買うしかない。
▶ 因為沒錢，所以只好買中古貨。

1725
家の前に駐車よりほかない。
▶ 只好把車停在家的前面了。

1726
彼は抽象的な話が得意で、哲学科出身だけのことはある。
▶ 他擅長述說抽象的事物，不愧是哲學系的。

1727
みんなと昼食を食べられるのは、嬉しい。
▶ 能和大家一同共用午餐，令人非常的高興。

1728 ☐	ちゅうせい 【中世】	㊒ (歷史)中世，古代與近代之間(在日本指鎌倉、室町時代)
1729 ☐	ちゅうせい 【中性】	㊒ (化學)非鹼非酸，中性；(特徵)不男不女，中性；(語法)中性詞
1730 ☐	ちゅうたい 【中退】	㊛·㊒サ 中途退學
1731 ☐	ちゅうと 【中途】	㊒ 中途，半路 ㊜ 途中（とちゅう）
1732 ☐	ちゅうにくちゅうぜい 【中肉中背】	㊒ 中等身材
1733 ☐	ちょう 【長】	㊒·漢造 長，首領；長輩；長處
1734 ☐	ちょうか 【超過】	㊒·㊛サ 超過
1735 ☐	ちょうき 【長期】	㊒ 長期，長時間 ㊜ 超える
1736 ☐	ちょうこく 【彫刻】	㊒·他サ 雕刻 ㊜ 彫る
1737 ☐	ちょうしょ 【長所】	㊒ 長處，優點 ㊙ 短所 ㊜ 特長
1738 ☐	ちょうじょう 【頂上】	㊒ 山頂，峰頂；極點，頂點 ㊙ 麓（ふもと）㊜ 頂（いただき）
1739 ☐	ちょうしょく 【朝食】	㊒ 早餐
1740 ☐	ちょうせい 【調整】	㊒·他サ 調整，調節 ㊜ 調える

1728	この村では、中世に戻ったかのような生活をしています。 ▶ 這個村落中，過著如同回到中世紀般的生活。
1729	酸性でもアルカリ性でもなく、中性です。 ▶ 不是酸性也不是鹼性，它是中性。
1730	大学を中退する。 ▶ 大學中輟。
1731	仕事をやりかけているので、中途でやめることはできない。 ▶ 因為工作到一半，所以不能中途不做。
1732	中肉中背の男。 ▶ 體型中等的男人。
1733	長幼の別をわきまえる。 ▶ 懂得長幼有序。
1734	時間を超過すると、お金を取られる。 ▶ 一超過時間，就要罰錢。
1735	長期短期を問わず、働けるところを探しています。 ▶ 不管是長期還是短期都好，我在找能工作的地方。
1736	彼は、絵も描けば、彫刻も作る。 ▶ 他既會畫畫，也會做雕刻。
1737	だれにでも、長所があるものだ。 ▶ 不論是誰，都會有優點的。
1738	山の頂上まで行ってみましょう。 ▶ 一起爬上山頂看看吧！
1739	朝食はパンとコーヒーで済ませる。 ▶ 早餐吃麵包和咖啡解決。
1740	パソコンの調整にかけては、自信があります。 ▶ 我對修理電腦這方面相當有自信。

ち

1741 ☐	ちょうせつ 【調節】	ⓐ·他サ 調節，調整
1742 ☐	ちょうだい 【頂戴】	ⓐ·他サ （「もらう、食べる」的謙虚說法）領受，得到，吃；（女性、兒童請求別人做事）請 ⑨ もらう
1743 ☐	ちょうたん 【長短】	ⓐ 長和短；長度；優缺點，長處和短處；多和不足 ⑨ 良し悪し（よしあし）
1744 ☐	ちょうてん 【頂点】	ⓐ （數）頂點；頂峰，最高處；極點，絕頂 ⑨ 最高
1745 ☐	ちょうほうけい 【長方形】	ⓐ 長方形，矩形
1746 ☐	ちょうみりょう 【調味料】	ⓐ 調味料，佐料 ⑨ 香辛料
1747 ☐	ちょうめ 【丁目】	ⓐⓔ （街巷區劃單位）段，巷，條
1748 ☐	ちょくせん 【直線】	ⓐ 直線 ⑨ 真っ直ぐ
1749 ☐	ちょくつう 【直通】	ⓐ·自サ 直達(中途不停)；直通
1750 ☐	ちょくりゅう 【直流】	ⓐ·自サ 直流電；（河水）直流，沒有彎曲的河流；嫡系
1751 ☐	ちょしゃ 【著者】	ⓐ 作者 ⑨ 作家
1752 ☐	ちょぞう 【貯蔵】	ⓐ·他サ 儲藏
1753 ☐	ちょちく 【貯蓄】	ⓐ·他サ 儲蓄 ⑨ 蓄積（ちくせき）

| 1741 | 時計の電池を換えたついでに、ねじも調節しましょう。 |
| | ▶ 換了時鐘的電池之後，也順便調一下螺絲吧！ |

| 1742 | すばらしいプレゼントを頂戴しました。 |
| | ▶ 我收到了很棒的禮物。 |

| 1743 | 二つの音の長短を調べてください。 |
| | ▶ 請查一下這兩個音的長短。 |

| 1744 | 技術面からいうと、彼は世界の頂点に立っています。 |
| | ▶ 從技術面來看，他正處在世界的最高峰。 |

| 1745 | 長方形のテーブルがほしいと思う。 |
| | ▶ 我想要一張長方形的桌子。 |

| 1746 | 調味料など、ぜんぜん入れていませんよ。 |
| | ▶ 這完全添加調味料呢！ |

ち

| 1747 | 銀座４丁目に住んでいる。 |
| | ▶ 我住在銀座四段。 |

| 1748 | 直線によって、二つの点を結ぶ。 |
| | ▶ 用直線將兩點連接起來。 |

| 1749 | ホテルから日本へ直通電話がかけられる。。 |
| | ▶ 從飯店可以直撥電話到日本。 |

| 1750 | いつも同じ方向に同じ大きさの電流が流れるのが直流です。 |
| | ▶ 都以相同的強度，朝相同方向流的電流，稱為直流。 |

| 1751 | 本の著者として、内容について話してください。 |
| | ▶ 請以本書作者的身份，談一下這本書的內容。 |

| 1752 | 地下室に貯蔵する。 |
| | ▶ 儲放在地下室。 |

| 1753 | 余ったお金は、貯蓄にまわそう。 |
| | ▶ 剩餘的錢，就存下來吧！ |

1754 □ T56	ちょっかく 【直角】	(名・形動)(數)直角
1755 □	ちょっけい 【直径】	(名)(數)直徑 反 半径
1756 □	ちらかす 【散らかす】	(他五)弄得亂七八糟;到處亂放,亂扔 反 整える（ととのえる） 類 乱す（みだす）
1757 □	ちらかる 【散らかる】	(自五)凌亂,亂七八糟,到處都是 反 集まる 類 散る
1758 □	ちらばる 【散らばる】	(自五)分散;散亂
1759 □	ちりがみ 【ちり紙】	(名)衛生紙;粗草紙
1760 □	ついか 【追加】	(名・他サ)追加,添付,補上 類 追補（ついほ）
1761 □	ついで	(名)順便,就便;順序,次序
1762 □	つうか 【通貨】	(名)通貨,(法定)貨幣 類 貨幣
1763 □	つうか 【通過】	(名・自サ)通過,經過;(電車等)駛過;(議案、 考試等)通過,過關,合格 類 通り過ぎる
1764 □	つうがく 【通学】	(名・自サ)上學 類 通う
1765 □	つうこう 【通行】	(名・自サ)通行,交通,往來;廣泛使用,一般通用 類 往來

1754	この針金は、直角に曲がっている。
	▶ 這銅線彎成了直角。

1755	このタイヤは直径何センチぐらいですか。
	▶ 這輪胎的直徑大約是多少公分呢？

1756	部屋を散らかしたきりで、片付けてくれません。
	▶ 他將房間弄得亂七八糟後，就沒幫我整理。

1757	部屋が散らかっていたので、片付けざるをえなかった。
	▶ 因為房間內很凌亂，所以不得不整理。

1758	花びらが散らばる。
	▶ 花瓣散落。

1759	鼻をかみたいので、ちり紙をください。
	▶ 我想擤鼻涕，請給我張衛生紙。

1760	定食を食べた上に、ラーメンを追加した。
	▶ 吃了簡餐外，又追加了一碗拉麵。

1761	出かけるなら、ついでに卵を買ってきて。
	▶ 你如果要出門，就順便幫我買蛋回來吧。

1762	この国の通貨は、ユーロです。
	▶ 這個國家的貨幣是歐元。

1763	特急電車が通過します。
	▶ 特快車即將過站。

1764	通学のたびに、この道を通ります。
	▶ 每次要去上學時，都會走這條路。

1765	この道は、今日は通行できないことになっています。
	▶ 這條路今天是無法通行的。

1766	つうしん【通信】	名・自サ 通信，通音信；通訊，聯絡；報導消息的稿件，通訊稿 類 連絡
1767	つうち【通知】	名・他サ 通知，告知 類 知らせ
1768	つうちょう【通帳】	名 (存款、賒帳等的)折子，帳簿 類 通い帳 (かよいちょう)
1769	つうよう【通用】	名・自サ 通用，通行；兼用，兩用；(在一定期間內)通用，有效；通常使用
1770	つうろ【通路】	名 (人們通行的)通路，人行道；(出入通行的)空間，通道 類 通り道
1771	つかい【使い】	名 使用；派去的人；派人出去(買東西、辦事)，跑腿；(迷)(神仙的)侍者；(前接某些名詞)使用的方法，使用的人 類 召使い
1772	つき【付き】	接尾 (前接某些名詞)樣子；附屬
1773	つきあい【付き合い】	名・自サ 交際，交往，打交道；應酬，作陪 類 交際
1774	つきあたる【突き当たる】	自五 撞上，碰上；走到道路的盡頭；(轉)遇上，碰到(問題) 類 衝突する
1775	つきひ【月日】	名 日與月；歲月，時光；日月，日期 類 時日 (じじつ)
1776	つく【突く】	他五 扎，刺，戳；撞，頂；支撐；冒著，不顧；沖，撲(鼻)；攻擊，打中 類 打つ
1777	つく【就く】	自五 就位；登上；就職；跟…學習；起程 類 即位する
1778	つぐ【次ぐ】	自五 緊接著，繼…之後；次於，並於 類 接着する

1766	何か通信の方法があるに相違ありません。 ▶ 一定會有聯絡方法的。
1767	事件が起きたら、通知が来るはずだ。 ▶ 一旦發生案件，應該馬上就會有通知。
1768	通帳と印鑑を持ってきてください。 ▶ 請帶存摺和印章過來。
1769	プロの世界では、私の力など通用しない。 ▶ 在專業的領域裡，像我這種能力是派不上用場的。
1770	通路を通って隣のビルまで行く。 ▶ 過馬路到隔壁的大樓去。
1771	母親の使いで出かける。 ▶ 出門幫媽媽辦事。
1772	顔つきが変わる。 ▶ 神情變了。
1773	君こそ、最近付き合いが悪いじゃないか。 ▶ 你最近才是很難打交道呢！
1774	突き当たって左に曲がる。 ▶ 在盡頭左轉。
1775	この音楽を聞くにつけて、楽しかった月日を思い出します。 ▶ 每當聽到這音樂，就會想起過去美好的時光。
1776	試合で、相手は私の弱点を突いてきた。 ▶ 對方在比賽中攻擊了我的弱點。
1777	王座に就く。 ▶ 登上王位。
1778	彼の実力は、世界チャンピオンに次ぐほどだ。 ▶ 他的實力，幾乎好到僅次於世界冠軍的程度。

つ

1779	つぐ 【注ぐ】	(他五) 注入，斟，倒入(茶、酒等) (動) 酌む（くむ）
1780	つけくわえる 【付け加える】	(他下一) 添加，附帶 (動) 補足する
1781	つける 【着ける】	(他下一) 佩帶，穿上
1782	つち 【土】	(名) 土地，大地；土壤，土質；地面，地表；地面土，泥土 (動) 泥
1783	つっこむ 【突っ込む】	(他五・自五) 衝入，闖入，深入；塞進，插入；沒入；深入追究 (動) 入れる
1784	つつみ 【包み】	(名) 包袱，包裹 (動) 荷物
1785	つとめ 【務め】	(名) 本分，義務，責任 (動) 役目，義務
1786	つとめ 【勤め】	(名) 工作，職務，差事 (動) 勤務
1787	つとめる 【努める】	(他下一) 努力，為…奮鬥，盡力；勉強忍住 (反) 怠る（おこたる） (動) 励む（はげむ）
1788	つとめる 【務める】	(他下一) 任職，工作；擔任(職務)；扮演(角色) (動) 奉公（ほうこう）
1789	つな 【綱】	(名) 粗繩，繩索，纜繩；命脈，依靠，保障 (動) ロープ
1790	つながり 【繋がり】	(名) 相連，相關；系列；關係，聯繫 (動) 関係
1791	つねに 【常に】	(副) 時常，經常，總是 (動) 何時も

T57

| 1779 | ついでに、もう1杯お酒を注いでください。 |
| | ▶ 請順便再幫我倒一杯酒。 |

| 1780 | 説明を付け加える。 |
| | ▶ 附帶說明。 |

| 1781 | 服を身につける。 |
| | ▶ 穿上衣服。 |

| 1782 | 子どもたちが土を掘って遊んでいる。 |
| | ▶ 小朋友們在挖土玩。 |

| 1783 | 事故で、車がコンビニに突っ込んだ。 |
| | ▶ 由於事故，車子撞進了超商。 |

| 1784 | プレゼントの包みを開けてみた。 |
| | ▶ 我打開了禮物的包裝。 |

| 1785 | 私のやるべき務めですから、たいへんではありません。 |
| | ▶ 這是我應盡的本分，所以一點都不辛苦。 |

| 1786 | 勤めが辛くてやめたくなる。 |
| | ▶ 工作太勞累了所以有想辭職的念頭。 |

| 1787 | 看護に努める。 |
| | ▶ 盡心看護病患。 |

| 1788 | 主役を務める。 |
| | ▶ 扮演主角。 |

| 1789 | 船に綱をつけてみんなで引っ張った。 |
| | ▶ 將繩子套到船上大家一起拉。 |

| 1790 | 友だちとのつながりは大切にするものだ。 |
| | ▶ 要好好地珍惜與朋友間的聯繫。 |

| 1791 | 社長が常にオフィスにいるとは、言いきれない。 |
| | ▶ 無法斷定社長平時都會在辦公室裡。 |

つ

1792 ☐	つばさ 【翼】	名 翼，翅膀；(飛機)機翼；(風車)翼板；使者，使節 類 羽翼（うよく）
1793 ☐	つぶ 【粒】	名・接尾 (穀物的)穀粒；粒，丸，珠；(數小而圓的東西)粒，滴，丸 知 小粒（こつぶ）
1794 ☐	つぶす 【潰す】	他五 毀壞，弄碎，熔毀，熔化；消磨，消耗；宰殺，堵死，填滿 類 壊す
1795 ☐	つぶれる 【潰れる】	自下一 壓壞，壓碎，坍塌，倒塌；倒產，破產；磨損，磨鈍；(耳)聾，(眼)瞎 類 破産
1796 ☐	つまずく 【躓く】	自五 跌倒，絆倒；(中途遇障礙而)失敗，受挫 類 転ぶ
1797 ☐	つみ 【罪】	名・形動 (法律上的)犯罪；(宗教上的)罪惡，罪孽；(道德上的)罪責，罪過 類 罪悪
1798 ☐	つや 【艶】	名 光澤，潤澤；興趣，精彩；豔事，風流事 類 光沢
1799 ☐	つよき 【強気】	名・形動 (態度)強硬，(意志)堅決；(行情)看漲 類 逞しい（たくましい）
1800 ☐	つらい 【辛い】	形・接尾 痛苦的，難受的，吃不消；刻薄的，殘酷的；難…，不便… 反 楽しい 類 苦しい
1801 ☐	つり 【釣り】	名 釣，釣魚；找錢，找的錢 類 一本釣り（いっぽんづり）
1802 ☐	つりあう 【釣り合う】	自五 平衡，均衡；勻稱，相稱 類 似合う
1803 ☐	つりばし 【釣り橋・吊り橋】	名 吊橋
1804 ☐	つる 【吊る】	他五 吊，懸掛，佩帶 類 下げる

1792	白鳥が大きな翼を広げている。
	▶ 白鳥展開牠那寬大的翅膀。

1793	大粒の雨が降ってきた。
	▶ 下起了大滴的雨。

1794	会社を潰さないように、一生懸命がんばっている。
	▶ 為了不讓公司倒閉而拼命努力。

1795	あの会社が、潰れるわけがない。
	▶ 那間公司，不可能會倒閉的。

1796	石に躓いて転んだ。
	▶ 絆到石頭而跌了一跤。

1797	そんなことをしたら、罪になりかねない。
	▶ 如果你做了那種事，很可能會變成犯罪。

1798	靴は、磨けば磨くほど艶が出ます。
	▶ 鞋子越擦越有光澤。

1799	ゲームに負けているくせに、あの選手は強気ですね。
	▶ 明明就輸了比賽，那選手還真是強硬呢。

1800	勉強が辛くてたまらない。
	▶ 書念得痛苦不堪。

1801	主人のことだから、また釣りに行っているのだと思います。
	▶ 我家那口子的話，我想一定是又跑去釣魚了吧！

1802	あの二人は釣り合わないから、結婚しないだろう。
	▶ 那兩人不相配，應該不會結婚吧！

1803	吊り橋を渡る。
	▶ 過吊橋。

1804	クレーンで吊って、ピアノを2階に運んだ。
	▶ 用起重機吊起鋼琴搬到二樓去。

つ

1805	つるす 【吊るす】	(他五) 懸起，吊起，掛著 (反) 上げる (類) 下げる
1806	つれ 【連れ】	(名・接尾) 同伴，伙伴；(能劇，狂言的)配角 (類) 仲間
1807	で	(接續) 那麼；(表示原因)所以
1808	であい 【出会い】	(名) 相遇，不期而遇，會合；幽會；河流會合處 (類) 巡り会い（めぐりあい）
1809	てあらい 【手洗い】	(名) 洗手；洗手盆，洗手用的水；洗手間 (類) 便所
1810	ていいん 【定員】	(名) (機關，團體的)編制的名額；(車輛的)定員，規定的人數
1811	ていか 【低下】	(名・自サ) 降低，低落；(力量、技術等)下降 (類) 落ちる
1812	ていか 【定価】	(名) 定價 (類) 値段
1813	ていきてき 【定期的】	(形動) 定期，一定的期間
1814	ていきゅうび 【定休日】	(名) (商店、機關等)定期公休日 (類) 休暇
1815	ていこう 【抵抗】	(名・自サ) 抵抗，抗拒，反抗；(物理)電阻，阻力；(產生)抗拒心理，不願接受 (類) 手向かう（てむかう）
1816	ていし 【停止】	(名・他サ・自サ) 禁止，停止；停住，停下；(事物、動作等)停頓 (類) 止まる
1817	ていしゃ 【停車】	(名・他サ・自サ) 停車，剎車

1805	スーツは、そこに吊るしてあります。 ▶ 西裝掛在那邊。

1806	連れがもうじき来ます。 ▶ 我同伴馬上就到。

1807	で、結果はどうだった。 ▶ 那麼，結果如何。

1808	我々は、人との出会いをもっと大切にするべきだ。 ▶ 我們應該要珍惜人與人之間相遇的緣分。

1809	ちょっとお手洗いに行ってきます。 ▶ 我去一下洗手間。

1810	このエレベーターの定員は10人です。 ▶ 這電梯的限乘人數是10人。

つ

1811	生徒の学力が低下している。 ▶ 學生的學力（學習能力）下降。

1812	定価から10パーセント引きます。 ▶ 從定價裡扣除10%。

1813	定期的に送る。 ▶ 定期運送。

1814	定休日は店に電話して聞いてください。 ▶ 請你打電話到店裡，打聽有關定期公休日的時間。

1815	社長に対して抵抗しても、無駄だよ。 ▶ 即使反抗社長，也無濟於事。

1816	車が停止するかしないかのうちに、彼はドアを開けて飛び出した。 ▶ 車子才剛一停下來，他就打開門衝了出來。

1817	急行は、この駅に停車するっけ。 ▶ 快車有停這站嗎？

1818	ていしゅつ 【提出】	(名・他サ) 提出，交出，提供 (類) 持ち出す
1819	ていど 【程度】	(名・接尾) (高低大小)程度，水平；(適當的)程度，適度，限度 (類) 具合
1820	でいり 【出入り】	(名・自サ) 出入，進出；(因有買賣關係而)常往來；收支；(數量的)出入；糾紛，爭吵 (類) 出没（しゅつぼつ）
1821	でいりぐち 【出入り口】	(名) 出入口 (類) 玄関
1822	ていれ 【手入れ】	(名・他サ) 收拾，修整；檢舉，搜捕 (類) 修繕（しゅうぜん）
1823	でかける 【出かける】	(自下一) 出門，出去，到…去；剛要走，要出去；剛要… (類) 行く
1824	てき 【的】	(造語) …的
1825	てき 【敵】	(名・漢造) 敵人，仇敵；(競爭的)對手；障礙，大敵；敵對，敵方 (反) 味方 (類) 仇（あだ）
1826	できあがり 【出来上がり】	(名) 做好，做完；完成的結果(手藝，質量)
1827	できあがる 【出来上がる】	(自五) 完成，做好；天性，生來就… (類) できる
1828	てきかく 【的確】	(形動) 正確，準確，恰當 (類) 正確
1829	てきする 【適する】	(自サ) (天氣、飲食、水土等)適宜，適合；適當，適宜於(某情況)；具有做某事的資格與能力 (類) 適当
1830	てきせつ 【適切】	(名・形動) 適當，恰當，妥切 (類) 妥当（だとう）

1818	テストを受けるかわりに、レポートを提出した。
	▶ 以交報告來代替考試。

1819	どの程度お金を持っていったらいいですか。
	▶ 我大概帶多少錢比較好呢？

1820	研究会に出入りしているが、正式な会員というわけではない。
	▶ 雖有在研討會走動，但我不是正式的會員。

1821	出入り口はどこにありますか。
	▶ 請問出入口在哪裡？

1822	靴は、手入れすればするほど、長持ちします。
	▶ 鞋子越保養就可以越耐久。

1823	兄は、出かけたきり戻ってこない。
	▶ 自從哥哥出去後，就再也沒回來過。

1824	科学的に実証される。
	▶ 在科學上得到證實。

1825	彼女は私を、敵ででもあるかのような目で見た。
	▶ 她用像是注視敵人般的眼神看著我。

1826	出来上がりまで、どのぐらいかかりますか。
	▶ 到完成大概需要多少時間？

1827	作品は、もう出来上がっているにきまっている。
	▶ 作品一定已經完成了。

1828	上司が的確に指示してくれたおかげで、すべてうまくいきました。
	▶ 多虧上司準確的給予指示，所以一切都進行的很順利。

1829	自分に適した仕事を見つけたい。
	▶ 我想找適合自己的工作。

1830	アドバイスするにしても、もっと適切な言葉があるでしょう。
	▶ 即使要給建議，也應該有更恰當的用詞吧？

て

1831 □	てきど 【適度】	[名・形動] 適度，適當的程度
1832 □	てきよう 【適用】	[名・他サ] 適用，應用 [類] 応用
1833 □	できれば	[連語] 可以的話，可能的話
1834 □	でこぼこ 【凸凹】	[名・自サ] 凹凸不平，坑坑窪窪；不平衡，不均勻 [反] 平ら（たいら） [類] ぼつぼつ
1835 □	てごろ 【手頃】	[名・形動] （大小輕重）合手，合適，相當；適合（自己的經濟能力、身份） [類] 適当
1836 □	でし 【弟子】	[名] 弟子，徒弟，門生，學徒 [反] 師匠（ししょう） [類] 教え子
1837 □	てじな 【手品】	[名] 戲法，魔術；騙術，奸計 [類] 魔法
1838 □	ですから	[接續] 所以 [類] だから
1839 □	でたらめ	[名・形動] 荒唐，胡扯，胡說八道，信口開河 [類] 寝言（ねごと）
1840 □	てつ 【鉄】	[名] 鐵 [類] 金物
1841 □	てつがく 【哲学】	[名] 哲學；人生觀，世界觀 [類] 医学
1842 □	てっきょう 【鉄橋】	[名] 鐵橋，鐵路橋 [類] 橋
1843 □	てっきり	[副] 一定，必然；果然 [類] 確かに

1831
医者の指導のもとで、適度な運動をしている。
▶ 我在醫生的指導之下，從事適當的運動。

1832
全国に適用するのに先立ち、まず東京で適用してみた。
▶ 在運用於全國各地前，先在東京用看看。

1833
できればその仕事はしたくない。
▶ 可能的話我不想做那個工作。

1834
でこぼこだらけの道を運転した。
▶ 我開在凹凸不平的道路上。

1835
値段が手頃なせいか、この商品はよく売れます。
▶ 大概是價錢平易近人的緣故，這個商品賣得相當好。

1836
弟子のくせに、先生に逆らうのか。
▶ 明明就只是個學徒，難道你要頂撞老師嗎？

て

1837
手品を見せてあげましょう。
▶ 讓你們看看魔術大開眼界。

1838
9時に出社いたします。ですから9時以降なら何時でも結構です。
▶ 我九點進公司。所以九點以後任何時間都可以。

1839
あいつなら、そのようなでたらめも言いかねない。
▶ 如果是那傢伙，就有可能會說出那種荒唐的話。

1840
「鉄は熱いうちに打て」とよく言います。
▶ 常言道：「打鐵要趁熱。」

1841
哲学の本は読みません。難しすぎるもの。
▶ 人家不看哲學的書，因為實在是太難了嘛。

1842
列車は鉄橋を渡っていった。
▶ 列車通過了鐵橋。

1843
今日はてっきり晴れると思ったのに。
▶ 我以為今天一定會是個大晴天的。

1844	てっこう 【鉄鋼】	名 鋼鐵
1845	てっする 【徹する】	自サ 貫徹，貫穿；通宵，徹夜；徹底，貫徹始終 動 貫く（つらぬく）
1846	てつづき 【手続き】	名 手續，程序 動 手順
1847	てつどう 【鉄道】	名 鐵道，鐵路 動 高架（こうか）
1848	てっぽう 【鉄砲】	名 槍，步槍 動 銃
1849	てぬぐい 【手ぬぐい】	名 布手巾 動 タオル
1850	てま 【手間】	名 （工作所需的）勞力、時間與功夫；（手藝人的）計件工作，工錢 動 労力
1851	でむかえ 【出迎え】	名 迎接；迎接的人 動 迎える
1852	でむかえる 【出迎える】	他下一 迎接
1853	デモ 【demonstration】	名 抗議行動 動 抗議
1854	てらす 【照らす】	他五 照輝，曬，晴天
1855	てる 【照る】	自五 照輝，曬，晴天 動 照明
1856	てん 【店】	名 店家，店 動 〈酒・魚〉屋

T59

| 1844 | 鉄鋼製品を販売する。 |
| | ▶ 販賣鋼鐵製品。 |

| 1845 | 夜を徹して語り合う。 |
| | ▶ 徹夜交談。 |

| 1846 | 手続きさえすれば、誰でも入学できます。 |
| | ▶ 只要辦好手續，任誰都可以入學。 |

| 1847 | この村には、鉄道の駅はありますか。 |
| | ▶ 這村子裡，有火車的車站嗎？ |

| 1848 | 鉄砲を持って、狩りに行った。 |
| | ▶ 我持著手槍前去打獵。 |

| 1849 | 汗を手ぬぐいで拭いた。 |
| | ▶ 用手帕擦了汗。 |

| 1850 | この仕事には手間がかかるにしても、三日もかかるのはおかしいよ。 |
| | ▶ 就算這工作需要花較多時間，但是竟然要花上3天實在太可疑了。 |

| 1851 | 電話さえしてくれれば、出迎えに行きます。 |
| | ▶ 只要你給我一通電話，我就出去迎接你。 |

| 1852 | 客を駅で出迎える。 |
| | ▶ 在火車站迎接客人。 |

| 1853 | 彼らもデモに参加したということです。 |
| | ▶ 聽說他們也參加了示威遊行。 |

| 1854 | 足元を照らすライトを取り付けましょう。 |
| | ▶ 安裝照亮腳邊的照明用燈吧！ |

| 1855 | 今日は太陽が照って暑いね。 |
| | ▶ 今天太陽高照真是熱啊！ |

| 1856 | 小さな売店。 |
| | ▶ 小小的賣店。 |

て

1857 □	てんかい 【展開】	[名・他サ・自サ] 開展，打開；展現；進展；(隊形)散開 [類] 展示（てんじ）
1858 □	てんけい 【典型】	[名] 典型，模範 [類] 手本（てほん）
1859 □	てんこう 【天候】	[名] 天氣，天候 [類] 気候
1860 □	でんし 【電子】	[名] (理)電子
1861 □	てんじかい 【展示会】	[名] 展示會
1862 □	でんせん 【伝染】	[名・自サ] (病菌的)傳染；(惡習的)傳染，感染 [類] 感染る（うつる）
1863 □	でんせん 【電線】	[名] 電線，電纜 [類] 金属線
1864 □	でんちゅう 【電柱】	[名] 電線桿
1865 □	てんてん 【点々】	[副] 點點，分散在；(液體)點點地，滴滴地往下落 [類] 各地
1866 □	てんてん 【転々】	[副・自サ] 轉來轉去，輾轉，不斷移動；滾轉貌，嘰哩咕嚕 [類] あちこち
1867 □	でんとう 【伝統】	[名] 傳統
1868 □	てんねん 【天然】	[名] 天然，自然 [類] 自然
1869 □	てんのう 【天皇】	[名] 日本天皇 [反] 皇后 [類] 皇帝

1857

話は、予測どおりに展開した。
<ruby>話<rt>はなし</rt></ruby>は、<ruby>予測<rt>よそく</rt></ruby>どおりに<ruby>展開<rt>てんかい</rt></ruby>した。
▶ 事情就如預期一般地發展下去。

1858

<ruby>日本<rt>にほん</rt></ruby>においては、こうした<ruby>犯罪<rt>はんざい</rt></ruby>は<ruby>典型的<rt>てんけいてき</rt></ruby>です。
▶ 在日本，這是種很典型的犯罪。

1859

<ruby>北海道<rt>ほっかいどう</rt></ruby>から<ruby>東北<rt>とうほく</rt></ruby>にかけて、<ruby>天候<rt>てんこう</rt></ruby>が<ruby>不安定<rt>ふあんてい</rt></ruby>になります。
▶ 北海道到東北地區，接下來的天氣，會變得很不穩定。

1860

<ruby>電子辞書<rt>でんしじしょ</rt></ruby>を<ruby>買<rt>か</rt></ruby>おうと<ruby>思<rt>おも</rt></ruby>います。
▶ 我打算買台電子辭典。

1861

<ruby>着物<rt>きもの</rt></ruby>の<ruby>展示会<rt>てんじかい</rt></ruby>。
▶ 和服展示會。

1862

<ruby>病気<rt>びょうき</rt></ruby>が、<ruby>国中<rt>くにじゅう</rt></ruby>に<ruby>伝染<rt>でんせん</rt></ruby>するおそれがある。
▶ 這疾病恐怕會散佈到全國各地。

1863

<ruby>電線<rt>でんせん</rt></ruby>に<ruby>雀<rt>すずめ</rt></ruby>がたくさん<ruby>止<rt>と</rt></ruby>まっている。
▶ 電線上停著許多麻雀。

1864

<ruby>電柱<rt>でんちゅう</rt></ruby>に<ruby>車<rt>くるま</rt></ruby>がぶつかった。
▶ 車子撞上了電線桿。

1865

<ruby>広<rt>ひろ</rt></ruby>い<ruby>草原<rt>そうげん</rt></ruby>に、<ruby>羊<rt>ひつじ</rt></ruby>が<ruby>点々<rt>てんてん</rt></ruby>と<ruby>散<rt>ち</rt></ruby>らばっている。
▶ 廣大的草原上，羊兒們零星散佈各地。

1866

<ruby>今<rt>いま</rt></ruby>までにいろいろな<ruby>仕事<rt>しごと</rt></ruby>を<ruby>転々<rt>てんてん</rt></ruby>とした。
▶ 到現在為止換過許多工作。

1867

<ruby>日本<rt>にほん</rt></ruby>の<ruby>伝統<rt>でんとう</rt></ruby>からすれば、この<ruby>行事<rt>ぎょうじ</rt></ruby>には<ruby>深<rt>ふか</rt></ruby>い<ruby>意味<rt>いみ</rt></ruby>があるのです。
▶ 就日本的傳統來看，這個活動有很深遠的意義。

1868

このお<ruby>菓子<rt>かし</rt></ruby>はおいしいですね。さすが<ruby>天然<rt>てんねん</rt></ruby>の<ruby>材料<rt>ざいりょう</rt></ruby>だけを<ruby>使<rt>つか</rt></ruby>っているだけのことはあります。 ▶ 這糕點實在好吃，不愧是只採用天然的材料。

1869

<ruby>天皇<rt>てんのう</rt></ruby>ご<ruby>夫妻<rt>ふさい</rt></ruby>は<ruby>今<rt>いま</rt></ruby>ヨーロッパご<ruby>訪問中<rt>ほうもんちゅう</rt></ruby>です。
▶ 天皇夫婦現在正在造訪歐洲。

て

1870 □	でんぱ 【電波】	名 (理)電波 同 電磁（でんじ）
1871 □	テンポ 【tempo】	名 (樂曲的)速度，拍子；(局勢、對話或動作 的)速度 同 リズム
1872 □	てんぼうだい 【展望台】	名 瞭望台
1873 □	でんりゅう 【電流】	名 (理)電流 同 電気量
1874 □	でんりょく 【電力】	名 電力 同 電圧
1875 □	と 【都】	名・漢造 首都；「都道府縣」之一的行政單位， 都市：東京都 同 首都
1876 □	とい 【問い】	名 問，詢問，提問；問題 反 答え 同 質問
1877 □	といあわせ 【問い合わせ】	名 詢問，打聽，查詢 同 お尋ね
1878 □	トイレットペーパー 【toilet paper】	名 衛生紙
1879 □	とう 【党】	名・漢造 鄉里；黨羽，同夥；黨，政黨 同 党派（とうは）
1880 □	とう 【塔】	名・漢造 塔 同 タワー
1881 □	とう 【島】	名 島嶼 同 諸島（しょとう）、アイランド
1882 □	どう 【銅】	名 銅 同 金

と

1870	そこまで電波が届くでしょうか。 ▶ 電波有辦法傳到那麼遠的地方嗎？
1871	東京の生活はテンポが速すぎる。 ▶ 東京的生活步調太過急促。
1872	展望台からの眺め。 ▶ 從瞭望台看到的風景。
1873	回路に電流を流してみた。 ▶ 我打開電源讓電流流通電路看看。
1874	電力不足につき、しばらく停電します。 ▶ 基於電力不足，要暫時停電。
1875	都の規則で、ごみを分別しなければならない。 ▶ 依東京都規定，要做垃圾分類才行。
1876	先生の問いに、答えないわけにはいかない。 ▶ 不能不回答老師的問題。
1877	内容をお問い合わせの上、お申し込みください。 ▶ 請詢問過內容之後再報名。
1878	トイレットペーパーがない。 ▶ 沒有衛生紙。
1879	どの党を支持していますか。 ▶ 你支持哪一黨？
1880	塔に上ると、町の全景が見える。 ▶ 爬到塔上可以看到街道的全景。
1881	バリ島に着きしだい、電話をします。 ▶ 一到了峇里島，我就馬上打電話。
1882	この像は銅でできていると思ったら、なんと木でできていた。 ▶ 本以為這座雕像是銅製的，誰知竟然是木製的！

1883 □	とうあん 【答案】	[名] 試卷，卷子 [類] 答え
1884 □	どういたしまして 【どう致しまして】	[寒暄] 不客氣，不敢當
1885 □	とういつ 【統一】	[名・他サ] 統一，一致，一律 [類] 纏める（まとめる）
1886 □	どういつ 【同一】	[名・形動] 同樣，相同；相等，同等 [類] 同様
1887 □	どうか	[副] (請求他人時)請；設法，想辦法；(情況)和平時不一樣，不正常；(表示不確定的疑問，多用かどうか)是…還是怎麼樣 [類] 何分（なにぶん）
1888 □	どうかく 【同格】	[名] 同級，同等資格，等級相同；同級的（品牌）；(語法)同格語 [類] 同一
1889 □	とうげ 【峠】	[名・日造漢字] 山頂，山巔；頂部，危險期，關頭 [類] 坂
1890 □	とうけい 【統計】	[名・他サ] 統計 [類] 総計
1891 □	どうさ 【動作】	[名・自サ] 動作 [類] 挙止（きょし）
1892 □	とうざい 【東西】	[名] (方向)東和西；(國家)東方和西方；方向；事理，道理 [反] 南北　[類] 東洋と西洋
1893 □	とうじ 【当時】	[名・副] 現在，目前；當時，那時 [類] その時
1894 □	どうし 【動詞】	[名] 動詞 [類] 名詞
1895 □	どうじ 【同時】	[名・副・接] 同時，時間相同；同時代；同時，立刻；也，又，並且 [類] 同年

1883
答案を出したとたんに、間違いに気がついた。
▶ 一將答案卷交出去，馬上就發現了錯誤。

1884
「ありがとう。」「どういたしまして。」
▶ 「謝謝。」「不客氣。」

1885
字体の統一さえしてあれば、文体はどうでもいいです。
▶ 只要字體統一就好，什麼文體都行。

1886
これとそれは、全く同一の商品です。
▶ 這個和那個是完全一樣的商品。

1887
頼むからどうか見逃してくれ。
▶ 拜託啦！請放我一馬。

1888
私と彼の地位は、ほぼ同格です。
▶ 我跟他的地位是差不多等級的。

1889
彼の病気は、もう峠を越えました。
▶ 他病情已經度過了危險期。

1890
統計から見ると、子どもの数は急速に減っています。
▶ 從統計數字來看，兒童人口正快速減少中。

1891
私の動作には特徴があると言われます。
▶ 別人說我的動作很有特色。

1892
古今東西の演劇資料を集めた。
▶ 我蒐集了古今中外的戲劇資料。

1893
当時はまだ新幹線がなかったとか。
▶ 聽說當時好像還沒有新幹線。

1894
動詞を規則どおりに活用させる。
▶ 依規則來變化活用動詞。

1895
同時にたくさんのことはできない。
▶ 無法在同時處理很多事情。

1896	とうじつ 【当日】	(名・副) 當天，當日，那一天
1897	とうしょ 【投書】	(名・他サ・自サ) 投書，信訪，匿名投書；(向報紙、雜誌) 投稿 (類) 寄稿 (きこう)
1898 T60	とうじょう 【登場】	(名・自サ) (劇) 出場，登台，上場演出；(新的作品、人物、產品) 登場，出現 (反) 退場 (類) デビュー
1899	どうせ	(副) (表示沒有選擇餘地) 反正，總歸就是，無論如何 (類) やっても
1900	とうだい 【灯台】	(名) 燈塔
1901	とうちゃく 【到着】	(名・自サ) 到達，抵達 (類) 着く
1902	どうとく 【道徳】	(名) 道德 (類) 倫理
1903	とうなん 【盗難】	(名) 失竊，被盜 (類) 盗む
1904	とうばん 【当番】	(名・自サ) 值班(的人) (類) 受け持ち
1905	とうひょう 【投票】	(名・自サ) 投票 (類) 選挙
1906	とうふ 【豆腐】	(名) 豆腐
1907	とうぶん 【等分】	(名・他サ) 等分，均分；相等的份量 (類) さしあたり
1908	とうめい 【透明】	(名・形動) 透明；純潔，單純 (類) 透き通る

1896
たとえ当日雨が降っても、試合は行われます。
▶ 就算當天下雨，比賽也還是照常進行。

1897
公害問題について、投書しようではないか。
▶ 我們來投稿有關公害問題的文章吧！

1898
主人公が登場するかしないかのうちに、話の結末がわかってしまった。
▶ 主角一登場，我就知道這齣戲的結局了。

1899
どうせ私は下っ端ですよ。
▶ 反正我只不過是個小員工而已。

1900
船は、灯台の光を頼りにしている。
▶ 船隻倚賴著燈塔的光線。

1901
スターが到着するかしないかのうちに、ファンが大騒ぎを始めた。
▶ 明星一到場，粉絲們便喧嘩了起來。

1902
人々の道徳心が低下している。
▶ 人們道德心正在下降中。

1903
警察ですが、盗難について、質問させてください。
▶ 我是警察，就失竊一案，請容我問幾個問題。

1904
私は今日の掃除当番です。
▶ 我是今天的打掃值日生。

1905
雨が降らないうちに、投票に行きましょう。
▶ 趁還沒下雨時，快投票去吧！

1906
豆腐は安い。
▶ 豆腐很便宜。

1907
線にそって、等分に切ってください。
▶ 請沿著線對等分剪下來。

1908
この薬は、透明なカプセルに入っています。
▶ 這藥裝在透明的膠囊裡。

と

1909 □	どうも	剾 (後接否定詞)怎麼也…；總覺得，似乎；實在是，真是 類 どうしても
1910 □	とうゆ 【灯油】	名 燈油；煤油
1911 □	どうよう 【同様】	形動 同樣的，一樣的 類 同類
1912 □	どうよう 【童謡】	名 童謠；兒童詩歌 類 歌謡
1913 □	どうりょう 【同僚】	名 同事，同僚 類 仲間
1914 □	どうわ 【童話】	名 童話 類 昔話（むかしばなし）
1915 □	とおり 【通り】	接尾 種類；套，組
1916 □	とおりかかる 【通りかかる】	自五 碰巧路過 類 通り過ぎる
1917 □	とおりすぎる 【通り過ぎる】	自上一 走過，越過 類 通過
1918 □	とかい 【都会】	名 都會，城市，都市 反 田舎 類 都市
1919 □	とがる 【尖る】	自五 尖；發怒；神經過敏，神經緊張 類 角張る（かくばる）
1920 □	とき 【時】	名 時間；(某個)時候；時期，時節，季節；情況，時候；時機，機會 類 偶に
1921 □	どく 【退く】	自五 讓開，離開，躲開 類 離れる

1909 ☐	せんじつ 先日は、どうもありがとうございました。 ▶ 前日真是多謝關照。
1910 ☐	わ や とうゆ つか 我が家は、灯油のストーブを使っています。 ▶ 我家裡使用燈油型的暖爐。
1911 ☐	じょせいしゃいん だんせいしゃいん どうよう あつか 女性社員も、男性社員と同様に扱うべきだ。 ▶ 女職員應受和男職員一樣的平等待遇。
1912 ☐	こ ころ どうよう なつ 子どもの頃というと、どんな童謡が懐かしいですか。 ▶ 講到小時候，會想念起哪首童謠呢？
1913 ☐	どうりょう ちゅうこく む し 同僚の忠告を無視するものではない。 ▶ 你不應當對同事的勸告聽而不聞。
1914 ☐	わたし どうわさっか 私は童話作家になりたいです。 ▶ 我想當個童話作家。
1915 ☐	ほうほう ふたとお 方法は二通りある。 ▶ 辦法有兩種。
1916 ☐	とお ふね きゅうじょ 通りかかった船に救助される。 ▶ 被碰巧路過的船隻救了上來。
1917 ☐	て あ とお す 手を上げたのに、タクシーは通り過ぎてしまった。 ▶ 我明明招了手，計程車卻開了過去。
1918 ☐	とかい で ころ さび な 都会に出てきた頃は、寂しくて泣きたいくらいだった。 ▶ 剛開始來到大都市時，感覺寂寞的想哭。
1919 ☐	きょうかい とう さき とが 教 会の塔の先が尖っている。 ▶ 教堂的塔的頂端是尖的。
1920 ☐	とき しごと やす おも 時には、仕事を休んでゆっくりしたほうがいいと思う。 ▶ 我認為偶爾要放下工作，好好休息才對。
1921 ☐	くるま とお ど あぶ 車が通るから、退かないと危ないよ。 ▶ 車子要通行，不讓開是很危險唷！

と

1922 ☐	どく 【毒】	(名・自サ・漢造) 毒，毒藥；毒害，有害；惡毒，毒辣 働 損なう
1923 ☐	とくしゅ 【特殊】	(名・形動) 特殊，特別 働 特別
1924 ☐	とくしょく 【特色】	(名) 特色，特徵，特點，特長 働 特徵
1925 ☐	どくしん 【独身】	(名) 單身
1926 ☐	とくちょう 【特長】	(名) 專長
1927 ☐	とくてい 【特定】	(名・他サ) 特定；明確指定，特別指定 働 特色
1928 ☐	どくとく 【独特】	(名・形動) 獨特 働 独自
1929 ☐	とくばい 【特売】	(名・他サ) 特賣；(公家機關不經標投)賣給特定的人 働 小売
1930 ☐	どくりつ 【独立】	(名・自サ) 孤立，單獨存在；自立，獨立，不受他 人援助 (反) 従属（じゅうぞく） 働 自立
1931 ☐	とけこむ 【溶け込む】	(自五) (理、化)融化，溶解，熔化；融合，融 働 混ざる（まざる）
1932 ☐	どける 【退ける】	(他下一) 移開 働 下がらせる
1933 ☐	どこか	(連語) 某處，某個地方
1934 ☐	とこのま 【床の間】	(名) 壁龕

1922
お酒を飲みすぎると体に毒ですよ。
▶ 飲酒過多對身體有害。

1923
特殊な素材につき、扱いに気をつけてください。
▶ 由於這是特殊的材質，所以處理時請務必小心在意。

1924
美しいかどうかはともかくとして、特色のある作品です。
▶ 姑且先不論美或不美，這是個有特色的作品。

1925
独身で暮らしている。
▶ 獨自一人過生活。

1926
特長を生かす。
▶ 活用專長。

1927
殺人の状況を見ると、犯人を特定するのは難しそうだ。
▶ 從兇殺的現場來看，要鎖定犯人似乎很困難。

と

1928
この絵は、色にしろ構成にしろ、独特です。
▶ 這幅畫不論是用色或是架構，都非常獨特。

1929
特売が始まると、買い物に行かないではいられない。
▶ 一旦特賣活動開始，就不禁想去購物一下。

1930
両親から独立した以上は、仕事を探さなければならない。
▶ 既然離開父母自力更生了，就得要找個工作才行。

1931
だんだんクラスの雰囲気に溶け込んできた。
▶ 越來越能融入班上的氣氛。

1932
ドアを開けるために、前にある荷物を退けるほかない。
▶ 為了開門，不得不移開面前的東西。

1933
どこか遠くへ行きたい。
▶ 想要去某個遙遠的地方。

1934
床の間に生け花を飾りました。
▶ 我在壁龕擺設了鮮花來裝飾。

1935 □	どころ	(接尾)（前接動詞連用形）値得…的地方，應該…的地方；生產…的地方；門 (類) 場所
1936 □	ところが	(接・接助) 然而，可是，不過；一…，剛要 (類) しかし
1937 □ T61	ところで	(接續・接助) (用於轉變話題)可是，不過；即使，縱使，無論 (類) さて
1938 □	とざん 【登山】	(名・自サ) 登山；到山上寺廟修行 (類) ハイキング
1939 □	としした 【年下】	(名) 年幼，年紀小
1940 □	としつき 【年月】	(名) 年和月，歲月，光陰；長期，長年累月；多年來 (類) 月日
1941 □	どしゃくずれ 【土砂崩れ】	(名) 土石流
1942 □	としょしつ 【図書室】	(名) 閱覽室
1943 □	としん 【都心】	(名) 市中心 (類) 大都会
1944 □	とだな 【戸棚】	(名) 壁櫥，櫃櫥 (類) 棚
1945 □	とたん 【途端】	(名・他サ・自サ) 正當…的時候；剛…的時候，一…就… (類) すぐ
1946 □	とち 【土地】	(名) 土地，耕地；土壤，土質；某地區，當地；地面；地區 (類) 大地
1947 □	とっくに	(他サ・自サ) 早就，好久以前

| 1935 | 置き所がない。 |
| | ▶ 沒有擺放的地方。 |

| 1936 | 新聞はかるく扱っていたようだ。ところが、これは大事件なんだ。 |
| | ▶ 新聞似乎只是輕描淡寫一下而已，不過，這可是一個大事件。 |

| 1937 | ところで、あなたは誰でしたっけ。 |
| | ▶ 對了，你是哪位來著？ |

| 1938 | おじいちゃんは、元気なうちに登山に行きたいそうです。 |
| | ▶ 爺爺說想趁著身體還健康時去爬爬山。 |

| 1939 | 年下なのに生意気だ。 |
| | ▶ 明明年紀小還那麼囂張。 |

| 1940 | この年月、ずっとあなたのことを考えていました。 |
| | ▶ 這麼多年來，我一直掛念著你。 |

| 1941 | 土砂崩れで通行止めだ。 |
| | ▶ 因土石流而禁止通行。 |

| 1942 | 図書室で宿題をする。 |
| | ▶ 在閱覽室做功課。 |

| 1943 | 都心は家賃が高いです。 |
| | ▶ 東京都中心地帶的房租很貴。 |

| 1944 | 戸棚からコップを出しました。 |
| | ▶ 我從壁櫥裡拿出了玻璃杯。 |

| 1945 | 会社に入った途端に、すごく真面目になった。 |
| | ▶ 一進公司，就變得很認真。 |

| 1946 | 土地を買った上で、建てる家を設計しましょう。 |
| | ▶ 等買了土地，再來設計房子吧。 |

| 1947 | 鈴木君は、とっくにうちに帰りました。 |
| | ▶ 鈴木先生早就回家了。 |

と

1948	どっと	副 (許多人)一齊 (突然發聲)哄堂；(人、物)湧來，雲集；(突然)病重，病倒
1949	とつぷう【突風】	名 突然颳起的暴風
1950	ととのう【整う】	自五 齊備，完整；整齊端正，協調；(協議等)達成，談妥 反 乱れる 類 片付く
1951	とどまる【留まる】	自五 停留，停頓；留下，停留；止於，限於 反 進む 類 停止
1952	どなる【怒鳴る】	自五 大聲喊叫，大聲申訴 類 叱る (しかる)
1953	とにかく	副 總之，無論如何，反正 類 何しろ
1954	とびこむ【飛び込む】	自五 跳進，飛入；突然闖入；(主動)投入，加入 類 入る
1955	とびだす【飛び出す】	自五 飛出，飛起來，起飛；跑出；(猛然)跳出；突然出現 類 抜け出す (ぬけだす)
1956	とびはねる【飛び跳ねる】	自下一 跳躍
1957	とめる【泊める】	他下一 (讓…)住，過夜；(讓旅客)投宿；(讓船隻)停泊 類 宿す (やどす)
1958	とも【友】	名 友人，朋友；良師益友 類 友達
1959	ともかく	副・接 暫且不論，姑且不談；總之，反正；不管怎樣 類 まずは
1960	ともに【共に】	副 共同，一起，都；隨著，隨同；全，都，均 類 一緒

1948
それを聞いて、みんなどっと笑った。
▶ 聽了那句話後，大家哄堂大笑。

1949
突風に帽子を飛ばされる。
▶ 帽子被突然颳起的風給吹走了。

1950
準備が整いさえすれば、すぐに出発できる。
▶ 只要全都準備好了，就可以馬上出發。

1951
隊長が来るまで、ここに留まることになっています。
▶ 在隊長來到之前，要一直留在這裡待命。

1952
そんなに怒鳴ることはないでしょう。
▶ 不需要這麼大聲吼叫吧！

1953
とにかく、彼などと会いたくないんです。
▶ 總而言之，就是不想跟他見面。

と

1954
みんなの話によると、窓からボールが飛び込んできたのだそうだ。
▶ 據大家所言，球好像是從窗戶飛進來的。

1955
角から子どもが飛び出してきたので、びっくりした。
▶ 小朋友從轉角跑出來，嚇了我一跳。

1956
飛び跳ねて喜ぶ。
▶ 欣喜而跳躍。

1957
ひと晩泊めてもらう。
▶ 讓我投宿一晚。

1958
このおかずは、お酒の友にもいいですよ。
▶ 這小菜也很適合當下酒菜呢。

1959
ともかく、今は忙しくてそれどころじゃないんだ。
▶ 暫且先不談這個了，現在很忙，根本就不是做這種事情的時候。

1960
家族と共に、合格を喜び合った。
▶ 家人全都為我榜上有名而高興。

1963	とら 【虎】	名 老虎 和 タイガー
1964	とらえる 【捕らえる】	他下一 捕捉，逮捕；緊緊抓住；捕捉，掌握； 令陷入…狀態 反 釈放する（しゃくほうする）　和 逮捕
1965	トラック 【track】	名 （操場、運動場、賽馬場的）跑道
1966	とりあげる 【取り上げる】	他下一 拿起，舉起；採納，受理；奪取，剝 奪；沒收（財產），徵收（稅金） 和 奪う
1967	とりいれる 【取り入れる】	他下一 收穫，收割；收進，拿入；採用，引 進，採納 反 取り出す　和 取る
1968	とりけす 【取り消す】	他五 取消，撤銷，作廢 和 打ち消す
1969	とりこわす 【取り壊す】	他五 拆除
1970	とりだす 【取り出す】	他五 （用手從裡面）取出，拿出；（從許多東西 中）挑出，抽出 反 取り入れる　和 抜き出す
1971	とる 【捕る】	他五 抓，捕捉，逮捕 和 とらえる
1972	とる 【採る】	他五 採取，採用，錄取；採集；採光 和 採用
1973	ドレス 【dress】	名 女西服，洋裝，女禮服 和 洋服
1974	とれる 【取れる】	自下一 （附著物）脫落，掉下；需要，花費（時間 等）；去掉，刪除；協調，均衡 和 離れる
1975	どろ 【泥】	名・造語 泥土；小偷 和 土

1963	動物園には、虎が3匹いる。
	▶ 動物園裡有三隻老虎。

1964	犯人を捕らえられるものなら捕らえてみろよ。
	▶ 你要能抓到那犯人，你就抓抓看啊！

1965	トラックを一周する。
	▶ 繞跑道一圈。

1966	環境問題を取り上げて、みんなで話し合いました。
	▶ 提出環境問題來和大家討論一下。

1967	新しい意見を取り入れなければ、改善は行えない。
	▶ 要是不採用新的意見，就無法改善。

1968	責任者の協議のすえ、許可証を取り消すことにしました。
	▶ 和負責人進行協議，最後決定撤銷證照。

1969	古い家を取り壊す。
	▶ 拆除舊屋。

1970	彼は、ポケットから財布を取り出した。
	▶ 他從口袋裡取出錢包。

1971	鼠を捕る。
	▶ 抓老鼠。

1972	この企画を採ることにした。
	▶ 已決定採用這個企畫案。

1973	結婚式といえば、真っ白なウエディングドレスを思い浮かべる。
	▶ 一講到結婚典禮，腦中就會浮現純白的結婚禮服。

1974	ボタンが取れてしまいました。
	▶ 鈕釦掉了。

1975	泥だらけになりつつも、懸命に救助を続けた。
	▶ 儘管滿身爛泥，也還是拼命地幫忙搶救。

と

1976 □	とんでもない	(連語・形) 出乎意料，不合情理；豈有此理，不可想像；(用在堅決的反駁或表示客套)哪裡的話 類 大変
1977 □	トンネル【tunnel】	名 隧道 類 穴
1978 □ T62	な【名】	名 名字，姓名；名稱；名分；名譽，名聲；名義，藉口 類 名前
1979 □	ないか【内科】	名 (醫)内科 反 外科 類 小児科
1980 □	ないせん【内線】	名 内線；(電話)内線分機 反 外線 類 電線
1981 □	なお	(副・接) 仍然，還，尚；更，還，再；猶如，如；尚且，而且，再者 類 いっそう
1982 □	ながい【永い】	形 (時間)長，長久 類 ひさしい
1983 □	ながそで【長袖】	名 長袖
1984 □	なかなおり【仲直り】	(名・自サ) 和好，言歸於好
1985 □	なかば【半ば】	(名・副) 一半，半數；中間，中央；半途；(大約)一半，一半(左右) 類 最中
1986 □	ながびく【長引く】	(自五) 拖長，延長 類 遅延する
1987 □	なかま【仲間】	名 伙伴，同事，朋友；同類 類 グループ
1988 □	ながめ【眺め】	名 眺望，瞭望；(眺望的)視野，景致，景色 類 景色

1976
とんでもないところで彼に出会った。
▶ 在意想不到的地方遇見他。

1977
トンネルを抜けたら、緑の山が広がっていた。
▶ 穿越隧道後，綠色的山脈開展在眼前。

1978
その人の名はなんと言いますか。
▶ 那個人的名字叫什麼？

1979
内科のお医者様に見てもらいました。
▶ 我去給内科的醫生看過。

1980
内線12番をお願いします。
▶ 請轉接内線12號。

1981
なお、会議の後で食事会がありますので、残ってください。
▶ 還有，會議之後有餐會，請留下來參加。

と

1982
末永くお幸せに。
▶ 祝你永遠快樂。

1983
長袖の服を着る。
▶ 穿長袖衣物。

1984
あなたと仲直りした以上は、もう以前のことは言いません。
▶ 既然跟你和好了，就不會再去提往事了。

1985
私はもう50代半ばです。
▶ 我已經五十五歲左右了。

1986
社長の話は、いつも長引きがちです。
▶ 社長講話總是會拖得很長。

1987
仲間になるにあたって、みんなで酒を飲んだ。
▶ 大家結交為同伴之際，一同喝了酒。

1988
この部屋は、眺めがいい上に清潔です。
▶ 這房子不僅視野好，屋内也很乾淨。

1989 □	ながめる【眺める】	(他下一) 眺望；凝視，注意看；(商)觀望 類 見渡す
1990 □	なかよし【仲良し】	(名) 好朋友；友好，相好 類 友達
1991 □	ながれ【流れ】	(名) 水流，流動；河流，流水；潮流，趨勢；血統；派系，(藝術的)風格 類 川
1992 □	なぐさめる【慰める】	(他下一) 安慰，慰問；使舒暢；慰勞，撫慰 類 慰安
1993 □	なし【無し】	(名) 無，沒有 類 なにもない
1994 □	なす【為す】	(他五) (文)做，為 類 行う
1995 □	なぞ【謎】	(名) 謎語；暗示，口風；神秘，詭異，莫名其妙 類 疑問
1996 □	なぞなぞ【謎々】	(名) 謎語 類 謎
1997 □	なだらか	(形動) 平緩，坡度小，平滑；平穩，順利；順利，流暢 反 険しい 類 緩い (ゆるい)
1998 □	なつかしい【懐かしい】	(形) 懷念的，思慕的，令人懷念的；眷戀，親近的 類 恋しい
1999 □	なでる【撫でる】	(他下一) 摸，撫摸；梳理(頭髮)；撫慰，安撫 類 さする
2000 □	なにしろ【何しろ】	(副) 不管怎樣，總之，到底；因為，由於 類 とにかく
2001 □	なになに【何々】	(代・感) 什麼什麼，某某 類 何

1989	窓_{まど}から、美_{うつく}しい景色_{けしき}を眺_{なが}めていた。
	▶ 我從窗戶眺望美麗的景色。

1990	彼_{かれ}らは、みんな仲良_{なかよ}しだとか。
	▶ 聽說他們好像感情很好。

1991	月日_{つきひ}の流_{なが}れは速_{はや}い。
	▶ 時間的流逝甚快。

1992	私_{わたし}には、慰_{なぐさ}める言葉_{ことば}にもありません。
	▶ 我找不到安慰的言語。

1993	勉強_{べんきょう}するにしろ、事業_{じぎょう}をするにしろ、資金_{しきん}無_なしでは無理_{むり}です。
	▶ 不論是讀書求學，或是開創事業，沒有資金都就是不可能的事。

1994	無益_{むえき}の事_{こと}を為_なす。
	▶ 做無義的事。

1995	彼_{かれ}にガールフレンドがいないのはなぞだ。
	▶ 他有沒有女朋友，還真是個謎。

1996	そのなぞなぞは難_{むずか}しくてわからない。
	▶ 這個腦筋急轉彎真是非常困難，完全想不出來。

1997	なだらかな丘_{おか}が続_{つづ}いている。
	▶ 緩坡的山丘連綿。

1998	ふるさとは、涙_{なみだ}が出_でるほどなつかしい。
	▶ 家鄉令我懷念到想哭。

1999	彼_{かれ}は、白髪_{しらが}だらけの髪_{かみ}をなでながらつぶやいた。
	▶ 他邊摸著滿頭白髮，邊喃喃自語。

2000	何_{なに}しろ忙_{いそが}しくて、食事_{しょくじ}をする時間_{じかん}もないほどだ。
	▶ 總之就是很忙，忙到連吃飯的時間都沒有的程度。

2001	何々_{なになに}をくださいと言_いうとき、英語_{えいご}でなんと言_いいますか。
	▶ 在要說請給我某東西的時候，用英文該怎麼說？

な

2002	なにぶん 【何分】	名・副 多少；無奈…
2003	なにも	連語・副 (後面常接接否定)什麼也…，全都…；並 (不)，(不)必 同 どれも
2004	なまいき 【生意気】	名・形動 驕傲，狂妄；自大，逞能，臭美，神氣 活現 同 小憎らしい
2005	なまける 【怠ける】	自他下一 懶惰，怠惰 反 励む 同 緩む
2006	なみ 【波】	名 波浪，波濤；波瀾，風波；聲波；電波；潮 流，浪潮；起伏，波動 同 波浪（はろう）
2007	なみき 【並木】	名 街樹，路樹；並排的樹木 同 木
2008	ならう 【倣う】	自五 仿效，學
2009	なる 【生る】	自五 (植物)結果；生，產出 同 実る（みのる）
2010	なる 【成る】	自五 成功，完成；組成，構成；允許，能忍受 同 成立
2011	なれる 【馴れる】	自下一 馴熟
2012	なわ 【縄】	名 繩子，繩索 同 綱
2013	なんきょく 【南極】	名 (地)南極；(理)南極(磁針指南的一端) 反 北極 同 南極点
2014	なんて	副助 什麼的，…之類的話；說是…；(輕視)叫 什麼…來的；等等，之類；表示意外，輕視 或不以為然 同 なんと

T63

2002	何分経験不足なのでできない。 ▶ 無奈經驗不足故辦不到。
2003	彼は肉類はなにも食べない。 ▶ 他所有的肉類都不吃。
2004	あいつがあまり生意気なので、腹を立てずにはいられない。 ▶ 那傢伙實在是太狂妄了，所以不得不生起氣來。
2005	仕事を怠ける。 ▶ 他不認真工作。
2006	サーフィンのときは、波は高ければ高いほどいい。 ▶ 衝浪時，浪越高越好。
2007	銀杏並木が続いています。 ▶ 銀杏的街道樹延續不斷。
2008	先例に倣う。 ▶ 仿照前例。
2009	今年はミカンがよく生るね。 ▶ 今年的橘子結實纍纍。
2010	ノーベル賞受賞者に、なれるものならなってみろよ。 ▶ 你要能拿諾貝爾獎，你就拿看看啊！
2011	この馬は人に馴れている。 ▶ 這匹馬很親人。
2012	漁村では、冬の間みんなで縄を作ります。 ▶ 在漁村裡，冬季大家會一起製繩。
2013	南極なんか、行ってみたいですね。 ▶ 我想去看看南極之類的地方呀！
2014	本気にするなんてばかね。 ▶ 你真笨耶！竟然當真了。

な

2015 ☐	なんで 【何で】	副 為什麼，何故 英 どうして
2016 ☐	なんでも 【何でも】	副 什麼都，不管什麼；不管怎樣，無論怎樣；據說是，多半是 英 すべて
2017 ☐	なんとか 【何とか】	副 設法，想盡辦法；好不容易，勉強；(不明確的事情、模糊概念)什麼，某事 英 どうやら
2018 ☐	なんとなく 【何となく】	副 (不知為何)總覺得，不由得；無意中 英 どうも
2019 ☐	なんとも	副・連 真的，實在；(下接否定，表無關緊要)沒關係，沒什麼；(下接否定)怎麼也不… 英 どうとも
2020 ☐	なんびゃく 【何百】	名 (數量)上百 英 何万
2021 ☐	なんべい 【南米】	名 南美洲 英 南アメリカ
2022 ☐	なんぼく 【南北】	名 (方向)南與北；南北 反 東西 英 南と北
2023 ☐	におう 【匂う】	自五 散發香味，有香味；(顏色)鮮豔美麗；隱約發出，使人感到似乎… 英 薫じる（くんずる）
2024 ☐	にがす 【逃がす】	他五 放掉，放跑；使跑掉，沒抓住；錯過，丟失 英 放す（はなす）
2025 ☐	にくい 【憎い】	形 可憎，可惡；(說反話)漂亮，令人佩服 英 憎らしい
2026 ☐	にくむ 【憎む】	他五 憎恨，厭惡；嫉妒 反 愛する 英 嫉む（ねたむ）
2027 ☐	にげきる 【逃げ切る】	自五 (成功地)逃跑

に

2015
何で、最近こんなに雨がちなんだろう。
▶ 為什麼最近這麼容易下雨呢？

2016
この仕事については、何でも聞いてください。
▶ 關於這份工作，有任何問題就請發問。

2017
誰も助けてくれないので、自分で何とかするほかない。
▶ 沒有人肯幫忙，所以只好自己想辦法了。

2018
何となく、その日はお酒を飲まずにはいられなかった。
▶ 不知道為什麼，總覺得那一天不能不喝酒。

2019
その件については、なんとも説明しがたい。
▶ 關於那件事，實在是難以說明。

2020
何百何千という人々がやってきた。
▶ 上千上百的人群來到。

2021
南米のダンスを習いたい。
▶ 我想學南美洲的舞蹈。

2022
日本は南北に長い国です。
▶ 日本是南北細長的國家。

2023
何か匂いますが、何の匂いでしょうか。
▶ 好像有什麼味道，到底是什麼味道呢？

2024
犯人を追っていたのに、逃がしてしまった。
▶ 我在追犯人，卻讓他跑了。

2025
冷酷な犯人が憎い。
▶ 憎恨冷酷無情的犯人。

2026
今でも彼を憎んでいますか。
▶ 你現在還憎恨他嗎？

2027
危なかったが、逃げ切った。
▶ 雖然危險但脫逃成功。

な

2028	にこにこ	(副・自サ) 笑嘻嘻，笑容滿面 (類) 莞爾（かんじ）
2029	にごる 【濁る】	(自五) 混濁，不清晰；(聲音)嘶啞；(顏色)不鮮明；(心靈)污濁，起邪念 (反) 澄む (類) 汚れる（けがれる）
2030	にじ 【虹】	(名) 虹，彩虹 (類) 彩虹（さいこう）
2031	にち 【日】	(名・漢造) 日本；星期天；日子，天，晝間；太陽 (類) 日曜日
2032	にちじ 【日時】	(名) (集會和出發的)日期時間 (類) 日付と時刻
2033	にちじょう 【日常】	(名) 日常，平常 (類) 普段
2034	にちや 【日夜】	(名・副) 日夜；總是，經常不斷地 (類) いつも
2035	にちようひん 【日用品】	(名) 日用品 (類) 品物
2036	にっか 【日課】	(名) (規定好)每天要做的事情，每天習慣的活動；日課 (類) 勤め
2037	にっこう 【日光】	(名) 日光，陽光；日光市 (類) 太陽
2038	にっこり	(副・自サ) 微笑貌，莞爾，嫣然一笑，微微一笑 (類) にこにこ
2039	にっちゅう 【日中】	(名) 白天，晝間(指上午十點到下午三、四點間)；日本與中國 (類) 昼間
2040	にってい 【日程】	(名) (旅行、會議的)日程；每天的計畫(安排) (類) 日どり

2028	嬉しくてにこにこした。
	▶ 高興得笑容滿面。

2029	工場の排水で、川の水が濁ってしまうおそれがある。
	▶ 工廠排出的廢水，有可能讓河川變混濁。

2030	雨が止んだら虹が出た。
	▶ 雨停了之後，出現一道彩虹。

2031	何日ぐらい旅行に行きますか。
	▶ 你打算去旅行幾天左右？

2032	パーティーに行けるかどうかは、日時しだいです。
	▶ 是否能去參加派對，就要看時間的安排。

2033	日常生活に困らないにしても、貯金はあったほうがいいですよ。
	▶ 就算日常生活上沒有經濟問題，也還是要有儲蓄比較好。

2034	彼は日夜勉強している。
	▶ 他日以繼夜地用功讀書。

2035	うちの店では、日用品ばかりでなく、高級品も扱っている。
	▶ 不單是日常用品，本店也另有出售高級商品。

2036	散歩が日課になりつつある。
	▶ 散步快要變成我每天例行的功課了。

2037	日光を浴びる。
	▶ 曬太陽。

2038	彼女がにっこりしさえすれば、男性はみんな優しくなる。
	▶ 只要她嫣然一笑，每個男性都會變得很親切。

2039	雲のようすから見ると、日中は雨が降りそうです。
	▶ 從雲朵的樣子來看，白天好像會下雨的樣子。

2040	旅行の日程がわかりしだい、連絡します。
	▶ 一得知旅行的行程之後，將馬上連絡您。

に

2041 □	にぶい 【鈍い】	形 (刀劍等)鈍，不鋒利；(理解、反應)慢，遲 鈍，動作緩慢；(光)朦朧，(聲音)渾濁 反 鋭い　類 鈍感（さいこう）
2042 □	にほん 【日本】	名 日本 類 日本国
2043 □	にゅうしゃ 【入社】	名・自サ 進公司工作，入社 反 退社　類 社員
2044 □	にゅうじょう 【入場】	名・自サ 入場 反 退場　類 式場
2045 □	にゅうじょうけん 【入場券】	名 門票，入場券
2046 □ T64	にょうぼう 【女房】	名 (自己的)太太，老婆 類 つま
2047 □	にらむ 【睨む】	他五 瞪著眼看，怒目而視；盯著，注視，仔細 觀察；估計，揣測，意料；盯上 類 瞠目（どうもく）
2048 □	にわか	名・形動 突然，驟然；立刻，馬上；一陣子，臨 時，暫時 類 雨
2049 □	にわとり 【鶏】	名 雞
2050 □	にんげん 【人間】	名 人，人類；人品，為人；(文)人間，社會， 世上 類 人
ぬ 2051 □	ぬの 【布】	名 布匹；棉布；麻布 類 織物
ね 2052 □	ね 【根】	名 (植物的)根；根底；根源，根據；天性，根本 類 根っこ（ねっこ）
2053 □	ね 【値】	名 價錢，價格，價值 類 値段

2041	私は勘が鈍いので、クイズは苦手です。
	▶ 因為我的直覺很遲鈍，所以不擅於猜謎。

2042	学校を通して、日本への留学を申請しました。
	▶ 透過學校，申請到日本留學。

2043	出世は、入社してからの努力しだいです。
	▶ 是否能出人頭地，就要看進公司後的努力。

2044	入場する人は、一列に並んでください。
	▶ 要進場的人，請排成一排。

2045	入場券売場。
	▶ 門票販售處。

2046	女房と一緒になったときは、嬉しくて涙が出るくらいでした。
	▶ 跟老婆步入禮堂時，高興得眼淚都要掉了下來。

2047	隣のおじさんは、私が通るたびに睨む。
	▶ 我每次經過隔壁的伯伯就會瞪我一眼。

2048	にわかに空が曇ってきた。
	▶ 天空頓時暗了下來。

2049	鶏を飼う。
	▶ 養雞。

2050	人間の歴史。
	▶ 人類的歷史。

2051	どんな布にせよ、丈夫なものならかまいません。
	▶ 不管是哪種布料，只要耐用就好。

2052	この問題は根が深い。
	▶ 這個問題的根源很深遠。

2053	値が上がらないうちに、マンションを買った。
	▶ 在房價還未上漲前買下了公寓。

に

2054 □	ねがい【願い】	[名] 願望，心願；請求，請願；申請書，請願書 [類] 願望（がんぼう）
2055 □	ねがう【願う】	[他五] 請求，請願，懇求；願望，希望；祈禱，許願 [類] 念願（ねんがん）
2056 □	ねじ	[名] 螺絲，螺釘　[類] 釘
2057 □	ねじる【捩る】	[他五] 扭，扭傷，扭轉；不斷翻來覆去的責備 [類] 捻る
2058 □	ねずみ	[名] 老鼠　[類] マウス
2059 □	ねっする【熱する】	[自サ・他サ] 加熱，變熱，發熱；熱中於，興奮，激動 [類] 沸かす（わかす）
2060 □	ねったい【熱帯】	[名] (地)熱帶 [反] 寒帯　[類] 熱帯雨林（ねったいうりん）
2061 □	ねまき【寝間着】	[名] 睡衣　[類] パジャマ
2062 □	ねらう【狙う】	[他五] 看準，把…當做目標；把…弄到手；伺機而動 [類] 目指す
2063 □	ねんがじょう【年賀状】	[名] 賀年卡
2064 □	ねんかん【年間】	[名・漢造] 一年間；(年號使用)期間，年間 [類] 年代
2065 □	ねんげつ【年月】	[名] 年月，光陰，時間 [類] 歳月
2066 □	ねんじゅう【年中】	[名・副] 全年，整年；一年到頭，總是，始終 [類] いつも
2067 □	ねんだい【年代】	[名] 年代；年齡層；時代

2054	みんなの願いにもかかわらず、先生は来てくれなかった。
	▶ 不理會眾人的期望，老師還是沒來。

2055	二人の幸せを願わないではいられません。
	▶ 不得不為他兩人的幸福祈禱呀！

2056	ねじが緩くなったので直してください。
	▶ 螺絲鬆了，請將它轉緊。

2057	足を挫ったばかりか、ひざの骨にひびまで入った。
	▶ 不僅扭傷了腳，連膝蓋骨也裂開了。

2058	こんなところに、ねずみなんかいませんよ。
	▶ 這種地方，才不會有老鼠那種東西啦。

2059	鉄をよく熱してから加工します。
	▶ 將鐵徹底加熱過後再加工。

2060	この国は、熱帯のわりには過ごしやすい。
	▶ 這國家雖處熱帶，但卻很舒適宜人。

2061	寝間着のまま、うろうろするものではない。
	▶ 不要穿著睡衣到處走動。

2062	狙った以上、彼女を絶対ガールフレンドにします。
	▶ 既然看中了她，就絕對要讓她成為自己的女友。

2063	年賀状を書く。
	▶ 寫賀年卡。

2064	年間の収入は500万円です。
	▶ 一年中的收入是五百萬日圓。

2065	年月をかけた準備のあげく、失敗してしまいました。
	▶ 花費多年所做的準備，最後卻失敗了。

2066	京都には、季節を問わず、年中観光客がいっぱいいます。
	▶ 在京都，不論任何季節，全年都有很多觀光客聚集。

2067	若い年代の需要にこたえて、商品を開発する。
	▶ 回應年輕一代的需求來開發商品。

ね

2068 ☐	ねんど 【年度】	名	(工作或學業)年度
		類	時代
2069 ☐	ねんれい 【年齢】	名	年齡，歲數
		類	年歲
2070 ☐ T65	の 【野】	名・漢造	原野；田地，田野；野生的
		類	原
2071 ☐	のう 【能】	名・漢造	能力，才能，本領；功效；(日本古典戲劇)能樂
		類	才能
2072 ☐	のうさんぶつ 【農産物】	名	農產品
		類	作物
2073 ☐	のうそん 【農村】	名	農村，鄉村
		類	農園
2074 ☐	のうみん 【農民】	名	農民
		類	百姓
2075 ☐	のうやく 【農薬】	名	農藥
		類	薬
2076 ☐	のうりつ 【能率】	名	效率
		類	効率（こうりつ）
2077 ☐	ノー 【no】	名・感・造	表否定：沒有，不；(表示禁止)不必要，禁止
		類	いいえ
2078 ☐	のき 【軒】	名	屋簷
		類	屋根（やね）
2079 ☐	のこらず 【残らず】	副	全部，通通，一個不剩
		類	すべて
2080 ☐	のこり 【残り】	名	剩餘，殘留
		類	あまり

の

2068
年度の終わりに、みんなで飲みに行きましょう。
▶ 本年度結束時，大家一起去喝一杯吧。

2069
先生の年齢からして、たぶんこの歌手を知らないでしょう。
▶ 從老師的歲數來推斷，他大概不知道這位歌手吧！

2070
家にばかりいないで、野や山に遊びに行こう。
▶ 不要一直窩在家裡，一起到原野或山裡玩耍吧！

2071
私は小説を書くしか能がない。
▶ 我只有寫小說的才能。

2072
このあたりの代表的農産物といえば、ぶどうです。
▶ 說到這一帶的代表性農作物，就是葡萄。

2073
彼は、農村の人々の期待にこたえて、選挙に出馬した。
▶ 他回應了農村裡的鄉親們的期待，站出來參選。

2074
農民の生活は、天候に左右される。
▶ 農民的生活受天氣左右。

2075
虫の害がひどいので、農薬を使わずにはいられない。
▶ 因為蟲害很嚴重，所以不得不使用農藥。

2076
能率が悪いにしても、この方法で作ったお菓子のほうがおいしいです。
▶ 就算效率很差，但用這方法所作成的點心比較好吃。

2077
いやなのにもかかわらず、ノーと言えない。
▶ 儘管是不喜歡的東西，也無法開口說不。

2078
雨が降ってきたので、家の軒下に逃げ込んだ。
▶ 下起了雨，所以躲到了房屋的屋簷下。

2079
知っていることを残らず話す。
▶ 知道的事情全部講出。

2080
お菓子の残りは、あなたにあげます。
▶ 剩下來的甜點給你吃。

ね

2081 □	のせる 【載せる】	(他下一) 刊登；載運；放到高處；和著音樂拍子
2082 □	のぞく 【除く】	(他五) 消除，刪除，除外，剔除；除了…，除外；殺死 ◉ 消す
2083 □	のぞく 【覗く】	(自五・他五) 露出(物體的一部份)；窺視，探視；往下看；晃一眼；窺探他人秘密 ◉ 窺う(うかがう)
2084 □	のぞみ 【望み】	(名) 希望，願望，期望；抱負，志向；衆望 ◉ 希望
2085 □	のちほど 【後程】	(副) 過一會兒
2086 □	のはら 【野原】	(名) 原野
2087 □	のびのび 【延び延び】	(名) 拖延，延緩
2088 □	のびのび（と） 【伸び伸び（と）】	(副・自サ) 生長茂盛；輕鬆愉快
2089 □	のべる 【述べる】	(他下一) 敘述，陳述，說明，談論
2090 □	のみかい 【飲み会】	(名) 喝酒的聚會
2091 □	のり 【糊】	(名) 膠水，漿糊
2092 □	のる 【載る】	(他五) 登上，放上；乘，坐，騎；參與；上當，受騙；刊載，刊登 ◉ 積載(せきさい)
2093 □	のろい 【鈍い】	(形) (行動)緩慢的，慢吞吞的；(頭腦)遲鈍的，笨的；對女人軟弱，唯命是從的人 ◉ 遅い

2081
雑誌に記事を載せる。
▶ 在雜誌上刊登報導。

2082
私を除いて、家族は全員乙女座です。
▶ 除了我之外，我們家全都是處女座。

2083
家の中を覗いているのは誰だ。
▶ 是誰在那裡偷看屋內？

2084
お礼は、あなたの望み次第で、なんでも差し上げます。
▶ 回禮的話，看你想要什麼，我都會送給你。

2085
後程またご相談しましょう。
▶ 回頭再來和你談談。

2086
野原で遊ぶ。
▶ 在原野玩耍。

の

2087
運動会が雨で延び延びになる。
▶ 運動會因雨勢而拖延。

2088
子供が伸び伸びと育つ。
▶ 讓小孩在自由開放的環境下成長。

2089
この問題に対して、意見を述べてください。
▶ 請針對這個問題，發表一下意見。

2090
飲み会に誘われる。
▶ 被邀去參加聚會。

2091
糊をつける。
▶ 塗上膠水。

2092
その記事は、何ページに載っていましたっけ。
▶ 這個報導，記得是刊在第幾頁來著？

2093
亀は、歩くのがとても鈍い。
▶ 烏龜走路非常緩慢。

2094 □	のろのろ	副・自サ 遲緩，慢吞吞地 類 遅鈍（ちどん）
2095 □	のんき 【呑気】	名・形動 悠閒，無憂無慮；不拘小節，不慌不忙；蠻不在乎，漫不經心 類 気楽（きらく）
2096 □ T66	ば 【場】	名 場所，地方；座位；（戲劇）場次；場合 類 所
2097 □	はあ	感（應答聲）是，唉；（驚訝聲）嘿
2098 □	ばいう 【梅雨】	名 梅雨 反 乾期（かんき）　類 雨季
2099 □	バイキング 【Viking】	名 自助式吃到飽
2100 □	はいく 【俳句】	名 俳句 類 歌
2101 □	はいけん 【拝見】	名・他サ（「みる」的自謙語）看，瞻仰
2102 □	はいたつ 【配達】	名・他サ 送，投遞 類 配る
2103 □	ばいばい 【売買】	名・他サ 買賣，交易 類 売り買い
2104 □	パイプ 【pipe】	名 管，導管；煙斗；煙嘴；管樂器 類 筒（つつ）
2105 □	はう 【這う】	自五 爬，爬行；（植物）攀纏，緊貼；（趴）下 類 腹這う
2106 □	はか 【墓】	名 墓地，墳墓 類 墓場

は

2094	のろのろやっていると、間に合わないおそれがありますよ。	
	▶ 你這樣慢慢吞吞的話，會趕不上的唷！	

2095	生まれつき呑気なせいか、あまり悩みはありません。	
	▶ 不知是不是生來性格就無憂無慮的關係，幾乎沒什麼煩惱。	

2096	その場では、お金を払わなかった。	
	▶ 在當時我沒有付錢。	

2097	はあ、かしこまりました。	
	▶ 是，我知道了。	

2098	梅雨の季節にしては、雨が少ないです。	
	▶ 就梅雨季節來說，這雨量很少。	

2099	朝食のバイキング。	
	▶ 自助式吃到飽的早餐。	

の

2100	この作家の俳句を読むにつけ、日本へ行きたくなります。	
	▶ 每當唸起這位作家的俳句時，就會想去日本。	

2101	お手紙拝見しました。	
	▶ 拜讀了您的信。	

2102	1日2回郵便が配達される。	
	▶ 一天投遞兩次郵件。	

2103	株の売買によって、お金をもうけました。	
	▶ 因為股票交易而賺了錢。	

2104	これは、石油を運ぶパイプラインです。	
	▶ 這是輸送石油的輸油管。	

2105	赤ちゃんが、一生懸命這ってきた。	
	▶ 小嬰兒努力地爬到這裡。	

2106	郊外に墓を買いました。	
	▶ 在郊外買了墳墓。	

2107 □	ばか 【馬鹿】	(名・形動) 愚蠢，糊塗
2108 □	はがす 【剥がす】	(他五) 剝下 働 取り除ける（とりのぞける）
2109 □	はかせ 【博士】	(名) 博士；博學之人
2110 □	ばからしい 【馬鹿らしい】	(形) 愚蠢的，無聊的；划不來，不值得 (反) 面白い 働 馬鹿馬鹿しい
2111 □	はかり 【計り】	(名) 秤，量，計量；份量；限度 働 計器
2112 □	はかり 【秤】	(名) 秤，天平
2113 □	はかる 【計る】	(他五) 計，秤，測量；計量；推測，揣測；徵 詢，諮詢 働 数える
2114 □	はきけ 【吐き気】	(名) 噁心，作嘔 働 むかつき
2115 □	はきはき	(副・自サ) 活潑伶俐的樣子；乾脆，爽快；（動作） 俐落 働 しっかり
2116 □	はく 【吐く】	(他五) 吐，吐出；說出，吐露出；冒出，噴出 働 言う
2117 □	はく 【掃く】	(他五) 掃，打掃；（拿刷子）輕塗 働 掃除
2118 □	ばくだい 【莫大】	(名・形動) 莫大，無尚，龐大 (反) 少ない 働 多い
2119 □	ばくはつ 【爆発】	(名・自サ) 爆炸，爆發 働 炸裂（さくれつ）

2107	馬鹿にする。
	▶ 輕視，瞧不起。

2108	ペンキを塗る前に、古い塗料を剥がしましょう。
	▶ 在塗上油漆之前，先將舊的漆剝下來吧！

2109	彼は工学博士になりました。
	▶ 他當上了工學博士。

2110	あなたにとっては馬鹿らしくても、私にとっては重要なんです。
	▶ 就算對你來講很愚蠢，但對我來說卻是很重要的。

2111	はかりで重さを量ってみましょう。
	▶ 用體重機量量體重吧。

2112	秤で量る。
	▶ 秤重。

は

2113	何分ぐらいかかるか、時間を計った。
	▶ 我量了大概要花多少時間。

2114	上司のやり方が嫌いで、吐き気がするぐらいだ。
	▶ 上司的做事方法令人討厭到想作嘔的程度。

2115	質問にはきはき答える。
	▶ 俐落地回答問題。

2116	寒くて、吐く息が白く見える。
	▶ 天氣寒冷，吐出來的氣都是白的。

2117	部屋を掃く。
	▶ 打掃房屋。

2118	貿易を通して、莫大な財産を築きました。
	▶ 透過貿易，累積了龐大的財富。

2119	長い間の我慢のあげく、とうとう気持ちが爆発してしまった。
	▶ 長久忍下來的怨氣，終於爆發了。

2120 □	はぐるま 【歯車】	[名] 齒輪
2121 □	バケツ 【bucket】	[名] 木桶 [類] 桶（おけ）
2122 □	はさまる 【挟まる】	[自五] 夾，（物體）夾在中間；夾在（對立雙方中間） [類] 嵌まる（はまる）
2123 □	はさむ 【挟む】	[他五] 夾，夾住；隔；夾進，夾入；插 [類] 摘む
2124 □	はさん 【破産】	[名・自サ] 破產 [類] 潰れる
2125 □	はしご	[名] 梯子；挨家挨戶 [類] 梯子（ていし）
2126 □	はじめまして 【初めまして】	[寒暄] 初次見面
2127 □	はしら 【柱】	[名・接尾]（建）柱子；支柱；（轉）靠山
2128 □	はす 【斜】	[名]（方向）斜的，歪斜 [類] 斜め（ななめ）
2129 □	パス 【pass】	[名・自サ] 免票，免費；定期票，月票；合格，通過 [類] 切符
2130 □	はだ 【肌】	[名] 肌膚，皮膚；物體表面；氣質，風度；木紋 [類] 皮膚
2131 □	パターン 【pattern】	[名] 形式，樣式，模型；紙樣；圖案，花樣 [類] 型
2132 □	はだか 【裸】	[名] 裸體；沒有外皮的東西；精光，身無分文；不存先入之見，不裝飾門面 [類] ヌード

2120 歯車がかみ合う。
▶ 齒輪咬合；協調。

2121 掃除をするので、バケツに水を汲んできてください。
▶ 要打掃了，請你用水桶裝水過來。

2122 歯の間に食べ物が挟まってしまった。
▶ 食物塞在牙縫裡了。

2123 ドアに手を挟んで、大声を出さないではいられないぐらい痛かった。
▶ 門夾到手，痛得我禁不住放聲大叫。

2124 うちの会社は借金だらけで、結局破産しました。
▶ 我們公司欠了一屁股債，最後破產了。

2125 屋根に上るので、はしごを貸してください。
▶ 我要爬上屋頂，所以請借我梯子。

2126 初めまして、山田太郎と申します。
▶ 初次見面，我叫山田太郎。

2127 柱が倒れる。
▶ 柱子倒下。

2128 ねぎは斜に切ってください。
▶ 請將蔥斜切。

2129 試験にパスしないことには、資格はもらえない。
▶ 要是不通過考試，就沒辦法取得資格。

2130 肌が美しくて、まぶしいぐらいだ。
▶ 肌膚美得炫目耀眼。

2131 彼がお酒を飲んで歌い出すのは、いつものパターンです。
▶ 喝了酒之後就會開始唱歌，是他的固定模式。

2132 風呂に入るため裸になったら、電話が鳴って困った。
▶ 脫光了衣服要洗澡時，電話卻剛好響起，真是傷腦筋。

2133 T67	はだぎ 【肌着】	名 (貼身)襯衣，汗衫 反 上着 類 下着
2134	はたけ 【畑】	名 田地，旱田；專業的領域
2135	はたして 【果たして】	副 果然，果真 反 図らずも（はからずも） 類 やはり
2136	はち 【鉢】	名 鉢盂；大碗；花盆；頭蓋骨 類 応器
2137	はちうえ 【鉢植え】	名 盆栽
2138	はつ 【発】	名・接尾 (交通工具等)開出，出發；(信、電報等) 發出；(助數詞用法)(計算子彈數量)發，顆 類 出発する
2139	ばつ	名 (表否定的)叉號
2140	ばつ 【罰】	名・漢造 懲罰，處罰 反 賞 類 罰（ばち）
2141	はついく 【発育】	名・自サ 發育，成長 類 育つ
2142	はっき 【発揮】	名・他サ 發揮，施展
2143	バック 【back】	名・自サ 後面，背後；背景；後退，倒車；金錢 的後備，援助；靠山 反 表（おもて） 類 裏（うら）
2144	はっこう 【発行】	名・自サ (圖書、報紙、紙幣等)發行；發放，發 售
2145	はっしゃ 【発車】	名・自サ 發車，開車 類 出発

2133	肌着をたくさん買ってきた。 ▶ 我買了許多汗衫。
2134	畑で働いている。 ▶ 在田地工作。
2135	ベストセラーといっても、果たして面白いかどうかわかりませんよ。 ▶ 雖說是暢銷書，但不知是否真那麼好看唷。
2136	鉢にラベンダーを植えました。 ▶ 我在花盆中種了薰衣草。
2137	鉢植えの手入れをする。 ▶ 照顧盆栽。
2138	上野発の列車。 ▶ 上野開出的火車。
2139	間違った答えにはばつをつけた。 ▶ 在錯的答案上畫上了叉號。
2140	遅刻した罰として、反省文を書きました。 ▶ 當作遲到的處罰，寫了反省書。
2141	発育のよい子。 ▶ 發育良好的孩子。
2142	今年は、自分の能力を発揮することなく終わってしまった。 ▶ 今年都沒好好發揮實力就結束了。
2143	車をバックさせたところ、塀にぶつかってしまった。 ▶ 倒車，結果撞上了圍牆。
2144	新しい雑誌を発行したところ、とてもよく売れました。 ▶ 發行新雜誌，結果銷路很好。
2145	定時に発車する。 ▶ 定時發車。

は

2146 ☐	はっしゃ 【発射】	(名・他サ) 發射(火箭、子彈等) (類) 撃つ（うつ）
2147 ☐	ばっする 【罰する】	(他サ) 處罰，處分，責罰；(法)定罪，判罪 (類) 懲らしめる（こらしめる）
2148 ☐	はっそう 【発想】	(名・自他サ) 構想，主意；表達，表現；(音樂)表現
2149 ☐	ばったり	(副) 物體突然倒下(跌落)貌；突然相遇貌；突然終止貌 (類) 偶々
2150 ☐	ぱっちり	(副・自サ) 眼大而水汪汪；睜大眼睛
2151 ☐	はってん 【発展】	(名・自サ) 擴展，發展；活躍，活動 (類) 発達
2152 ☐	はつでん 【発電】	(名・他サ) 發電
2153 ☐	はつばい 【発売】	(名・他サ) 賣，出售 (類) 売り出す
2154 ☐	はっぴょう 【発表】	(名・他サ) 發表，宣布，聲明；揭曉 (類) 公表
2155 ☐	はなしあう 【話し合う】	(自五) 對話，談話；商量，協商，談判
2156 ☐	はなしかける 【話しかける】	(自下一) (主動)跟人說話，攀談；開始談，開始說 (類) 話し始める
2157 ☐	はなしちゅう 【話し中】	(名) 通話中 (類) 通話中
2158 ☐	はなはだしい 【甚だしい】	(形) (不好的狀態)非常，很，甚 (類) 激しい

2146 ロケットが発射した。
▶ 火箭發射了。

2147 あなたが罪を認めた以上、罰しなければなりません。
▶ 既然你認了罪，就得接受懲罰。

2148 彼の発想をぬきにしては、この製品は完成しなかった。
▶ 如果沒有他的構想，就沒有辦法做出這個產品。

2149 友人たちにばったり会ったばかりに、飲みにいくことになってしまった。
▶ 因為與朋友們不期而遇，所以就決定去喝酒了。

2150 目がぱっちりとしている。
▶ 眼兒水汪汪。

2151 驚いたことに、町はたいへん発展していました。
▶ 令人驚訝的是，小鎮蓬勃發展起來了。

2152 この国では、風力による発電が行なわれています。
▶ 這個國家，以風力來發電。

2153 新商品発売の際には、大いに宣伝しましょう。
▶ 銷售新商品時，我們來大力宣傳吧！

2154 こんなに面白い意見は、発表せずにはいられません。
▶ 這麼有趣的意見，實在無法不提出來。

2155 楽しく話し合う。
▶ 相談甚歡。

2156 英語で話しかける。
▶ 用英語跟他人交談。

2157 急ぎの用事で電話したときに限って、話し中である。
▶ 偏偏在有急事打電話過去時，就是在通話中。

2158 あなたは甚だしい勘違いをしています。
▶ 你誤會得非常深。

は

2159 □	はなばなしい【華々しい】	㊎ 華麗，豪華；輝煌；壯烈 類 立派
2160 □	はなび【花火】	㊔ 煙火 類 火花
2161 □	はなやか【華やか】	形動 華麗；輝煌；活躍；引人注目 類 派手やか
2162 □	はなよめ【花嫁】	㊔ 新娘 反 婿 類 嫁
2163 □	はね【羽】	㊔ 羽毛；(鳥與昆蟲等的)翅膀；(機器等)翼，葉片；箭翎 類 つばさ
2164 □	ばね	㊔ 彈簧，發條；(腰、腿的)彈力，彈跳力 類 弾き金（はじきがね）
2165 □	はねる【跳ねる】	自下一 跳，蹦起；飛濺；散開，散場；爆，裂開 類 跳ぶ
2166 □	ははおや【母親】	㊔ 母親 反 父親 類 母
2167 □	はぶく【省く】	他五 省，省略，精簡，簡化；節省 類 略す（りゃくす）
2168 □	はへん【破片】	㊔ 破片，碎片 類 かけら
2169 □	ハム【ham】	㊔ 火腿
2170 □ T68	はめる【嵌める】	他下一 嵌上，鑲上；使陷入，欺騙；擲入，使沈入 反 外す 類 挟む（はさむ）
2171 □	はやおき【早起き】	㊔ 早起

は

2159	華々しい結婚式。
	▶ 豪華的婚禮。

2160	花火を見に行きたいわ。とてもきれいだもの。
	▶ 人家要去看煙火，因為真的是很漂亮嘛。

2161	華やかな都会での生活。
	▶ 在繁華的都市生活。

2162	きれいだなあ。さすが花嫁さんだけのことはある。
	▶ 好美唷！果然不愧是新娘子。

2163	羽のついた帽子がほしい。
	▶ 我想要頂有羽毛的帽子。

2164	ベッドの中のばねはたいへん丈夫です。
	▶ 床鋪的彈簧實在是牢固啊。

2165	子犬は、飛んだり跳ねたりして喜んでいる。
	▶ 小狗高興得又蹦又跳的。

2166	息子が勉強しないので、母親として嘆かずにはいられない。
	▶ 因為兒子不讀書，所以身為母親的就不得不嘆起氣來。

2167	大事な言葉を省いたばかりに、意味が通じなくなりました。
	▶ 正因為省略了關鍵的詞彙，所以意思才會不通。

2168	ガラスの破片が落ちていた。
	▶ 玻璃的碎片掉落在地上。

2169	ハムサンドをください。
	▶ 請給我火腿三明治。

2170	金属の枠にガラスを嵌めました。
	▶ 在金屬框裡，嵌上了玻璃。

2171	早起きは苦手だ。
	▶ 不擅長早起。

2172 □	はやくち 【早口】	名 說話快
2173 □	はら 【原】	名 平原，平地；荒原，荒地 類 野
2174 □	はらいこむ 【払い込む】	他五 繳納 類 収める
2175 □	はらいもどす 【払い戻す】	他五 退還(多餘的錢)，退費；(銀行)付還(存款 存款) 類 払い渡す
2176 □	はり 【針】	名 縫衣針；針狀物；(動植物的)針，刺 類 ピン
2177 □	はりがね 【針金】	名 金屬絲，(鉛、銅、鋼)線；電線 類 鉄線
2178 □	はりきる 【張り切る】	自五 拉緊；緊張，幹勁十足，精神百倍 類 頑張る
2179 □	はれ 【晴れ】	名 晴天；隆重；消除嫌疑
2180 □	はん 【反】	名・漢造 反，反對；(哲)反對命題；犯規；反覆 類 対立する
2181 □	はんえい 【反映】	名・自サ・他サ (光)反射；反映 類 反影
2182 □	パンク 【puncture】	名・自サ 爆胎；脹破，爆破 類 破れる（やぶれる）
2183 □	はんけい 【半径】	名 半徑
2184 □	はんこ	名 印章，印鑑 類 判

2172	早口でしゃべる。 ▶ 說話速度快。
2173	野原でおべんとうを食べました。 ▶ 我在原野上吃了便當。
2174	税金を払い込む。 ▶ 繳納稅金。
2175	不良品だったので、抗議のすえ、料金を払い戻してもらいました。 ▶ 因為是瑕疵品，經過抗議之後，最後費用就退給我了。
2176	針と糸で雑巾を縫った。 ▶ 我用針和線縫補了抹布。
2177	針金で玩具を作った。 ▶ 我用銅線做了玩具。
2178	主役をやるからには、はりきってやります。 ▶ 既然要當主角，就要打起精神好好做。
2179	さわやかな晴れの日。 ▶ 舒爽的晴天。
2180	隣家と反目し合う。 ▶ 跟隔壁反目成仇。
2181	この事件は、当時の状況を反映しているに相違ありません。 ▶ 這個事件，肯定是反映了當下的情勢。
2182	大きな音がしたことから、パンクしたのに気がつきました。 ▶ 因為聽到巨響，所以發現原來是爆胎了。
2183	彼は、行動半径が広い。 ▶ 他的行動範圍很廣。
2184	ここにはんこを押してください。 ▶ 請在這裡蓋下印章。

は

2185 ☐	はんこう 【反抗】	ⓐ名・自サ 反抗，違抗，反擊 ⓹ 手向かう（てむかう）
2186 ☐	はんざい 【犯罪】	名 犯罪 ⓹ 犯行
2187 ☐	ばんざい 【万歳】	名・感 萬歲；（表示高興）太好了，好極了 ⓹ ばんせい
2188 ☐	ハンサム 【handsome】	名・形動 帥，英俊，美男子 ⓹ 美男（びなん）
2189 ☐	はんじ 【判事】	名 審判員，法官 ⓹ 裁判官
2190 ☐	はんだん 【判断】	名・他サ 判斷；推斷，推測；占卜 ⓹ 判じる（はんじる）
2191 ☐	ばんち 【番地】	名 門牌號；住址 ⓹ アドレス
2192 ☐	はんつき 【半月】	名 半個月；半月形；上（下）弦月
2193 ☐	バンド 【band】	名 帶狀物；皮帶，腰帶；樂團 ⓹ ベルト
2194 ☐	はんとう 【半島】	名 半島 ⓹ 岬
2195 ☐	ハンドル 【handle】	名 （門等）把手；（汽車、輪船）方向盤 ⓹ 柄
2196 ☐	はんにち 【半日】	名 半天
2197 ☐	はんばい 【販売】	名・他サ 販賣，出售 ⓹ 売り出す

2185	彼は、親に対して反抗している。 ▶ 他反抗父母。
2186	犯罪を通して、社会の傾向を研究する。 ▶ 透過犯罪來研究社會的動向。
2187	万歳を三唱する。 ▶ 三呼萬歲。
2188	ハンサムでさえあれば、どんな男性でもいいそうです。 ▶ 聽說她只要對方英俊，怎樣的男人都行。
2189	将来は判事になりたいと思っている。 ▶ 我將來想當法官。
2190	上司の判断が間違っていると知りつつ、意見を言わなかった。 ▶ 明明知道上司的判斷是錯的，但還是沒講出自己的意見。
2191	お宅は何番地ですか。 ▶ 您府上門牌號碼幾號？
2192	半月かかる。 ▶ 花上半個月。
2193	太ったら、バンドがきつくなった。 ▶ 胖起來後皮帶變得很緊。
2194	三浦半島に泳ぎに行った。 ▶ 我到三浦半島游泳。
2195	久しぶりにハンドルを握った。 ▶ 久違地握著了方向盤。
2196	半日で終わる。 ▶ 半天就結束。
2197	商品の販売にかけては、彼の右に出る者はいない。 ▶ 在銷售商品上，沒有人可以跟他比。

は

2198 ☐	はんぱつ 【反発】	[名・他サ・自サ] 回彈，排斥；拒絕，不接受；反攻，反抗 [類] 否定する
2199 ☐	ばんめ 【番目】	[接尾]（助數詞用法，計算事物順序的單位）第 [類] 番
ひ 2200 ☐	ひ 【非】	[名・漢造] 非，不是
2201 ☐	ひ 【灯】	[名] 燈光，燈火 [類] 灯り
2202 ☐	ひあたり 【日当たり】	[名] 採光，向陽處 [類] 日向（ひなた）
2203 ☐	ひがえり 【日帰り】	[名・自サ] 當天回來
2204 ☐	ひかく 【比較】	[名・他サ] 比，比較 [類] 比べる
2205 ☐	ひかくてき 【比較的】	[副・形動] 比較地 [類] 割りに
2206 ☐ 💿 T69	ひかげ 【日陰】	[名] 陰涼處，背陽處；埋沒人間；見不得人 [類] 陰
2207 ☐	ぴかぴか	[副・自サ] 雪亮地；閃閃發亮的 [類] きらきら
2208 ☐	ひきかえす 【引き返す】	[自五] 返回，折回 [類] 戻る
2209 ☐	ひきだす 【引き出す】	[他五] 抽出，拉出；引誘出，誘騙；（從銀行）提取，提出 [類] 連れ出す
2210 ☐	ひきとめる 【引き止める】	[他下一] 留，挽留；制止，拉住

2198
親に対して、反発を感じないではいられなかった。
▶ 小孩很難不反抗父母。

2199
前から3番目の人。
▶ 從前面算起第三個人。

2200
非を認める。
▶ 認錯。

2201
山の上から見ると、街の灯がきれいだ。
▶ 從山上往下眺望，街道上的燈火真是美啊。

2202
日当たりから見れば、この部屋は悪くない。
▶ 就採光這一點來看，這房間還算不錯。

2203
課長は、日帰りで出張に行ってきたということだ。
▶ 聽說社長出差一天，當天就回來了。

2204
周囲と比較してみて、自分の実力がわかった。
▶ 和周遭的人比較過之後，認清了自己的實力在哪裡。

2205
会社が比較的うまくいっているところに、急に問題がおこった。
▶ 在公司營運比從前上軌道時，突然發生了問題。

2206
日陰で休む。
▶ 在陰涼處休息。

2207
机はほこりだらけでしたが、拭いたらぴかぴかになりました。
▶ 桌上滿是灰塵，但擦過之後便像雪亮。

2208
橋が壊れていたので、引き返さざるをえなかった。
▶ 因為橋壞了，所以不得不掉頭回去。

2209
部長は、部下のやる気を引き出すのが上手だ。
▶ 部長對激發部下的工作幹勁，很有一套。

2210
一生懸命引き止めたが、彼は会社を辞めてしまった。
▶ 我努力挽留但他還是辭職了。

2211	ひきょう 【卑怯】	名・形動 怯懦，卑怯；卑鄙，無恥 動 卑劣（ひれつ）
2212	ひきわけ 【引き分け】	名 (比賽)平局，不分勝負 動 相子
2213	ひく 【轢く】	他五 (車)壓，軋(人等) 動 轢き殺す（ひきころす）
2214	ひげき 【悲劇】	名 悲劇 反 喜劇　動 悲しい
2215	ひこう 【飛行】	名・自サ 飛行，航空 動 飛ぶ
2216	ひざし 【日差し】	名 陽光照射，光線
2217	ピストル 【pistol】	名 手槍 動 銃
2218	ビタミン 【vitamin】	名 (醫)維他命，維生素
2219	ぴたり	副 突然停止；緊貼地，緊緊地；正好，正合 適，正對 動 ぴったり
2220	ひだりがわ 【左側】	名 左邊，左側
2221	ひっかかる 【引っ掛かる】	自五 掛起來，掛上，卡住；連累，牽累；受 騙，上當；心裡不痛快 動 囚われる（とらわれる）
2222	ひっき 【筆記】	名・他サ 筆記；記筆記 反 口述　動 筆写
2223	びっくり	副・自サ 吃驚，嚇一跳 動 驚く

2211	彼は卑怯な男だから、そんなこともしかねないね。	
	▶ 因為他是個卑鄙的男人，所以有可能會做出那種事唷。	

2212	試合は、引き分けに終わった。
	▶ 比賽以平手收局。

2213	人を轢きそうになって、びっくりした。
	▶ 差一點就壓傷了人，嚇死我了。

2214	このような悲劇が二度と起こらないようにしよう。
	▶ 讓我們努力不要讓這樣的悲劇再度發生。

2215	飛行時間は約5時間です。
	▶ 飛行時間約五個小時。

2216	まぶしいほど、日差しが強い。
	▶ 日光強到令人感到炫目刺眼。

2217	銀行強盗は、ピストルを持っていた。
	▶ 銀行搶匪當時持有手槍。

2218	栄養からいうと、その食事はビタミンが足りません。
	▶ 就營養這一點來看，那一餐所含的維他命是不夠的。

2219	その占い師の占いは、ぴたりと当たった。
	▶ 那位占卜師的占卜，完全命中。

2220	左側に並ぶ。
	▶ 排在左側。

2221	凧が木に引っ掛かってしまった。
	▶ 風箏纏到樹上去了。

2222	筆記試験はともかく、実技と面接の点数はよかった。
	▶ 先不說筆試結果如何，術科和面試的成績都很不錯。

2223	田中さんは美人になって、本当にびっくりするくらいでした。
	▶ 田中小姐變成大美人，叫人真是大吃一驚。

2224 □	ひっきしけん 【筆記試験】	[名] 筆試
2225 □	ひっくりかえす 【引っくり返す】	[他五] 推倒，弄倒，碰倒；顛倒過來；推翻，否決 [類] 覆す
2226 □	ひっくりかえる 【引っくり返る】	[自五] 翻倒，顛倒，翻過來；逆轉，顛倒過來 [類] 覆る（くつがえる）
2227 □	ひづけ 【日付】	[名]（報紙、新聞上的）日期 [類] 日取り（ひどり）
2228 □	ひっこむ 【引っ込む】	[自五・他五] 引退，隱居；縮進，縮入；拉入，拉進；拉攏 [類] 退く（しりぞく）
2229 □	ひっし 【必死】	[名・形動] 必死；拼命，殊死 [類] 命懸け（いのちがけ）
2230 □	ひっしゃ 【筆者】	[名] 作者，筆者 [類] 書き手
2231 □	ひつじゅひん 【必需品】	[名] 必需品，日常必須用品
2232 □	ひっぱる 【引っ張る】	[他五]（用力）拉；拉上，拉緊；強拉走；引誘；拖長；拖延；拉（電線等）；（棒球向左面或右面）打球 [類] 引く
2233 □	ひてい 【否定】	[名・他サ] 否定，否認 [反] 肯定 [類] 打ち消す
2234 □	ビデオ 【video】	[名] 影像，錄影；錄影機；錄影帶
2235 □	ひと 【一】	[接頭] 一個；一回；稍微；以前
2236 □	ひとこと 【一言】	[名] 一句話；三言兩語 [類] 少し

2224	筆記試験を受ける。 ひっき しけん う ▶ 參加筆試。

2225	箱を引っくり返して、中のものを調べた。 はこ ひ かえ なか しら ▶ 把箱子翻出來，查看了裡面的東西。

2226	ニュースを聞いて、ショックのあまり引っくり返ってしまった。 き ひ かえ ▶ 聽到這消息，由於太過吃驚，結果翻了一跤。

2227	日付が変わらないうちに、この仕事を完成するつもりです。 ひづけ か しごと かんせい ▶ 我打算在今天之內完成這份工作。

2228	あなたは関係ないんだから、引っ込んでいてください。 かんけい ひ こ ▶ 這跟你沒關係，請你走開！

2229	必死になりさえすれば、きっと合格できます。 ひっし ごうかく ▶ 只要你肯拼命的話，一定會考上。

2230	筆者のことだから、面白い結末を用意してくれているだろう。 ひっしゃ おもし けつまつ ようい ▶ 如果是那位作者的話，一定會為我們準備個有趣的結局吧。

2231	いつも口紅は持っているわ。必需品だもの。 くちべに も ひつじゅひん ▶ 我總是都帶著口紅呢！因為它是必需品嘛！

2232	人の耳を引っ張る。 ひと みみ ひ ば ▶ 拉人的耳朵。

2233	方法に問題があったことは、否定しがたい。 ほうほう もんだい ひてい ▶ 難以否認方法上出了問題。

2234	ビデオ化する。 か ▶ 影像化。

2235	ひと風呂浴びる。 ふ ろ あ ▶ 沖個澡。

2236	最近の社会に対して、ひとこと言わずにはいられない。 さいきん しゃかい たい い ▶ 我無法忍受不去對最近的社會，說幾句抱怨的話。

ひ

2237 □	ひとごみ 【人混み】	名 人潮擁擠（的地方），人山人海 類 込み合い
2238 □	ひとしい 【等しい】	形 （性質、數量、狀態、條件等）相等的，一樣的；相似的 類 同じ
2239 □	ひとすじ 【一筋】	名 一條，一根；（常用「一筋に」）一心一意，一個勁兒 類 一条（いちじょう）
2240 □	ひととおり 【一通り】	副 大概，大略；（下接否定）普通，一般；一套；全部 類 一応
2241 □	ひとどおり 【人通り】	名 人來人往，通行；來往行人 類 行き来
2242 □ T70	ひとまず 【一先ず】	副 （不管怎樣）暫且，姑且 類 とりあえず
2243 □	ひとみ 【瞳】	名 瞳孔，眼睛 類 目
2244 □	ひとめ 【人目】	名 世人的眼光；旁人看見；一眼望盡，一眼看穿 類 傍目（はため）
2245 □	ひとやすみ 【一休み】	名・自サ 休息一會兒 類 休み
2246 □	ひとりごと 【独り言】	名 自言自語（的話） 類 独白
2247 □	ひとりでに 【独りでに】	副 自行地，自動地，自然而然也 類 自ずから
2248 □	ひとりひとり 【一人一人】	名 逐個地，依次的；人人，每個人，各自 類 一人ずつ
2249 □	ひにく 【皮肉】	名・形動 皮和肉；挖苦，諷刺，冷嘲熱諷；令人啼笑皆非 類 風刺（ふうし）

| 2237 | 人込みでは、すりに気をつけてください。 |
| | ▶ 在人群中，請小心扒手。 |

| 2238 | ＡプラスＢはＣプラスＤに等しい。 |
| | ▶ Ａ加Ｂ等於Ｃ加Ｄ。 |

| 2239 | 一筋の道。 |
| | ▶ 一條道路。 |

| 2240 | 看護婦として、一通りの勉強はしました。 |
| | ▶ 大略地學過了護士課程。 |

| 2241 | デパートに近づくにつれて、人通りが多くなった。 |
| | ▶ 離百貨公司越近，來往的人潮也越多。 |

| 2242 | 細かいことはぬきにして、一先ず大体の計画を立てましょう。 |
| | ▶ 先跳過細部，暫且先做一個大概的計畫吧。 |

ひ

| 2243 | 少年は、涼しげな瞳をしていた。 |
| | ▶ 這個少年他有著清澈的瞳孔。 |

| 2244 | 人目を避ける。 |
| | ▶ 避人耳目。 |

| 2245 | 疲れないうちに、一休みしましょうか。 |
| | ▶ 在疲勞之前，先休息一下吧！ |

| 2246 | 彼はいつも独り言ばかり言っている。 |
| | ▶ 他時常自言自語。 |

| 2247 | 人形が独りでに動くわけがない。 |
| | ▶ 人偶不可能會自己動起來的。 |

| 2248 | 教師になったからには、生徒一人一人をしっかり育てたい。 |
| | ▶ 既然當了老師，就想把學生一個個確實教好。 |

| 2249 | あいつは、会うたびに皮肉を言う。 |
| | ▶ 每次見到他，他就會說些諷刺的話。 |

2250 ☐	ひにち 【日にち】	名 日子，時日；日期 類 日
2251 ☐	ひねる 【捻る】	他五 (用手)扭，擰；(俗)打敗，擊敗；別有風趣 類 回す
2252 ☐	ひのいり 【日の入り】	名 日暮時分，日落，黃昏 反 日の出　類 夕日
2253 ☐	ひので 【日の出】	名 日出(時) 反 日の入り　類 朝日
2254 ☐	ひはん 【批判】	名・他サ 批評，批判，評論 類 批評
2255 ☐	ひび 【罅】	名 (陶器、玻璃等)裂紋，裂痕；(人和人之間) 發生裂痕；(身體、精神)發生毛病 類 出来物
2256 ☐	ひびき 【響き】	名 聲響，餘音；回音，迴響，震動；傳播振 動；影響，波及 類 影響
2257 ☐	ひびく 【響く】	自五 響，發出聲音；發出回音，震響；傳播震 動；波及；出名 類 鳴り渡る (なりわたる)
2258 ☐	ひひょう 【批評】	名・他サ 批評，批論 類 批判
2259 ☐	びみょう 【微妙】	形動 微妙的 類 玄妙
2260 ☐	ひも 【紐】	名 (布、皮革等的)細繩，帶
2261 ☐	ひゃっかじてん 【百科辞典】	名 百科全書
2262 ☐	ひよう 【費用】	名 費用，開銷 類 経費

2250 会議の時間ばかりか、日にちも忘れてしまった。
かいぎ じかん ひ わす
▶ 不僅是開會的時間，就連日期也都忘了。

2251 頭を捻って考えたが、答えはわかりません。
あたま ひね かんが こた
▶ 絞盡腦汁想卻還是想不出答案。

2252 日の入りは何時ごろですか。
ひ い なんじ
▶ 黃昏大約是幾點？

2253 明日は、山の上で日の出を見る予定です。
あした やま うえ ひ で み よてい
▶ 明天計畫要到山上看日出。

2254 そんなことを言うと、批判されるおそれがある。
い ひはん
▶ 你說那種話，有可能會被批評的。

2255 茶碗にひびが入った。
ちゃわん はい
▶ 碗裂開了。

ひ

2256 音楽の響きがすばらしく、震えるくらいでした。
おんがく ひび ふる
▶ 音樂的迴響實在出色，有如全身就要震動般的感覺。

2257 銃声が響いた。
じゅうせい ひび
▶ 槍聲響起。

2258 先生の批評は、厳しくてしようがない。
せんせい ひひょう きび
▶ 老師給的評論，實在有夠嚴厲。

2259 社長の交代に伴って、会社の雰囲気も微妙に変わった。
しゃちょう こうたい ともな かいしゃ ふんいき びみょう か
▶ 伴隨著社長的交接，公司裡的氣氛也變得很微妙。

2260 紐がつく。
ひも
▶ 帶附加條件。

2261 百科辞典というだけあって、何でも載っている。
ひゃっか じてん なん の
▶ 到底是本百科全書，真的是裡面什麼都有。

2262 たとえ費用が高くてもかまいません。
ひよう たか
▶ 即使費用在怎麼貴也沒關係。

2263	ひょう 【表】	名·漢造 表，表格；奏章；表面，外表；表現； 代表；表率
2264	びよう 【美容】	名 美容 類 理容
2265	びょう 【病】	漢造 病，患病；毛病，缺點 類 病む（やむ）
2266	びよういん 【美容院】	名 美容院，美髮沙龍
2267	ひょうか 【評価】	名·他サ 定價，估價；評價 類 批評
2268	ひょうげん 【表現】	名·他サ 表現，表達，表示 反 理解 類 描写
2269	ひょうし 【表紙】	名 封面，封皮，書皮
2270	ひょうしき 【標識】	名 標誌，標記，記號，信號 類 目印
2271	ひょうじゅん 【標準】	名 標準，水準，基準 類 目安（めやす）
2272	びょうどう 【平等】	名·形動 平等，同等 類 公平
2273	ひょうばん 【評判】	名 (社會上的)評價，評論；名聲，名譽；受到 注目，聞名；傳說，風聞 類 噂（うわさ）
2274	ひよけ 【日除け】	名 遮日；遮陽光的遮棚
2275	ひるすぎ 【昼過ぎ】	名 過午

2263	仕事でよく表を作成します。
	▶ 工作上經常製作表格。
2264	肌がきれいになったのは、化粧品の美容効果にほかならない。
	▶ 肌膚會變好，全都是靠化妝品的美容成效。
2265	彼は難病にかかった。
	▶ 他罹患了難治之症。
2266	美容院に行く。
	▶ 去美容院。
2267	部長の評価なんて、気にすることはありません。
	▶ 你用不著去在意部長給的評價。
2268	意味は表現できたとしても、雰囲気はうまく表現できません。
	▶ 就算有辦法將意思表達出來，氣氛還是無法傳達的很好。
2269	本の表紙がとれてしまった。
	▶ 書皮掉了。
2270	この標識は、どんな意味ですか。
	▶ 這個標誌代表著什麼意思？
2271	日本の標準的な教育について教えてください。
	▶ 請告訴我標準的日本教育是怎樣的教育。
2272	人間はみな平等であるべきだ。
	▶ 人人須平等。
2273	みんなの評判からすれば、彼はすばらしい歌手のようです。
	▶ 就大家的評價來看，他好像是位出色的歌手。
2274	日除けに帽子をかぶる。
	▶ 戴上帽子遮陽。
2275	もう昼過ぎなの。
	▶ 已經過中午了。

ひ

2276 □	ビルディング 【building】	名 建築物 類 建物（たてもの）
2277 □	ひるね 【昼寝】	名・自サ 午睡 類 人柄
2278 □	ひるまえ 【昼前】	名 上午；接近中午時分
2279 □	ひろば 【広場】	名 廣場；場所 類 空き地（あきち）
2280 □	ひろびろ 【広々】	副・自サ 寬闊的，遼闊的
2281 □	ひをとおす 【火を通す】	慣 加熱；烹煮
2282 □ T71	ひん 【品】	名・漢造 (東西的)品味，風度；辨別好壞；品 質；種類 類 人柄
2283 □	びん 【便】	名・漢造 書信；郵寄，郵遞；(交通設施等)班 機，班車，機會，方便
2284 □	びん 【瓶】	名 瓶，瓶子
2285 □	ピン 【pin】	名 大頭針，別針；(機)栓，樞 類 針（はり）
2286 □	びんづめ 【瓶詰】	名 瓶裝；瓶裝罐頭
2287 □	ふ 【不】	漢造 不；壞；醜；笨
2288 □	ぶ 【分】	名・接尾 (優劣的)形勢，(有利的)程度；厚度； 十分之一；百分之一

ふ

2276 ずいぶん高いビルディングが建ちましたね。
▶ 真是蓋了棟高大建築物啊。

2277 公園で昼寝をする。
▶ 在公園午睡。

2278 昼前なのにもうお腹がすいた。
▶ 還不到中午肚子已經餓了。

2279 集会は、広場で行われるに相違ない。
▶ 集會一定是在廣場舉行的。

2280 この公園は広々としていて、子どもたちが走りまわれるほどです。
▶ 這個公園很寬闊，寬到小孩子可以到處跑的程度。

2281 さっと火を通す。
▶ 很快地加熱一下。

ひ

2282 彼の話し方は品がなくて、あきれるくらいでした。
▶ 他講話沒風度到令人錯愕的程度。

2283 次の便で台湾に帰ります。
▶ 我搭下一班飛機回台灣。

2284 花瓶に花を挿す。
▶ 把花插入花瓶。

2285 ピンで髪を留めた。
▶ 我用髮夾夾住了頭髮。

2286 瓶詰めのビールをください。
▶ 給我瓶裝的啤酒。

2287 飲食不可。
▶ 不可食用。

2288 分が悪い試合と知りつつも、一生懸命戦いました。
▶ 即使知道這是個沒有勝算的比賽，還是拼命地去奮鬥。

2289	ぶ 【部】	(名・漢造) 部分；部門；冊
2290	ぶ 【無】	(漢造) 無，沒有，缺乏
2291	ふう 【風】	(名・漢造) 樣子，態度；風度；習慣；情況；傾向；打扮；風；風教；風景；因風得病；諷刺
2292	ふうけい 【風景】	(名) 風景，景致；情景，光景，狀況；(美術)風景 (類) 景色
2293	ふうせん 【風船】	(名) 氣球，氫氣球 (類) 気球（ききゅう）
2294	ふうん 【不運】	(名・形動) 運氣不好的，倒楣的，不幸的 (類) 不幸せ
2295	ふえ 【笛】	(名) 橫笛；哨子 (類) フルート
2296	ふか 【不可】	(名) 不可，不行；(成績評定等級)不及格 (類) 駄目
2297	ぶき 【武器】	(名) 武器，兵器；(有利的)手段，武器 (類) 兵器
2298	ふきそく 【不規則】	(名・形動) 不規則，無規律；不整齊，凌亂 (類) でたらめ
2299	ふきとばす 【吹き飛ばす】	(他五) 吹跑；吹牛；趕走
2300	ふきん 【付近】	(名) 附近，一帶 (類) 辺り
2301	ふく 【吹く】	(他五・自五) (風)刮，吹；(用嘴)吹；吹(笛等)；吹牛，說大話 (類) 動く

2289	五つの部に分ける。
□	▶ 分成五個部門。

2290	無愛想な返事をする。
□	▶ 冷淡的回應。

2291	今風のスタイル。
□	▶ 時尚的樣式。

2292	すばらしい風景を見ると、写真に撮らずにはいられません。
□	▶ 只要一看到優美的風景，就會忍不住拍起照來。

2293	子どもが風船をほしがった。
□	▶ 小孩想要氣球。

2294	不運を嘆かないではいられない。
□	▶ 倒楣到令人不由得嘆起氣來。

ふ

2295	笛による合図で、ゲームを始める。
□	▶ 以笛聲作為信號開始了比賽。

2296	鉛筆で書いた書類は不可です。
□	▶ 用鉛筆寫的文件是不行的。

2297	中世ヨーロッパの武器について調べている。
□	▶ 我調查了有關中世代的歐洲武器。

2298	生活が不規則になりがちだから、健康に気をつけて。
□	▶ 你的生活型態有不規律的傾向，要好好注意健康。

2299	迷いを吹き飛ばす。
□	▶ 拋開迷惘。

2300	駅の付近はともかく、他の場所には全然店がない。
□	▶ 姑且不論車站附近，別的地方完全沒商店。

2301	強い風が吹いてきましたね。
□	▶ 吹起了強風呢。

2302	ふくし 【副詞】	名 副詞
2303	ふくしゃ 【複写】	名・他サ 複印，複制；抄寫，繕寫 動 コピー
2304	ふくすう 【複数】	名 複數 反 単数
2305	ふくそう 【服装】	名 服裝，服飾 動 身なり（みなり）
2306	ふくらます 【膨らます】	他五 (使)弄鼓，吹鼓
2307	ふくらむ 【膨らむ】	自五 鼓起，膨脹；(因為不開心而)噘嘴 動 膨れる（ふくれる）
2308	ふけつ 【不潔】	名・形動 不乾淨，骯髒；(思想)不純潔 動 汚い
2309	ふける 【老ける】	自下一 上年紀，老 動 年取る
2310	ふさい 【夫妻】	名 夫妻 動 夫婦
2311	ふさがる 【塞がる】	自五 阻塞；關閉；佔用，佔滿 動 つまる
2312	ふさぐ 【塞ぐ】	他五・自五 塞閉，阻塞，堵；佔用；不舒服，鬱悶 動 閉じる
2313	ふざける 【巫山戯る】	自下一 開玩笑，戲謔；愚弄人，戲弄人；(男女)調情，調戲；(小孩)吵鬧 動 騒ぐ
2314	ぶさた 【無沙汰】	名・自サ 久未通信，久違，久疏問候 動 ご無沙汰

2302
副詞は動詞などを修飾します。
▶ 副詞修飾動詞等詞類。

2303
書類は一部しかないので、複写するほかはない。
▶ 因為資料只有一份，所以只好拿去影印。

2304
犯人は、複数いるのではないでしょうか。
▶ 是不是有多個犯人呢？

2305
面接では、服装に気をつけるばかりでなく、言葉も丁寧にしましょう。
▶ 面試時，不單要注意服裝儀容，講話也要恭恭敬敬的！

2306
風船を膨らまして、子どもたちに配った。
▶ 吹鼓氣球分給了小朋友們。

2307
このままでは、赤字が膨らむおそれがあります。
▶ 照這樣下去，赤字恐怕會越來越多。

2308
不潔にしていると病気になりますよ。
▶ 不保持清潔會染上疾病唷。

2309
彼女はなかなか老けない。
▶ 她都不會老。

2310
田中夫妻はもちろん、息子さんたちも出席します。
▶ 田中夫妻就不用說了，他們的小孩子也都會出席。

2311
トイレは今塞がっているので、後で行きます。
▶ 現在廁所擠滿了人，待會我再去。

2312
大きな荷物で道を塞がないでください。
▶ 請不要將龐大貨物堵在路上。

2313
ちょっとふざけただけだから、怒らないで。
▶ 只是開個小玩笑，別生氣。

2314
ご無沙汰して、申し訳ありません。
▶ 久疏問候，真是抱歉。

2315 ☐	ふし 【節】	名 (竹、葦的)節；關節，骨節；(線、繩的)繩結；曲調 関 時
2316 ☐	ぶし 【武士】	名 武士 関 武人
2317 ☐	ぶじ 【無事】	名・形動 平安無事，無變故；健康，最好，沒毛病；沒有過失 関 安らか
2318 ☐	ぶしゅ 【部首】	名 (漢字的)部首
2319 ☐	ふじん 【夫人】	名 夫人 関 妻
2320 ☐	ふじん 【婦人】	名 婦女，女子 関 女
2321 ☐	ふすま 【襖】	名 隔扇，拉門 関 建具
2322 T72 ☐	ふせい 【不正】	名・形動 不正當，不正派，非法；壞行為，壞事 関 悪
2323 ☐	ふせぐ 【防ぐ】	他五 防禦，防守，防止；預防，防備 関 抑える（おさえる）
2324 ☐	ふぞく 【付属】	名・自サ 附屬 関 従属（じゅうぞく）
2325 ☐	ふたご 【双子】	名 雙胞胎，孿生；雙 関 双生児
2326 ☐	ふだん 【普段】	名・副 平常，平日 関 日常
2327 ☐	ふち 【縁】	名 邊緣，框，檐，旁側 関 縁（へり）

2315 竹にはたくさんの節がある。
▶ 竹子上有許多枝節。

2316 うちは武士の家系です。
▶ 我是武士世家。

2317 息子の無事を知ったとたんに、母親は気を失った。
▶ 一得知兒子平安無事，母親便昏了過去。

2318 この漢字の部首はわかりますか。
▶ 你知道這漢字的部首嗎？

2319 田中夫人は、とても美人です。
▶ 田中夫人真是個美人啊。

2320 婦人用トイレは2階です。
▶ 女性用的廁所位於二樓。

2321 襖をあける。
▶ 拉開隔扇。

2322 不正を見つけた際には、すぐに報告してください。
▶ 找到違法的行為時，請馬上向我報告。

2323 窓を二重にして寒さを防ぐ。
▶ 安裝兩層的窗戶，以禦寒。

2324 大学の付属中学に入った。
▶ 我進了大學附屬的國中部。

2325 顔がそっくりなことから、双子であることを知った。
▶ 因為長得很像，所以知道他倆是雙胞胎。

2326 ふだんからよく勉強しているだけに、テストの時も慌てない。
▶ 到底是平常就有在好好讀書，考試時也都不會慌。

2327 机の縁に腰をぶつけた。
▶ 我的腰撞倒了桌子的邊緣。

2328 □	ぶつ【打つ】	[他五]（「うつ」的強調說法）打，敲 [類] たたく
2329 □	ふつう【不通】	[名]（聯絡、交通等）不通，斷絶；沒有音信
2330 □	ぶつかる【ぶつかる】	[自五] 碰，撞；偶然遇上；起衝突
2331 □	ぶっしつ【物質】	[名] 物質；（哲）物體，實體 [反] 精神 [類] 物体
2332 □	ぶっそう【物騒】	[名・形動] 騷亂不安，不安定；危險 [類] 不穏
2333 □	ぶつぶつ	[名・副] 嘮叨，抱怨，嘟囔；煮沸貌；粒狀物，小疙瘩 [類] 不満
2334 □	ふで【筆】	[名・接尾] 毛筆；（用毛筆）寫的字，畫的畫；（接數詞）表蘸筆次數 [類] 毛筆（もうひつ）
2335 □	ふと	[副] 忽然，偶然，突然；立即，馬上 [類] 不意
2336 □	ふとい【太い】	[形] 粗的；肥胖；膽子大；無恥，不要臉；聲音粗 [反] 細い [類] 太め
2337 □	ふとう【不当】	[形動] 不正當，非法，無理 [類] 不適当
2338 □	ぶひん【部品】	[名]（機械等）零件
2339 □	ふぶき【吹雪】	[名] 暴風雪 [類] 雪
2340 □	ぶぶん【部分】	[名] 部分 [反] 全体 [類] 局部

2328 後頭部を強く打つ。
▶ 重擊後腦杓。

2329 地下鉄が不通になっている。
▶ 地下鐵現在不通。

2330 自転車にぶつかる。
▶ 撞上腳踏車。

2331 この物質は、温度の変化に伴って色が変わります。
▶ 這物質的顏色，會隨著溫度的變化而有所改變。

2332 都会は、物騒でしようがないですね。
▶ 都會裡騷然不安到不行。

2333 一度「やる。」と言った以上は、ぶつぶつ言わないでやりなさい。
▶ 既然你曾答應要做，就不要在那裡抱怨快做。

ふ

2334 書道を習うため、筆を買いました。
▶ 為了學書法而去買了毛筆。

2335 ふと見ると、庭に猫が来ていた。
▶ 不經意地一看，庭院跑來了一隻貓。

2336 太いのやら、細いのやら、さまざまな木が生えている。
▶ 既有粗的也有細的，長出了各種樹木。

2337 不当解雇。
▶ 非自願解雇。

2338 修理のためには、部品が必要です。
▶ 修理需要零件才行。

2339 吹雪は激しくなる一方だから、外に出ない方がいいですよ。
▶ 暴風雪不斷地變強，不要外出較好。

2340 この部分は、とてもよく書けています。
▶ 這部分寫得真好。

2341	ふへい 【不平】	(名・形動) 不平，不滿意，牢騷 (類) 不満
2342	ふぼ 【父母】	(名) 父母，雙親 (類) 親
2343	ふみきり 【踏切】	(名)（鐵路的）平交道，道口；（轉）決心
2344	ふゆやすみ 【冬休み】	(名) 寒假
2345	ぶらさげる 【ぶら下げる】	(他下一) 佩帶，懸掛；手提，拎 (類) 下げる
2346	ブラシ 【brush】	(名) 刷子 (類) 刷毛（はけ）
2347	プラン 【plan】	(名) 計畫，方案；設計圖，平面圖；方式 (類) 企画（きかく）
2348	ふり 【不利】	(名・形動) 不利 (反) 有利　(類) 不利益
2349	フリー 【free】	(名・形動) 自由，無拘束，不受限制；免費；無所屬 (反) 不自由　(類) 自由
2350	ふりがな 【振り仮名】	(名)（在漢字旁邊）標註假名 (類) ルビ
2351	ふりむく 【振り向く】	(自五)（向後）回頭過去看；回顧，理睬 (類) 顧みる
2352	ふりょう 【不良】	(名・形動) 壞，不良；（道德、品質）敗壞；流氓， 小混混 (反) 善良　(類) 悪行
2353	プリント 【print】	(名・他サ) 印刷（品）；油印（講義）；印花，印染 (類) 印刷

2341
不平があるなら、はっきり言うことだ。
▶ 如有不滿，就要說清楚。

2342
父母の要求にこたえて、授業時間を増やした。
▶ 響應父母的要求，增加了上課時間。

2343
踏切を渡る。
▶ 過平交道。

2344
冬休みは短い。
▶ 寒假很短。

2345
腰に何をぶら下げているの。
▶ 你腰那裡佩帶著什麼東西啊？

2346
洋服にブラシをかければかけるほど、きれいになります。
▶ 多用刷子清西裝，就會越乾淨。

2347
旅行のプランを一生懸命考えた末に、旅行自体が中止になった。
▶ 絞盡腦汁地策劃了旅行計畫，最後，去旅行的計畫中止不去了。

2348
その契約は、彼らにとって不利です。
▶ 那份契約，對他們而言是不利的。

2349
私は、会社を辞めてフリーになりました。
▶ 我辭去工作後變自由了。

2350
子どもでも読めるわ。振り仮名がついているもの。
▶ 小孩子也看得懂的。因為有註假名嘛！

2351
後ろを振り向いてごらんなさい。
▶ 請轉頭看一下後面。

2352
栄養不良。
▶ 營養不良。

2353
説明に先立ち、まずプリントを配ります。
▶ 在說明之前，我先發印的講義。

2354 □	ふる【古】	[名・漢造] 舊東西；舊，舊的
2355 □ T73	ふるえる【震える】	[自下一] 顫抖，發抖，震動 [類] 震動（しんどう）
2356 □	ふるさと【故鄉】	[名] 老家，故鄉 [類] 故郷（こきょう）
2357 □	ふるまう【振舞う】	[自五・他五]（在人面前的）行為，動作；請客，招待，款待
2358 □	ふれる【触れる】	[他下一・自下一] 接觸，觸摸（身體）；涉及，提到；感觸到；抵觸，觸犯；通知 [類] 触る（さわる）
2359 □	ブローチ【brooch】	[名] 胸針 [類] アクセサリー
2360 □	プログラム【program】	[名] 節目（單），說明書；計畫（表），程序（表）；編制（電腦）程式 [類] 番組（ばんぐみ）
2361 □	ふろしき【風呂敷】	[名] 包巾 [類] 荷物
2362 □	ふわっと	[副] 輕軟蓬鬆貌；輕飄貌
2363 □	ふわふわ	[副・自サ] 輕飄飄地；浮躁，不沈著；軟綿綿的 [類] 柔らかい
2364 □	ぶん【文】	[名・漢造] 文學，文章；花紋；修飾外表，華麗；文字，字體；學問和藝術 [類] 文章
2365 □	ぶん【分】	[名・漢造] 部分；份；本分；地位
2366 □	ふんいき【雰囲気】	[名] 氣氛，空氣 [類] 空気

2354 古新聞をリサイクルする。
▶ 舊報紙資源回收。

2355 地震で窓ガラスが震える。
▶ 窗戶玻璃因地震而震動。

2356 わたしのふるさとは、熊本です。
▶ 我的老家在熊本。

2357 彼女は、映画女優のように振る舞った。
▶ 她的舉止有如電影女星。

2358 触れることなく、箱の中にあるものが何かを知ることができます。
▶ 用不著碰觸，我就可以知道箱子裡面裝的是什麼。

2359 感謝をこめて、ブローチを贈りました。
▶ 以真摯的感謝之意，贈上別針。

2360 売店に行くなら、ついでにプログラムを買ってきてよ。
▶ 如果你要去報攤的話，就順便幫我買個節目表吧。

2361 風呂敷によって、荷物を包む。
▶ 用包袱巾包行李。

2362 ふわっとしたセーター。
▶ 蓬鬆的毛衣。

2363 お酒を飲みすぎて、ふわふわした気分になってきた。
▶ 喝太多酒，感覺變得飄飄然的。

2364 長い文は読みにくい。
▶ 冗長的句子很難看下去。

2365 これはあなたの分です。
▶ 這是你的份。

2366 「いやだ。」とは言いがたい雰囲気だった。
▶ 當時真是個令人難以說「不。」的氣氛。

2367 ☐	ふんか 【噴火】	名・自サ 噴火
2368 ☐	ぶんかい 【分解】	名・他サ・自サ 拆開，拆卸；(化)分解；解剖；分析(事物) 類 分離（ぶんり）
2369 ☐	ぶんげい 【文芸】	名 文藝，學術和藝術；(詩、小說、戲劇等)語言藝術
2370 ☐	ぶんけん 【文献】	名 文獻，參考資料 類 本
2371 ☐	ふんすい 【噴水】	名 噴水；(人工)噴泉
2372 ☐	ぶんせき 【分析】	名・他サ (化)分解，化驗；分析，解剖 反 総合
2373 ☐	ぶんたい 【文体】	名 (某時代特有的)文體；(某作家特有的)風格
2374 ☐	ぶんたん 【分担】	名・他サ 分擔 類 受け持ち（うけもち）
2375 ☐	ぶんぷ 【分布】	名・自サ 分布，散布
2376 ☐	ぶんみゃく 【文脈】	名 文章的脈絡，上下文的一貫性，前後文的邏輯；(句子、文章的)表現手法
2377 ☐	ぶんめい 【文明】	名 文明；物質文化 類 文化
2378 ☐	ぶんや 【分野】	名 範圍，領域，崗位，戰線
2379 ☐	ぶんりょう 【分量】	名 分量，重量，數量

2367
あの山が噴火したとしても、ここは被害に遭わないだろう。
▶ 就算那座火山噴火，這裡也不會遭殃吧。

2368
時計を分解したところ、元に戻らなくなってしまいました。
▶ 分解了時鐘，結果沒辦法裝回去。

2369
文芸雑誌を通じて、作品を発表した。
▶ 透過文藝雜誌發表了作品。

2370
アメリカの文献によると、この薬は心臓病に効くそうだ。
▶ 從美國的文獻來看，這藥物對心臟病有效。

2371
広場の真ん中に、噴水があります。
▶ 廣場中間有座噴水池。

2372
データを分析したら、失業が増えるおそれがあることがわかった。
▶ 分析過資料後，發現失業率有可能會上升。

2373
夏目漱石の文体。
▶ 夏目漱石的文體。

2374
役割を分担する。
▶ 分擔任務。

2375
この風習は、東京を中心に関東全体に分布しています。
▶ 這種習慣，以東京為中心，散佈在關東各地。

2376
作品の文脈を通じて、作家の思想を知る。
▶ 藉由文章的文脈，探究作者的思想。

2377
古代文明の遺跡を見るのが好きです。
▶ 我喜歡探究古代文明的遺跡。

2378
その分野については、詳しくありません。
▶ 我不大清楚這領域。

2379
塩辛いのは、醤油の分量を間違えたからに違いない。
▶ 會鹹肯定是因為加錯醬油份量的關係。

ふ

2380 □	**ぶんるい** 【分類】	(名・他サ) 分類，分門別類 (類) 類別
へ		
2381 □	**へい** 【塀】	(名) 圍牆，牆院，柵欄 (類) 囲い（かこい）
2382 □	**へいかい** 【閉会】	(名・自サ・他サ) 閉幕，會議結束 (反) 開会
2383 □	**へいこう** 【平行】	(名・自サ) (數)平行；並行 (類) 並列
2384 □	**へいせい** 【平成】	(名) 平成（日本年號）
2385 □	**へいてん** 【閉店】	(名・自サ) (商店)關門；倒閉
2386 □	**へいぼん** 【平凡】	(名・形動) 平凡的 (類) 普通
2387 □	**へいや** 【平野】	(名) 平原 (類) 平地
2388 □	**へこむ** 【凹む】	(自五) 凹下，潰下；屈服，認輸；虧空，赤字 (反) 出る (類) 凹む（くぼむ）
2389 □	**へだてる** 【隔てる】	(他下一) 隔開，分開；(時間)相隔；遮檔；離 間；不同，有差別 (類) 挟む
2390 □	**べつ** 【別】	(名・形動・漢造) 分別，區分；分別
2391 □	**べっそう** 【別荘】	(名) 別墅 (類) 家（いえ）
2392 □	**ペラペラ**	(副・自サ) 說話流利貌（特指外語）；單薄不結實 貌；連續翻紙頁貌

| 2380 | 方言を分類するのに先立ち、まずいろいろな言葉を集めた。 |
| | ▶ 在分類方言前，首先先蒐集了各式各樣的字彙。 |

| 2381 | 塀の向こうをのぞいてみたい。 |
| | ▶ 我想窺視一下圍牆的那一頭看看。 |

| 2382 | もうシンポジウムは閉会したということです。 |
| | ▶ 聽說座談會已經結束了。 |

| 2383 | この道は、大通りに平行に走っている。 |
| | ▶ 這條路和主幹道是平行的。 |

| 2384 | 今年は平成何年ですか。 |
| | ▶ 今年是平成幾年？ |

| 2385 | あの店は7時閉店だ。 |
| | ▶ 那間店七點打烊。 |

| 2386 | 平凡な人生だからといって、つまらないとはかぎらない。 |
| | ▶ 雖說是平凡的人生，但是並不代表就無趣。 |

| 2387 | 関東平野はたいへん広い。 |
| | ▶ 關東平原實在寬廣。 |

| 2388 | 表面が凹んだことから、この箱は安物だと知った。 |
| | ▶ 從表面凹陷來看，知道這箱子是便宜貨。 |

| 2389 | 道を隔てて向こう側は隣の国です。 |
| | ▶ 以這條道路為分界，另一邊是鄰國。 |

| 2390 | 正邪の別を明らかにする。 |
| | ▶ 明白的區分正邪。 |

| 2391 | 夏休みは、別荘で過ごします。 |
| | ▶ 暑假要在別墅度過。 |

| 2392 | 英語がペラペラだ。 |
| | ▶ 英語流利。 |

ふ

2393	ヘリコプター【helicopter】	名 直昇機 即 飛行機
2394	へる【経る】	自下一 (時間、空間、事物)經過、通過
2395	へん【偏】	名・漢造 漢字的（左）偏旁；偏，偏頗
2396 T74	べん【便】	名・形動・漢造 便利，方便；大小便；音信，音信；郵遞；隨便，平常 即 便利
2397	へんしゅう【編集】	名・他サ 編集；(電腦)編輯 即 まとめる
2398	べんじょ【便所】	名 廁所，便所 即 洗面所
2399	ペンチ【pinchers】	名 鉗子
2400	ほ【歩】	名・漢造 步，步行；(距離單位)步
2401	ぽい	接尾・形容 (前接名詞、動詞連用形，構成形容詞)表示有某種成分或傾向
2402	ほう【法】	名・漢造 法律；佛法；方法，作法；禮節；道理 即 法律
2403	ぼう【棒】	名・漢造 棒，棍子；(音樂)指揮；(畫的)直線，粗線 即 桿（かん）
2404	ぼうえんきょう【望遠鏡】	名 望遠鏡 即 眼鏡（がんきょう）
2405	ほうがく【方角】	名 方向，方位 即 方位

ほ

2393	事件の取材で、ヘリコプターに乗りました。 ▶ 為了採訪案件的來龍去脈而搭上了直昇機。
2394	手を経る。 ▶ 經手。
2395	偏見を持っている。 ▶ 有偏見。
2396	この辺りは、交通の便がいい反面、空気が悪い。 ▶ 這一地帶，交通雖便利，空氣卻不好。
2397	今ちょうど、新しい本を編集している最中です。 ▶ 現在正好在編輯新書。
2398	便所はどこでしょうか。 ▶ 廁所在哪裡？
2309	ペンチで針金を切断する。 ▶ 我用鉗子剪斷了銅線。
2400	歩を進める。 ▶ 邁步向前。
2401	彼は男っぽい。 ▶ 他很有男子氣概。
2402	法の改正に伴って、必要な書類が増えた。 ▶ 隨著法案的修正，需要的文件也越多。
2403	疲れて、足が棒のようになりました。 ▶ 太過疲累，兩腳都僵硬掉了。
2404	望遠鏡で遠くの山を見た。 ▶ 我用望遠鏡觀看遠處的山峰。
2405	西の方角に歩きかけたら、林さんにばったり会った。 ▶ 往西的方向走了之後，碰巧地遇上了林先生。

2406 ☐	ほうき 【箒】	名 掃帚 類 草箒（くさほうき）
2407 ☐	ほうげん 【方言】	名 方言，地方話，土話 反 標準語　類 俚語（りご）
2408 ☐	ぼうけん 【冒険】	名・自サ 冒險 類 探検（たんけん）
2409 ☐	ほうこう 【方向】	名 方向；方針 類 方針
2410 ☐	ぼうさん 【坊さん】	名 和尚
2411 ☐	ぼうし 【防止】	名・他サ 防止 類 防ぐ
2412 ☐	ほうしん 【方針】	名 方針；（羅盤的）磁針 類 目当て
2413 ☐	ほうせき 【宝石】	名 寶石 類 ジュエリー
2414 ☐	ほうそう 【包装】	名・他サ 包裝，包捆 類 荷造り（にづくり）
2415 ☐	ほうそう 【放送】	名・他サ 廣播；（用擴音器）傳播，散佈(小道消息，流言蜚語等)
2416 ☐	ほうそく 【法則】	名 規律，定律；規定，規則 類 規則
2417 ☐	ぼうだい 【膨大】	名・形動 龐大的，臃腫的，膨脹 類 膨らむ
2418 ☐	ほうていしき 【方程式】	名 （數學）方程式

2406	掃除をしたいので、ほうきを貸してください。 ▶ 我要打掃，所以想跟你借支掃把。
2407	日本の方言というと、どんなのがありますか。 ▶ 說到日本的方言有哪些呢？
2408	冒険小説が好きです。 ▶ 我喜歡冒險的小說。
2409	泥棒は、あっちの方向に走っていきました。 ▶ 小偷往那個方向跑去。
2410	あのお坊さんの話には、聞くべきものがある。 ▶ 那和尚說的話，確實有一聽的價值。
2411	水漏れを防止できるばかりか、機械も長持ちします。 ▶ 不僅能防漏水，機器也耐久。
2412	政府の方針は、決まったかと思うとすぐに変更になる。 ▶ 政府的施政方針，以為要定案，卻馬上又更改掉。
2413	きれいな宝石なので、買わずにはいられなかった。 ▶ 因為是美麗的寶石，所以不由自主地就買了下去。
2414	きれいな紙で包装した。 ▶ 我用漂亮的包裝紙包裝。
2415	放送の最中ですから、静かにしてください。 ▶ 現在是廣播中，請安靜。
2416	実験を通して、法則を考察した。 ▶ 藉由實驗來審核定律。
2417	こんなに膨大な本は、読みきれない。 ▶ 這麼龐大的書看也看不完。
2418	子どもが、そんな難しい方程式をわかりっこないです。 ▶ 這麼難的方程式，小孩子絕不可能會懂得。

ほ

2419 □	ぼうはん【防犯】	[名] 防止犯罪
2420 □	ほうふ【豊富】	[形動] 豐富 [類] 一杯
2421 □	ほうぼう【方々】	[名・副] 各處，到處 [類] 至る所
2422 □	ほうめん【方面】	[名] 方面，方向；領域 [類] 地域
2423 □	ほうもん【訪問】	[名・他サ] 訪問，拜訪 [類] 訪ねる
2424 □	ぼうや【坊や】	[名] 對男孩的親切稱呼；未見過世面的男青年；對別人男孩的敬稱 [類] 子供
2425 □	ほうる【放る】	[他五] 抛，扔；中途放棄，棄置不顧，不加理睬 [類] うっちゃらかす
2426 □	ほえる【吠える】	[自下一] (狗、犬獸等)吠，吼；(人)大聲哭喊，喊叫 [類] 哮る（たける）
2427 □	ボーイ【boy】	[名] 少年，男孩；男服務員 [類] 執事（しつじ）
2428 □	ボーイフレンド【boy friend】	[名] 男朋友
2429 □	ボート【boat】	[名] 小船，小艇
2430 □	ほかく【捕獲】	[名・他サ] (文)捕獲 [類] 捕まえる
2431 □	ほがらか【朗らか】	[形動] (天氣)晴朗，萬里無雲；明朗，開朗；(聲音)嘹亮；(心情)快活 [類] にこやか

T75

2419	住民の防犯意識にこたえて、パトロールを強化した。 ▶ 響應居民的防犯意識而加強了巡邏隊。
2420	商品が豊富で、目が回るくらいでした。 ▶ 商品很豐富，有種快眼花的感覺。
2421	方々探したが、見つかりません。 ▶ 四處都找過了，但還是找不到。
2422	新宿方面の列車はどこですか。 ▶ 往新宿方向的列車在哪邊？
2423	彼の家を訪問するにつけ、昔のことを思い出す。 ▶ 每次去拜訪他家，就會想起以往的種種。
2424	お宅のぼうやはお元気ですか。 ▶ 你家的小寶貝是否健康？
2425	ボールを放ったら、隣の塀の中に入ってしまった。 ▶ 我將球扔了出去，結果掉進隔壁的圍牆裡。
2426	小さな犬が大きな犬に出会って、恐怖のあまりワンワン吠えている。 ▶ 小狗碰上了大狗，嚇得汪汪叫。
2427	ボーイを呼んで、ビールを注文しよう。 ▶ 請男服務生來，叫杯啤酒喝吧。
2428	ボーイフレンドと映画を見る。 ▶ 和男朋友看電影。
2429	ボートに乗る。 ▶ 搭乘小船。
2430	鹿を捕獲する。 ▶ 捕獲鹿。
2431	うちの父は、いつも朗らかです。 ▶ 我爸爸總是很開朗。

ほ

2432	ぼくじょう 【牧場】	名 牧場 動 牧畜
2433	ぼくちく 【牧畜】	名 畜牧 動 畜産
2434	ほけん 【保健】	名 保健，保護健康
2435	ほけん 【保険】	名 保険；(對於損害的)保證 動 損害保険
2436	ほこり 【埃】	名 灰塵，塵埃 動 塵(ちり)
2437	ほこり 【誇り】	名 自豪，自尊心；驕傲，引以為榮 動 誉れ
2438	ほこる 【誇る】	自五 誇耀，自豪 反 恥じる　動 勝ち誇る
2439	ほころびる 【綻びる】	自下一 脫線；使微地張開，綻放 動 破れる
2440	ぼしゅう 【募集】	名・他サ 募集，征募 動 募る（つのる）
2441	ほしょう 【保証】	名・他サ 保証，擔保 動 請け合う（うけあう）
2442	ほす 【干す】	他五 曬乾；把(池)水弄乾；乾杯
2443	ポスター 【poster】	名 海報 動 看板
2444	ほそう 【舗装】	名・他サ (用柏油等)鋪路

2432	牧場には、牛もいれば羊もいる。
	▶ 牧場裡既有牛又有羊。

2433	牧畜業が盛んになるに伴って、村は豊かになった。
	▶ 伴隨著牧畜業的興盛，村落也繁榮了起來。

2434	保健体育。
	▶ 保健體育。

2435	会社を通じて、保険に入った。
	▶ 透過公司投了保險。

2436	ほこりがたまらないように、毎日そうじをしましょう。
	▶ 為了不要讓灰塵堆積，我們來每天打掃吧。

2437	何があっても、誇りを失うものか。
	▶ 無論發生什麼事，我絕不捨棄我的自尊心。

2438	成功を誇る。
	▶ 以成功自豪。

2439	桜が綻びる。
	▶ 櫻花綻放。

2440	工場において、工員を募集しています。
	▶ 工廠在招募員工。

2441	保証期間が切れないうちに、修理しましょう。
	▶ 在保固期間還沒到期前，快拿去修理吧。

2442	洗濯物を干す。
	▶ 曬衣服。

2443	周囲の人目もかまわず、スターのポスターをはがしてきた。
	▶ 我不管周遭的人的眼光，將明星的海報撕了下來。

2444	舗装のしていない道。
	▶ 沒有鋪柏油的道路。

ほ

2445 □	ほっきょく 【北極】	[名] 北極
2446 □	ほっそり	[副・自サ] 纖細，苗條
2447 □	ぽっちゃり	[副・自サ] 豐滿，胖
2448 □	ぼっちゃん 【坊ちゃん】	[名] （對別人男孩的稱呼）公子，令郎；少爺，不通事故的人，少爺作風的人 [類] 息子さん
2449 □	ほどう 【歩道】	[名] 人行道
2450 □	ほどく 【解く】	[他五] 解開（繩結等）；拆解（縫的東西） [反] 結ぶ　[類] 解く（とく）
2451 □	ほとけ 【仏】	[名] 佛，佛像；（佛一般）溫厚，仁慈的人；死者，亡魂 [類] 釈迦(しゃか)
2452 □	ほのお 【炎】	[名] 火焰，火苗 [類] 火
2453 □	ほぼ 【略・粗】	[副] 大約，大致，大概
2454 □	ほほえむ 【微笑む】	[自五] 微笑，含笑；（花）微開，乍開 [類] 笑う
2455 □	ほり 【堀】	[名] 溝渠，壕溝；護城河 [類] 運河
2456 □	ほり 【彫り】	[名] 雕刻
2457 □	ほる 【掘る】	[他五] 掘，挖，刨；挖出，掘出 [類] 掘り出す（ほりだす）

2445	北極<ruby>ほっきょく</ruby>を探検<ruby>たんけん</ruby>してみたいです。 ▶ 我想要去北極探險。
2446	体<ruby>からだ</ruby>つきがほっそりしている。 ▶ 身材苗條。
2447	ぽっちゃりしてかわいい。 ▶ 胖嘟嘟的很可愛。
2448	坊<ruby>ぼっ</ruby>ちゃんは、頭<ruby>あたま</ruby>がいいですね。 ▶ 公子真是頭腦聰明啊。
2449	歩道<ruby>ほどう</ruby>を歩<ruby>ある</ruby>く。 ▶ 走人行道。
2450	この紐<ruby>ひも</ruby>を解<ruby>ほど</ruby>いてもらえますか。 ▶ 我可以請你幫我解開這個繩子嗎？
2451	地獄<ruby>じごく</ruby>で仏<ruby>ほとけ</ruby>に会<ruby>あ</ruby>ったような気分<ruby>きぶん</ruby>だ。 ▶ 心情有如在地獄裡遇見了佛祖一般。
2452	ろうそくの炎<ruby>ほのお</ruby>を見<ruby>み</ruby>つめていた。 ▶ 我注視著蠟燭的火焰。
2453	私<ruby>わたし</ruby>と彼女<ruby>かのじょ</ruby>は、ほぼ同<ruby>おな</ruby>じ頃<ruby>ころ</ruby>に生<ruby>う</ruby>まれました。 ▶ 我和她幾乎是在同時出生的。
2454	彼女<ruby>かのじょ</ruby>は、何<ruby>なに</ruby>もなかったかのように微笑<ruby>ほほえ</ruby>んでいた。 ▶ 她微笑著，就好像什麼事都沒發生過一樣。
2455	城<ruby>しろ</ruby>は、堀<ruby>ほり</ruby>に囲<ruby>かこ</ruby>まれています。 ▶ 圍牆圍繞著城堡。
2456	彫<ruby>ほ</ruby>りの深<ruby>ふか</ruby>い顔<ruby>かお</ruby>立<ruby>だ</ruby>ち。 ▶ 五官深邃。
2457	土<ruby>つち</ruby>を掘<ruby>ほ</ruby>ったら、昔<ruby>むかし</ruby>の遺跡<ruby>いせき</ruby>が出<ruby>で</ruby>てきた。 ▶ 挖土的時候，出現了古代的遺跡。

ほ

2458	ほる 【彫る】	(他五) 雕刻；紋身 (類) 刻む（きざむ）
2459	ぼろ 【襤褸】	(名) 破布，破爛衣服；破爛的狀態；破綻，缺點 (類) ぼろ布
2460	ぼん 【盆】	(名・漢造) 拖盤，盆子；中元節略語
2461	ぼんち 【盆地】	(名) (地)盆地
2462	ほんと 【本当】	(名・形動) 真實，真心；實在，的確；真正；本來，正常
2463	ほんばこ 【本箱】	(名) 書箱
2464	ほんぶ 【本部】	(名) 本部，總部
2465	ほんもの 【本物】	(名) 真貨，真的東西 (反) 偽物 (類) 実物
2466	ぼんやり	(名・副・自サ) 模糊，不清楚；迷糊，傻楞楞；心不在焉；笨蛋，呆子 (反) はっきり (類) うつらうつら
2467	ほんらい 【本来】	(名) 本來，天生，原本；按道理，本應 (類) 元々（もともと）
2468	ま 【間】	(名・接尾) 間隔，空隙，間歇，機會，時機；(音樂)節拍間歇；房間；(數量)間 (類) 距離
2469	まあ	(副・感) (安撫、勸阻)暫且先，一會；躊躇貌；還算，勉強；制止貌；(女性表示驚訝) 哎喲，哎呀 (類) 多分
2470	マーケット 【market】	(名) 商場，市場；(商品)銷售地區 (類) 市場

ま T76

2458	寺院の壁に、いろいろな模様が彫ってあります。
	▶ 寺院裡，刻著各式各樣的圖騰。

2459	そんなぼろは汚いから捨てなさい。
	▶ 那種破布太髒快拿去丟了。

2460	お盆には実家に帰ろうと思う。
	▶ 我打算在盂蘭盆節回娘家一趟。

2461	平野に比べて、盆地は夏暑いです。
	▶ 跟平原比起來，盆地更加酷熱。

2462	それがほんとな話だとは、信じがたいです。
	▶ 我很難相信那件事是真的。

2463	本箱がもういっぱいだ。
	▶ 書箱已滿了。

ほ

2464	本部を通して、各支部に連絡してもらいます。
	▶ 我透過本部，請他們幫我連絡各個分部。

2465	これが本物の宝石だとしても、私は買いません。
	▶ 就算這是貨真價實的寶石，我也不會買的。

2466	ぼんやりしていたにせよ、ミスが多すぎますよ。
	▶ 就算你當時是在發呆，也錯得太離譜了吧！

2467	私の本来の仕事は営業です。
	▶ 我原本的工作是業務。

2468	いつの間にか暗くなってしまった。
	▶ 不知不覺天黑了。

2469	話はあとにして、まあ1杯どうぞ。
	▶ 話等一下再說，先喝一杯吧！。

2470	アジア全域にわたって、この商品のマーケットが広がっている。
	▶ 這商品的市場散佈於亞洲這一帶。

2471 ☐	まあまあ	(副・感) (催促、撫慰)得了，好了好了，哎哎；(表示程度中等)還算，還過得去；(女性表示驚訝)哎唷，哎呀
2472 ☐	まいご 【迷子】	(名) 迷路的孩子，走失的孩子 (類) 逸れ子（はぐれこ）
2473 ☐	まいすう 【枚数】	(名) (紙、衣、版等薄物)張數，件數
2474 ☐	まいど 【毎度】	(名) 曾經，常常，屢次；每次 (類) 毎回
2475 ☐	まいる 【参る】	(自五・他五) (敬)去，來；參拜(神佛)；認輸；受不了，吃不消；(俗)死；(文)(從前婦女寫信，在收件人的名字右下方寫的敬語)鈞啓；(古)獻上；吃，喝，做
2476 ☐	まう 【舞う】	(自五) 飛舞；舞蹈 (類) 踊る
2477 ☐	まえがみ 【前髪】	(名) 瀏海
2478 ☐	まかなう 【賄う】	(他五) 供給飯食；供給，供應；維持 (類) 処理
2479 ☐	まがりかど 【曲がり角】	(名) 街角；轉折點
2480 ☐	まく 【蒔く】	(他五) 播種；(在漆器上)畫泥金畫
2481 ☐	まく 【幕】	(名・漢造) 幕，布幕；(戲劇)幕；場合，場面；營幕 (類) カーテン
2482 ☐	まごまご	(名・自サ) 不知如何是好，惶張失措，手忙腳亂；閒蕩，遊蕩，懶散 (類) 間誤つく（まごつく）
2483 ☐	まさつ 【摩擦】	(名・自他サ) 摩擦；不和睦，意見紛歧，不合

2471	その映画はまあまあだ。
	▶ 那部電影還算過得去。
2472	迷子にならないようにね。
	▶ 不要迷路了唷！
2473	お札の枚数を数えた。
	▶ 我點算了鈔票的張數。
2474	毎度ありがとうございます。
	▶ 謝謝您的再度光臨。
2475	はい、ただいま参ります。
	▶ 好的，我馬上到。
2476	花びらが風に舞っていた。
	▶ 花瓣在風中飛舞著。
2477	前髪を切る。
	▶ 剪瀏海。
2478	夕食を賄う。
	▶ 提供晚餐。
2479	曲がり角で別れる。
	▶ 在街角道別。
2480	寒くならないうちに、種をまいた。
	▶ 趁氣候未轉冷之前播了種。
2481	イベントは、成功のうちに幕を閉じた。
	▶ 活動在成功的氣氛下閉幕。
2482	渋谷に行くたびに、道がわからなくてまごまごしてしまう。
	▶ 每次去澀谷，都會迷路而不知如何是好。
2483	気をつけないと、相手国との間で経済摩擦になりかねない。
	▶ 如果不多注意，難講不會和對方國家，產生經濟摩擦。

ま

2484 □	まさに	副 真的，的確，確實 類 確かに
2485 □	まし	名・形動 增，增加；勝過，強
2486 □	ましかく 【真四角】	名 正方形
2487 □	ます 【増す】	自五・他五 (數量)增加，增長，增多；(程度)增 進，增高；勝過，變的更甚 反 減る 類 増える
2488 □	マスク 【mask】	名 面罩，假面；防護面具；口罩；防毒面具； 面相，面貌 類 防毒面 (ぼうどくめん)
2489 □	まずしい 【貧しい】	形 (生活)貧窮的，窮困的；(經驗、才能的)貧 乏，淺薄 反 富んだ 類 貧乏
2490 □	またぐ 【跨ぐ】	他五 跨立，叉開腿站立；跨過，跨越 類 越える
2491 □	まちあいしつ 【待合室】	名 候車室，候診室，等候室 類 控室
2492 □	まちあわせる 【待ち合わせる】	自他下一 (事先約定的時間、地點)等候，會面， 碰頭 類 集まる
2493 □	まちかど 【街角】	名 街頭，街口，拐角 類 街
2494 □	まつ 【松】	名 松樹，松木；新年裝飾正門的松枝，裝飾松 枝的期間
2495 □	まっか 【真っ赤】	名・形 鮮紅；完全
2496 □	まっさき 【真っ先】	名 最前面，首先，最先 類 最初

2484
料理にかけては、彼女はまさにプロです。
▶ 就做菜這一點，她的確夠專業。

2485
賃金を１割ましではどうですか。
▶ 工資加一成如何？

2486
真四角の机。
▶ 正方形的桌子。

2487
あの歌手の人気は、勢いを増している。
▶ 那位歌手的支持度節節上升。

2488
風邪の予防といえば、やっぱりマスクですよ。
▶ 一說到預防感冒，還是想到口罩啊。

2489
貧しい人々を助けようじゃないか。
▶ 我們一起來救助貧困人家吧！

2490
本の上をまたいではいけないと母に言われた。
▶ 媽媽叫我不要跨過書本。

2491
患者の要望にこたえて、待合室に花を飾りました。
▶ 為了響應患者的要求，在候診室裡擺設了花。

2492
渋谷のハチ公のところで待ち合わせている。
▶ 我約在澀谷的八公犬銅像前碰面。

2493
たとえ街角で会ったとしても、彼だとはわからないだろう。
▶ 就算在街口遇見他，我也認不出來吧。

2494
裏山に松の木がたくさんある。
▶ 後山那有許多松樹。

2495
西の空が真っ赤だ。
▶ 西邊的天空一片通紅。

2496
真っ先に手を上げた。
▶ 我最先舉起了手。

2497	まつる 【祭る】	他五 祭祀，祭奠；供奉 祀る（まつる）
2498	まどぐち 【窓口】	名 (銀行，郵局，機關等)窗口；(與外界交涉的)管道，窗口 受付
2499	まなぶ 【学ぶ】	他五 學習；掌握，體會 反 教える 習う
2500	まね 【真似】	名・他サ・自サ 模仿，裝，仿效；(愚蠢糊塗的)舉止，動作 模倣
2501	まねく 【招く】	他五 (搖手、點頭)招呼；招待，宴請；招聘，聘請；招惹，招致 迎える
2502	まふゆ 【真冬】	名 隆冬，正冬天
2503	ママ 【mama】	名 (兒童對母親的愛稱)媽媽；(酒店的)老闆娘 お母さん
2504	まめ 【豆】	名・接頭 (總稱)豆；大豆；小的，小型；(手腳上磨出的)水泡
2505	まもなく 【間も無く】	副 馬上，一會兒，不久
2506	マラソン 【marathon】	名 馬拉松長跑 競走
2507	まる 【丸】	名・接尾 圓形，球狀；句點；完
2508	まれ 【稀】	形動 稀少，稀奇，希罕
2509	まわす 【回す】	他五・接尾 轉，轉動；(依次)傳遞；傳送；調職；各處活動奔走；想辦法；運用；投資；(前接某些動詞連用形)表示遍布四周 捻る

T77

| 2497 | この神社では、どんな神様を祭っていますか。 |
| | ▶ 這神社祭拜哪種神明？ |

| 2498 | 窓口は、いやになるほどに込んでいた。 |
| | ▶ 櫃檯那裡的人潮多到令人厭的程度。 |

| 2499 | 大学の先生を中心にして、漢詩を学ぶ会を作った。 |
| | ▶ 以大學的教師為主，成立了一個研讀漢詩的讀書會。 |

| 2500 | 彼の真似など、とてもできません。 |
| | ▶ 我實在無法模仿他。 |

| 2501 | 大使館のパーティーに招かれた。 |
| | ▶ 我受邀到大使館的派對。 |

| 2502 | 真冬の料理といえば、やはり鍋ですね。 |
| | ▶ 說到嚴冬的菜餚，還是火鍋吧。 |

| 2503 | この話をママに言えるものなら、言ってみろよ。 |
| | ▶ 你敢跟媽媽說這件事的話，你就去說看看啊！ |

| 2504 | 私は豆料理が好きです。 |
| | ▶ 我喜歡豆類菜餚。 |

| 2505 | まもなく映画が始まります。 |
| | ▶ 電影馬上就要開始了。 |

| 2506 | マラソンのコースを全部走りきりました。 |
| | ▶ 馬拉松全程都跑完了。 |

| 2507 | 丸を書く。 |
| | ▶ 畫圈圈。 |

| 2508 | まれに、副作用が起こることがあります。 |
| | ▶ 鮮有引發副作用的案例。 |

| 2509 | こまを回す。 |
| | ▶ 轉動陀螺（打陀螺）。 |

ま

2510 ☐	まわりみち 【回り道】	名 繞道，繞遠路 動 遠回り
2511 ☐	まんいち 【万一】	名・副 萬一 動 若し（もし）
2512 ☐	まんいん 【満員】	名 (規定的名額)額滿；(車、船等)擠滿乘客，滿座；(會場等)塞滿觀眾 動 一杯
2513 ☐	まんてん 【満点】	名 滿分；最好，完美無缺，登峰造極 反 不満 動 満悦（まんえつ）
2514 ☐	まんまえ 【真ん前】	名 正前方
2515 ☐	まんまるい 【真ん丸い】	形 溜圓，圓溜溜
2516 ☐	み 【身】	名 身體；自身，自己；身份，處境；心，精神；肉；力量，能力 動 体
2517 ☐	み 【実】	名 (植物的)果實；(植物的)種子；成功，成果；內容，實質 動 果実
2518 ☐	み 【未】	漢造 未，沒；(地支的第八位)未
2519 ☐	みあげる 【見上げる】	他下一 仰視，仰望；欽佩，尊敬，景仰 動 仰ぎ見る
2520 ☐	みおくる 【見送る】	他五 目送；送別；(把人)送到(某個地方)；觀望，擱置，暫緩考慮；送葬 動 送別
2521 ☐	みおろす 【見下ろす】	他五 俯視，往下看；輕視，藐視，看不起；視線從上往下移動 反 見上げる 動 俯く（うつむく）
2522 ☐	みかけ 【見掛け】	名 外貌，外觀，外表 動 外見

み

2510	たとえ回り道だったとしても、私はこちらの道から帰りたいです。 ▶ 就算是繞遠路，我還是想從這條路回去。
2511	万一のときのために、貯金をしている。 ▶ 為了以防萬一，我都有在存錢。
2512	このバスは満員だから、次のに乗ろう。 ▶ 這班巴士已經爆滿了，我們搭下一班吧。
2513	テストで満点を取りました。 ▶ 我在考試考了滿分。
2514	車は家の真ん前に止まった。 ▶ 車子停在家的正前方。
2515	真ん丸い月が出た。 ▶ 圓溜溜的月亮出來了。
2516	身の安全を第一に考える。 ▶ 以人身安全為第一考量。
2517	りんごの木にたくさんの実がなった。 ▶ 蘋果樹上結了許多果實。
2518	未婚の母。 ▶ 未婚媽媽。
2519	彼は、見上げるほどに背が高い。 ▶ 他個子高到需要抬頭看的程度。
2520	門の前で客を見送った。 ▶ 在門前送客。
2521	山の上から見下ろすと、村が小さく見える。 ▶ 從山上俯視下方，村子顯得很渺小。
2522	見かけからして、すごく派手な人なのがわかりました。 ▶ 從外表來看，可知他是個打扮很華麗的人。

2523	みかた【味方】	(名・自サ) 我方，自己的這一方；夥伴
2524	みかた【見方】	(名) 看法，看的方法；見解，想法 (類) 見解
2525	みかづき【三日月】	(名) 新月，月牙；新月形 (類) 三日月形（みっかづきがた）
2526	みぎがわ【右側】	(名) 右側，右方
2527	みごと【見事】	(形動) 漂亮，好看；卓越，出色，巧妙；整個，完全 (類) 立派
2528	みさき【岬】	(名) (地)海角，岬 (類) 岬角
2529	みじめ【惨め】	(形動) 悽惨，惨痛 (類) 痛ましい
2530	みずから【自ら】	(代・名・副) 我；自己，自身；親身，親自 (類) 自分
2531	みずぎ【水着】	(名) 泳裝 (類) 海水着
2532	みせや【店屋】	(名) 店鋪，商店 (類) 店
2533	みぜん【未然】	(名) 尚未發生
2534	みぞ【溝】	(名) 水溝；(拉門門框上的)溝槽，切口；(感情的)隔閡 (類) 泥溝（どぶ）
2535	みたい	(助動・形動型) (表示和其他事物相像)像…一樣；(表示具體的例子)像…這樣；表示推斷或委婉的斷定

| 2523 | 味方に引き込む。 |
| | ▶ 拉入自己一夥。 |

| 2524 | 彼と私とでは見方が異なる。 |
| | ▶ 他跟我有不同的見解。 |

| 2525 | 今日はきれいな三日月ですね。 |
| | ▶ 今天真是個美麗的上弦月呀。 |

| 2526 | 右側に郵便局が見える。 |
| | ▶ 右手邊能看到郵局。 |

| 2527 | サッカーにかけては、彼らのチームは見事なものです。 |
| | ▶ 他們的球隊在足球方面很厲害。 |

| 2528 | 岬の灯台。 |
| | ▶ 海角上的燈塔。 |

| 2529 | 惨めな思いをする。 |
| | ▶ 感到很悽慘。 |

| 2530 | 顧客の希望にこたえて、社長自ら商品の説明をしました。 |
| | ▶ 回應顧客的希望，社長親自為商品做了說明。 |

| 2531 | 水着姿で写真を撮った。 |
| | ▶ 穿泳裝拍了照。 |

| 2532 | 少し行くとおいしい店屋がある。 |
| | ▶ 稍往前走，就有好吃的商店了。 |

| 2533 | 未然に防ぐ。 |
| | ▶ 防患未然。 |

| 2534 | 二人の間の溝は深い。 |
| | ▶ 兩人之間的隔閡甚深。 |

| 2535 | 外は雪が降っているみたいだ。 |
| | ▶ 外面好像在下雪。 |

2536 □	みだし 【見出し】	名 (報紙等的)標題；目錄，索引；選拔，拔擢；(字典的)詞目，條目 同 タイトル
2537 □	みちじゅん 【道順】	名 順路，路線；步驟，程序 同 順路（じゅんろ）
2538 □	みちる 【満ちる】	自上一 充滿；月盈，月圓；(期限)滿，到期；潮漲 反 欠ける 同 あふれる
2539 □	みつ 【蜜】	名 蜂蜜 同 ハニー
2540 □	みっともない 【見っとも無い】	形 難看的，不像樣的，不體面的，不成體統；醜 同 見苦しい（みぐるしい）
2541 □	みつめる 【見詰める】	他下一 凝視，注視，盯著 同 凝視する（ぎょうしする）
2542 □	みとめる 【認める】	他下一 看出，看到；認識，賞識，器重；承認；斷定，認為；許可，同意 同 承認する
2543 □	みなおす 【見直す】	自他五 (見)起色，(病情)轉好；重看，重新看；重新評估，重新認識 同 見返す
2544 □	みなれる 【見慣れる】	自下一 看慣，眼熟，熟識
2545 □	みにくい 【醜い】	形 難看的，醜的；醜陋，醜惡 反 美しい 同 見苦しい
2546 □	みにつく 【身に付く】	慣 學到手，掌握
2547 □	みにつける 【身に付ける】	慣 (知識、技術等)學到，掌握到
2548 □	みのる 【実る】	自五 (植物)成熟，結果；取得成績，獲得成果，結果實 同 熟れる

2536	この記事の見出しは何にしようか。
	▶ 這篇報導的標題命名為什麼好？

2537	道順が合っていると思ったら、実は間違っていました。
	▶ 以為路走對了，才發現原來是錯的。

2538	潮がだんだん満ちてきた。
	▶ 潮水逐漸漲了起來。

2539	パンに蜂蜜を塗った。
	▶ 我在麵包上塗了蜂蜜。

2540	泥だらけでみっともないから、着替えたらどうですか。
	▶ 滿身泥巴真不像樣，你換個衣服如何啊？

2541	少年は少女を、優しげに見つめている。
	▶ 少年溫柔地凝視著少女。

2542	これだけ証拠があっては、罪を認めざるをえません。
	▶ 有這麼多的證據，不認罪也不行。

2543	今会社の方針を見直している最中です。
	▶ 現在正在重新檢討公司的方針中。

2544	この国には、見慣れない習慣が多い。
	▶ 這個國家有許多不常見的習慣。

2545	醜いアヒルの子は、やがて美しい白鳥になりました。
	▶ 難看的鴨子，終於變成了美麗的白鳥。

2546	技術が身に付く。
	▶ 學技術。

2547	一芸を身に付ける。
	▶ 學得一技之長。

2548	農民たちの努力のすえに、すばらしい作物が実りました。
	▶ 經過農民的努力後，最後長出了優良的農作物。

み

2549 □	みぶん【身分】	[名] 身份，社會地位；(諷刺)生活狀況，境遇 [類] 地位
2550 □	みほん【見本】	[名] 樣品，貨樣；榜樣，典型 [類] サンプル
2551 □	みまい【見舞い】	[名] 探望，慰問；蒙受，挨(打)，遭受(不幸)
2552 □	みまう【見舞う】	[他五] 訪問，看望；問候，探望；遭受，蒙受(災害等) [類] 慰問（いもん）
T78		
2553 □	みまん【未満】	[接尾] 未滿，不足
2554 □	みやげ【土産】	[名] (贈送他人的)禮品，禮物；(出門帶回的)土產 [類] 土産物
2555 □	みやこ【都】	[名] 京城，首都；大都市，繁華的都市 [類] 京
2556 □	みょう【妙】	[名・形動・漢造] 奇怪的，異常的，不可思議；格外，分外；妙處，奧妙；巧妙 [類] 珍妙（ちんみょう）
2557 □	みりょく【魅力】	[名] 魅力，吸引力 [類] チャーミング
2558 □	みんよう【民謡】	[名] 民謠，民歌
む 2559 □	む【無】	[名・接頭・漢造] 無，沒有；徒勞，白費；無…，不…；欠缺，無 [反] 有
2560 □	むかう【向かう】	[自五] 向著，朝著；面向；往…去，向…去；趨向，轉向 [類] 面する（めんする）
2561 □	むき【向き】	[名] 方向；適合，合乎；認真，慎重其事；傾向，趨向；(該方面的)人，人們 [類] 適する（てきする）

2549
身分が違うと知りつつも、好きになってしまいました。
▶ 儘管知道門不當戶不對，還是迷上了她。

2550
商品の見本を持ってきました。
▶ 我帶來了商品的樣品。

2551
先生の見舞いのついでに、デパートで買い物をした。
▶ 去老師那裡探病的同時，順便去百貨公司買了東西。

2552
友達が入院したので、見舞いに行きました。
▶ 因朋友住院了，所以前往探病。

2553
男女を問わず、10歳未満の子どもは誰でも入れます。
▶ 不論男女，只要是未滿10歲的小朋友都能進去。

2554
神社から駅にかけて、お土産の店が並んでいます。
▶ 神社到車站這一帶，並列著賣土產的店。

2555
当時、京都は都として栄えました。
▶ 當時，京都是首都很繁榮。

2556
彼が来ないとは、妙ですね。
▶ 他會沒來，真是怪啊。

2557
老若を問わず、魅力のある人と付き合いたい。
▶ 不分老幼，我想和有魅力的人交往。

2558
日本の民謡をもとに、新しい曲を作った。
▶ 依日本的民謠做了新曲子。

2559
無から始めて会社を作った。
▶ 從零做起事業。

2560
向かって右側が郵便局です。
▶ 面對它的右手邊就是郵局。

2561
この雑誌は若い女性向きです。
▶ 這本雜誌是以年輕女性為取向。

2562 □	むけ 【向け】	造語 向，對
2563 □	むげん 【無限】	名・形動 無限，無止境 反 有限　動 限りない
2564 □	むこうがわ 【向こう側】	名 對面；對方
2565 □	むし 【無視】	名・他サ 忽視，無視，不顧 動 見過ごす（みすごす）
2566 □	むしば 【虫歯】	名 齲齒，蛀牙 動 虫食い歯
2567 □	むじゅん 【矛盾】	名・自サ 矛盾 動 行き違い
2568 □	むしろ 【寧ろ】	副 與其說…倒不如，寧可，莫如，索性 動 却て（かえって）
2569 □	むりょう 【無料】	名 免費；無須報酬 反 有料　動 ただ
2570 □	むれ 【群れ】	名 群，伙，幫；伙伴 動 群がり
め 2571 □	め 【芽】	名 (植)芽 動 若芽（わかめ）
2572 □	めいかく 【明確】	名・形動 明確，準確 動 確か
2573 □	めいさく 【名作】	名 名作，傑作 動 秀作（しゅうさく）
2574 □	めいし 【名詞】	名 (語法)名詞

2562 少年向けの漫画。
　　▶ 以少年為對象畫的漫畫。

2563 人には、無限の可能性があるものだ。
　　▶ 人有無限的可能性。

2564 川の向こう側。
　　▶ 河川的另一側。

2565 彼が私を無視するわけがない。
　　▶ 他不可能會不理我的。

2566 歯が痛くて、なんだか虫歯っぽい。
　　▶ 牙齒很痛，感覺上有很多蛀牙似的。

2567 彼の話が矛盾していることから、嘘をついているのがはっきりした。
　　▶ 從他講話有矛盾這點看來，明顯地可看出他在說謊。

2568 彼は、教師として寧ろ厳しいほうだ。
　　▶ 他當老師可說是嚴格的那一邊。

2569 有料か無料かにかかわらず、私は参加します。
　　▶ 無論是免費與否，我都要參加。

2570 象の群れを見つけた。
　　▶ 我看見了象群。

2571 春になって、木々が芽をつけています。
　　▶ 春天來到，樹木們發出了嫩芽。

2572 明確な予定は、まだ発表しがたい。
　　▶ 還沒辦法公佈明確的行程。

2573 名作だと言うから読んでみたら、退屈でたまらなかった。
　　▶ 因被稱為名作，所以看了一下，誰知真是無聊透頂了。

2574 この文の名詞はどれですか。
　　▶ 這句子的名詞是哪一個？

む

2575	めいしょ 【名所】	名 名勝地，古蹟 動 名勝
2576	めいじる・めいずる 【命じる・命ずる】	他上一・他サ 命令，吩咐；任命，委派；命名 動 命令する
2577	めいしん 【迷信】	名 迷信 動 盲信（もうしん）
2578	めいじん 【名人】	名 名人，名家，大師，專家 動 名手
2579	めいぶつ 【名物】	名 名產，特產；(因形動奇特而)有名的人 動 名產
2580	めいめい 【銘々】	名・副 各自，每個人 動 おのおの
2581	メーター 【meter】	名 米，公尺；儀表，測量器 動 計器（けいき）
2582	めぐまれる 【恵まれる】	自下一 得天獨厚，被賦予，受益，受到恩惠 反 見放される 動 時めく
2583	めぐる 【巡る】	自五 循環，轉回，旋轉；巡遊；環繞，圍繞 動 巡回する（じゅんかいする）
2584	めざす 【目指す】	他五 指向，以…為努力目標，瞄準 動 狙う
2585	めざまし 【目覚まし】	名 叫醒，喚醒；小孩睡醒後的點心；醒後為打 起精神吃東西；鬧鐘 動 目覚まし時計
2586	めざましどけい 【目覚まし時計】	名 鬧鐘
2587	めし 【飯】	名 米飯；吃飯，用餐；生活，生計 動 食事

2575 京都の名所といえば、金閣寺と銀閣寺でしょう。
▶ 一提到京都古蹟，首當其選的就是金閣寺和銀閣寺了吧。

2576 上司は彼にすぐ出発するように命じた。
▶ 上司命令他立刻出發。

2577 迷信とわかっていても、信じずにはいられない。
▶ 雖知是迷信，卻無法去信它。

2578 彼は、魚釣りの名人です。
▶ 他是釣魚的名人。

2579 名物といっても、大しておいしくないですよ。
▶ 雖說是名產，但也沒多好吃呀。

2580 銘々で食事を注文してください。
▶ 請各自點餐。

め

2581 このプールの長さは、何メーターありますか。
▶ 這座泳池的長度有幾公尺？

2582 環境に恵まれるか恵まれないかにかかわらず、努力すれば成功できる。
▶ 無論環境的好壞，只要努力就能成功。

2583 東ヨーロッパを巡る旅に出かけました。
▶ 我到東歐去環遊了。

2584 もしも試験に落ちたら、弁護士を目指すどころではなくなる。
▶ 要是落榜了，就不是那裡妄想當律師的時候了。

2585 目覚ましなど使わなくても、起きられますよ。
▶ 就算不用鬧鐘也能起床呀。

2586 目覚まし時計を掛ける。
▶ 設定鬧鐘。

2587 みんなもう飯は食ったかい。
▶ 大家吃飯了嗎？

2588 ☐	めした 【目下】	㈎ 部下，下屬，晚輩 ㈺ 目上 ㈱ 後輩
2589 ☐	めじるし 【目印】	㈎ 目標，標記，記號 ㈱ 印
2590 ☐	めだつ 【目立つ】	㈐ 顯眼，引人注目，明顯 ㈱ 際立つ（きわだつ）
2591 ☐	めちゃくちゃ	㈎·㈕ 亂七八糟，胡亂，荒謬絕倫 ㈱ めちゃめちゃ
2592 ☐	めっきり	㈖ 變化明顯，顯著的，突然，劇烈 ㈱ 著しい（いちじるしい）
2593 ☐	めったに 【滅多に】	㈖ （後接否定語）不常，很少 ㈱ ほとんど
2594 ☐	めでたい 【目出度い】	㈗ 可喜可賀，喜慶的；順利，幸運，圓滿；頭 腦簡單，傻氣；表恭喜慶祝 ㈱ 喜ばしい
2595 ☐	めまい 【目眩・眩暈】	㈎ 頭暈眼花
2596 ☐	メモ 【memo】	㈎·㈘サ 筆記；備忘錄，便條；紀錄 ㈱ 備忘録（びぼうろく）
2597 ☐	めやす 【目安】	㈎ （大致的）目標，大致的推測，基準；標示 ㈱ 見当（けんとう）
2598 ☐	めん 【面】	㈎·接尾·漢造 臉，面；面具，假面；防護面具； 用以計算平面的東西；會面 ㈱ 方面
2599 ☐	めんきょしょう 【免許証】	㈎ （政府機關）批准，許可證，執照
2600 ☐	めんぜい 【免税】	㈎·㈘サ·㈐サ 免稅 ㈱ 免租（めんそ）

2588	部長は、目下の者には威張る。 ▶ 部長會在部屬前擺架子。
2589	自分の荷物に、目印をつけておきました。 ▶ 我在自己的行李上做了記號。
2590	彼女は華やかなので、とても目立つ。 ▶ 她打扮華麗，所以很引人側目。
2591	部屋が片付いたかと思ったら、子どもがすぐにめちゃくちゃにしてしまった。 ▶ 我才剛把房間整理好，就發現小孩馬上就把它用得亂七八糟的。
2592	最近めっきり体力がなくなりました。 ▶ 最近體力明顯地降下。
2593	めったにないチャンスだ。 ▶ 難得的機會。
2594	赤ちゃんが生まれたとは、めでたいですね。 ▶ 聽說小寶貝誕生了，那真是可喜可賀。
2595	めまいがする。 ▶ 頭暈眼花。
2596	メモをとる。 ▶ 記筆記。
2597	目安として、1000円ぐらいのものを買ってきてください。 ▶ 請你去買約1000日圓的東西回來。
2598	お金の面においては、問題ありません。 ▶ 在金錢方面沒有問題。
2599	運転免許証。 ▶ 駕照。
2600	免税店で買い物をしました。 ▶ 我在免稅店裡買了東西。

め

2601	めんせき 【面積】	㈎ 面積 ㊀ 広さ
2602	めんどうくさい 【面倒臭い】	㊗ 非常麻煩，極其費事的 ㊀ 煩わしい（わずらわしい）
2603	メンバー 【member】	㈎ 成員，一份子；(體育)隊員 ㊀ 成員
2604	もうかる 【儲かる】	㊀㊄ 賺到，得利；賺得到便宜，撿便宜
2605	もうける 【設ける】	㊇㆘一 預備，準備；設立，制定；生，得(子女) ㊀ 備える（そなえる）
2606	もうける 【儲ける】	㊇㆘一 賺錢，得利，(轉)撿便宜，賺到 ㊁ 損する　㊀ 得する
2607	もうしわけ 【申し訳】	㈎・他サ 申辯，辯解；道歉；敷衍塞責，有名無實 ㊀ 弁解（べんかい）
2608	モーター 【motor】	㈎ 發動機；電動機；馬達 ㊀ 電動機
2609	もくざい 【木材】	㈎ 木材，木料 ㊀ 材木
2610	もくじ 【目次】	㈎ (書籍)目錄，目次；(條目、項目)目次 ㊀ 見出し（みだし）
2611	もくひょう 【目標】	㈎ 目標，指標 ㊀ 目当て（めあて）
2612	もぐる 【潜る】	㊀㊄ 潛入(水中)；鑽進，藏入，躲入；潛伏活動，違法從事活動 ㊀ 潜伏する（せんぷくする）
2613	もじ 【文字】	㈎ 字跡，文字，漢字；文章，學問 ㊀ 字

2601	面積が広いわりに、人口が少ない。
	▶ 面積雖然大，但相對地人口卻很少。

2602	面倒臭いからといって、掃除もしないのですか。
	▶ 嫌麻煩就不用打掃了嗎？

2603	チームのメンバーにとって、今度の試合は重要です。
	▶ 這次比賽，對隊上的隊員而言相當地重要。

2604	儲かるからといって、そんな危ない仕事はしない方がいい。
	▶ 雖說會賺大錢，那種危險的工作還是不做的好。

2605	スポーツ大会に先立ち、簡易トイレを設けた。
	▶ 在運動會之前，事先設置了臨時公廁。

2606	彼はその取り引きで大金をもうけた。
	▶ 他在那次交易上賺了大錢。

2607	感激のあまり、大きな声を出してしまって申し訳ありません。
	▶ 太過於感動而不禁大聲了起來。

2608	機械のモーターが動かなくなってしまいました。
	▶ 機器的馬達停了。

2609	海外から、木材を調達する予定です。
	▶ 我計畫要從海外調木材過來。

2610	目次はどこにありますか。
	▶ 目錄在什麼地方？

2611	目標ができたからには、計画を立ててがんばるつもりです。
	▶ 既然有了目標，就打算立下計畫好好加油。

2612	海に潜ることにかけては、彼はなかなかすごいですよ。
	▶ 在潛海這方面，他相當厲害唷。

2613	ひらがなは、漢字をもとにして作られた文字だ。
	▶ 平假名是根據漢字而成的文字。

め

2614 ☐	もしも	剾 (強調)如果，萬一，倘若 勁 若し
2615 ☐	もたれる 【凭れる・靠れる】	自下一 依靠，憑靠；消化不良 勁 寄りかかる（よりかかる）
2616 ☐ T80	モダン 【modern】	名・形動 現代的，流行的，時髦的 勁 今様（いまよう）
2617 ☐	もち 【餅】	名 年糕
2618 ☐	もちあげる 【持ち上げる】	他下一 (用手)舉起，抬起；阿諛奉承，吹捧；抬 頭 勁 上げる
2619 ☐	もちいる 【用いる】	自五 使用；採用，採納；任用，錄用 勁 使用する
2620 ☐	もって 【以って】	連語・接續 (…をもって形式，格助詞用法)以， 用，拿；因為，根據；(時間或數量)到； (加強的語感)把；而且；因此；對比
2621 ☐	もっとも 【最も】	剾 最，頂 勁 一番
2622 ☐	もっとも 【尤も】	連語・接續 合理，正當，理所當有的；話雖如 此，不過 勁 当然
2623 ☐	モデル 【model】	名 模型；榜樣，典型，模範；(文學作品中)典 型人物，原型；模特兒 勁 手本（てほん）
2624 ☐	もと 【元・旧・故】	名・接尾 原，從前；原來
2625 ☐	もと 【元・基】	名 起源，本源；基礎，根源；原料；原因；本 店；出身；成本 勁 基礎
2626 ☐	もどす 【戻す】	自五・他五 退還，歸還；送回，退回；使倒退； (經)市場價格急遽回升 勁 返す

2614	もしも会社をくびになったら、結婚どころではなくなる。
	▶ 要是被公司革職，就不是結婚的時候了。

2615	相手の迷惑もかまわず、電車の中で隣の人にもたれて寝ている。
	▶ 也不管會不會造成對方的困擾。

2616	外観はモダンながら、ビルの中は老朽化しています。
	▶ 雖然外觀很時髦，但是大廈裡已經老舊了。

2617	日本では、正月に餅を食べます。
	▶ 在日本，過新年要吃麻糬。

2618	こんな重いものが、持ち上げられるわけはない。
	▶ 這麼重的東西，怎麼可能抬得起來。

2619	これは、DVDの製造に用いる機械です。
	▶ 這台是製作DVD時會用到的機器。

2620	書面をもって通知する。
	▶ 以書面通知。

2621	思案のすえに、最も優秀な学生を選んだ。
	▶ 再三考慮後才選出最優秀的學生。

2622	合格して、嬉しさのあまり大騒ぎしたのももっともです。
	▶ 因上榜太過歡喜而大吵大鬧也是正常的呀。

2623	彼女は、歌も歌えば、モデルもやる。
	▶ 她既唱歌也當模特兒。

2624	私は、元スチュワーデスでした。
	▶ 我原本是空中小姐。

2625	彼のアイデアを基に、商品を開発した。
	▶ 以他的構想為基礎來開發商品。

2626	本を読み終わったら、棚に戻してください。
	▶ 書如果看完了，就請放回書架。

も

2627 □	もとづく【基づく】	(自五) 根據，按照；由…而來，因為，起因 劒 依る（よる）
2628 □	もとめる【求める】	(他下一) 想要，渴望，需要；謀求，探求；征求，要求；購買 劒 要求する
2629 □	もともと	(名・副) 與原來一樣，不增不減；從來，本來，根本 劒 本来（ほんらい）
2630 □	もの【者】	(名) (特定情況之下的)人，者 劒 人
2631 □	ものおき【物置】	(名) 庫房，倉房 劒 倉庫
2632 □	ものおと【物音】	(名) 響聲，響動，聲音
2633 □	ものがたり【物語】	(名) 談話，事件；傳說；故事，傳奇；(平安時代後期散文式的文學作品)物語 劒 ストーリー
2634 □	ものがたる【物語る】	(他五) 談，講述；說明，表明
2635 □	ものごと【物事】	(名) 事情，事物；一切事情，凡事 劒 事柄（ことがら）
2636 □	ものさし【物差し】	(名) 尺；尺度，基準
2637 □	ものすごい【物凄い】	(形) 可怕的，恐怖的，令人恐懼的；猛烈的，驚人的 劒 甚だしい（はなはだしい）
2638 □	モノレール【monorail】	(名) 單軌電車，單軌鐵路 劒 単軌鉄道（たんきてつどう）
2639 □	もみじ【紅葉】	(名) 紅葉；楓樹 劒 紅葉（こうよう）

2627	去年の支出に基づいて、今年の予算を決めます。 きょねん ししゅつ もと ことし よさん き ▶ 根據去年的支出，來決定今年度的預算。
2628	私たちは株主として、経営者に誠実な答えを求めます。 わたし かぶぬし けいえいしゃ せいじつ こた もと ▶ 作為股東的我們，要求經營者要給真誠的答覆。
2629	彼はもともと、学校の先生だったということだ。 かれ がっこう せんせい ▶ 據說他原本是學校的老師。
2630	泥棒の姿を見た者はいません。 どろぼう すがた み もの ▶ 沒有人看到小偷的蹤影
2631	はしごは物置に入っています。 ものおき はい ▶ 梯子放在倉庫裡。
2632	何か物音がしませんでしたか。 なに ものおと ▶ 剛剛是不是有東西發出聲音？
2633	江戸時代の商人についての物語を書きました。 えど じだい しょうにん ものがたり か ▶ 撰寫了一篇有關江戶時期商人的故事。
2634	血だらけの服が、事件のすごさを物語っている。 ち ふく じけん ものがた ▶ 滿是血跡的衣服，述說著案件的嚴重性。
2635	物事をきちんとするのが好きです。 ものごと す ▶ 我喜歡將事物規劃地井然有序。
2636	物差しで長さを測った。 ものさ なが はか ▶ 我用尺測量了長度。
2637	試験の最中なので、ものすごくがんばっています。 しけん さいちゅう ▶ 因為是考試期間，所以非常的努力。
2638	モノレールに乗って、羽田空港まで行きます。 の はねだくうこう い ▶ 我搭單軌電車要到羽田機場。
2639	紅葉がとてもきれいで、歓声を上げないではいられなかった。 もみじ かんせい あ ▶ 因為楓葉實在太漂亮了，所以就不由得歡呼了起來。

も

2640 □	もむ 【揉む】	他五 搓，揉；捏，按摩；(很多人)互相推擠； 爭辯；(被動式型態)錘錬，受磨練 類 按摩する
2641 □	もも 【桃】	名 桃子
2642 □	もよう 【模様】	名 花紋，圖案；情形，狀況；徵兆，趨勢 類 綾（あや）
2643 □	もよおし 【催し】	名 舉辦，主辦；集會，文化娛樂活動；預兆， 兆頭 類 催し物
2644 □	もる 【盛る】	他五 盛滿，裝滿；堆滿，堆高；配藥，下毒； 刻劃，標刻度 類 積み上げる（つみあげる）
2645 □	もんどう 【問答】	名・自サ 問答；商量，交談，爭論 類 議論
や 2646 □ T81	や 【屋】	接尾 (前接名詞，表示經營某家店或從事某種工作的 人)店，鋪；(前接表示個性、特質)帶點輕蔑的稱 呼；(寫作「舍」)表示堂號，房舍的雅號 類 店
2647 □	やがて	副 不久，馬上；幾乎，大約；歸根就底，亦 即，就是 類 まもなく
2648 □	やかましい 【喧しい】	形 (聲音)吵鬧的，喧擾的；囉唆的，嘮叨的； 難以取悅；嚴格的，嚴厲的 類 うるさい
2649 □	やかん 【薬缶】	名 (銅、鋁製的)壺，水壺 類 湯沸かし（ゆわかし）
2650 □	やく 【役】	名・漢造 職務，官職；責任，任務，(負責的)職 位；角色；使用，作用 類 役目
2651 □	やく 【約】	名・副・漢造 約定，商定；縮寫，略語；大約， 大概；簡約，節約 類 大体
2652 □	やく 【訳】	名・他サ・漢造 譯，翻譯；漢字的訓讀 類 翻訳

| 2640 | 肩^{かた}をもんであげる。 |
| | ▶ 我幫你按摩肩膀。 |

| 2641 | 桃^{もも}のおいしい季節^{きせつ}。 |
| | ▶ 桃子盛產期。 |

| 2642 | 模様^{もよう}のあるのやら、ないのやら、いろいろな服^{ふく}があります。 |
| | ▶ 有花樣的啦、沒花樣的啦，這裡有各式各樣的衣服。 |

| 2643 | その催^{もよお}しは、九月九日^{くがつここのか}から始^{はじ}まることになっています。 |
| | ▶ 那個活動預定從9月9日開始。 |

| 2644 | 果物^{くだもの}が皿^{さら}に盛^もってあります。 |
| | ▶ 盤子上堆滿了水果。 |

| 2645 | 教授^{きょうじゅ}との問答^{もんどう}に基^{もと}づいて、新聞記事^{しんぶんきじ}を書^かいた。 |
| | ▶ 根據我和教授間的爭論，寫了篇報導。 |

| 2646 | 魚屋^{さかなや}。 |
| | ▶ 魚店，賣魚的。 |

| 2647 | やがて上海行^{シャンハイゆ}きの船^{ふね}が出港^{しゅっこう}します。 |
| | ▶ 不久後前往上海的船就要出港了。 |

| 2648 | 隣^{となり}のテレビがやかましかったものだから、抗議^{こうぎ}に行^いった。 |
| | ▶ 因為隔壁的電視聲太吵了，所以跑去抗議。 |

| 2649 | やかんで湯^ゆを沸^わかす。 |
| | ▶ 用水壺燒開水。 |

| 2650 | この役^{やく}を、引^ひき受^うけないわけにはいかない。 |
| | ▶ 不可能不接下這個職位。 |

| 2651 | 資料^{しりょう}によれば、この町^{まち}の人口^{じんこう}は約^{やく}100万人^{まんにん}だそうだ。 |
| | ▶ 根據資料所顯示，這城鎮的人口約有100萬人。 |

| 2652 | その本^{ほん}は、日本語訳^{にほんごやく}で読^よみました。 |
| | ▶ 那本書我是看日文翻譯版的。 |

2653 ☐	やくしゃ【役者】	名 演員；善於做戲的人，手段高明的人，人才 類 俳優
2654 ☐	やくしょ【役所】	名 官署，政府機關 類 官公庁（かんこうちょう）
2655 ☐	やくにん【役人】	名 官員，公務員 類 公務員
2656 ☐	やくひん【薬品】	名 藥品；化學試劑 類 薬物
2657 ☐	やくめ【役目】	名 責任，任務，使命，職務 類 役割
2658 ☐	やくわり【役割】	名 分配任務(的人)；(分配的)任務，角色，作用 類 受け持ち
2659 ☐	やけど【火傷】	名・自サ 燙傷，燒傷；(轉)遭殃，吃虧
2660 ☐	やこう【夜行】	名・接頭 夜行；夜間列車；夜間活動 類 夜行列車
2661 ☐	やじるし【矢印】	名 (標示去向、方向的)前頭，箭形符號
2662 ☐	やたらに	形動・副 胡亂的，隨便的，任意的，馬虎的；過 份，非常，大膽 類 むやみに
2663 ☐	やっかい【厄介】	名・形動 麻煩，難為，難應付的；照料，照顧， 幫助；寄食，寄宿(的人) 類 面倒臭い（めんどうくさい）
2664 ☐	やっきょく【薬局】	名 (醫院的)藥局；藥鋪，藥店
2665 ☐	やっつける【遣っ付ける】	他下一 (俗)幹完(工作等，「やる」的強調表 現)；教訓一頓；幹掉；打敗，擊敗 類 打ち負かす（うちまかす）

2653
役者としての経験が長いだけに、演技がとてもうまい。
▶ 到底是長久當演員的緣故，演技實在是精湛。

2654
手続きはここでできますから、役所までいくことはないよ。
▶ 這裡就可以辦手續，沒必要跑到區公所哪裡。

2655
役人にはなりたくない。
▶ 我不想當公務員。

2656
この薬品は、植物をもとにして製造された。
▶ 這個藥品，是以植物為底製造而成的。

2657
責任感の強い彼のことだから、役目をしっかり果たすだろう。
▶ 因為是責任感很強的他，所以一定能完成使命的！

2658
それぞれの役割に基づいて、仕事をする。
▶ 按照各自的職務工作。

2659
熱湯で手にやけどをした。
▶ 熱水燙傷了手。

2660
彼らは、今夜の夜行で旅行に行くということです。
▶ 聽說他們要搭今晚的夜車去旅行。

2661
矢印により、方向を表した。
▶ 透過箭頭來表示方向。

2662
重要書類をやたらに他人に見せるべきではない。
▶ 不應當將重要的文件，隨隨便便地給其他人看。

2663
やっかいな問題が片付いたかと思うと、また難しい問題が出てきた。
▶ 才正解決了麻煩事，就馬上又出現了難題。

2664
薬局で薬を買うついでに、洗剤も買った。
▶ 到藥局買藥的同時，順便買了洗潔精。

2665
手ひどくやっつけられる。
▶ 被修理得很慘。

や

2666 □	やど 【宿】	名 家，住處，房屋；旅館，旅店；下榻處，過夜 類 旅館
2667 □	やとう 【雇う】	他五 雇用 訳 雇用する
2668 □	やぶく 【破く】	他五 撕破，弄破 訳 破る
2669 □	やむ 【病む】	自他五 得病，患病；煩惱，憂慮 訳 患う（わずらい）
2670 □	やむをえない 【やむを得ない】	形 不得已的，沒辦法的 訳 しかたがない
2671 □	ゆいいつ 【唯一】	名 唯一，獨一
2672 □	ゆうえんち 【遊園地】	名 遊樂場
2673 □	ゆうこう 【友好】	名 友好
2674 □	ゆうこう 【有効】	形動 有效的
2675 □	ゆうじゅうふだん 【優柔不断】	名・形動 優柔寡斷
2676 □	ゆうしょう 【優勝】	名・自サ 優勝，取得冠軍 訳 勝利
2677 □	ゆうじょう 【友情】	名 友情 反 敵意　類 友誼
2678 □	ゆうしょく 【夕食】	名 晚餐

ゆ

T82

| 2666 | 宿の予約をしていないばかりか、電車の切符も買っていないそうです。 |
| | ▶ 不僅沒有預約住宿的地方，聽說就連電車的車票也沒買的樣子。 |

| 2667 | 大きなプロジェクトに先立ち、アルバイトをたくさん雇いました。 |
| | ▶ 進行盛大的企劃前，事先雇用了很多打工的人。 |

| 2668 | ズボンを破いてしまった。 |
| | ▶ 弄破褲子了。 |

| 2669 | 胃を病んでいた。 |
| | ▶ 得胃病。 |

| 2670 | 仕事が期日どおりに終わらなくても、やむを得ない。 |
| | ▶ 就算工作不能如期完成也是沒辦法的事。 |

| 2671 | 彼女は、わが社で唯一の女性です。 |
| | ▶ 她是我們公司唯一的女性。 |

| 2672 | 子どもと一緒に、遊園地なんか行くものか。 |
| | ▶ 我哪可能跟小朋友一起去遊樂園呀！ |

| 2673 | 友好を深める。 |
| | ▶ 加深友好關係。 |

| 2674 | 有効に使う。 |
| | ▶ 有效地使用。 |

| 2675 | 優柔不断な性格。 |
| | ▶ 優柔寡斷的個性。 |

| 2676 | しっかり練習しないかぎり、優勝はできません。 |
| | ▶ 要是沒紮實地做練習，就沒辦法得冠軍。 |

| 2677 | 友情を裏切るわけにはいかない。 |
| | ▶ 友情是不能背叛的。 |

| 2678 | 夕食はハンバーグだ。 |
| | ▶ 晚餐吃漢堡排。 |

や

2679	ゆうだち 【夕立】	名 雷陣雨 動 にわか雨
2680	ゆうのう 【有能】	名・形動 有才能的，能幹的 反 無能（むのう）
2681	ゆうひ 【夕日】	名 夕陽 動 夕陽
2682	ゆうゆう 【悠々】	副・形動 悠然，不慌不忙；綽綽有餘，充分； （時間）悠久，久遠；（空間）浩瀚無垠 動 ゆったり
2683	ゆうらんせん 【遊覧船】	名 渡輪
2684	ゆうりょう 【有料】	名 收費 反 無料
2685	ゆかた 【浴衣】	名 夏季穿的單衣，浴衣
2686	ゆくえ 【行方】	名 去向，目的地；下落，行蹤；前途，將來 動 行く先
2687	ゆくえふめい 【行方不明】	名 下落不明
2688	ゆげ 【湯気】	名 蒸氣，熱氣；（蒸汽凝結的）水珠，水滴 動 水蒸気（すいじょうき）
2689	ゆけつ 【輸血】	名・自サ （醫）輸血
2690	ゆそう 【輸送】	名・他サ 輸送，傳送 反 輸入
2691	ゆだん 【油断】	名・自サ 缺乏警惕，疏忽大意 動 不覚

2679	雨が降ってきたといっても、夕立だからすぐやみます。 ▶ 雖說下雨了，但因是驟雨很快就會停。
2680	わが社においては、有能な社員はどんどん出世します。 ▶ 在本公司，有能力的職員都會一一地順利升遷。
2681	夕日が沈むのを見に行った。 ▶ 我去看了夕陽西下的景色。
2682	彼は毎日悠々と暮らしている。 ▶ 他每天都悠哉悠哉地過生活。
2683	遊覧船に乗る。 ▶ 搭乘渡輪。
2684	ここの駐車場は、どうも有料っぽいね。 ▶ 這裡的停車場，好像是要收費的耶。
2685	君は、浴衣を着ていると女っぽいね。 ▶ 妳一穿上浴衣，就真有女人味啊！
2686	犯人のみならず、犯人の家族の行方もわからない。 ▶ 不單只是犯人，就連犯人的家人也去向不明。
2687	行方不明になる。 ▶ 下落不明。
2688	やかんから湯気が出ている。 ▶ 不久後蒸汽冒出來了。
2689	輸血をしてもらった。 ▶ 幫我輸血。
2690	自動車の輸送にかけては、うちは一流です。 ▶ 在搬運汽車這方面，本公司可是一流的。
2691	仕事がうまくいっているときは、誰でも油断しがちです。 ▶ 當工作進行順利時，任誰都容易大意。

ゆ

よ

2692	□	ゆっくり	[副・自サ] 慢慢地，不著急的，從容地；安適的，舒適的；充分的，充裕的 [類] 徐々に（じょじょに）
2693	□	ゆったり	[副・自サ] 寬敞舒適
2694	□	ゆるい 【緩い】	[形] 鬆，不緊；徐緩，不陡；不急；不嚴格；稀薄 [反] きつい [類] 緩々
2695	□	よ 【夜】	[名] 夜，晚上，夜間 [反] 昼 [類] 晩
2696	□	よあけ 【夜明け】	[名] 拂曉，黎明 [類] 明け方
2697	□	よう 【様】	[名・形動] 樣子，方式；風格；形狀
2698	□	よう 【酔う】	[自五] 醉，酒醉；暈(車、船)；(吃魚等)中毒；陶醉 [類] 酔っ払う（よっぱらい）
2699	□	ようい 【容易】	[形動] 容易，簡單 [類] 簡単
2701	□	ようがん 【溶岩】	[名] (地)溶岩
2702	□	ようき 【容器】	[名] 容器 [類] 入れ物
2703	□	ようき 【陽気】	[名・形動] 季節，氣候；陽氣(萬物發育之氣)；爽朗，快活；熱鬧，活躍 [反] 陰気 [類] 気候
2704	□	ようきゅう 【要求】	[名・他サ] 要求，需求 [類] 請求
2705	□	ようご 【用語】	[名] 用語，措辭；術語，專業用語 [類] 術語（じゅつご）

2692	ゆっくり<ruby>考<rt>かんが</rt></ruby>えたすえに、<ruby>結論<rt>けつろん</rt></ruby>を<ruby>出<rt>だ</rt></ruby>しました。
	▶ 仔細思考後，有了結論。

2693	ゆったりした<ruby>服<rt>ふく</rt></ruby>。
	▶ 寬鬆的服裝。

2694	ねじが<ruby>緩<rt>ゆる</rt></ruby>くなる。
	▶ 螺絲鬆了。

2695	<ruby>夜<rt>よ</rt></ruby>が<ruby>明<rt>あ</rt></ruby>けたら<ruby>出<rt>で</rt></ruby>かけます。
	▶ 天一亮就啟程。

2696	<ruby>夜明<rt>よあ</rt></ruby>けに、<ruby>鶏<rt>にわとり</rt></ruby>が<ruby>鳴<rt>な</rt></ruby>いた。
	▶ 天亮雞鳴。

2697	<ruby>話<rt>はな</rt></ruby>し<ruby>様<rt>よう</rt></ruby>が<ruby>悪<rt>わる</rt></ruby>い。
	▶ 說的方式不好。

ゆ

2698	<ruby>彼<rt>かれ</rt></ruby>は<ruby>酔<rt>よ</rt></ruby>っても<ruby>乱<rt>みだ</rt></ruby>れない。
	▶ 他喝醉了也不會亂來。

2699	<ruby>私<rt>わたし</rt></ruby>にとって、<ruby>彼<rt>かれ</rt></ruby>を<ruby>説得<rt>せっとく</rt></ruby>するのは<ruby>容易<rt>ようい</rt></ruby>なことではない。
	▶ 對我而言，要說服他不是件容易的事。

2701	<ruby>火山<rt>かざん</rt></ruby>が<ruby>噴火<rt>ふんか</rt></ruby>して、<ruby>溶岩<rt>ようがん</rt></ruby>が<ruby>流<rt>なが</rt></ruby>れてきた。
	▶ 火山爆發，有熔岩流出。

2702	<ruby>容器<rt>ようき</rt></ruby>におかずを<ruby>入<rt>い</rt></ruby>れて<ruby>持<rt>も</rt></ruby>ってきた。
	▶ 我將配菜裝入容器內帶了過來。

2703	<ruby>天気予報<rt>てんきよほう</rt></ruby>の<ruby>予測<rt>よそく</rt></ruby>に<ruby>反<rt>はん</rt></ruby>して、<ruby>春<rt>はる</rt></ruby>のような<ruby>陽気<rt>ようき</rt></ruby>でした。
	▶ 和天氣預報背道而馳，是個像春天的天氣。

2704	<ruby>社員<rt>しゃいん</rt></ruby>の<ruby>要求<rt>ようきゅう</rt></ruby>を<ruby>受<rt>う</rt></ruby>け<ruby>入<rt>い</rt></ruby>れざるをえない。
	▶ 不得不接受員工的要求。

2705	これは、<ruby>法律用語<rt>ほうりつようご</rt></ruby>っぽいですね。
	▶ 這個感覺像是法律用語啊。

2706	ようし 【要旨】	名 大意，要旨，要點 動 要点
2707	ようじ 【用事】	名 (應辦的)事情，工作 動 用件
2708	ようじん 【用心】	名・自サ 注意，留神，警惕，小心 動 配慮（はいりょ）
2709	ようす 【様子】	名 情況，狀態；容貌，樣子；緣故；光景，徵兆 動 状況
2710	ようするに 【要するに】	副・連 總而言之，總之 動 つまり
2711	ようせき 【容積】	名 容積，容量，體積 動 容量
2712	ようそ 【要素】	名 要素，因素；(理、化)要素，因子 動 成分
2713	ようち 【幼稚】	名・形動 年幼的；不成熟的，幼稚的 動 未熟（みじゅく）
2714	ようちえん 【幼稚園】	名 幼稚園
2715	ようてん 【要点】	名 要點，要領 動 要所（ようしょ）
2716	ようと 【用途】	名 用途，用處 動 使い道
2717	ようひんてん 【洋品店】	名 舶來品店，精品店，西裝店
2718	ようぶん 【養分】	名 養分 動 滋養分（じょうぶん）

T83

2706
論文の要旨を書いて提出してください。
▶ 請寫出論文的主旨並交出來。

2707
用事で出かけたところ、大家さんにばったり会った。
▶ 因為有事出門，而和房東不期而遇。

2708
治安がいいか悪いかにかかわらず、泥棒には用心しなさい。
▶ 無論治安是好是壞，請注意小偷。

2709
あの様子から見れば、ずいぶんお酒を飲んだのに違いない。
▶ 從他那樣子來看，一定是喝了很多酒。

2710
要するに、あの人は大人げがないんです。
▶ 總而言之，那個人就是沒個大人樣。

2711
三角錐の容積はどのように計算しますか。
▶ 要怎麼算三角錐的容量？

2712
会社を作るには、いくつかの要素が必要だ。
▶ 要創立公司，有幾個必要要素。

2713
大学生にしては、幼稚な文章ですね。
▶ 作為一個大學生，真是個幼稚的文章啊。

2714
幼稚園に入る。
▶ 上幼稚園。

2715
要点をまとめておいたせいか、上手に発表できた。
▶ 可能是有將重點歸納過的關係，我上台報告得很順利。

2716
この製品は、用途が広いばかりでなく、値段も安いです。
▶ 這個產品，不僅用途廣闊，價錢也很便宜。

2717
洋品店の仕事が、うまくいきつつあります。
▶ 西裝店的工作正開始上軌道。

2718
植物を育てるのに必要な養分は何ですか。
▶ 培育植物所需的養分是什麼？

よ

2719 □	ようもう 【羊毛】	名 羊毛 翻 ウール
2720 □	ようやく 【要約】	名・他サ 摘要，歸納
2721 □	ようやく 【漸く】	副 好不容易，勉勉強強，終於；漸漸 翻 やっと
2722 □	ようりょう 【要領】	名 要領，要點；訣竅，竅門 翻 要点
2723 □	ヨーロッパ 【Europe】	名 歐洲 翻 欧州
2724 □	よき 【予期】	名・自サ 預期，預料，料想 翻 予想
2725 □	よくばり 【欲張り】	名・形動 貪婪，貪得無厭(的人)
2726 □	よくばる 【欲張る】	自五 貪婪，貪心，貪得無厭 翻 貪る（むさぼる）
2727 □	よけい 【余計】	形動・副 多餘的，無用的，用不著的；過多的； 更多，格外，更加，越發 翻 余分（よぶん）
2728 □	よこがき 【横書き】	名 橫寫
2729 □	よこぎる 【横切る】	他五 橫越，橫跨 翻 横断する（おうだんする）
2730 □	よこなが 【横長】	名・形動 長方形的，橫寬的
2731 □	よさん 【予算】	名 預算 反 決算

2719

このじゅうたんは、羊毛でできています。
▶ 這地毯是由羊毛所製。

2720

論文を要約する。
▶ 做論文摘要。

2721

あちこちの店を探したあげく、ようやくほしいものを見つけた。
▶ 四處找了很多店家，最後終於找到要的東西。

2722

彼は要領が悪いのみならず、やる気もない。
▶ 他做事不僅不得要領，也沒有什麼幹勁。

2723

ヨーロッパの映画を見るにつけて、現地に行ってみたくなります。
▶ 每看歐洲的電影，就會想到當地去走一遭。

2724

予期した以上の成果。
▶ 達到預期的成果。

よ

2725

彼はきっと欲張りに違いありません。
▶ 他一定是個貪得無厭的人。

2726

彼が失敗したのは、欲張ったせいにほかならない。
▶ 他之所以會失敗，無非是他太過貪心了。

2727

私こそ、余計なことを言って申し訳ありません。
▶ 我才是，說些多事的話真是抱歉。

2728

横書きの雑誌。
▶ 橫寫編排的雜誌。

2729

道路を横切る。
▶ 橫越馬路。

2730

横長の鞄。
▶ 橫長的包包。

2731

予算については、社長と相談します。
▶ 就預算相關一案，我會跟社長商量的。

2732 ☐	よす 【止す】	(他五) 停止，做罷，戒掉；辭掉 (類) やめる
2733 ☐	よそ 【他所】	(名) 別處，他處；遠方；別的，他的；不顧，無 視，漠不關心 (類) 他所（たしょ）
2734 ☐	よそく 【予測】	(名・他サ) 預測，預料 (類) 予想
2735 ☐	よつかど 【四つ角】	(名) 十字路口；四個犄角 (類) 十字路（じゅうじろ）
2736 ☐	ヨット 【yacht】	(名) 遊艇，快艇 (類) 帆走船（はんそうせん）
2737 ☐	よっぱらい 【酔っ払い】	(名) 醉鬼，喝醉酒的人 (類) 酔漢（すいかん）
2738 ☐	よなか 【夜中】	(名) 半夜，深夜，午夜 (類) 夜ふけ
2739 ☐	よび 【予備】	(名) 預備，準備 (類) 用意
2740 ☐	よびかける 【呼び掛ける】	(他下一) 招呼，呼喚；號召，呼籲 (類) 勧誘（かんゆう）
2741 ☐	よびだす 【呼び出す】	(他五) 喚出，叫出；叫來，喚來，邀請；傳訊
2742 ☐	よぶん 【余分】	(名・形動) 剩餘，多餘的；超量的，額外的 (類) 残り
2743 ☐	よほう 【予報】	(名・他サ) 預報 (類) 知らせ
2744 ☐	よみ 【読み】	(名) 唸，讀；訓讀；判斷，盤算；理解

2732	そんなことをするのは止しなさい。 ▶ 不要做那種蠢事。
2733	彼は、よそでは愛想がいい。 ▶ 他在外頭待人很和藹。
2734	来年の景気は予測しがたい。 ▶ 很難去預測明年的景氣。
2735	四つ角のところで友達に会った。 ▶ 我在十字路口遇到朋友。
2736	夏になったら、海にヨットに乗りに行こう。 ▶ 到了夏天，一起到海邊搭快艇吧。
2737	酔っ払い運転。 ▶ 酒醉駕駛。
2738	夜中に電話が鳴った。 ▶ 深夜裡電話響起。
2739	彼は、予備の靴を持ってきているとか。 ▶ 聽說他有帶預備的鞋子。
2740	ここにゴミを捨てないように、呼びかけようじゃないか。 ▶ 我們來呼籲大眾，不要在這裡亂丟垃圾吧！
2741	こんな夜遅くに呼び出して、何の用ですか。 ▶ 那麼晚了還叫我出來，到底是有什麼事？
2742	余分なお金があるわけがない。 ▶ 不可能會有多餘的金錢。
2743	天気予報によると、明日は曇りがちだそうです。 ▶ 根據氣象報告，明天好像是多雲的天氣。
2744	この字の読みがわからない。 ▶ 不知道這個字的讀法。

よ

2745 □	よみがえる 【蘇る】	(自五) 甦醒，復活；復興，復甦，回復；重新想起 ⑨ 生き返る
2746 □	よめ 【嫁】	(名) 兒媳婦，妻，新娘 (反) 婿 ⑨ 花嫁
2747 □	よゆう 【余裕】	(名) 富餘，剩餘；寬裕，充裕 ⑨ 裕う（ゆとり）
2748 □	より	(副) 更，更加 ⑨ 更に
2749 □	よる 【因る】	(自五) 由於，因為；任憑，取決於；依靠，依賴；按照，根據 ⑨ 従う（したがう）
2750 □ T84	らい 【来】	(連體) （時間）下個，下一個
2751 □	らいにち 【来日】	(名・自サ) （外國人）來日本，到日本來 ⑨ 訪日（ほうにち）
2752 □	らくてんてき 【楽天的】	(形動) 樂觀的
2753 □	らくらい 【落雷】	(名・自サ) 打雷，雷擊
2754 □	らせん 【螺旋】	(名) 螺旋狀物；螺旋
2755 □	らん 【欄】	(名・漢造) （表格等）欄目；欄杆；（書籍、刊物、版報等的）專欄 ⑨ てすり
2756 □	ランニング 【running】	(名) 賽跑，跑步 ⑨ 競走
2757 □	リード 【lead】	(名・自他サ) 領導，帶領；（比賽）領先，贏；（新聞報導文章的）內容提要

ら

リ

2745	しばらくしたら、昔の記憶が蘇るに相違ない。 ▶ 過一陣子後，以前記憶一定會想起來的。
2746	彼女は嫁に来て以来、一度も実家に帰っていない。 ▶ 自従她嫁過來之後，就沒回過娘家。
2747	忙しくて、余裕なんかぜんぜんない。 ▶ 太過繁忙，根本就沒有喘氣的時間。
2748	他の者に比べて、彼はより勤勉だ。 ▶ 他比任何人都勤勉。
2749	理由によっては、許可することができる。 ▶ 因理由而定，來看是否批准。
2750	来年3月に卒業する。 ▶ 明年三月畢業。
2751	トム・ハンクスは来日したことがありましたっけ。 ▶ 湯姆漢克有來過日本來著？
2752	楽天的な性格。 ▶ 樂天派。
2753	落雷で火事になる。 ▶ 打雷引起火災。
2754	螺旋階段。 ▶ 螺旋梯。
2755	テレビ欄を見たかぎりでは、今日はおもしろい番組はありません。 ▶ 就電視節目表來看，今天沒有有趣的節目。
2756	雨が降らないかぎり、毎日ランニングをします。 ▶ 只要不下雨，我就會每天跑步。
2757	5点リードしているからといって、油断しちゃだめだよ。 ▶ 不能因為領先五分，就因此大意唷。

2758 □	りえき 【利益】	名 利益，好處；利潤，盈利 反 損失　動 利潤（りじゅん）
2759 □	りがい 【利害】	名 利害，得失，利弊，損益 動 損得（そんとく）
2760 □	りく 【陸】	名・漢造 陸地，旱地；陸軍的通稱 反 海　動 陸地
2761 □	りこう 【利口】	名・形動 聰明，伶俐機靈；巧妙，周到，能言善道 反 馬鹿　動 賢い
2762 □	りこしゅぎ 【利己主義】	名 利己主義
2763 □	リズム 【rhythm】	名 節奏，旋律，格調，格律 動 テンポ
2764 □	りそう 【理想】	名 理想 反 現実　動 理念
2765 □	りつ 【率】	名 率，比率，成數；有力或報酬等的程度 動 割合
2766 □	リットル 【liter】	名 升，公升 動 リッター
2767 □	りゃくする 【略する】	他サ 簡略；省略，略去；攻佔，奪取 動 省略する
2768 □	りゅう 【流】	名・接尾 （表特有的方式、派系）流，流派
2769 □	りゅういき 【流域】	名 流域
2770 □	りょう 【両】	漢造 雙，兩

2758	たとえ利益が上がらなくても、私は仕事をやめません。 ▶ 就算獲利不增，我也不會辭掉工作。
2759	彼らには利害関係があるとしても、そんなにひどいことはしないと思う。 ▶ 就算和他們有利害關係，我猜他們也不會做出那麼過份的事吧。
2760	長い航海の後、陸が見えてきた。 ▶ 在長期的航海之後，見到了陸地。
2761	彼らは、もっと利口に行動するべきだった。 ▶ 他們那時應該要更機伶些行動才是。
2762	利己主義はよくない。 ▶ 利己主義是不好的。
2763	ジャズダンスは、リズム感が大切だ。 ▶ 跳爵士舞節奏感很重要。
2764	理想の社会について、話し合おうではないか。 ▶ 大家一起來談談理想中的社會吧！
2765	消費税率の変更に伴って、値上げをする店が増えた。 ▶ 隨著稅率的變動，漲價的店家也增加了許多。
2766	女性雑誌によると、毎日1リットルの水を飲むと美容にいいそうだ。 ▶ 據女性雜誌上所說，每天喝一公升的水有助於養顏美容。
2767	国際連合は、略して国連と言います。 ▶ 國際聯合簡稱國連。
2768	一流企業に就職する。 ▶ 在一流企業上班。
2769	この川の流域で洪水が起こって以来、地形がすっかり変わってしまった。 ▶ 這條河域自從山洪爆發之後，地形就完全變了個樣。
2770	両者の合意が必要だ。 ▶ 需要雙方的同意。

り

2771	りょう 【量】	(名・漢造) 數量，份量，重量；推量；器量 (反) 質　(類) 数量
2772	りょう 【寮】	(名・漢造) 宿舍(狹指學生、公司宿舍)；茶室；別墅 (類) 寄宿（きしゅく）
2773	りょうきん 【料金】	(名) 費用，使用費，手續費 (類) 料
2774	りょうじ 【領事】	(名) 領事 (類) 領事官（りょうじかん）
2775	りょうしゅう 【領収】	(名・他サ) 收到
2776	りょうたん 【両端】	(名) 兩端
2777	りょうめん 【両面】	(名) （表裡或內外）兩面；兩個方面
2778	りょくおうしょく 【緑黄色】	(名) 黃綠色
2779	りんじ 【臨時】	(名) 臨時，暫時，特別 (反) 通常
2780	れいせい 【冷静】	(名・形動) 冷靜，鎮靜，沉著，清醒 (類) 落ち着き
2781	れいてん 【零点】	(名) 零分；毫無價值，不夠格；零度，冰點 (類) 氷点
2782	れいとう 【冷凍】	(名・他サ) 冷凍 (類) 凍る（こおる）
2783	れいとうしょくひん 【冷凍食品】	(名) 冷凍食品

T85

れ

2771
期待に反して、収穫量は少なかった。
▶ 與預期相反，收成量是少之又少。

2772
学生寮はにぎやかで、動物園かと思うほどだ。
▶ 學生宿舍熱鬧到讓人誤以為是動物園的程度。

2773
料金を払ってからでないと、会場に入ることができない。
▶ 如尚未付款，就不能進會場。

2774
領事館の協力をぬきにしては、この調査は行えない。
▶ 如果沒有領事館的協助，就沒有辦法進行這項調查。

2775
会社向けに、領収書を発行する。
▶ 發行公司用的收據。

2776
ケーブルの両端。
▶ 電線兩端。

2777
物事を両面から見る。
▶ 從正反兩面來看事情。

2778
緑黄色野菜。
▶ 黃綠色蔬菜。

2779
彼はまじめな人だけに、臨時の仕事でもきちんとやってくれました。
▶ 到底他是個認真的人，就算是臨時進來的工作，也都做得好好的。

2780
彼は、どんなことにも慌てることなく冷静に対処した。
▶ 不管任何事，他都不慌不忙地冷靜處理。

2781
零点取って、母にしかられた。
▶ 考個鴨蛋，被媽媽罵了一頓。

2782
うちで食べてみたかぎりでは、冷凍食品は割においしいです。
▶ 就在我們家試吃的結果來看，冷凍食品其實挺好吃的。

2783
冷凍食品は便利だ。
▶ 冷凍食品很方便。

2784 ☐	レクリエーション 【recreation】	名	(身心)休養；娛樂，消遣 楽しみ
2785 ☐	レジャー 【leisure】	名	空閒，閒暇，休閒時間；休閒時間的娛樂 余暇（よか）
2786 ☐	れっとう 【列島】	名	(地)列島，群島
2787 ☐	れんが 【煉瓦】	名	磚，紅磚
2788 ☐	れんごう 【連合】	名・他サ・自サ	聯合，團結；(心)聯想 協同（きょうどう）
2789 ☐	レンズ 【（荷）lens】	名	(理)透鏡，凹凸鏡片；照相機的鏡頭
2790 ☐	れんそう 【連想】	名・他サ	聯想 想像
ろ 2791 ☐	ろうそく 【蝋燭】	名	蠟燭 キャンドル
2792 ☐	ろうどう 【労働】	名・自サ	勞動，體力勞動，工作；(經)勞動力 労務（ろうむ）
2793 ☐	ロビー 【lobby】	名	(飯店、電影院等人潮出入頻繁的建築物的) 大廳，門廳；接待室，休息室，走廊 客間
2794 ☐	ろんそう 【論争】	名・自サ	爭論，爭辯，論戰 論争する
2795 ☐	ろんぶん 【論文】	名	論文；學術論文
わ 2796 ☐ T86	わ 【和】	名	和，人和；停止戰爭，和好

レクリエーション～わ 447

2784
遠足^{えんそく}では、いろいろなレクリエーションを準備^{じゅんび}しています。
▶ 遠足時準備了許多娛興節目。

2785
レジャーに出^でかける人^{ひと}で、海^{うみ}も山^{やま}もたいへんな人出^{ひとで}です。
▶ 無論海邊或是山上，都湧入了非常多的出遊人潮。

2786
日本列島^{にほんれっとう}が、雨雲^{あまぐも}に覆^{おお}われています。
▶ 烏雲滿罩日本群島。

2787
煉瓦^{れんが}で壁^{かべ}を作^{つく}りました。
▶ 我用紅磚築成了一道牆。

2788
いくつかの会社^{かいしゃ}で連合^{れんごう}して対策^{たいさく}を練^ねった。
▶ 幾家公司聯合起來一起想了對策。

2789
眼鏡^{めがね}のレンズが割^われてしまった。
▶ 眼鏡的鏡片破掉了。

れ

2790
チューリップを見^みるにつけ、オランダを連想^{れんそう}します。
▶ 每當看到鬱金香，就會聯想到荷蘭。

2791
停電^{ていでん}したので、ろうそくをつけた。
▶ 因為停電，所以點了蠟燭。

2792
労働^{ろうどう}したせいか、体^{からだ}が痛^{いた}い。
▶ 不知道是不是工作勞動的關係，身體很酸痛。

2793
ホテルのロビーで待^まっていてください。
▶ 請到飯店的大廳等候。

2794
女性^{じょせい}の地位^{ちい}についての論争^{ろんそう}は、激^{はげ}しくなる一方^{いっぽう}です。
▶ 針對女性地位的爭論，是越來越激烈。

2795
論文^{ろんぶん}を提出^{ていしゅつ}して以来^{いらい}、毎日^{まいにち}寝^ねてばかりいる。
▶ 自從交出論文以來，每天就是一直睡。

2796
和^わを保^{たも}つ。
▶ 保持和協。

2797 ☐	わ 【輪】	名 圈，環，箍；環節；車輪 翻 円形（えんけい）
2798 ☐	わえい 【和英】	名 日本和英國；日語和英語；日英辭典的簡稱 翻 和英辞典
2799 ☐	わかば 【若葉】	名 嫩葉、新葉
2800 ☐	わかわかしい 【若々しい】	形 年輕有朝氣的，年輕輕的，富有朝氣的 翻 若い
2801 ☐	わき 【脇】	名 腋下，夾肢窩；（衣服的）旁側；旁邊，附近，身旁；旁處，別的地方；（演員）配角 翻 横
2802 ☐	わく 【湧く】	自五 湧出；產生（某種感情）；大量湧現
2803 ☐	わざと 【態と】	副 故意，有意，存心；特意地，有意識地 翻 故意に
2804 ☐	わずか 【僅か】	副・形動（數量、程度、價值、時間等）很少，僅僅；一點也（後加否定） 翻 微か（かすか）
2805 ☐	わた 【綿】	名 （植）棉；棉花；柳絮；絲棉 翻 木綿
2806 ☐	わだい 【話題】	名 話題，談話的主題、材料；引起爭論的人事物 翻 話柄
2807 ☐	わびる 【詫びる】	自五 道歉，賠不是，謝罪 翻 謝る
2808 ☐	わふく 【和服】	名 日本和服，和服 翻 洋服
2809 ☐	わりと・わりに 【割と・割に】	副 比較；分外，格外，出乎意料 翻 比較的

2797	輪になってお酒を飲んだ。 ▶ 大家圍成一圈喝起了酒來。
2798	適切な英単語がわからないときは、和英辞典を引くものだ。 ▶ 找不到適當的英文單字時，就該查看看日英辭典。
2799	若葉が萌える。 ▶ 長出新葉。
2800	華子さんは、あんなに若々しかったっけ。 ▶ 華子小姐有那麼年輕嗎？
2801	本を脇に抱えて歩いている。 ▶ 將書本夾在腋下行走。
2802	清水が湧く。 ▶ 清水泉湧。
2803	彼女は、わざと意地悪をしているにきまっている。 ▶ 她一定是故意刁難人的。
2804	貯金があるといっても、わずか20万円にすぎない。 ▶ 雖說有存款，但也只不過是僅僅的20萬日幣而已。
2805	布団の中には、綿が入っています。 ▶ 棉被裡裝有棉花。
2806	彼らは、結婚して以来、いろいろな話題を提供してくれる。 ▶ 自從他們結婚以來，總會分享很多不同的話題。
2807	みなさんに対して、詫びなければならない。 ▶ 我得向大家道歉才行。
2808	彼女は、洋服に比べて、和服の方がよく似合います。 ▶ 比起穿洋裝，她比較適合穿和服。
2809	病み上がりにしてはわりと元気だ。 ▶ 雖然病才剛好，但精神卻顯得相當好。

わ

2810	わりびき 【割引】	名・他サ (價錢)打折扣，減價；(對說話內容)打折；票據兌現 反 割増し　類 値引き
2811	わる 【割る】	他五 打，劈開；用除法計算
2812	わるくち 【悪口】	名 壞話，誹謗人的話；罵人 類 悪言（あくげん）
2813	われわれ 【我々】	代 (人稱代詞)我們；(謙卑說法的)我；每個人 類 われら
2814	ワンピース 【one-piece】	名 連身裙，洋裝

2010	割引をするのは、三日きりです。
	▶ 折扣只有三天而已。

2811	六を二で割る。
	▶ 六除以二。

2812	人の悪口を言うべきではありません。
	▶ 不該說別人壞話。

2813	われわれは、コンピュータに関してはあまり詳しくない。
	▶ 我們對電腦不大了解。

2814	ワンピースを着る。
	▶ 穿洋裝。

わ

MEMO

日檢單字

N2

新制對應！

第一回　新制日檢模擬考題　文字・語彙
第二回　新制日檢模擬考題　文字・語彙
第三回　新制日檢模擬考題　文字・語彙

＊以「國際交流基金日本國際教育支援協會」的「新しい『日本語能力試験』ガイドブック」為基準的三回「文字・語彙 模擬考題」。

問題 1　漢字讀音問題 應試訣竅

　　這道題型要考的是漢字讀音問題，出題形式改變了一些，但考點是一樣的。問題預估為5題。

　　漢字讀音分音讀跟訓讀，預估音讀跟訓讀將各佔一半的分數。音讀中要注意的有濁音、長短音、促音、撥音…等問題。而日語固有讀法的訓讀中，也要注意特殊的讀音單字。當然，發音上有特殊變化的單字，出現比率也不低。我們歸納分析一下：

1. 音讀：接近國語發音的音讀方法。如，「花」唸成「か」、「犬」唸成「けん」。

2. 訓讀：日本原來就有的發音。如，「花」唸成「はな」、「犬」唸成「いぬ」。

3. 熟語：由兩個以上的漢字組成的單字。如：練習、切手、每朝、見本等。
　　　　其中還包括日本特殊的固定讀法，就是所謂的「熟字訓読み」。如，「小豆」（あずき）、「土産」（みやげ）、「海苔」（のり）等。

4. 發音上的變化：字跟字結合時，產生發音上變化的單字。如：春雨（はるさめ）、反応（はんのう）、酒屋（さかや）等。

問題1 ＿＿＿＿＿の言葉の読み方として最もよいものを1・2・3・4から一つ選びなさい。

1 審判をめぐって問答を繰り返したものの、納得できる結論は得られなかった。

　　1　といどう　　　　2　もんどう　　　3　もんとう　　　4　とうどう

2 圧縮処理をすると、3倍の分量の布団を入れることができますよ。

　　1　ぶんりょう　　　2　ふんりょう　　3　ぶんりょ　　　4　ふんりょ

3 添付ファイルを開こうと思ったら、開けない。

　　1　てんぷ　　　　　2　てんぶ　　　　3　てんぷく　　　4　てんふく

4 ここの部分が長い時間にわたって摩擦され続けた結果、爆発が起きました。

　　1　ばくは　　　　　2　ぼうは　　　　3　ばくはつ　　　4　ぼうはつ

5 火山が噴火した後、やまは溶岩に覆われてしまい、何十年も植物が育ちません。

　　1　おP-われて　　　2　おうわれて　　3　おおわれて　　4　おっわれて

問題2 漢字書寫問題 應試訣竅

　　這道題型要考的是漢字書寫問題，出題形式改變了一些，但考點是一樣的。問題預估為5題。

　　這道題要考的是音讀漢字跟訓讀漢字，預估將各佔一半的分數。音讀漢字考點在識別詞的同音異字上，訓讀漢字考點在掌握詞的意義，及該詞的表記漢字上。

　　解答方式，首先要仔細閱讀全句，從句意上判斷出是哪個詞，浮想出這個詞的表記漢字，確定該詞的漢字寫法。也就是根據句意確定詞，根據詞意來確定字。如果只看畫線部分，很容易張冠李戴，要小心喔。

問題2 ＿＿＿＿の言葉を漢字で書くとき、最もよいものを１・２・３・４から一つ選びなさい。

6 神話に出てくる<u>あくま</u>のように怖い顔をしていますが、実際はとても優しいです。

 1　悪魔   2　鬼魔   3　魔物   4　悪摩

7 絶滅の可能性がある動物を保護するための法律が<u>かけつ</u>されました。

 1　可採   2　可択   3　可決   4　過決

8 <u>まちあいしつ</u>においてある書籍を借りることができますか。

 1　待会室   2　待合室   3　待会屋   4　待合屋

9 機能全般からすれば、わが社の製品が、<u>おとって</u>いるということはありません。

 1　落って   2　劣って   3　陥って   4　堕って

10 テレビやパソコンの普及によって、活字に<u>ふれる</u>機会が減少しました。

 1　擦れる   2　触れる   3　掠る   4　接れる

這道題型要考的是衍生語和複合語的問題。問題預估為5題。

預測衍生語和複合語的配分大概各佔一半，衍生語的接頭語跟接尾語將各出一題，複合語則以動詞為主要的配分重點。

既然是接頭、接尾詞，那麼原來在句型中的「名、ごと、次第」等，也將會在這裡出現。相同的，既然是複合語，那麼外來語的「スポーツ・カー（sports car）、キー・マン（keyman）」也要留意喔！

衍生語：指的是如「お+茶→お茶」、「春+めく→春めく」一般，原本是單獨的詞彙，有接頭語或接尾語接在前面或後面的詞彙。

複合語：指的是如「見る+送る→見送る」、「薄い+暗い→薄暗い」一般，由兩個詞彙組合而成的詞彙。

問題3 （　　　）に入れるのに最もよいものを、1・2・3・4から一つ選びなさい。

11 テスト用紙は裏（　　　）提出しなさい。
1 返して　　　　　2 返って　　　　3 返て　　　　4 下して

12 伊藤さんと鈴木さんは高校時代からの（　　　）合いです。
1 慣れ　　　　　2 知り　　　　3 組み　　　　4 仲

13 昨日バス停で昔の友人を（　　　）。
1 出逢った　　　2 見つけた　　3 見かけた　　4 見られた

14 日本の工業（　　　）は、山間部よりも、交通の便が良い海沿いに多いです。
1 地帯　　　　　2 地方　　　　3 地質　　　　4 地面

15 （　　　）半端な気持ちでやっても、いいものはできないですよ。
1 中途　　　　　2 中間　　　　3 途中　　　　4 最中

　　這道題型要考的是選擇符合文脈的詞彙問題。這是延續舊制的出題方式，問題預估為7題。

　　這道題主要測試考生是否能正確把握詞義，如類義詞的區別運用能力，及能否掌握日語的獨特用法或固定搭配等等。預測名詞、動詞、形容詞、副詞的出題數都有一定的配分。另外，外來語也估計會出一題，要多注意。

　　由於我們的國字跟日本的漢字之間，同形同義字占有相當的比率，這是我們得天獨厚的地方。但相對的也存在不少的同形不同義的字，這時候就要注意，不要太拘泥於國字的含義，而混淆詞義。應該多從像「自覚が足りない」（覺悟不夠）、「絶対安静」（得多靜養）、「口が堅い」（口風很緊）等日語固定的搭配，或獨特的用法來做練習才是。這樣才能加深對詞義的理解、並達到豐富詞彙量的目的。

問題4 （　　　）に入れるのに最もよいものを、1・2・3・4から一つ
選びなさい。

16 彼女とは幼稚園以来の付き合いですから、（　　　）姉妹のようなもので
す。
　1　いよいよ　　　　　2　せめて　　　　3　言わば　　　4　あるいは

17 体を壊して入院してから、二度とお酒を飲まないと固く（　　　）しまし
た。
　1　決定　　　　　　　2　警告　　　　　3　決心　　　　4　決行

18 一人暮らしをしている若者の多くは、食事に偏りがあり、（　　　）が足り
ていません。
　1　リットル　　　　　2　パンク　　　　3　クリーニング　4　ビタミン

19 統計によると、漁業に関心を抱く人が増加する（　　　）にあるそうだ。
　1　計画　　　　　　　2　見解　　　　　3　傾向　　　　4　方向

20 暑い日が何日も続いて、庭の花や木がほとんど（　　　）しまった。
　1　乾いて　　　　　　2　乾かして　　　3　枯れて　　　4　欠けて

21 会社に１００万円出せと（　　　）電話がかかってきたそうです。
　1　脅かす　　　　　　2　恐れる　　　　3　恐怖する　　4　攻撃する

22 電車が止まったせいで遅刻したのなら、まあ（　　　）ですね。
　1　やむを得ない　　　2　許せない　　　3　なんともない　4　だらしない

問題5　替換同義詞 應試訣竅

　　這道題型要考的是替換同義詞的問題，這是延續舊制的出題方式，問題預估為5題。

　　這道題的題目會給一個較難的詞彙，請考生從四個選項中，選出意思相近的詞彙來。選項中的詞彙一般比較簡單。也就是把難度較高的詞彙，改成較簡單的詞彙。

　　預測名詞、動詞、形容詞、副詞的出題數都有一定的配分。另外，外來語估計也會出一題，要多注意。

　　針對這道題，準備的方式是，將詞義相近的字一起記起來。這樣，透過聯想記憶來豐富詞彙量，並提高答題速度。

問題5　　　　　　の言葉に最も近いものを、1・2・3・4から一つ選びなさい。

23 期待通りの成果を上げられなかったことを、この場を借りて<u>お詫びします</u>。
　1　褒めます　　　　2　喜びます　　　　3　謝ります　　　　4　許します

24 20歳なのに、彼女はずいぶん<u>幼い</u>顔をしていますね。
　1　子どもっぽい　　2　大人っぽい　　　3　頼もしい　　　　4　末っ子らしい

25 もし<u>チャンス</u>があれば、自分であの女優さんにインタビューしてみたいです。
　1　場合　　　　　　2　計画　　　　　　3　機会　　　　　　4　能

26 <u>再三</u>訴えたにもかかわらず、我々の要望は全く聞き入れてもらえなかった。
　1　一度　　　　　　2　終始　　　　　　3　再び　　　　　　4　何度も

27 どうしても直接話がしたかった。<u>そこで</u>思い切って家を訪ねてみました。
　1　よって　　　　　2　すると　　　　　3　そのうち　　　　4　さきほど

這道題型要考的是判斷詞彙正確用法的問題，這是延續舊制的出題方式，問題預估為6題。

詞彙在句子中怎樣使用才是正確的，是這道題主要的考點。預測名詞、動詞、形容詞、副詞的出題數都有一定的配分。名詞以2個漢字組成的詞彙為主，動詞有漢字跟純粹假名的，副詞就舊制的出題形式來看，也有一定的比重。

針對這一題型，該怎麼準備呢？方法是，平常背詞彙的時候，多看例句，多唸幾遍例句，最好是把單字跟例句一起背起來。這樣，透過仔細觀察單字在句中的用法與搭配的形容詞、動詞、副詞…等，可以有效增加自己的「日語語感」。而該詞彙是否適合在該句子出現，很容易就能感覺出來了。

問題6　次の言葉の使い方として最もよいものを、１・２・３・４から一つ選びなさい。

28 うんと

1 <u>うんと</u>健康に気をつけているのに、どうしてこんな病気になったんだろう。

2 手術は２時間余りで<u>うんと</u>終了したものの、回復には時間がかかる。

3 気に入らないことがあるからと言って、<u>うんと</u>怒らないの。

4 何か新たな情報を得たら、<u>うんと</u>通知してください。

29 はめる

1 太ったせいで、結婚指輪が<u>はめ</u>られなくなってしまいました。

2 可哀そうなことに、子犬が溝に<u>はまっ</u>ています。

3 この仕事の条件は、私にぴったり<u>はめ</u>ます。

4 娘は新しいカバンを<u>はめて</u>、嬉しそうに登校しました。

30 相続

1 時速80キロを相続すると、東京まで何時間で行けるか計算しなさい。

2 仕事を始めても、サッカーやテニスを相続して楽しむつもりです。

3 二国間の良好な関係は20世紀の後半まで相続されました。

4 この土地は長男である私が相続することになりました。

31 しきりに

1 こちらが明日みんなに配布する予定の書類です。しきりに目を通して下さいませんか。

2 たまにイタリア料理が食べたくなると、しきりにあのレストランに行きます。

3 試合に参加する選手たちがしきりに会場に入ってきた。

4 早く終わってほしいと思うとき、しきりに時計を見てしまいます。

32 欲張る

1 平凡な生活を欲張る権利は、世界中の誰にでもあります。

2 問題が平和的に解決されることを、誰もが心から欲張っています。

3 欲張ってケーキを５つも食べたせいで、おなかが痛くなってきました。

4 みんながチームの活躍を欲張っているので、頑張らないわけにはいきません。

問題1 _____の言葉の読み方として最もよいものを 1・2・3・4から
一つ選びなさい。

1 時間がないので、見た作品の粗筋だけ教えてください。大雑把な説明でいい
ですよ。

  1 だいざっぱ   2 おおざっぱ   3 だいざっぱ   4 おおざっぱ

2 彼のエッセーは抽象的な表現が多いので、話の重点が掴みにくい。

  1 ちゅうしょうてき   2 しょうちょうてき

  3 ちゅうしゅうてき   4 じょうちょてき

3 彼の文章に登場する人物や会社はすべて架空のものですから、実在しませ
ん。

  1 かそら   2 かくう   3 きそら   4 きくう

4 和服を着ていくつもりなら、扇子や帯、下駄もそろえなければなりません。

  1 せんこ   2 さんす   3 せんす   4 さんこ

5 鉄橋を越えたところの駅で下車すると、すぐ大きな家屋が見えますよ。

  1 いえや   2 おたく   3 かおく   4 おくじょう

問題2 ＿＿＿＿の言葉を漢字で書くとき、最もよいものを1・2・3・4から一つ選びなさい。

6 敷地内の<u>ものおき</u>には、使わなくなった物がたくさん入っています。
1 物奥 2 物箱 3 物置 4 物於

7 機械を分解して、壊れた部品を<u>ふぞく</u>の部品と取り換えます。
1 附属 2 付属 3 符属 4 府属

8 社長から<u>ちょうだい</u>したお土産のケーキを、社員で等分して頂きました。
1 頂載 2 頂截 3 頂戴 4 頂裁

9 スチュワーデスに<u>あこがれ</u>ていますので、航空会社に就職したいです。
1 仰れて 2 懐れて 3 憧れて 4 思れて

10 元々生まれ持ったものが違うのだから、他人を<u>うらやん</u>でばかりいても、どうにもならない。
1 羨んで 2 妬んで 3 恨んで 4 望んで

問題3 （　　　）に入れるのに最もよいものを、1・2・3・4から一つ
選びなさい。

11 この辺の道は子供が飛び（　　　）くる可能性がありますから、気をつけて
運転して下さい。
 1 上がって　　　　2 入って　　　　3 出して　　　　4 去って

12 予定より早くお客さんがいらっしゃることになったので、あわただしく打ち
（　　　）しています。
 1 切り　　　　　　2 込み　　　　　3 入り　　　　　4 合わせ

13 オーブンからいい香りがしてきたので、ケーキの（　　　）が楽しみです。
 1 出来合い　　　　2 出来物　　　　3 出来高　　　　4 出来上がり

14 飛行機は、警報システムの（　　　）作動で、緊急着陸した。
 1 乱　　　　　　　2 違　　　　　　3 誤　　　　　　4 錯

15 大学入試の小論文の採点（　　　）は、公表されていないそうです。
 1 水準　　　　　　2 標準　　　　　3 準用　　　　　4 基準

問題4 （　　　）に入れるのに最もよいものを、1・2・3・4から一つ
　　　　選びなさい。

16 借金したお金は、いずれ（　　　）なければなりません。
　1 返さ　　　　　2 貸さ　　　　　3 回復し　　　　4 返ら

17 遠くから（　　　）の音が聞こえてきます。どこかで火事が発生したんで
　しょうね。
　1 サイレン　　　2 シーンズ　　　3 レンズ　　　　4 パンク

18 お時間があるときに、（　　　）お越しくださればと存じます。
　1 どうも　　　　2 是非とも　　　3 ばったり　　　4 やがて

19 誰にでも（　　　）はあるし、完璧な人なんていないよ。
　1 けっかん　　　2 けってん　　　3 くじょう　　　4 げひん

20 「日本」と聞いて、（　　　）するものを一つ挙げなさい。
　1 構想　　　　　2 連想　　　　　3 予想　　　　　4 思想

21 スケジュールが合わないので、残念ながら旅行は（　　　）ことになりまし
　た。
　1 消す　　　　　2 取り消す　　　3 消える　　　　4 消耗する

22 母の日に娘から（　　　）プレゼントをもらい、思わず涙がこぼれました。
　1 かわいそうな　2 当たり前の　　3 惜しい　　　　4 思いがけない

466

問題5 ＿＿＿＿＿の言葉に最も近いものを、1・2・3・4から一つ選びなさい。

23 あまりに<u>しつこく</u>誘われると、うんざりしてしまいます。

1 たまらなく　　　2 みっともなく　3 くどく　　　　4 ずるく

24 何かきっかけがあれば、忘れていた記憶が<u>蘇る</u>かもしれません。

1 回復する　　　　2 実現する　　　3 更新する　　　4 活動する

25 話が長く、上手くまとめて話せないことが私の<u>短所</u>です。

1 下品　　　　　　2 欠点　　　　　3 欠陥　　　　　4 不足

26 <u>間もなく</u>本日の主役が登場しますので、みなさん大きな拍手でお迎えください。

1 いつの間にか　　2 しばらく　　　3 もうすぐ　　　4 久しく

27 地方放送の<u>コマーシャル</u>っておもしろいですよね。

1 広告　　　　　　2 番組　　　　　3 求人情報　　　4 新聞

問題6　次の言葉の使い方として最もよいものを、1・2・3・4から一つ
　　　　選びなさい。

28　目下
　1　彼は<u>目下</u>の者に対して、どうも冷たい態度を取りがちです。
　2　小さくて着れなくなった服は、たいてい親戚の弟<u>目下</u>にあげています。
　3　自分の方が<u>目下</u>だからと言って、威張ってばかりいると嫌われるよ。
　4　入社20年目の<u>目下</u>から、いろいろな仕事を教えてもらっています。

29　とっくに
　1　彼は早く借金を返すために、朝から夜まで<u>とっくに</u>働いています。
　2　夏休みの宿題は<u>とっくに</u>終わらせました。
　3　社長が<u>とっくに</u>事務所に入ってきたので、なんだか緊張しました。
　4　お風呂に入ってホッとすると、1日の疲れが<u>とっくに</u>出る気がします。

30　好き好き
　1　横に書くか、縦に書くか決まりはありませんので、皆さんの<u>好き好き</u>にして
　　　ください。
　2　彼はまったく<u>好き好き</u>な性格で、周囲の人を思いやることもありません。
　3　幼いころから動物が<u>好き好き</u>なので、いろいろ飼いました。
　4　妹とは<u>好き好き</u>な俳優が違うので、見たいテレビも違います。

31 ボーナス

1 <u>ボーナス</u>を申請したところ、幸いにも月20万円もらえることになりました。

2 中学生の息子には1週間1000円の<u>ボーナス</u>をあげています。

3 夏の<u>ボーナス</u>が出たら、家族で海外旅行に行くつもりです。

4 20年間、毎月少しずつ貯めた<u>ボーナス</u>で、ついに家を買うことになりました。

32 雑じる

1 バターが溶けて柔らかくなってきたら、砂糖を加えて<u>雑じって</u>ください。

2 この中に一つだけものすごく酸っぱい飴が<u>雑じって</u>います。

3 白い服と色のついている服を<u>雑じらない</u>ように洗濯します

4 この製品の原料には、体に悪いものを一切<u>雑じって</u>いません。

問題1　_____の言葉の読み方として最もよいものを1・2・3・4から一つ選びなさい。

1　電柱にデパートから飛んできた風船が<u>引っ掛かって</u>います。

1　ひっかかって
2　ひっくかって
3　ひっかけかって
4　ひっがかって

2　あのおじいさんは地元の<u>工芸品</u>を作る名人です。今ではすっかり職人さんですね。

1　こうげい
2　くげい
3　こうげえ
4　くげえ

3　あんまり<u>悪口</u>ばかり言っていると、友達に嫌われちゃうから、もうそろそろ止めなさい。

1　わるくち
2　わるぐち
3　あくくち
4　あくぐち

4　トンネルのてまえで機関車が<u>脱線</u>して、先頭の車両が木にぶつかったそうです。

1　だせん
2　たせん
3　だっせん
4　たっせん

5　明日は屋外での活動がありますから、私にとってはこのクリームが<u>必需品</u>です。

1　ひつじゅしな
2　ひつじゅぴん
3　ひつじゅひん
4　ひっじゅひん

問題2 _____の言葉を漢字で書くとき、最もよいものを1・2・3・4から一つ選びなさい。

6 総理大臣になるには、どのような<u>そしつ</u>を備えていなければなりませんか。
1 素質　　　　　2 気質　　　　　3 性質　　　　　4 体質

7 <u>なみき</u>道をまっすぐ行ったところに、全面に芝生が植えられたきれいな公園があります。
1 波木　　　　　2 並木　　　　　3 並樹　　　　　4 波樹

8 会社に到着したら、まず机の周りを<u>せいそう</u>するようにしています。
1 清掃　　　　　2 掃除　　　　　3 清除　　　　　4 清衛

9 寮では一月に一回、窓拭きの当番が<u>まわって</u>きます。
1 廻って　　　　2 回って　　　　3 周って　　　　4 転って

10 ものすごい物音に驚いて、外に飛び出すと、大きな<u>ほのお</u>が上がっていました。
1 炎　　　　　　2 火　　　　　　3 災　　　　　　4 灰

11 私の学校では1年生から3年生まで、同じ先生がクラスを受け（　　　）こと
になっています。

　1　持つ　　　　　　　2　付けする　　　　3　入る　　　　　4　取る

12 （　　　）のつもりで書いたものですが、案外いい出来なので、このまま提
出します。

　1　下書き　　　　　　2　書き損じ　　　　3　習字　　　　　4　清書

13 彼がどうしてそんなに勝ち（　　　）に執着するのか理解できません。

　1　下ろし　　　　　　2　落ち　　　　　　3　破り　　　　　4　負け

14 あの感動の（　　　）シーンをもう一度見たいですね。

　1　御　　　　　　　　2　高　　　　　　　3　名　　　　　　4　大

15 あれだけの温泉と一流ホテル（　　　）のサービスで、一人1万円かからない
のは驚きです。

　1　並　　　　　　　　2　級　　　　　　　3　風　　　　　　4　味

問題4 （　　　）に入れるのに最もよいものを、1・2・3・4から一つ
選びなさい。

---

16 壁にはったシールをきれいに（　　　）にはどうしたらいいですか。
　　1　省く　　　　　2　減らす　　　　　3　外す　　　　　4　剥がす

17 イベントが近づくと、街は（　　　）で飾られ、にぎやかな雰囲気になります。
　　1　アクセント　　　　　　　　　　　2　オーケストラ
　　3　オートメーション　　　　　　　　4　イメージ

18 仕事なら、（　　　）思い通りにいかないことがあって当然です。
　　1　左右　　　　　2　加減　　　　　3　上下　　　　　4　多少

19 事情をよく知らないなら、（　　　）口をはさまない方がいいんじゃないですか。
　　1　ついでに　　　　2　いたずらに　　　　3　ほぼ　　　　4　何とも

20 年明けから株が上がるだろうという（　　　）が、見事に当たって大儲けしました。
　　1　勘　　　　　2　心当たり　　　　　3　物語　　　　　4　でたらめ

21 一時間も畳に座っていたので足が（　　　）。
　　1　縛れた　　　　2　潤んだ　　　　3　絞れた　　　　4　痺れた

22 この写真が事態の深刻さを（　　　）います。
　　1　基づいて　　　　2　計って　　　　3　物語って　　　　4　例えて

問題5 ＿＿＿の言葉に最も近いものを、1・2・3・4から一つ選びなさい。

23 お隣さんの犬はとても利口で、ご主人の言うことをよく聞きます。
1 かしこくて　　　2 謙虚で　　　　3 上品で　　　　4 親しくて

24 皆さんもそろそろ疲れてきたでしょうから、どこか腰掛けるところを探しましょうよ。
1 食べる　　　　　2 泊まる　　　　3 座る　　　　　4 休憩する

25 係りの者が席をはずしておりますので、もう少々お待ちいただけますでしょうか。
1 各々　　　　　　2 会員　　　　　3 組合　　　　　4 担当

26 お陰様で、団地の人たちとも徐々に親しくなってきました。
1 しだいに　　　　2 せっせと　　　3 さっと　　　　4 しみじみと

27 六角形はコンパスを使えばきれいに作ることができます。
1 羅針盤　　　　　2 地球儀　　　　3 円規　　　　　4 物差し

問題6　次の言葉の使い方として最もよいものを、1・2・3・4から一つ
　　　選びなさい。

28　もたれる
　1　スーツのボタンがいつのまにか<u>もたれて</u>しまったようです。
　2　農業関係の処理は、すべて伊藤さんに<u>もたれる</u>ことに決まりました。
　3　会場には、無料でインターネットができる場所を<u>もたれて</u>あります。
　4　危ないですから、電車やバスのドアに<u>もたれて</u>はいけません。

29　思いつく
　1　初めて会った時から、ずっと君のことを<u>思いついて</u>います。
　2　週末のバスは30分おきにしか来ないということを今<u>思いつきました</u>。
　3　その小説の作者は村上春樹さんだとすっかり<u>思いついて</u>いました。
　4　これが日記というよりも<u>思いついた</u>ことをメモしているノートです。

30　何しろ
　1　徹夜したおかげで、<u>何しろ</u>締切までに完成できました。
　2　息子は<u>何しろ</u>文句を言っては、おじいちゃんやおばあちゃんを困らせます。
　3　<u>何しろ</u>急なことなので、まだ心の準備ができていません。
　4　今さらやり直したいと言われても、もう<u>何しろ</u>思っていないので、無理です。

31 献立

1 すみません。デザートやドリンクがのっている<u>献立</u>を見せて下さい。

2 今日は買い物に行かず、冷蔵庫に残っているもので、夕食の<u>献立</u>を考えます。

3 道路建設の<u>献立</u>は予定通りに進んでいますか。

4 両親は50万円寄付したいと以前から<u>献立</u>しています。

32 粗末

1 この野菜はまだ<u>粗末</u>なので、もう少し小さく切ってください。

2 もうずいぶん<u>粗末</u>になったので、新しいソファーに買い替えるつもりです。

3 食べ物を<u>粗末</u>に扱ってはいけません。

4 警備員の男性は背が高い上に、体が非常に<u>粗末</u>です。

新制日檢模擬考試解答

第一回

問題1　　1 2　　　2 1　　　3 1　　　4 3　　　5 3

問題2　　6 1　　　7 3　　　8 2　　　9 2　　　10 2

問題3　　11 1　　12 2　　13 3　　14 1　　15 1

問題4　　16 3　　17 3　　18 4　　19 3　　20 3

　　　　　21 1　　22 1

問題5　　23 3　　24 1　　25 3　　26 4　　27 1

問題6　　28 1　　29 1　　30 4　　31 4　　32 3

問題2	6 3	7 2	8 3	9 3	10 1

問題3	11 3	12 4	13 4	14 3	15 4

問題4	16 1	17 1	18 2	19 2	20 2
	21 2	22 4			

問題5	23 3	24 1	25 2	26 3	27 1

問題6	28 1	29 2	30 1	31 3	32 2

第三回

問題1	1 1	2 1	3 2	4 3	5 3

問題2	6 1	7 2	8 1	9 2	10 1

問題3	11 1	12 1	13 4	14 3	15 1

問題4	16 4	17 3	18 4	19 2	20 1
	21 4	22 3			

問題5	23 1	24 3	25 4	26 1	27 3

問題6	28 4	29 4	30 3	31 2	32 3

新日檢攜帶本 26

◆增訂版◆

新制對應 絕對合格！日檢單字 **N2**（50K+MP3）

2014年2月　初版

....

● 著者　　　吉松由美・西村惠子◎合著

● 出版發行　山田社文化事業有限公司
　　　　　　106 臺北市大安區安和路 112 巷 17 號 7 樓
　　　　　　電話　02-2755-7622
　　　　　　傳真　02-2700-1887

　　　　　◆郵政劃撥　19867160號　　大原文化事業有限公司
　　　　　◆網路購書　日語英語學習網
　　　　　　　　　　　聯合發行股份有限公司
　　　　　◆總經銷　　新北市新店區寶橋路 235 巷 6 弄 6 號 2 樓
　　　　　　　　　　　電話　02-2917-8022
　　　　　　　　　　　傳真　02-2915-6275

　　　　　　　　　　　上鎰數位科技印刷有限公司

● 印刷　　　林長振法律事務所　林長振律師
● 法律顧問
　　　　　　新台幣230元
● 定價

　　　ISBN 978-986-246-233-1

　　© 2014, Shan Tian She Culture Co., Ltd.